Le secret de Marthe

THAO TENET

Le secret de Marthe

J'AI LU

« Il y a une chose que nous savons, et que l'homme blanc découvrira peut-être un jour, c'est que notre Dieu est le même Dieu que le sien. Il se peut qu'il pense maintenant le posséder comme il veut posséder notre Terre, mais il ne le pourra pas. Il est le Dieu de l'Univers, et sa pitié est égale pour l'homme rouge et le blanc. »

Lettre de Sitting Bull, chef indien sioux lakota,
au président des États-Unis, Grover Cleveland.
Seattle, mars 1886.

- Tous les monuments évoqués dans le présent ouvrage existent ou ont existé par le passé.
- Les œuvres d'art et les reliques sont toutes visibles dans les musées ou dans les églises.
- Les personnages historiques et scientifiques ont tous existé.
- Pour l'essentiel, les personnages sont réels ; leurs noms ont été changés pour protéger leur vie privée.

Prologue

Le 6 août 1978, le pape Paul VI mourut soudainement d'une crise cardiaque.

Monseigneur Jean-Marie Villot, camerlingue[1] pour la circonstance, s'était immédiatement donné beaucoup de mal pour préparer le conclave[2]. Il s'était répandu en multiples échanges, auprès des cardinaux à la tête des différents courants, afin que l'élection du nouveau pape soit réglée au plus vite.

Le nouveau conclave risquait de voir s'affronter les deux camps rivaux sans qu'aucun ne puisse imposer son candidat : d'un côté, les conservateurs, menés par l'archevêque de Gênes, Monseigneur Giuseppe Siri ; de l'autre, les progressistes libéraux, menés par Monseigneur Giovanni Benelli, archevêque de Florence.

1. Lors du décès d'un pape, le « camerlingue » assure l'intérim matériel du Vatican en attendant l'élection du nouveau pape.

2. Le conclave, signifie « sous clé », est le processus d'élection d'un pape. Les cardinaux votants sont réputés être enfermés dans la chapelle Sixtine jusqu'à ce que le pape soit élu. Dans les faits, ils logent la nuit dans la résidence Sainte-Marthe.

Le conclave s'enliserait alors dans l'inconfort de la chapelle Sixtine.

En 1742, le conclave qui suivit la mort de Clément XII avait duré cent quatre-vingt-un jours et quatre cardinaux étaient morts pendant son déroulement. Un conclave long était mauvais signe pour l'image de l'Église catholique dans l'opinion publique et Dieu sait si elle avait besoin de la soigner. Ainsi, pour ne pas laisser filtrer leurs divergences, Monseigneur Villot réussit-il à convaincre les cardinaux d'élire un pape supposé docile et neutre, que chacun pourrait rallier à sa cause une fois élu.

Finalement, après seulement deux jours et quatre tours de scrutin, le 26 août, à la majorité des deux tiers, les deux cent quinze cardinaux poussèrent sur le Saint-Siège Monseigneur Albino Luciani qui n'avait rien demandé.

Selon la tradition, la fumée blanche annonça la bonne nouvelle à la foule qui attendait sur le parvis de la place Saint-Pierre de Rome.

Le 26 août fête la sainte « Natacha » ce qui veut dire « jour de naissance ». C'en fut un pour Albino Luciani, mais c'en fut un aussi pour l'Église catholique qui ne le savait pas encore.

Lors de sa désignation, Albino Luciani choisit pour nom papal « Jean-Paul » et déclara : « Une tempête est tombée sur moi » et c'était vrai !

Trente-trois ans plus tôt, les 6 et 9 août 1945, deux bombes atomiques larguées par les États-Unis sur le Japon sidéraient le monde. Deux souffles ardents d'une puissance encore jamais vue détruisaient en un coup Hiroshima puis Nagasaki. Pour Albino Luciani, il en allait tout comme ! Une bombe détruisait sa vie organisée et paisible de prélat, patriarche de Venise pendant neuf ans, pour le plonger dans la responsabilité de chef d'État avec un gouvernement de baronnies, sclérosé et obscur, régnant sur plus d'un milliard d'âmes. Une autre bombe l'emmenait sur le terrain des réformes, charriant son lot de convulsions, de passions, d'anxiétés et de déchirements.

Le nombre 33, avec son cortège de multiples, allait poursuivre le pape Jean-Paul jusqu'à son dernier souffle.

Plutôt progressiste, Jean-Paul Ier fut immédiatement l'objet de très fortes pressions des deux bords. Chacun pensait que ce pape souriant, discret et timide serait influençable et épouserait sa cause. Le bord progressiste libéral l'enjoignait trois fois par jour de convoquer un concile[1] pour engager de nouvelles réformes. L'Église catholique romaine semblait toujours figée dans ses dogmes depuis le concile de Nicée de 325. Il était crucial qu'elle s'ouvre au monde contemporain. Le concile « Vatican II », qui s'était déroulé de 1962 à 1965, avait bien apporté quelques évolutions, mais ce n'était pas suffisant aux yeux des progressistes, en raison de la rapidité avec laquelle le monde mutait. Jean-Paul Ier était en passe de signer la bulle de convocation du nouveau concile.

Sa journée du jeudi 28 septembre 1978 fut éprouvante. Harcelé par la curie[2], il eut à traiter de la mutation de nombreux responsables,

1. Réunion des évêques à même de prendre des décisions relatives aux dogmes et doctrines.
2. Administration du Vatican.

du déplacement de cardinaux, mais surtout des grandes réformes envisagées telles que la stimulation des vocations, le célibat des prêtres, la prêtrise des femmes, la bioéthique, l'avortement, sans compter les questions du darwinisme et du « Big Bang » qui talonnaient toujours les dogmes.

1

« Tout est arrangé selon les nombres. »
Pythagore de Samos

Le corps sans vie de Jean-Paul Ier fut découvert vers 5 heures du matin, le lendemain, vendredi 29/9/1978.

2 991 978 est divisible par 33.

Le résultat de la division donne 90 666.

On y trouve le chiffre de l'Apocalypse de saint Jean « 666 » appelé « le chiffre de la Bête ». On y trouve le 0 du néant. On y trouve le 9 de la « neuvaine », annonciatrice d'une ère nouvelle... Le 9 est un chiffre facétieux car son glyphe est aussi un 6 une fois retourné.

Parce que dans toutes les civilisations comme dans toutes les religions, les chiffres ont de l'importance, parce qu'il en va de même dans la Bible[1], parce que de tout temps les hommes

1. La Bible est composée de l'Ancien Testament, commun aux juifs, aux chrétiens et en partie aux musulmans, et du Nouveau Testament composé de quatre évangiles, relatifs aux prêches de Jésus. « Le livre des nombres » est l'un des cinq premiers livres, appelés le Pentateuque, de l'Ancien Testament.

et les prêtres y cherchent des augures, remarquons quelques curiosités. Ainsi que l'estima le médecin arrivé tardivement, la mort de Jean-Paul Ier fut établie à vingt-trois heures la veille. Il avait alors régné 33 jours depuis la fumée blanche sortie de la cheminée de la chapelle Sixtine.

Les théories du complot ne se firent pas attendre ! 33 est le nombre de degrés maçonniques dans le rite écossais ancien et accepté... La curie commençait à compter plusieurs maçons dans ses rangs. Les déboires de la banque du Vatican[1] dirigée par Monseigneur Paul Marcinkus alimentèrent bien des spéculations. La banque, engluée dans le scandale de la Banco Ambrosiano conduite par Roberto Calvi de la loge maçonnique P2, perdait des sommes astronomiques. Sa réputation était sulfureuse. Rome bruissait de rumeurs selon lesquelles elle était une plaque tournante de la mafia et du blanchiment d'argent. Roberto Calvi fut retrouvé pendu à Londres sous le pont Blackfriars (les frères noirs... ça ne s'invente pas).

La théorie du complot fit d'autant mieux son chemin que Monseigneur Jean-Marie Villot, secrétaire d'État, redevenu camerlingue à la mort de Jean-Paul Ier, précipita l'embaumement du corps du pape, ce qui empêcha toute autopsie. La lettre de révocation de Monseigneur Villot était à la signature dans le parapheur du pape Jean-Paul Ier ainsi que celles qui auraient déclenché un profond remaniement de la curie.

---

1. De son vrai nom l'Institut pour les Œuvres de Religion, IOR.

Les suspicions furent entretenues sans grande peine, compte tenu de leur parfum aussi scandaleux que mystérieux, ce qui permit surtout de faire diversion et d'occulter les importantes divisions de la curie ainsi que les motifs réels du décès de Jean-Paul Ier.

Albino Luciani (littéralement, la « lumière blanche ») fut le premier de toute la lignée des papes à choisir un prénom composé : « Jean-Paul » (Giovanni-Paolo en italien) car il voulait rendre hommage à ses deux prédécesseurs Jean XXIII et Paul VI !

Jean-Paul Ier fut le 263e pape.

Or, 263 se forme avec le « 23 » de Jean « XXIII » et le « 6 » de Paul « VI » en glissant le 6 entre le 2 et le 3... Cette discrète curiosité sonne comme un second hommage rendu à ses prédécesseurs par le sortilège des chiffres.

Se pouvait-il que le Dieu de miséricorde gouvernât avec les chiffres et se soit donné tant de mal pour accabler l'un de ses humbles serviteurs ?

2

Rome, jeudi 28 septembre 1978, 18 h

Après avoir quitté ses appartements, le Saint-Père prit la très longue galerie lapidaire qui mène au bâtiment de la bibliothèque et plus loin vers les archives secrètes. Il ne put s'empêcher de regarder toutes ces vieilles pierres et les plaques funéraires agrafées aux murs, en songeant qu'elles étaient aussi les pages d'un livre ouvert à la lecture de quelques rares privilégiés. La galerie était un véritable musée, témoignant des premières heures de l'installation de l'Église à Rome. À chacun de ses pas, elle lui rappelait que l'apôtre « Pierre », le premier pape, portait décidément bien son nom.

Au bout de la galerie, sur sa gauche, le pape Jean-Paul saisit fermement la poignée d'acier d'une très lourde porte en chêne, bardée de ferrures. Ses muscles se tendirent pour la faire pivoter.

Le Saint-Père se retrouva d'un coup dans le « Vestibule », comme projeté dans un autre univers. Il traversa cette très grande salle rectangulaire au plafond voûté. L'éclairage resté allumé illuminait indirectement la voûte ; elle était entièrement peinte *a fresco*. Le plafond était un merveilleux ensemble, composé d'une foule de médaillons géants richement bordés et d'enchevêtrements de motifs allégoriques et décoratifs. Le pape Sixte Quint avait requis trois peintres de renom pour agrémenter l'endroit. Assurément, l'effet était réussi, les couleurs toujours vives, bien que la pièce n'eût jamais été restaurée, souriaient au visiteur. Pour mieux rehausser la beauté des plafonds, les murs contrastaient par leur sobriété. Ils étaient simplement tendus de soie jaune matelassée, venant buter sur un lambris, haut d'1 m 50 environ qui descendait jusqu'au sol. Le sol de marbre dur, rouge-brun, tintait sous les pas du pape Jean-Paul.

Il atteignit la grande porte à double vantail au centre du mur, à sa droite. Il tira non sans peine sur la pomme de la poignée. Comme chaque fois, il fut saisi par le spectacle de la salle Sixtine[1]. Cinq énormes piliers centraux en enfilade la divisent en deux vastes nefs parallèles, coiffées de plafonds en ogives croisées. Comme les plafonds du vestibule, la totalité des voûtes est peinte, y compris les retombées des murs que ponctuent d'importantes consoles menuisées. Au pied des piliers, elles forment de larges cubes décorés de retables sur toutes leurs faces. Chaque pilier a son thème décoratif. Sans s'attarder, le pape Jean-Paul traversa d'un

1. Du nom du pape Sixte Quint, élu le 24 avril 1585 et mort le 27 août 1590. Il fut un pape bâtisseur, relevant le défi de la construction du dôme de la basilique Saint-Pierre de Rome qu'aucun de ses prédécesseurs n'avait osé achever.

bon pas l'immense salle au sol en damiers noir et blanc, et se dirigea tout au fond vers une anfractuosité couverte de boiseries.

Muni de sa télécommande à infrarouge personnelle, il composa un code d'accès ; doucement un pan de bois glissa sans bruit, découvrant une petite pièce très dépouillée, avec un départ d'escalier et un ascenseur. Il referma la porte dérobée et appela l'ascenseur. Il n'y avait que deux boutons dans la cabine : 0 et –1. Il appuya sur le bouton –1 ; l'ascenseur lui laissa la sensation d'une longue descente.

Les portes s'ouvrirent enfin sur un sas de béton brut. Le Saint-Père composa de nouveau un code, ce qui déverrouilla la porte ; elle donnait sur un très long couloir souterrain permettant de passer du bâtiment de la bibliothèque à celui des archives. Quelque vingt mètres plus loin, le couloir fusionnait avec celui du bâtiment des archives et se dirigeait vers le bunker qui abritait les archives secrètes. Une nouvelle porte, blindée cette fois, lui faisait face. Il composa un troisième code et la porte s'ouvrit sur la salle des archivages, elle aussi en béton brut, construite sous la cour des musées du Vatican par son prédécesseur et qu'il devait d'ailleurs inaugurer prochainement.

Les rayonnages, installés sur de lourdes ossatures métalliques peintes en gris, découpaient des rangées d'allées serrées les unes contre les autres. L'espacement entre les travées laissait tout juste le passage pour un homme. Une lumière plus jaune que blanche filtrait à travers des plafonniers, conférant une ambiance macabre à ces catacombes de l'écrit. Le souffle léger de l'aération qui régulait la température troublait seul le silence.

Jean-Paul connaissait la cote de l'archive qu'il venait chercher ; il eut vite fait de se repérer dans le labyrinthe de papier et d'acier et se dirigea vers la section araméenne.

Dès l'activation des codes d'accès aux portes, les caméras de surveillance enregistrèrent le déplacement, les horaires et l'identité du visiteur. Seuls le préfet en charge des archives et le pape pouvaient y entrer sans être accompagnés.

Dans le poste de sécurité, devant l'écran de contrôle flambant neuf, un vigile regardait ce spectacle insolite : aucun pape à ce jour n'était jamais entré seul dans ce département des archives ultra-secrètes.

Le pape Jean-Paul prit très précautionneusement le coffret numéroté « 108 », ramassa une paire de gants de protection pour ne pas risquer d'altérer l'ouvrage qu'il allait consulter et remplit une fiche de sortie qu'il déposa dans la corbeille de contrôle à l'attention du préfet des archives.

3

Rome, mercredi 6 septembre 1978

Au douzième jour du pontificat du pape Jean-Paul, Monseigneur Giacomo Carminati, l'archevêque en charge des archives secrètes du Vatican depuis cinq ans, était reçu en audience par le nouveau pontife, dans ses appartements. Il devait s'entretenir avec lui des modalités de l'inauguration du bunker des archives.

L'archevêque remarqua tout de suite les touches personnelles que le pape avait déjà introduites dans ses appartements, en particulier deux tableaux accrochés en vis-à-vis aux murs de l'antichambre. Troublé par le plus grand, Monseigneur Carminati ne put s'empêcher de questionner le pape ; prudent, il s'orienta vers le plus petit :

— Puis-je me permettre de demander à Sa Sainteté s'il s'agit bien d'un Canaletto[1] ?

— Oui, c'est une reproduction très fidèle.

---

1. Giovanni Antonio Canal, dit Canaletto (1697-1768), peintre célèbre pour ses panoramas (*vedute*) de Venise.

Le pape aimait regarder la rigueur de l'ordonnancement des façades de Venise, les grandes perspectives, les jeux de lumières, la joie des gondoles qui dansaient dans les canaux ; c'était pour lui comme un guide de vie.

— Et quelle est cette église ?

— Il s'agit de la basilique Saints-Jean-et-Paul, sourit malicieusement le pape.

Il se tut puis reprit, nostalgique :

— J'ai beaucoup aimé Venise pendant mon patriarcat. La cité m'apaisait. Chaque fois que j'étais préoccupé, il me suffisait de me promener de ce côté et je trouvais la paix et la clarté. La « Sérénissime » mérite bien son nom.

— Ici aussi, au Vatican, tout est fait pour cela, se risqua l'archevêque.

— Pas vraiment.

— Que veut dire Sa Sainteté ?

— Vous le savez bien...

La question qui brûlait les lèvres de Monseigneur Carminati concernait en fait l'autre tableau. Le Canaletto n'était que le prétexte d'une entrée en matière, ce que le pape Jean-Paul avait bien compris. Il s'en amusait, voyant son archiviste dans l'embarras. Monseigneur Carminati se tourna vers le plus grand tableau et reprit :

— Puis-je interroger Sa Sainteté sur cet autre tableau ? dit-il, n'osant pas le nommer.

— Vous l'avez sans doute reconnu. C'est la copie d'un Titien, *Danaé et la pluie d'or*[1]. Titien aimait beaucoup Venise ; il y avait son atelier.

— Mais...

1. Entre 1544 et 1560, l'atelier du Titien peignit huit versions de *Danaé et la pluie d'or*. La première, pour le cardinal

— Je devine votre question, coupa le pape. Que fait ce tableau profane représentant une femme nue, tournée vers le ciel d'où tombe une pluie d'or, dans mes appartements ? Il est plein de symboles. Cette femme vierge, fécondée par la pluie d'or de Zeus, représente la terre aride que la pluie fertilise. N'est-ce pas notre mission que de fertiliser les âmes ? Danaé fut enfermée dans une tour sans fenêtre, comme le sont souvent les vérités lorsqu'elles dérangent. Pour fuir les dangers, elle fut contrainte à l'exil. Elle parvint à s'échapper enceinte, prenant la mer sur un frêle esquif à la dérive, pour s'échouer sur une terre lointaine hors des dangers… et enfanter… J'y vois beaucoup d'analogies, ajouta-t-il, énigmatique.

Monseigneur Carminati, surpris par cette confidence et comprenant entre les lignes ce que le pape insinuait, eut la confirmation que Jean-Paul n'était pas un pape tout à fait comme les autres. Il continua de regarder le tableau sans dissimuler l'intérêt qu'il lui portait puis se hasarda :

— Que pense Sa Sainteté des évangiles apocryphes[1] ?

— Il ne faut pas les écarter. Ils font partie de notre histoire chrétienne. Je suis sûr que nos archives secrètes en comptent beaucoup d'autres, ne serait-ce que l'Évangile de Marie-Madeleine.

Alessandro Farnèse, dont le grand-père était pape, et qui imposa de prendre pour modèle sa propre maîtresse.

1. Évangiles non reconnus par le Vatican qui n'admet que les Évangiles selon Marc, Matthieu, Luc et Jean, dits « canoniques ».

— Oui, nous en avons près de trente. Certains, écrits très tard et sans grand intérêt, ou peu étoffés ou très mal conservés. D'autres en parfait état...

La seconde moitié du XXe siècle avait été riche en découvertes archéologiques : les manuscrits de la mer Morte[1] et surtout les codex de Nag Hammadi[2] qui avaient mis à jour l'Évangile de Thomas ou celui de Philippe.

— Comme beaucoup d'autres avant moi, répondit le pape à son archiviste, l'Évangile de Philippe a achevé de me convaincre que Marie-Madeleine devait bien être la compagne[3] de Jésus. Nos évangiles canoniques écrivent qu'elle était au pied de la croix quand les disciples avaient fui, à commencer par Pierre qui avait renié Jésus trois fois. N'est-ce pas elle qui vint au tombeau la première pour prendre soin du corps de Jésus ? Qui d'autre qu'une épouse aurait accompagné avec tant de compassion et d'attention un supplicié au terme de son épreuve ? N'est-ce pas la marque d'une femme éplorée accomplissant son devoir jusqu'au bout ? Marie-Madeleine était « l'apôtre

---

1. Les 970 manuscrits découverts de 1947 à 1956, sur le site de Qumrân (dans l'actuelle Cisjordanie), sont les plus anciennes traces écrites de l'Ancien Testament. Ils ont été copiés entre le IIIe siècle av. J.-C. et le Ier siècle ap. J.-C.
2. Les treize codex de papyrus reliés, datant du milieu du IVe siècle, ont été découverts en 1945 par deux paysans égyptiens, à Nag Hammadi, au nord-ouest de Louxor (Égypte).
3. Philippe décrit Marie-Madeleine comme la « compagne de Jésus ». Il dit aussi « Il l'aimait plus que tous et l'embrassait souvent sur la bouche ».

préféré » de Jésus et les autres apôtres en ressentaient de la jalousie. Elle contribuait au ministère de Jésus. Ne dit-on pas de nos jours que derrière chaque grand homme, il faut chercher la femme ? C'est probablement à elle qu'aurait dû revenir de fonder l'Église après la mort du Christ. La volonté politique de l'empereur Constantin a effacé dans les écritures l'importance des femmes de l'entourage de Jésus, hormis celle de Marie. Je suis persuadé qu'il nous faut désormais être clairs, explicites et honnêtes sur ces points dans nos dogmes. Nous sommes attendus sur le célibat des prêtres, il nous faut aussi valider la prêtrise des femmes. En sortant de l'hypocrisie, l'Église se grandira. Les femmes qui élèvent les enfants sont les premières évangélistes.

Monseigneur Carminati resta un instant muet de surprise. Ce pape était décidément très différent de ses prédécesseurs.

— Sa Sainteté me permet-elle de lui proposer la lecture d'un ouvrage de nos archives secrètes ?

— Naturellement. De quoi s'agit-il ?

— Je préfère que Sa Sainteté le découvre elle-même.

Jean-Paul Ier sourit à cet archevêque, cachottier comme un enfant qui ménage ses effets.

— Au fait, si ces tableaux vous plaisent... lorsque je quitterai ce monde, vous pourrez les prendre. Je n'en aurai plus besoin.

Monseigneur Carminati fut honoré de la confiance que lui témoignait le pape. Après avoir arrêté les modalités de l'inauguration, il s'inclina et sortit des appartements. À peine une heure plus tard, il remettait au pontife un coffret à archives numéroté « 108 », en prenant bien soin de lui faire signer un bordereau de retrait ainsi qu'une décharge car il enfreignait la procédure édictée par le préfet qui interdisait la sortie de toute archive de la bibliothèque.

— Si je puis me permettre... que Sa Sainteté ne parle à personne de cet ouvrage pour le moment ; qu'elle me rappelle personnellement lorsqu'elle souhaitera retourner l'ouvrage.

Le pape sourit de nouveau ; cet archiviste avait le sens du secret.

Après sa prière du soir, Jean-Paul Ier ouvrit le coffret. Une paire de gants de protection très fins avait été glissée dans la boite. Il les enfila et sortit délicatement une chemise cartonnée, jaunie par le temps, soigneusement repliée. Sur la couverture de la chemise, en page intérieure, était écrit « Évangile de Marthe » assorti du dessin symbolique d'un poisson[1] ; la chemise contenait un codex[2]. Le pape le sortit précautionneusement, la couverture était d'un beau cuir travaillé et les feuilles de fin parchemin parfaitement conservées. Il le feuilleta doucement. L'écriture souple et habilement calligraphiée n'était ni du grec ancien, ni de l'hébreu mais sans doute de l'araméen. Dans le coffret se trouvait une seconde chemise intitulée « Traduction » et datée de

1. Signe de reconnaissance des premiers chrétiens. En grec, « poisson » se dit « Ichthus » et est l'acronyme de « Jésus Christ, fils de Dieu, Sauveur ».
2. Ensemble de parchemins reliés par une ficelle en forme de livre. Cet ancêtre du livre moderne s'est répandu dans le monde romain et a progressivement remplacé le rouleau de papyrus.

1892 ; à l'intérieur, les papiers dactylographiés étaient écrits en italien. Il commença à lire le texte sans pouvoir s'arrêter au fur et à mesure qu'il avançait ; il était bouleversé. Le pape comprit pourquoi Monseigneur Carminati lui avait demandé de n'en parler à personne.

Le lendemain matin, dès la première heure, il appela l'archevêque et lui restitua le coffret. Leurs regards se croisèrent sans un mot.

La surveillance des archives enregistra la sortie du coffret le mercredi 6 septembre par Monseigneur Giacomo Carminati et son retour toujours par l'archevêque en charge des archives secrètes, le jeudi 7 septembre, jour de la sainte Reine.

4

Près de Jaffa en Judée, mi-juin de l'an 33

Les fugitifs, Marthe et Joseph d'Arimathie[1], étaient arrivés sur la plage, près de Jaffa. Marie-Madeleine, Marie Salomé, Marie Jacobée et Manille les rejoignirent trente minutes plus tard, pour éviter d'attirer l'attention. Chacune portait un baluchon. Bien plus loin suivaient Lazare, Sidoine, Maximin et Nicodème. Trois ânes lourdement chargés les accompagnaient.

Le soleil était déjà couché, la nuit sombre était à peine éclairée par le dernier quartier de lune. L'odeur marine éveillait les sens et dissipait les angoisses. Une brise légère caressait les visages ; les pas crissaient sur les coquillages de la plage. Les marchands avaient reconnu de loin la silhouette massive de Joseph. Ils attendaient, semblant s'impatienter. Ils étaient deux, mais un autre groupe de trois personnes se distinguait dans l'obscurité à quelques centaines de mètres.

---

1. Ne pas confondre avec Joseph, le père de Jésus. Joseph d'Arimathie était un grand-prêtre juif, membre du Sanhédrin (comme Nicodème).

Joseph se figea en les apercevant. Fallait-il continuer ? L'un d'entre eux leva trois fois le bras droit ; c'était le signal convenu. Joseph en fut apaisé. Il s'agissait bien des marins qui avaient suivi l'enseignement de Jésus et qui faisaient les signes de reconnaissance. D'eux allait dépendre leur salut d'émigrants.

— Vous êtes en retard, dit l'un des marchands sèchement.

— Nous avions dit une heure après le coucher du soleil, répondit Joseph d'Arimathie.

— Vous avez l'argent ?

— Oui. Voyons le bateau si vous voulez bien.

— Je préfère voir l'or avant.

— J'ai les pièces ici.

Joseph sortit une petite bourse de cuir dans laquelle il avait mis la somme exacte qu'il entendait donner. Le marchand soupesa la bourse, la délia, sortit une pièce d'or au hasard et rendit la bourse à Joseph. Il avait emporté un ciseau très affûté, une plaquette de fer épaisse et un lourd marteau. Il posa la plaquette sur une pierre de la plage, installa la pièce d'or dessus et frappa très violemment sur la tête du ciseau. La pièce fut entaillée ; il examina l'épaisseur éclatée de la pièce. Semblant satisfait de son contrôle et certain qu'il ne serait pas volé, il mena Joseph au bateau.

Joseph avait déjà payé un tiers du prix convenu trois semaines plus tôt et avait recruté trois marins convertis au message de Jésus. Deux auraient suffi mais, prévoyant, il avait préféré en avoir un de plus pour le cas où le voyage ne tournerait pas comme prévu. La galère était ancrée pas trop loin du rivage. Le fond marin descendait doucement. Joseph, par souci de discrétion, n'avait pas voulu embarquer sur le port de Jaffa mais dans un endroit isolé. Les marchands firent monter Joseph, Marthe et les trois marins dans une petite barque ; elle était à la limite de ses capacités, mais la mer était d'huile. Montés à bord de la galère, Joseph et les marins vérifièrent la coque, le mât, la grande voile carrée et celle d'artimon, les cordages ainsi que les six rames et le gouvernail. Ils firent aussi fonctionner les écoutilles du banc d'aisance sous la poupe, au ras des flots. Tout semblait fonctionner et être en bon état, y compris la toile de protection de l'habitacle imperméabilisée à la poix et ses armatures en bois de cèdre. Les dix paillasses et les quinze couvertures de poil de chèvre étaient bien là.

Joseph, par prudence, ne souhaitait pas faire d'escale. Il avait demandé que la galère marchande lui fût livrée avec des provisions pour quinze personnes pour un mois, avec trente amphores d'eau douce et trois de vin. Il compta les amphores et les sonna. Il en choisit une au hasard, il en descella l'opercule ; Marthe testa son contenu : l'eau était bonne. Il évalua les provisions de viandes et de poissons fumés, de figues séchées, de dattes, de raisins secs, de noix et de pains au sésame. Marthe les goûta. Tout semblait conforme. Les marchands avaient entendu parler de Jésus par les marins qui étaient des disciples. Les marchands semblaient sympathisants car eux-mêmes se méfiaient des Romains ; c'est pourquoi ils s'étaient appliqués aux préparatifs et étaient restés discrets, ainsi que Joseph le leur avait demandé. Après tout, le prix convenu était aussi un très bon prix. La vente de la galère et de son affrètement, après commande d'un nouvel esquif plus grand pour remplacer celui dont ils se séparaient, leur laisserait un excédent égal à un double salaire pendant trois ans. La galère n'avait que cinq ans et était en bon état. Avec elle, ils avaient déjà voyagé de nombreuses fois, allant chaque année jusqu'en Bretagne. Ils l'avaient entièrement révisée. La coque, comme demandé, avait été grattée et passée à la poix, le chevillage vérifié, les cordages changés. Ils l'avaient rebaptisée « ܡܪܝܡ », c'est-à-dire « Maryam ». L'écriture cursive de l'araméen formait comme un filet de dentelle décorant de part et d'autre la proue du bateau. Un petit bout de Judée les accompagnait comme une humble et discrète oriflamme… À l'arrière, ils avaient écrit « Maryam » en lettres latines.

— Voici le prix convenu, dit Joseph en remettant la bourse au marchand.

Les marchands versèrent les pièces dans le creux de leurs mains et les comptèrent :

— Il y a plus que ce dont nous étions convenu ?

— Oui, c'est pour votre silence après notre départ. Vous ne nous avez jamais vus et si l'on vous demande quoi que ce soit à propos de votre galère, vous l'avez vendue à d'autres marchands.

Les femmes étaient arrivées au rivage et les marchands revinrent les chercher à la rame sur la plage ; puis ce fut le tour des hommes qui arrivèrent un peu après avec leur chargement.

Il fallut quatre voyages de plus pour tout embarquer.

Un peu plus tard dans la nuit, Jean[1] et Marie, la mère de Jésus, rejoignirent la troupe. Ils embarquèrent à leur tour. Joseph laissa les trois ânes en cadeau aux marchands.

— Bon voyage ! leur lança le chef des marchands.

— Soyez bénis, répondit Joseph.

Les marins avaient remonté l'ancre et hissé les voiles. Sous la faible brise, le bateau glissait lentement, en silence, vers le large. Le voyage serait long pour rejoindre la Gaule et le port d'Agathe Tyche (aujourd'hui Agde). Joseph avait embarqué de précieuses soieries venues d'Orient pour donner le change en cas de contrôle des Romains. Elles étaient emballées dans des sacs étanches pour ne pas subir l'humidité, les ravages des embruns et des éclaboussures. Ils disposaient là d'une réelle cargaison marchande qui leur permettrait, une fois arrivés, de commercer immédiatement, ce qui faciliterait leur installation.

Marie ne put s'empêcher de pleurer. Jean et Marie-Madeleine la serrèrent tendrement dans leurs bras. Chacun avait le cœur gros et restait silencieux.

Marie-Madeleine sentit bouger son bébé. Elle fut remplie de joie et d'extrême tristesse à la fois. Elle pensait que jamais l'enfant à naître ne

---

1. Jean était le plus jeune apôtre de Jésus. Sur la croix, Jésus avait dit à Marie : « Femme, voici ton fils » ; et à Jean : « Voici ta mère. »

connaîtrait son père. Que lui dirait-elle lorsqu'il serait en âge de poser des questions ? Elle partait, avec pour seule richesse l'enseignement de Jésus, l'espoir d'une vie nouvelle avec leurs proches, et ce petit être qui tressaillait dans son ventre.

2 › 5[1]

Rome, le soir du 28 septembre 1978

Après sa prière du soir, le pape Jean-Paul ouvrit le coffret qu'il avait ramené des archives et relut tranquillement les chapitres qui l'avaient tant bouleversé. Comme à son habitude depuis qu'il était installé au Vatican, il demanda une infusion de camomille qui lui fut apportée par la sœur préposée au service des appartements du pape et déposée dans l'antichambre.

Il était 22 h 30. Il avait terminé sa relecture et plus que jamais était convaincu qu'il lui fallait tenir ferme et aller très loin dans les réformes des dogmes lors du prochain concile. Il signa toutes les lettres de son parapheur, dont celles concernant le remaniement de la curie et le déplacement des cardinaux francs-maçons.

Il but son infusion et en profita comme chaque soir pour avaler ses médicaments.

---

1. Le roman se déroulant sur plusieurs époques et afin d'en faciliter le plaisir de lecture, les numéros de chapitres sont précédés du numéro du dernier chapitre où l'action s'est passée.

Un étrange pressentiment s'empara de lui, comme une prémonition.

Il se mit à son bureau et rédigea un mot. Puis il rangea le codex, referma le coffret et enleva les gants de protection. Demain il appellerait Monseigneur Carminati pour restituer le coffret. Le Saint-Père s'allongea sur son lit. C'est là qu'il fut trouvé au matin vers cinq heures par la sœur Vincenza Taffarel qui lui apportait le petit-déjeuner... Le pape, encore en robe de chambre, semblait dormir, le visage serein et détendu. Il souriait.

Alerté par la sœur, le cardinal Villot entra en action et se montra très directif. L'après-midi, il sut aussi tenir très fermement la main du médecin arrivé vers 14 heures et obtenir de lui, malgré l'embaumement déjà engagé, un certificat de décès du pape de « mort naturelle ».

Tôt le matin, le bruit de la mort du pontife s'était répandu comme une traînée de poudre dans tout le Vatican. Dès six heures, Monseigneur Carminati fut alerté que le pape s'était rendu aux archives le soir précédent et avait pris un coffret. Il vérifia tout de suite les entrées et sorties et comprit immédiatement que le pape avait repris le codex qu'il lui avait fait lire vingt-deux jours plus tôt ; il ne l'avait pas rapporté. Il se hâta vers les appartements du pape où il eut peine à rentrer tant le cardinal Villot, levé de très bonne heure, régentait tout. Deux gardes suisses[1] avec un brassard noir encadraient la porte de l'appartement. Monseigneur Carminati eut la présence

1. Gardes militaires veillant sur la sécurité du pape et du Vatican. Ils sont recrutés en Suisse allemande.

d'esprit, en croisant le cardinal qui sortait, de lui demander :

— Éminence, ne croyez-vous pas que le tableau de l'antichambre fait mauvais effet ? Je peux vous en débarrasser, si cela vous agrée.

— Emportez-le et l'autre avec. Ils ne servent plus à personne.

— Puis-je me recueillir sur la dépouille du pape ?

— Faites vite. J'ai deux choses à voir et je reviens dans dix minutes.

Et en s'adressant aux gardes :

— Que personne à part Monseigneur Carminati n'entre dans l'appartement tant que je ne suis pas de retour.

Monseigneur Carminati ajouta à l'adresse du camerlingue :

— Éminence, le Saint-Père devait restituer aux archives un coffret de lecture. Avez-vous vu ce coffret ?

— Nous n'avons rien remarqué, ni message ni coffret.

Monseigneur Villot partit à la hâte.

Monseigneur Carminati constata qu'aucun coffret n'était en vue. Une fois seul dans l'appartement du pape, il eut le temps de regarder sous le lit et dans les armoires, comme dans la salle de bains et dans les autres pièces. Rien. Le parapheur posé sur sa table de travail était vide ; il n'y avait rien sur les autres tables.

Quand le camerlingue revint, Monseigneur Carminati était silencieux, en prière près du pape, agenouillé contre le lit. Déjà les embaumeurs venaient d'arriver, chargés par Monseigneur

Villot de préparer le pape. Le camerlingue n'avait pas perdu de temps.

Sous le regard satisfait de Villot qui voyait partir une horreur, l'archevêque décrocha le Titien puis le Canaletto. Il mit les tableaux dos à dos, peintures vers l'extérieur pour que les cadres ne frottent pas l'un contre l'autre et ne s'abîment pas puis partit vers son bureau en claudiquant. Ses mains et ses bras peinaient à tenir les tableaux, et l'entreprise fut compliquée car son bureau n'était pas tout près. Il était situé dans la Tour des Vents, heureusement équipée d'un ascenseur. À cette heure encore matinale, il n'y avait eu personne pour l'aider sur le parcours ; malgré la difficulté, il était satisfait de n'avoir pas eu d'explication à donner.

Choqué par la mort de ce pape qu'il avait trouvé si particulier, il restait complètement perturbé par la disparition du coffret. Qu'avait-il bien pu se passer et, surtout, comment retrouver le coffret ?

Qui avait bien pu l'emporter, et pour en faire quoi ? Le pape avait-il été assassiné ? Était-ce à cause de ce coffret ? Qui pouvait bien savoir que le pape avait sorti le coffret et qui pouvait s'introduire la nuit dans l'appartement du pape ? Le cardinal Villot était-il impliqué ? À qui cela profitait-il ?

6

En France, de 1920 à 1925

En ce 16 octobre 1920, Teng Hi Hien, qui plus tard s'appellerait Deng Xiaoping, venait de fêter ses 16 ans lorsqu'il arriva à Marseille en provenance de Shanghai après un mois et demi de mer. Rien dans ce petit Chinois de 1,45 m ne laissait supposer qu'il deviendrait le grand modernisateur de la Chine.

Deux mois plus tard, le 13 décembre 1920, Zhou Enlaï, âgé de 22 ans, posait à son tour le pied à Marseille, il allait rester principalement en France pendant presque quatre ans. Zhou aussi connaîtrait un destin d'exception. Après la Longue Marche aux côtés de Mao Zedong, il serait son premier « Premier ministre » pendant vingt-sept ans, de 1949 jusqu'à sa mort en 1976. Il tenterait de corriger les erreurs du « Grand Timonier ». Il parviendrait à traverser les purges, comme les échecs du « Grand Bond en avant[1] »

1. Politique de collectivisation, imposée par Mao Zedong de 1958 à 1960, qui provoqua une famine jusqu'en 1962, causant près de cinquante millions de morts.

et celui, dramatique, de la « Révolution culturelle[1] » conduite par des hordes incontrôlables de « gardes rouges » excités par Mao qui avaient détruit les richesses confucéennes.

C'est à l'instigation de l'active « Société franco-chinoise d'Éducation » (SFCE) et du « Mouvement Travail-Étude » que son père avait inscrit Teng sur les listes des jeunes Chinois devant recevoir une éducation en France. Il avait étudié le français pendant un an avant de partir et le maîtrisait plutôt bien. Il avait satisfait à l'examen conduit par l'ambassadeur de France.

Zhou Enlaï, élevé par ses oncles, brillant élève, déjà très instruit, avait lui aussi cédé à l'appel du vieux continent européen et plus particulièrement à celui de la France, patrie de la Révolution. Il avait pris soin de cumuler les bourses pour n'avoir pas à travailler une fois en France. Zhou voulait étudier la façon dont les Européens géraient l'organisation sociale afin de reproduire le meilleur modèle en Chine.

C'est à Paris que Zhou et Deng se rencontrèrent. Ils partagèrent la même chambre dans un modeste immeuble aujourd'hui disparu, au 19 de la rue Godefroy, près de la place

1. De 1966 à 1976, Mao Zedong décide de purger le pays et le Parti communiste et lance une jeunesse révolutionnaire, « les gardes rouges », à l'assaut des valeurs culturelles traditionnelles. Il s'ensuivit des destructions, des humiliations et des millions de morts. C'est Deng Xiaoping qui redressa la barre après la mort de Mao Zedong.

d'Italie. Il ne reste qu'une plaque commémorative en bronze sur le nouveau bâtiment.

À la fin juillet 1923, Teng et Zhou partageaient toujours la même chambre. Teng semblait préoccupé :

— Lao[1] Zhou, je n'ai plus un sou ; sans toi pour me loger, je ne sais pas ce que j'aurais fait.

— Ne t'en fais pas, Xiao Teng, notre entraide va de soi.

— Il faut que je retourne travailler. Je retenterais bien ma chance au Creusot chez Schneider ; ce n'était pas si mal que cela ; on est logé et nourri à midi. Chez Hutchinson, je suis « carbonisé » et l'association qui bat de l'aile n'arrive plus à nous placer.

— Mais Trois pommes, j'ai besoin de toi ici pour la ronéo...

— Tu trouveras facilement un autre gars dévoué à la cause parmi tous ceux qui sont sur le carreau. Tu sais bien que tu ne peux pas me payer et mieux vaut que je reste autonome. Sait-on ce qui peut nous arriver...

— Tu veux partir quand ?

— Dans les jours qui viennent. Viens donc avec moi. En août, avec le beau temps, tu ne vas pas être débordé ; autant en profiter pour voir le pays ; et puis tu as besoin de te changer les idées. Chez Schneider, tu pourras observer

1. *Lao* veut dire « vieux » de façon respectueuse. Un plus jeune s'adresse à un ainé en faisant précéder son nom de « *Lao* ». Réciproquement le plus ancien s'adresse au plus jeune en disant « *Xiao* » ce qui veut dire « petit ».

comment les ouvriers sont traités. Ce sera précieux pour ton étude.

Deux jours plus tard, au petit matin, ils étaient dans le train pour Le Creusot et frappaient à 11 heures à la loge de l'embauche.

— Bonjour monsieur, dit Teng. J'ai travaillé chez vous l'an passé. Pourriez-vous me reprendre pour six mois ou un an, et mon camarade avec moi ?

— Pourquoi nous aviez-vous quittés ? s'enquit le responsable sur un ton plutôt froid.

— Parce que l'association SFCE m'avait demandé de revenir suivre des cours à Paris.

— Et qu'avez-vous fait ?

— En fait, les bourses promises ne sont pas parvenues et j'ai dû trouver un autre travail. L'association m'a fait rentrer chez Hutchinson.

— Et pourquoi avoir quitté cet emploi ?

— Le travail n'était pas intéressant et nous n'étions pas logés comme ici.

— Je vais voir ce que je peux faire ; repassez vers 16 heures.

Le responsable de l'emploi s'empressa d'adresser un télégramme chez Hutchinson qui lui répondit par retour : « TENG HI HIEN CONGÉDIÉ – REFUS TRAVAILLER – PAS REPRIS – SALUTATIONS ». Deux lignes au bas d'une fiche, classée au fichier du personnel, et voilà un univers qui se ferme.

Déjà en 1923, le droit à l'oubli n'existait pas. En fait, en raison de sa petite taille, il avait été affecté à une ligne de production prévue pour les femmes. Elles se moquaient de lui quotidiennement. Elles ne se doutaient pas qu'un jour, un milliard d'hommes et de femmes l'appelleraient le « Petit Géant ».

Lorsqu'ils se présentèrent à 16 heures, il leur fut poliment répondu qu'après vérification, il n'y avait pas de poste disponible en ce moment.

— Où pouvons-nous trouver un travail ? demanda Zhou.

— Voyez chez les gantiers à Millau qui nous fabriquent des gants de protection ; j'ai entendu dire que l'usine Gambert frères embauchait.

Le directeur, très catholique, se délectait d'envoyer ceux qu'il prenait pour des perturbateurs chez les parpaillots[1] des Cévennes qu'il abhorrait.

Avec le beau temps et parce que Zhou n'avait pas de problème d'argent, ils se dirent que le soleil du Sud ne leur ferait pas de mal. Un jour plus tard ils se présentaient à la maison Gambert.

— Bonjour, nous voulons voir le patron.

— Monsieur Victor n'est pas là mais madame Élise pourra vous renseigner.

— Nous cherchons un travail pour six à douze mois.

— Ce n'est pas bien le moment, mon petit gars. Avec les suites de cette fichue grippe espagnole, la demande a de nouveau baissé. Nous n'embauchons plus actuellement.

Devant leur mine dépitée, elle ajouta spontanément :

— Vous devriez aller voir du côté de Roujan, à 100 km d'ici environ. Je sais qu'au château de Cassan la famille Martin cherche toujours des gars courageux pour travailler dans les vignes. Comme la vendange approche, c'est le

1. Nom péjoratif donné aux protestants.

bon moment ; vous arriverez à point nommé... Ils vous réserveront bon accueil si vous y allez de ma part.

— Auriez-vous la bonté de nous faire un mot d'introduction ? rétorqua Teng avec un sourire d'enfant auquel on ne refuse rien.

Après les avoir toisés, la patronne vit bien qu'ils n'étaient pas méchants.

— Suivez-moi.

Madame Gambert passa devant eux et entra dans son bureau. Elle s'assit à sa table de travail et rédigea un mot qu'elle mit sous enveloppe à l'attention de madame Martin.

— Vous serait-il aussi possible de me vendre quelques feuilles de papier ? Je n'en ai pas pris avec moi et je dois absolument adresser quelques courriers ; demain dimanche tout sera fermé et je ne pourrai rien acheter, ajouta le jeune Zhou Enlaï, du haut de ses 25 ans, avec un sourire dévastateur.

Madame Élise lui donna une vingtaine de feuilles :

— Voilà... avec des enveloppes et des timbres pour vous éviter d'en demander... Et avec ça, ce sera tout ?

Zhou et Teng se confondirent en remerciements.

Travailler dans un château paraissait très cocasse à ces premiers fondateurs de la branche des jeunes du Parti communiste chinois européen. Zhou Enlaï ne finissait pas de s'en amuser. Il lui semblait faire un pèlerinage de prolétaire dans l'antre de la noblesse héréditaire. C'était excellent pour son étude !

5 › 7

Rome, vendredi 29 septembre 1978, 7 h 30

Assis dans le fauteuil de son bureau, au cinquième étage de la Tour des Vents, Monseigneur Carminati était encore sous le choc et avait du mal à rassembler ses esprits.

Tout à l'heure, dans l'humilité du recueillement, il s'était agenouillé devant la dépouille du Saint-Père. Dans le profond silence de sa prière, recommandant le pape à Dieu, il avait entendu comme un souffle imperceptible, sourd, étouffé et continu. Le Saint-Père était froid et la raideur cadavérique le statufiait. Le bruit ténu, à peine audible, semblait venir du ventre, sur son côté gauche. Il étendit le bras par-dessus le corps du pape pour faire une palpation et se rendit compte que, dans la poche gauche de la robe de chambre, il y avait un objet. Il introduisit délicatement l'index et le majeur et, s'en servant comme d'une pince, il sortit l'objet.

C'était un dictaphone.

Le Saint-Père travaillait régulièrement avec son secrétaire par l'intermédiaire de cet appareil qui lui servait aussi de pense-bête. Il avait dû oublier de l'éteindre en le remettant dans sa poche, puis s'était endormi. Personne pour le moment ne s'en était encore aperçu. Un éclair traversa son esprit et sans véritablement y réfléchir, l'archevêque décida de ne rien dire et glissa le dictaphone dans la poche ample et profonde de sa soutane. Il savait qu'il prenait une très lourde responsabilité, surtout si le médecin refusait le certificat de décès et demandait une autopsie.

Il reprenait sa pose et sa prière lorsqu'il entendit les pas sonores du camerlingue précédés par sa voix.

— Une bien triste journée nous attend ! dit Monseigneur Villot, en posant sa main sur l'épaule de l'archevêque.

— Oui, Éminence. J'avais beaucoup d'estime pour Sa Sainteté, que je trouvais très ouvert.

— Mais parfois l'ouverture n'est pas la voie que notre Seigneur attend de nous.

Monseigneur Carminati n'avait rien répondu.

Il tenait peut-être dans sa main la réponse aux multiples questions qui le submergeaient. Avec beaucoup d'émotion, il arrêta le dictaphone. Il rembobina la bande et pressa sur le bouton « start », non sans appréhension. Il avait l'impression de violer l'intimité du pape et s'en voulait de s'être mis en pareille situation sous le coup d'une pulsion irrationnelle. Mais peut-être que le pape avait laissé intentionnellement le dictaphone allumé en position d'enregistrement dans sa poche. Il se confondit en *mea culpa*, implorant de nouveau le pardon du Seigneur pour l'offense qu'il faisait au pape défunt. Il ne pouvait plus revenir en arrière.

7 › 8

La voix du pape le fit tressaillir. Elle commençait par énoncer la date et l'heure. Ce message sans importance débutait à 18 heures. Le pape avait dû remettre la précédente cassette à son secrétaire peu de temps avant. Puis plus rien, jusqu'à 20 heures, avec un deuxième message :

« Veuillez joindre Monseigneur Carminati et lui demander d'organiser une audience vers 15 heures. »

À 20 h 20 un troisième message assez bref concernant la banque du Vatican. Puis à 22 h 50 un quatrième message :

« Vu ma fatigue, il faudra demain que je consulte le médecin. Regardez comment insérer cela dans l'agenda. »

Sur l'enregistrement, on entendait comme un froissement puis un long silence qui n'en finissait pas. Monseigneur Carminati regarda sa montre et laissa se dérouler la bande. Une heure plus tard, il devait être minuit moins le quart dans la chambre du pape, la cassette laissait entendre comme des chuchotements inaudibles ; à peine perceptibles, ils devinrent progressivement compréhensibles. L'archevêque entendit très distinctement quelqu'un qui disait : « Il dort. »

Les voix se firent plus fermes.

— Reprenez le plateau de l'infusion, je m'occupe du reste.

— Il nous faut faire vite. La sortie des poubelles doit se faire avant minuit.

— Avez-vous vérifié le décollage ?

— Il est toujours fixé à 6 heures. L'Organisation a prévu un Falcon 20. Il sera à l'heure et nous attendra si nous sommes en retard.

Quelques va-et-vient de pas furent perceptibles pendant cinq minutes puis : « C'est bon, on peut y aller. »

Ensuite, plus rien.

Giacomo Carminati retomba sur son fauteuil, atterré. Sans qu'il puisse en être certain, ce dernier enregistrement semblait orienter la mort du pape vers un empoisonnement. Comme pour lutter contre cette évidence, il voulut se persuader du contraire dans d'ultimes spéculations. Le Saint-Père n'était-il pas sous traitement ?

Il sortit de son hébétement et regarda sa montre. Il était 7 h 30. S'il avait bien compris, pour sortir le manuscrit en trompant les contrôles, les acteurs l'avaient dissimulé dans les poubelles et sans doute repris ensuite pour l'apporter à l'aéroport. À l'heure qu'il était, l'avion avait déjà décollé et il devenait très difficile de récupérer le manuscrit. Il faudrait saisir Interpol et rendre public le vol du manuscrit, ce qui ébruiterait son contenu.

Monseigneur Carminati décida de ne rien faire pour l'instant. Il essaya de raisonner et pensa brusquement à sa nièce Gioia qui, sa licence de droit terminée, venait d'entrer dans les services des renseignements généraux. Il l'appela chez elle, sans succès. Il composa son numéro professionnel sur le cadran rotatif et tomba sur le standard.

— Bonjour, je voudrais parler à mademoiselle Carminati.

— Laquelle et de la part de qui ?

— Gioia, de la part de son oncle.

— Ne quittez pas ! Je vous mets en relation.

Cinq secondes plus tard :

— Ciao mon oncle !

— Bonjour Gigi. Tu es bien matinale !

— Eh oui, je suis déjà au boulot comme tu le vois. Tu sais, je passe mon temps dans l'administratif. C'est mon bizutage, ranger, nettoyer, nettoyer et nettoyer encore. Vu le retard accumulé par le service, les écuries d'Augias n'étaient certainement rien comparées à ici. Et je suis juste une fragile femmelette, rien à voir avec Hercule !

Gioia portait bien son nom de « Joyeuse » ; elle était volontaire et délurée et n'avait pas froid aux yeux ! Sans laisser son oncle placer un mot elle reprit :

— Tu m'appelles au sujet du message que je t'ai laissé pour le mariage ?

— Pas du tout, mais on en reparle rapidement.

Je t'appelle car comme tu l'as peut-être déjà appris par la radio, notre pape est mort et tout est sens dessus dessous au Vatican. Je mène ma petite enquête personnelle. Peux-tu m'aider ?

— Je viens d'apprendre la nouvelle. Un pape mort si peu de temps après son élection, ça n'a pas fini de faire parler. Tu sais bien que je ne peux rien te refuser pour gagner mon paradis... Oui, bien sûr que je peux t'aider, dans la limite de mes moyens et des procédures qui sont plutôt strictes dans la maison, comme tu dois t'en douter.

— Merci Gigi. Peux-tu savoir quels sont les avions de type Falcon 20 qui auraient décollé des aéroports de Rome vers 6 heures ce matin, et pour quelles destinations ?

— Si ce n'est que cela, ce n'est pas trop compliqué, je vais essayer.

Vingt minutes plus tard, Gioia rappelait le bureau de son oncle par le standard du Vatican.

— Aucun avion de type privé n'a décollé de Rome ce matin depuis 6 heures.

Une lueur d'espoir électrisa le cerveau de Giacomo. Le manuscrit était peut-être encore à Rome.

— En revanche, trois « Falcon 20 » ont décollé ce matin à 6 h 05, 6 h 25 et 6 h 40 de Milan. Le premier est le Falcon d'Olivetti et il partait vers Zurich. Le 6 h 25 est celui de Fiat ; Gianni Agnelli est parti pour Londres. Pour le 6 h 40 je n'ai pas pu avoir l'identité de l'affréteur ; son plan de vol était Vienne mais il l'a changé au dernier moment pour Dublin.

De Rome à Milan il y avait plus de six heures de route ; pour ce qui était des trains, c'était la grève aujourd'hui et la nuit, de toutes les façons, il n'y avait pas de train après minuit. En revanche, avec un petit avion on pouvait rallier Milan en deux heures.

— Gigi, les aéroclubs ont-ils eu des activités entre minuit et 5 heures ce matin ?

— Je te rappelle.

Trois quarts d'heure après, Gigi rappelait son oncle :

— J'ai fait le tour des aéroclubs dans un rayon de 100 km. Aucun d'entre eux n'a eu d'activité cette nuit.

— Gigi, je fais le point et je reviens vers toi si j'ai besoin d'autre chose. Je t'embrasse.

— N'hésite pas, ça me fait toujours plaisir de t'entendre. Je t'embrasse très fort.

Il était 9 h 30 lorsque le téléphone du bureau de l'archevêque sonna de nouveau :

— C'est Gioia. J'ai rappelé Milan par acquit de conscience et j'ai pu avoir le responsable de l'aviation d'affaire. Le Falcon 20 de 6 h 40 était loué par une société immatriculée à New York. Une seule personne est montée à bord. C'était un homme. Il n'avait pas de bagages, juste une sacoche. Il s'est présenté comme traducteur. Mon interlocuteur a ajouté qu'il était arrivé à l'embarquement dans une Ferrari, laquelle l'avait déposé puis était repartie après que l'avion a décollé.

— Merci Sherlock Holmes. Je t'embrasse.

Monseigneur Carminati se dit qu'il suffirait de saisir Interpol pour intercepter l'avion à Dublin, mais il faudrait révéler l'existence du document, expliquer la mort du pape et le détournement de preuve... Seul Monseigneur Villot était habilité à saisir Interpol. Monseigneur Carminati allait se résoudre à l'appeler lorsque la sonnerie stridente du téléphone de son bureau retentit de nouveau.

— C'est encore moi. Milan m'a appelée, intrigué par mes requêtes. Ils viennent de m'apprendre que le Falcon a disparu soudainement des radars au-dessus de l'Atlantique à 300 km de Dublin sans envoyer aucun message de détresse. Ils parlent d'explosion et me demandent si je sais quelque chose. Je suis certaine que vu mon insistance à me renseigner auprès d'eux, la police judiciaire ne manquera pas de venir me questionner.

Giacomo resta interdit.

— Je te remercie, Gigi. Je te rappellerai ce soir.

— Qu'est-ce que je dis si on me questionne ?

— Je te rappelle.

Monseigneur Carminati était abasourdi.

Il venait de mettre Gioia dans une situation très délicate et s'en voulait de l'avoir entraînée dans cette histoire.

L'Évangile de Marthe, car c'était évidemment de lui dont il s'agissait, était définitivement perdu. Avec lui disparaissait l'incroyable secret qu'il contenait et qui pouvait secouer les fondements de l'Église catholique romaine.

4 › 9

En mer Méditerranée, juin de l'an 33

Après trois jours de navigation, Marie, la mère de Jésus, ne s'était toujours pas alimentée et n'avait pas dormi un instant.

Marthe prit Joseph d'Arimathie à part :

— On ne peut pas continuer comme cela. Elle ne supporte pas la mer. Elle va trépasser si nous continuons.

— Il faut la faire débarquer.

— Jean est aussi de cet avis. Il propose de descendre avec Marie dans l'Ouest de l'Anatolie. Nous sommes à une journée d'un port de pêcheurs assez discret que l'équipage connaît bien.

Les marins n'eurent pas à modifier le cap. Ils longeaient déjà l'Anatolie depuis un moment, ayant choisi de caboter plutôt que de rester en haute mer.

Le lendemain, la galère accosta. Ils n'étaient pas loin d'Éphèse[1]. Ils se firent des adieux déchirants.

1. Marie est réputée avoir fini ses jours à Éphèse et y avoir reçu sépulture.

Ils savaient qu'ils ne se reverraient probablement jamais. Joseph donna un peu d'or à Jean et de quoi se nourrir pour deux semaines. Un marin décida finalement de descendre avec eux pour les assister.

Le bateau repartit avec ses douze passagers.

Quinze jours plus tard, ils traversaient le détroit de Messine et remontaient en direction de la Sardaigne et de la Corse avant de partir plein ouest vers Agde.

Le voyage s'était bien déroulé. Après Massalia (Marseille), une épouvantable tempête se leva, qui dura un jour et deux nuits. Le mât fut cassé, le gouvernail pulvérisé, les rames arrachées, des amphores brisées et les marchandises détruites. Le bateau fut drossé sur une plage qui plus tard s'appellerait « les Saintes-Maries-de-la-Mer ». Une femme noire, qui glanait des coquillages sur la plage, les aida à prendre pied. Elle s'appelait Sarah.

Tous remercièrent Dieu d'être sains et saufs. Joseph n'avait pas perdu son or, Marie-Madeleine portait toujours son trésor de vie. Ils s'installèrent et se mêlèrent à la population. Marie-Madeleine mit au monde une petite fille. Très affaiblie, elle préféra se retirer seule dans la grotte du massif de la Sainte-Baume. Pour la soulager, Joseph confia le bébé à des amis d'Agde. Plus tard, il se maria. Il voyagea avec la petite fille jusqu'en Grande Bretagne près des mines d'étain et de plomb dont il continua à faire commerce avec l'Orient. Marthe s'installa à Tarascon. Lazare, Maximin et Sidoine prêchèrent. Lazare devint le premier évêque de

Marseille, Maximin d'Aix-en-Provence et Sidoine de Tricastin.

Les troubles et soulèvements en Palestine contre l'occupant romain furent violents et récurrents. La répression fut très sévère tant contre les Palestiniens juifs que contre les Palestiniens convertis au christianisme. En l'an 70, pour éradiquer les émeutes et en finir, les Romains rasèrent le temple de Jérusalem. Ils réduisirent impitoyablement un à un les bastions de résistance. Les réunions furent interdites. Les premiers chrétiens prirent la clandestinité.

L'Empire romain était plus calme en Gaule.

6 › 10

Roujan en France, Château de Cassan,
début août 1923

En sortant de la ganterie Gambert, Teng et Zhou eurent la chance de trouver un camion qui allait à Pézenas en passant par Bédarieux. Roujan était à mi-chemin. Deux heures plus tard, le Berliet CBA les déposait au pied du domaine de Cassan où tous les deux furent embauchés pour les vendanges qui, cette année, arrivaient bien plus tôt que d'habitude.

Le chef de chai les installa tout de suite dans le « ramonettage ». Il s'agissait d'un dortoir très rustique où logeaient les autres ouvriers agricoles. Un casier leur était affecté.

En 1923, il était peu commun de croiser des Chinois en Languedoc.

Madame Martin, qui les avait accueillis, comprit toute suite qu'elle avait affaire à des garçons plutôt cultivés et bien élevés. Il suffisait de regarder leurs mains pour comprendre qu'ils n'étaient pas paysans. Elle les invita à dîner le soir même de leur arrivée, après avoir toutefois averti le maître de chai pour qu'il n'en prenne pas ombrage.

Les Martin étaient curieux de connaître la Chine.

À l'heure convenue, Teng et Zhou se présentèrent à la porte principale et actionnèrent le heurtoir. Teng tenait sa casquette à deux mains, ouverture vers le haut, comme une casserole. Une jeune fille frêle et souriante les fit entrer dans la majestueuse galerie du cloître. Ils tournèrent au bout sur leur droite, au pied de l'escalier d'apparat, vers le vestibule équipé d'un lave-main très ancien et tournèrent encore à droite pour entrer dans la salle à manger. Les murs étaient couverts de boiseries finement ouvragées. Trois grandes fenêtres laissaient entrer les rayons chaleureux du soleil couchant. La table était mise pour six personnes. Le nombre de couverts inquiéta un peu les visiteurs, la jeune fille les rassura.

— Mes parents arrivent tout de suite. Je m'appelle Capucine, et vous ?

— Moi c'est Zhou Enlaï, mais appelez-moi Zhou, c'est plus simple ; mon ami s'appelle Teng Hi Hien, mais appelez-le Teng.

Le temps d'échanger quelques banalités, monsieur et madame Martin entraient accompagnés de Rose, leur plus grande fille. Capucine fit les présentations et ils furent priés de s'asseoir. Teng s'assit et posa précautionneusement sa casquette sur la table près de Zhou qui, lui, resta debout.

— Nous souhaitions, Teng et moi, vous remercier pour cette invitation qui nous fait grand plaisir. C'est la première fois que nous sommes reçus par une famille dans votre beau pays. C'est un honneur pour nous et nous nous en souviendrons toujours.

Le français de Zhou, moins assuré que celui de Teng, était tout à fait compréhensible ; ses fautes et son accent amplifiaient son charme naturel et monsieur Martin lui répondit avec gratitude.

— Le plaisir est réciproque et nous serons ravis d'écouter les nouvelles de votre si lointain pays.

— Nous n'avons pas grand-chose à vous offrir, ajouta Zhou, mais nous y avons mis tout notre cœur. L'origami est un art chinois que les Japonais ont poussé à l'extrême. Ayant eu la chance de passer un an au pays du Soleil Levant, il me reste, faute d'en avoir bien appris la langue, un peu de savoir-faire après les quelques leçons d'origami que j'ai suivies.

Il plongea ses deux mains précautionneusement dans la casquette de Teng et en sortit une tortue en papier toute mignonne. Teng reprit la parole :

— C'est pour votre famille. Elle représente le monde. Sa carapace est la voûte du ciel ; son ventre carré représente votre domaine. Elle apporte la paix et protégera votre château. Nous formons les vœux qu'elle soit un gage de bonheur et de prospérité pour votre famille.

Les Martin furent très surpris par tant d'attention et de courtoisie. Teng reprit :

— Lors de nos premiers cours de français, nous avons appris des fables de Jean de La Fontaine. Pour honorer les belles lettres de votre pays et pour que la tortue ne s'ennuie pas, nous vous offrons ce lièvre turbulent ; et il sortit une tête de lièvre avec de grandes oreilles.

Qu'il apporte joie et animation dans votre beau domaine !

— Et voici un cochon ! renchérit Zhou. C'est l'année du cochon d'eau en Chine. Cet animal est fidèle. Il sait goûter et savourer tous les plaisirs de la vie. Il vous en donnera beaucoup !

— Comme nous savons qu'il est d'usage d'offrir des fleurs à la maîtresse de maison, voici deux fleurs d'hibiscus rose de Chine à cinq pétales blancs pour vous, madame Martin, qui nous recevez si agréablement et si généreusement, conclurent Teng et Zhou en s'inclinant.

Interloqués par tant de finesse et de délicatesse, les hôtes tombèrent sous le charme de leurs deux invités et la soirée fila bon train. Il y eut des éclats de rires lorsqu'il fallut se servir des couteaux et des fourchettes et Zhou demanda s'il pouvait sortir les baguettes qu'il avait toujours sur lui. Chacun voulut s'y essayer. La soirée se termina fort tard. Les deux filles, Capucine et Rose, âgées de 16 et 20 ans, n'étaient pas insensibles à l'exotisme asiatique.

La bonne humeur et le vin aidant, il fut décidé que les deux jeunes gens pourraient s'installer dans le corps principal du château, dans la chambre dite « de l'évêque » au rez-de-chaussée, tout près de l'église.

Teng et Zhou furent très surpris d'apprendre que le Château n'en était pas un mais qu'il s'agissait d'un Palais conventuel où avaient vécu des moines, le site avait 3 000 ans ! Les moines s'étaient installés à Cassan au tournant de l'an mille, ils en avaient été chassés lors de la Révolution française. Zhou Enlaï parut plus attristé que Teng par cette histoire. Plus tard, bien que soumis à la volonté de Mao et au frénétique aveuglement de la Révolution culturelle, il ferait tout ce qui était en son pouvoir pour que le Potala, au Tibet, ne soit pas saccagé par les gardes rouges incontrôlables.

Les Martin ne savaient pas que ce soir-là, en toute simplicité, ils venaient de dîner à leur propre table avec deux des plus grands futurs leaders de la Chine.

Teng, devenu Deng Xiaoping, allait propulser la Chine dans le monde économique, mariant la main de fer du communisme et celle de l'économie de marché. « Enrichissez-vous ! » lancerait-il à ses compatriotes en 1978. Le moins que l'on puisse dire, c'est que ce n'était pas tombé dans les oreilles de sourds.

9 › 11

Tarascon, en l'an 64 de notre ère

Marthe était une femme très riche. Elle possédait beaucoup de biens à Magdala, Béthanie et Jérusalem. C'était une personne d'exception, excellente administratrice, et lettrée, ce qui était presque impensable pour une femme de cette époque. Cela l'avait rapprochée de Jésus qu'elle recevait souvent à Béthanie. Jésus aimait les séjours reposants chez elle. Marthe appréciait la sérénité de Jésus et son détachement des sujets matériels. Elle pourvoyait pour lui aux exigences terre à terre de ce monde : en clair, elle le soutenait financièrement. C'est chez Marthe que Jésus rencontra Marie-Madeleine.

Une fois arrivée en Gaule, Marthe resta avec sa sœur Marie-Madeleine et son frère Lazare, ils avaient pour projet d'évangéliser Massalia. Plus tard, Marie-Madeleine, inconsolable d'être séparée de Jésus, décida de consacrer sa vie au recueillement et à la méditation. Elle choisit de se retirer en ermite dans une grotte sur les hauteurs du massif actuel de la Sainte-Baume.

C'est à ce moment que Marthe choisit de quitter son frère Lazare pour s'installer plus à l'ouest, dans un hameau aux confins de la Provence et du Languedoc qui s'appellerait plus tard Tarascon. Le village était très calme. Pour ainsi dire, il ne s'y passait rien. Elle y établit néanmoins une modeste auberge qui se mit à prospérer et à attirer de plus en plus de monde, surtout le soir, à la veillée, lorsqu'elle racontait l'histoire de Jésus.

Certains clients se convertissaient au christianisme et la suppliaient de coucher sur un rouleau la merveilleuse histoire de Jésus de Nazareth pour que tout le monde la connaisse lorsqu'elle-même disparaîtrait. Marthe ne savait par où commencer et n'était pas à l'aise dans la langue de Rome ni dans ce parler local, ce dialecte mâtiné de grec, de latin et de mots celtes qui s'enrichirait plus tard d'arabe et qu'on appellerait l'occitan.

Marthe repoussait chaque jour son projet d'écriture jusqu'à ce qu'un marchand de papyrus et de parchemins séjourne dans son auberge. Pour paiement de deux semaines de gîte et de couvert, il lui laissa une trentaine de parchemins de grande taille, permettant de faire des feuillets de 30 cm sur 25 environ avec des feuilles pliées en deux. Il s'agissait de peaux de veau finement polies.

Elle choisit de s'exprimer en araméen, parce qu'elle avait appris à écrire dans cette langue avec son père. Elle se mit à l'œuvre et rédigea doucement, pendant plus d'un an. Son écriture était belle et souple, d'autant plus régulière que, gauchère, il lui était facile d'écrire de droite à gauche.

Marthe organisa elle-même les parchemins en neuf cahiers de trois bi-feuillets. Elle les relia avec un fil-passe tressé très robuste et assembla le tout sous une couverture de cuir rigide finement tannée.

11 › 12

Dans le village, Marthe était vénérée pour ses qualités, sa générosité mais surtout parce qu'elle avait dompté « La Tarasque » qui terrorisait les habitants.

La Tarasque n'était en fait qu'un bébé crocodile venu du Nil. Il avait été capturé par des marins d'Alexandrie. Pour s'amuser, lors d'un voyage en Septimanie, ils l'avaient emporté sur leur bateau afin d'exhiber cet animal et, une fois arrivés à Agde, l'animal ayant fait son effet, ils l'avaient relâché dans les étangs. Le crocodile avait grandi, traversé les étangs et remonté le Rhône jusqu'au village où Marthe s'était installée.

Les habitants qui n'avaient rien vu de semblable se répandaient en récits fantasques. La créature mangeuse d'hommes et d'enfants fut créditée de pouvoirs maléfiques. Mi-terrestre, mi-aquatique, elle fut baptisée « La Tarasque ».

Marthe, qui avait commercé et voyagé en Égypte, comprit très vite qu'il s'agissait d'un crocodile. Elle savait surtout comment s'y prendre pour les capturer, ayant observé les chasseurs nubiens experts en la matière. Alertée par les cris des villageois qui avaient aperçu le monstre, elle promit de s'en occuper et partit le lendemain matin vers l'endroit où les habitants l'avaient repéré.

Elle avait pris soin de se munir d'une corde assez longue et solide enroulée autour de sa taille, d'un couteau d'un empan, solide et tranchant, d'un tissu épais et bien opaque et de quatre belles poules qu'elle avait fait tuer la veille et qu'elle avait farcies avec un savant mélange de plantes tranquillisantes, fortement dosé. Elle tailla une verge solide, de 4 m, au bout de laquelle elle attacha une boucle avec un nœud coulant. La corde longeait la perche jusqu'à sa main. Elle eut vite fait de dénicher l'animal au bord de l'eau, tout près du lieu qui lui avait été indiqué. Il se dorait au soleil sur la berge du Rhône. Sans faire de bruit, elle s'approcha doucement par derrière, lança devant lui la première poule dont il ne fit qu'une bouchée, puis la deuxième et enfin la troisième. L'animal reprit sa pose. Elle se saisit du tissu et avec le bout de la perche opposé à la boucle, elle disposa le tissu sur la tête du crocodile, couvrant ses yeux, ce qui eut pour effet de le neutraliser. Il restait immobile, la tête légèrement soulevée. Elle avança la perche avec la boucle et, très doucement, glissa la boucle sous sa gueule puis tira très fort pour serrer le nœud coulant. L'animal se débattit un instant et retrouva son calme. Elle vérifia que le voile lui couvrait toujours les yeux, s'approcha, fit plusieurs tours de corde autour de sa gueule et noua la corde qu'elle tint un peu comme une longue laisse. Elle accrocha la quatrième poule au bout de la perche et la mit devant la gueule de l'animal ; il avança à l'odorat. Elle put lui enlever le voile et revint vers le village, accompagnée d'une cohorte de villageois en liesse. Le monstre, comme dressé, marchait devant, attiré par la poule qui pendait sous son nez.

La légende de Marthe était née et se répandit dans toute la Provence et toute la Septimanie. Sa réputation fut immense. Elle avait dompté le monstre ! Il fut dit que c'était un miracle, qu'elle avait charmé le monstre en le bénissant à tel point qu'il lui obéissait et qu'elle pouvait le tenir en laisse avec sa seule et frêle ceinture. Le village prit le nom de « Tarusco » qui devint plus tard Tarascon.

Les armes de la ville de Nîmes, à 40 km de Tarascon, arborent le symbole des palmiers et des crocodiles. Peut-être en souvenir de Marthe.

Elle fut appelée d'un peu partout mais refusa toujours de se déplacer. Un jour toutefois, trois émissaires d'un petit village du nom actuel de Roujan (à 20 km au nord de Béziers, à 40 km de Narbonne), vinrent lui demander de les débarrasser d'un monstre aquatique qui dévorait les enfants.

— Il vous faut venir, noble Maîtresse, car la bête est possédée. Nous savons que vous avez fréquenté l'enseignement d'un homme nommé Jésus, qui chassait les démons. Vous seule pourrez nous en délivrer.

Le nom de Jésus la fit tressaillir. Elle se demanda ce que lui-même aurait fait. Bien que déjà âgée et fatiguée par une vie très active, à près de 69 ans, en souvenir de Lui et par compassion, elle accepta de suivre les émissaires[1].

Elle se prépara à quitter son auberge, emportant avec elle quelques affaires assemblées dans un baluchon et un petit coffret en cèdre enfermant le manuscrit qu'elle venait juste de terminer.

1. Le lecteur pourra suivre l'itinéraire du voyage de Marthe sur la carte placée en fin d'ouvrage.

12 › 13

Tarascon, le 24 juillet de l'an 65 de notre ère

Le petit jour pointait. Les émissaires étaient debout depuis une bonne heure. La veille, ils avaient récupéré un âne et une charrette assez longue, garnie de paille et de couvertures, dans laquelle Marthe pourrait s'allonger. Ils avaient mis trois jours pour venir mais prévoyaient un rythme moins soutenu pour le retour.

Ils descendirent vers le Rhône et attendirent le bac une vingtaine de minutes. Un bœuf tournait autour d'un treuil en bois de 2 m de large, enroulant une corde qui plongeait dans l'eau et halait une embarcation à fond plat. Un dispositif symétrique, sur l'autre berge du village d'Ugernum (aujourd'hui Beaucaire), permettait les mouvements de va-et-vient du bac sur le fleuve. Le courant assez fort ne pouvait entraîner l'esquif à la dérive et nul besoin de godilles ou de voile pour faire la traversée.

Une dizaine de personnes attendaient déjà le bac, certaines avec bagages et bétail. Tout le monde monta sur la plateforme flottante qui pouvait amplement recevoir le double de passagers.

Ils partirent ensuite en direction de Nemausus (Nîmes) par la voie Domitienne[1]. Une borne verticale indiquait la distance de 18 milles soit environ 26 km. Ils laissèrent sur leur droite les fumées des fours du mas des Tournelles où se fabriquaient des amphores réputées dans toute la Narbonnaise. Après six heures de marche, ils entrèrent dans Nîmes par la porte d'Auguste, traversèrent la place du forum, longèrent la curie[2] puis le temple des Princes d'Auguste, appelé aujourd'hui la « Maison Carrée ». Ils y firent une halte pour se restaurer tranquillement ; leur âne but à l'un des abreuvoirs adossés aux innombrables fontaines recevant les eaux des sources d'Uzès, acheminées via l'aqueduc du « pont du Gard » qui venait d'être achevé quelques années plus tôt.

Ils sortirent de la ville par la porte de Narbo (Narbonne), salués par l'impressionnante Tour Magne qui dominait les fortifications. Marthe ayant bien supporté le trajet, ils décidèrent de pousser jusqu'à Ad Octavum (Uchaud), 9 milles plus à l'ouest. Lorsqu'ils l'atteignirent, Marthe commençait à donner des signes de fatigue, ils

---

1. Voie romaine qui permettait de passer de l'Italie à la péninsule ibérique. Elle franchissait les Alpes au col de Montgenèvre puis redescendait vers le sud, passait le Rhône à Tarascon et continuait en Septimanie. La « *via Domitia* » fut construite à partir de 118 av. J.-C. à l'instigation du proconsul Cneus Domitius Ahenobarbus dont elle prit le nom. Elle desservait Narbonne, première capitale des Gaules.
2. Bâtiment dans lequel se réunissaient les administrateurs de Nîmes.

choisirent un relais de bon augure où passer la nuit et l'aidèrent à s'installer ; elle organisa un petit creux dans la paille et y logea son coffret, s'allongea dessus et mit son baluchon sous sa tête en guise d'oreiller. Les émissaires tirèrent des victuailles de leurs besaces et s'installèrent près d'elle pour la veiller, puis s'étendirent de part et d'autre et le troisième à ses pieds. Ainsi encadrée, il était plus difficile à leur protégée d'être indisposée pendant son sommeil : les relais n'étaient pas si sûrs, on y côtoyait toutes sortes de gens dont des brigands ; mieux valait rester sur ses gardes.

Pour leur deuxième journée, ils s'étaient fixé une étape de 25 milles, une quarantaine de kilomètres, ce qui était la norme des distances que parcouraient les voyageurs à l'époque.

Ils partirent tôt le matin, franchirent le Vidourle sur le pont d'Ambroix et arrivèrent à Ambrussum. Ils s'y restaurèrent puis reprirent la voie domitienne, toujours en direction de Narbonne. En traversant Castries, la voie était pavée et la charrette fut moins secouée que sur les sections damées, parsemées d'ornières et de nids-de-poule, mais les vibrations que les pavés renvoyaient dans la carriole, dépourvue de suspension, étaient très éprouvantes pour Marthe. En quittant le *castrum*, ils cheminèrent plus lentement afin d'atténuer les secousses et de préserver au mieux leur éminente voyageuse. Ils passèrent Vérargues et Lunel et arrivèrent sur Le Crès dans la soirée.

Marthe ne disait mot mais souffrait. Elle avait emporté dans son baluchon quelques plantes médicinales qu'elle confia à ses compagnons pour qu'ils lui préparent une décoction. À leur grand étonnement, ils la virent s'asseoir par terre, le dos très droit, les jambes repliées sous elle, mains sur les genoux, paumes en l'air ; elle respira lentement, comme hors du temps, sans bouger, pendant de longues minutes. Puis, du bout de ses doigts, elle fit quelques compressions sur son visage, sa tête et ses pieds, but la décoction et se coucha sans dîner. Au matin, Marthe semblait aller bien mieux.

Pour leur troisième journée, ils s'étaient donné l'objectif d'atteindre le relais du Forum Domitii (Monbazin). À l'approche de l'*oppidum* de Sextantio (Castelnau-le-Lez), Marthe s'était endormie dans la carriole ; ils s'arrêtèrent pour la laisser se reposer jusqu'à ce qu'elle s'éveillât, puis repartirent et franchirent le Lez sur un pont de pierre pour atteindre le relais à la nuit tombante.

Le lendemain, lorsque Marthe reprit son baluchon, elle se rendit compte qu'il avait été découpé par une lame très fine ; pendant son sommeil, une partie de son linge avait été tirée hors du paquetage qui lui servait pourtant d'oreiller. Ses compagnons étaient mortifiés de ne pas l'avoir suffisamment protégée, elle ne pensait qu'à son précieux coffret qui n'avait pas bougé.

À l'aube, ils repartirent sur la voie Domitienne pour leur quatrième journée de voyage. Encore 25 milles à parcourir avant de rejoindre Cessero (Saint-Thibéry). Ils passèrent Frontianum (Frontignan), Mèze, et, en fin d'après-midi, ils franchirent l'Hérault à Saint-Thibéry. C'est ici que le lendemain ils quitteraient la voie

Domitienne pour remonter plus au nord vers Roianum (Roujan).

Marthe voulut alors s'accorder une longue pause. S'asseyant sur le parapet du grand pont de pierre, elle regarda longtemps la rivière défiler sous ses pieds, puis, les yeux perdus dans le lointain, tel un trésor, elle serra très fort son coffret contre sa poitrine ; toute sa mémoire et l'essence de sa vie étaient là, blotties entre ses bras. Elle repensait aux eaux purificatrices, au Jourdain qui coulait en Palestine, à Jean-le-Baptiste, à Jésus qui lui avait tant appris des médecines orientales et lui avait parlé du Gange.

Ils s'installèrent dans le relais de Saint-Thibéry pour la nuit et prirent soin cette fois de se coucher la tête contre un mur.

13 › 14

Roujan, le 28 juillet de l'an 65

La réputation de dompteuse de dragons avait précédé Marthe.

La population de Roujan vint à sa rencontre et lui fit bel accueil en cette fin d'après-midi.

Le chef du *vicus*[1] la remercia et lui souhaita la bienvenue. Il s'excusa de ne pas pouvoir l'accueillir.

— Nos demeures sont trop humbles pour vous recevoir. Nous avons demandé à Cassius de vous héberger dans sa villa ; elle est vaste et belle et c'est la plus proche de la rivière. Nous appelons maintenant le site « Cassan », du nom de Cassius.

— Il s'agit d'un Romain ! dit Marthe en se raidissant.

— Oui, noble Maîtresse, mais il a quitté la légion depuis plus de dix ans. Il s'est installé près de nous un peu à l'écart, à l'ouest du village. Il respecte notre vie et s'est converti à la terre.

1. À l'origine en latin : petite agglomération de maisons.

Il cultive la vigne dont il tire un bon vin que les marchands d'Agde vendent dans tout l'Empire.

— Il n'en reste pas moins un Romain.

— Sa famille a été sauvagement assassinée par les hordes germaniques lorsqu'il était centurion à Colonia Claudia (actuellement Cologne). Il s'est arrêté ici sur le chemin de Narbonne où il devait rejoindre un corps de vétérans des bords de l'Empire. Finalement, il a préféré quitter l'armée. Il a épousé Camula, une fille de notre village. Son fils de 10 ans, Adrien, vient d'être tué par la bête. Il n'a plus qu'une fillette de 8 ans, Agrippa ; son épouse pleure tous les jours. Vous lui serez d'un grand réconfort en acceptant son hospitalité. Lui aussi a entendu parler de Jésus de Nazareth.

Marthe revit Jésus devant le centurion qui le suppliait. « Va, Ta foi t'a sauvé et ton fils est guéri » lui avait répondu Jésus.

— Allons chez lui, dit simplement Marthe.

14 › 15

La villa de Cassius était l'habitation la plus proche de la Thongue qui coulait en contrebas. En venant du *castrum* de Roujan, il fallait cheminer vers l'ouest, passer le col flanqué de deux collines et descendre vers la rivière. De l'autre côté de la berge était installé un petit hameau appelé Gabianum (aujourd'hui Gabian).

Arrivée au soleil couchant, Marthe put voir l'astre de feu plonger entre les collines. Elle revit le hiéroglyphe égyptien 𓈌 du soleil sur l'horizon qui conduit les défunts pour le long voyage de la pesée de l'âme. Les collines semblaient garder la porte d'entrée de l'au-delà.

Marthe pensa au soleil de Béthanie et aux heures heureuses passées en compagnie de sa sœur et de Jésus.

Cassius, devenu patricien[1], avait pris soin de construire sa villa un peu en retrait avant le passage principal du col, sur le flanc est de la colline sud.

---

1. Un patricien est un romain qui appartient à la classe supérieure des citoyens romains, par opposition aux plébéiens.

C'est Camula, la femme de Cassius, qui accueillit Marthe. Elle avait à peine 30 ans, grande et mince, élégante et digne, ses traits étaient tirés et ses yeux gonflés.

Elles traversèrent le vestibule, passèrent dans l'*atrium*, longèrent l'*impluvium* et entrèrent dans un salon décoré avec goût. Après quelques échanges et les présentations d'usage, Camula montra à Marthe sa chambre.

— Nous avons préparé votre appartement et j'y ai fait porter vos affaires. Un bain vous attend. Laissez-vous faire, Subroni va s'occuper de vous. Elle vous massera et vous habillera pour le dîner. Prenez votre temps. Détendez-vous.

Deux heures après, Subroni guidait Marthe vers la salle à manger où la famille l'attendait. Elle était vêtue de propre et laissait sur son passage un doux sillon parfumé d'huile à l'iris ; ses cheveux gris étaient rassemblés et tressés en belle natte ornée d'une fleur blanche d'églantier. Subroni, à la demande de Camula, l'avait parée de bracelets autour des bras, des poignets et des chevilles, ainsi que d'un très bel ensemble pectoral. À peine Marthe fut-elle entrée dans la salle à manger que Cassius se prosterna comme il l'eût fait aux pieds de l'empereur Néron, la remerciant d'être venue. Une petite fille, pleine de vie, les yeux pétillants de malice, vint la saluer. Ils s'installèrent pour dîner. Camula ne put contenir une montée d'émotion. Voulant préserver son épouse, Cassius s'empressa d'interroger Marthe sur son voyage, Tarascon, la Palestine et Jésus.

Son émotion dissipée, Camula l'interrompit :

— Laissez un peu notre hôte tranquille, elle n'a même pas le temps de manger, dit-elle avec douceur et révérence.

Cassius, gêné, reprit la parole et, cessant ses interrogations, se fit plus grave :

— Noble Maîtresse, au sommet de la colline qui surplombe notre maison, il y a un très vieux temple qui domine la vallée. La vue s'étend au loin. On dit que les Celtes furent les premiers à s'y installer voici près de 1 000 ans et qu'ils édifièrent un ensemble de bâtiments dédiés à Cernunnos, leur dieu solaire qui commande à la nature, aux forêts et à la fertilité. Un peu partout dans la région il reste leurs vestiges et on trouve aussi des dolmens et des menhirs antérieurs de 2 000 à 4 000 ans. Sur la colline, le temple est orienté sur la course du soleil et il est bâti selon des règles sacrées. Nous autres Romains avons souvent repris ces tracés car ils recèlent le mystère de la grande et moyenne proportion. Lorsque nous nous sommes installés, voici un peu plus de dix ans, il y avait deux ermites qui vivaient là-haut. Le temple était en ruine. Depuis cinq ans, trois hommes ascétiques et instruits les ont rejoints, nous les voyons rarement. Certains disent qu'ils viennent de Palestine.

15 › 16

La veille, Marthe avait repris une décoction de ses plantes, puis s'était endormie très vite ; elle n'avait pas connu de vrai lit depuis quatre nuits ; les senteurs de thym, de lavande et de romarin séchés filtraient au travers de l'épais drap de lin qui couvrait le matelas de paille et d'herbe. Cette nuit-là, elle avait rêvé de Jésus et souri dans son sommeil à la petite Agrippa.

Marthe se leva tôt comme toute la maisonnée. Il était 6 heures et le soleil annonçait une belle journée d'été. Déjà prête à descendre à la rivière, elle avait demandé à Cassius de l'accompagner, ce qui avait rempli Camula d'effroi. Cassius avait mis ses jambières et sa cuirasse et s'était armé du glaive et de la lance de ses campagnes.

— Noble Maîtresse, prenez cela avec vous pour votre protection, dit Camula en passant autour du cou de Marthe un lourd collier avec un pendentif.

Le bijou celte était censé la protéger. Un petit disque en terre cuite sur lequel étaient finement gravés au recto de jolis entrelacs dessinant une triskèle et au verso une écriture druidique sans doute incantatoire. Compte tenu de l'état émotionnel de Camula, Marthe ne voulut pas la contrarier et accepta l'amulette païenne.

— Faites très attention à vous ! avait averti Camula. La bête est maléfique !

Marthe avait demandé à Cassius de prendre deux lapins en sus de tissus, de cordes et d'une longue verge. Arrivés au bord de l'eau, ils tuèrent un des deux lapins, le saignèrent et le lancèrent dans l'eau. L'odeur du sang eut pour effet de faire venir le monstre. Ils tuèrent le second lapin et le laissèrent sanguinolent sur la berge ; le monstre sortit de l'eau. C'était un grand crocodile long de cinq mètres au moins, vraisemblablement venu, lui aussi, avec les bateaux. Il avait dû remonter l'embouchure de l'Hérault, puis la Thongue. Cassius, bien qu'ayant combattu à Carthage, n'avait jamais vu de crocodile. Marthe lui expliqua comment le museler, puis Cassius terrassa lui-même l'animal. On aurait dit qu'il lui faisait expier la mort de son fils.

Ils remontèrent vers Cassan. Le soleil déjà haut les éblouissait, laissant en contre-jour surgir les deux collines, gardiennes du col, telles les tours d'une citadelle naturelle qui saluait les vainqueurs.

Camula les attendait, anxieuse.

— Ma Fille, il n'y a plus de monstre. C'est fini.

Tout en caressant la tête de sa petite Agrippa, Camula fondit en larmes et se jeta dans les bras de Marthe ; elle sanglota longtemps.

16 › 17

Il fallut une bonne demi-heure à Marthe pour arriver au sommet de la colline. Elle avait emprunté des sentiers étroits, reconquis par la végétation, parfois abrupts. À l'approche du sommet, le sentier se transformait en une allée bordée de blocs de roches monolithiques avec des encoches disposées selon des points de maillage très précis. Les druides disposaient des pierres de natures différentes dans les encoches, ce qui produisait des ondes et « activait » le site, un peu comme les points d'acupuncture régulent l'énergie du corps.

Le temple était plus grand que ce que l'on percevait du bas de la colline. En le longeant, elle estima qu'il devait mesurer environ vingt pas de large sur quarante de long.

Il était construit sur le rapport un à deux. La taille de deux carrés égaux juxtaposés. Une enceinte déportée d'environ quatre pas en faisait le tour.

Marthe ne passa pas inaperçue. Deux hommes longilignes et émaciés vinrent à sa rencontre.

— Femme, vous n'êtes pas la bienvenue ici, interpella le plus âgé dans un latin approximatif. Il vous faut quitter ces lieux.

— Bonjour vénérable Maître, répondit Marthe en araméen, ayant cru reconnaître un accent qui lui était familier.

Les deux hommes restèrent interdits et sur leurs gardes.

— Je m'appelle Marthe et je viens de Palestine, leur dit-elle pour les apaiser. Vous n'avez rien à craindre de moi.

— Femme, que venez-vous faire ici ?

— Je suis venue tuer la bête qui hantait la Thongue et terrorisait les villageois. Ce sont eux qui m'ont mandée.

— Vous ? Une femme ? Vous auriez tué la bête ?

— Oui, vénérable Maître. Je l'ai tuée ce matin, vous pourrez la voir sur le bord de la Thongue et la manger. C'est très bon, un peu comme du poisson.

— Noble Maîtresse, nous ne mangeons que ce qui s'offre à nous du règne végétal.

— Cassius m'a dit que vous étiez très pieux ; je souhaitais vous saluer en vous portant la paix. Je voulais aussi admirer la vue sur la vallée. Je repars dans quelques jours. Mais vous-mêmes, vénérables Maîtres, qui êtes-vous et que faites-vous ici ?

— Nous sommes arrivés ici voici cinq ans, noble Maîtresse. Nous sommes trois. La Palestine était en troubles et nous n'y étions plus en sécurité. Nous sommes esséniens[1], issus de la communauté de Qumrân. Nous avons

1. Courant juif en Palestine, à l'époque de Jésus-Christ, pratiquant l'ascèse, l'immersion purificatrice journalière et l'abstinence.

préféré fuir la répression, profitant d'un bateau qui allait en Gaule. Une fois arrivés à Agde, nous avons cherché un site pour nous installer. Nous avons hésité à nous fixer à Ensérune, mais nous avons trouvé que l'*oppidum* était trop fréquenté. On nous a parlé de ce vieux temple sur cette colline. Nous avons trouvé le site suffisamment à l'écart des habitats et propice à la méditation. Nous disposons d'une source d'eau claire au pied du coteau et nous avons accès à la Thongue pour nos rituels de purification. Le monstre nous en a privés depuis trois mois.

Lorsque nous sommes arrivés ici, deux pauvres hères vivaient dans ces ruines. Nous leur avons demandé si nous pouvions nous installer auprès d'eux et nous avons relevé les pierres de l'ancien temple que nous habitons. Nous sommes cinq à vivre ici, en bonne harmonie. Nous avons aménagé un petit scriptorium et nous reproduisons des textes que nous avions l'habitude de lire lorsque nous étions en Palestine.

— Vénérables Maîtres, avez-vous entendu parler de Jésus lorsque vous étiez là-bas ?

— Oui, bien sûr. C'était avant de rejoindre Qumrân. Il a séjourné parmi les nôtres lorsqu'il avait dix ans. Il a été instruit selon nos règles pour ce qu'on nous a dit. Plus tard le pauvre a été supplicié par les Romains.

— Je suis son amie et ma sœur fut sa compagne. Mon père aussi fut éduqué à Qumrân.

Ils regardèrent Marthe les yeux écarquillés. Cette femme terrassait les monstres et elle était l'amie de Jésus de Nazareth ! Celui qui avait été instruit à Qumrân, qui avait prêché, qui avait mis sens dessus dessous toute la Palestine avant et après sa mort !

— Très noble Maîtresse, nous vous sommes reconnaissants de nous avoir débarrassés du monstre mangeur d'hommes. Nous pourrons reprendre nos immersions dans la rivière grâce à votre entreprise. Nous aimerions vous remercier mais nous n'avons rien à vous offrir sinon notre bénédiction et nos prières. Nous souhaiterions faire tellement plus...

— Vénérables Maîtres, je viens d'achever d'écrire mes souvenirs, imprégnés de l'enseignement de Jésus. Il y a là toute l'histoire que nous avons partagée et tout ce dont Jésus nous a instruits. La vie et la parole de Jésus en quelque sorte. J'ai emporté l'ouvrage avec moi, il compte 108 pages. Pourriez-vous m'en faire deux copies ? Ce serait la façon dont vous pourriez me remercier.

Décidément, cette femme chasseresse de dragons, amie de Jésus, savait aussi écrire. Ils n'en revenaient pas.

— Très noble Maîtresse, ce sera pour nous un bien grand honneur. Portez-nous votre ouvrage. Il nous faudra sans doute deux mois pour faire ces deux copies.

— Vénérables Maîtres, j'ai confiance en vous. Je vous demanderai de faire parvenir une des copies à votre communauté de Qumrân. Ainsi, il y aura un écrit en Palestine, là où tout a commencé. Je reviendrai chercher moi-même mon manuscrit avec la copie restante.

Marthe redescendit vers la villa de Cassius. Elle rejoignit ses appartements et sortit doucement le manuscrit de son coffret ; elle déplia le morceau de tissu qui le protégeait. Elle caressa le codex avec tendresse, posa sa tête dessus, assiégée de souvenirs, puis replia méticuleusement le tissu autour de l'ouvrage ; avec son trésor entre les mains, elle gravit la colline par un autre chemin, moins escarpé, que Cassius lui avait recommandé. Elle apportait des figues séchées et du lait de chèvre que Camula avait préparés pour les ermites, ainsi qu'une bourse avec quelques pièces pour les parchemins et le transport par bateau. Elle reviendrait au printemps.

18

29 septembre 1978

À 9 000 km du Vatican, une main nerveuse venait de composer le numéro du siège de l'administration de l'Opus Dei des États-Unis d'Amérique. Il était 9 heures à Chicago lorsque la standardiste décrocha.

L'appel venait de Shenyang.

— Je souhaite parler à Monseigneur Miguel Cordoba.

— Qui dois-je annoncer ?

— Le secrétaire général de l'Organisation d'Asie.

— Je vous le passe, ne quittez pas.

Miguel Cordoba décrocha. À l'autre bout du fil, sans aucune forme de politesse, la voix tendue du secrétaire général attaqua.

— Monseigneur, connaissez-vous la nouvelle ?

— Oui, Monsieur le secrétaire général, nos amis de Dublin nous ont informés.

Il y eut un silence et la voix du secrétaire général se fit plus dure.

— Ce n'est pas ce qui avait été prévu. L'Organisation est très contrariée. Vous deviez acheminer ce document sans faute. Tout cela ne va pas simplifier la vie des chrétiens de Chine. Vous venez de rater une opportunité exceptionnelle d'évangéliser des centaines de millions d'âmes en bénéficiant de la bienveillante attention du Congrès.

— Nous avons été doublés. Il y a des espions au Vatican.

— Monseigneur, êtes-vous bien certain que ce soient des espoins du Vatican ? Nous sommes convaincus, quant à nous, que les taupes sont dans vos propres rangs. Vous ne contrôlez pas votre branche traditionaliste.

— Mais voyons, Monsieur le secrétaire général, quel intérêt auraient-ils à mettre des bâtons dans les roues de nos accords ?

— Réfléchissez un peu, Monseigneur ! On ne peut pas en rester là. Vous devez trouver des solutions.

8 › 19

Rome, vendredi 29 septembre 1978

Monseigneur Carminati se morfondait. Accablé, il tentait de se réfugier dans la prière mais son esprit ne cessait de vagabonder, sautant de questions en questions, toutes sans issues et certaines saugrenues.

Comment tirer Gioia de cet imbroglio dans lequel il l'avait mise ? Et la perte de l'Évangile selon sainte Marthe ? S'il n'avait pas proposé au pape de le lire, peut-être le pape serait-il toujours en vie, et l'évangile dans les archives. Le poids de tous ces événements pesait sur ses épaules et l'enfonçait sous terre, comme dans une descente aux enfers.

Et ces deux tableaux qu'il avait rapportés dans son bureau, posés à terre, délicatement appuyés contre le mur, qu'allait-il en faire maintenant ?

Son bureau était le plus beau de tous ceux du Vatican. À l'instar de la salle Sixtine, il était peint *a fresco*, non seulement les plafonds, mais aussi les murs jusqu'au sol, ce qui fait que le mobilier, tout simple, était disposé au milieu de la pièce loin des murs. Depuis son fauteuil, par-dessus sa table de travail, Monseigneur Carminati regardait le tableau, *Danaé et la pluie d'or*.

Décidément ce n'était pas de l'or qui lui tombait dessus mais toutes les calamités du monde, les dix plaies d'Égypte. Il se sentait coupable et abattu. Il se leva machinalement, jeta un œil nerveux par les fenêtres sans véritablement regarder la cour de la Pigne et se dirigea vers les tableaux posés contre le mur. Il voulait revoir le Canaletto qui tournait le dos au Titien. Comme il basculait vers lui le Titien pour attraper le Canaletto, il aperçut une enveloppe blanche glissée entre le dos de la toile et les bois médians du cadre du Titien. Lorsqu'il avait décroché les deux tableaux dans l'antichambre du pape et qu'il les avait adossés pour le transport, il avait bien vu le dos du Canaletto mais pas celui du Titien. Il n'avait donc pas pu voir l'enveloppe en déposant les cadres, ni même pendant le trajet si pénible de son retour à son bureau.

Il prit l'enveloppe et l'ouvrit. Elle contenait une lettre sur papier blanc, sans aucun en-tête. Elle comptait cinq lignes et un dessin géométrique. La lettre était manuscrite et sans signature. Après une rapide comparaison avec d'autres documents, il eut la confirmation qu'il s'agissait bien de l'écriture du pape Jean-Paul.

Aucune date, pas de nom. À qui était-elle adressée ? Monseigneur Carminati se repassa le film de ses derniers échanges avec le pape. Le pape ne lui avait-il pas dit : « *Si ces tableaux vous plaisent, lorsque je quitterai ce monde vous pourrez les prendre. Je n'en aurai plus besoin.* » ?

Le pape se serait-il senti en danger le soir du 28 septembre et avait-il voulu laisser un message ? Présumant que ce serait son archiviste qui récupérerait les tableaux, mais craignant qu'ils ne tombassent en d'autres mains, il avait écrit un message anonyme sous forme d'énigme, choisissant de l'exprimer en latin.

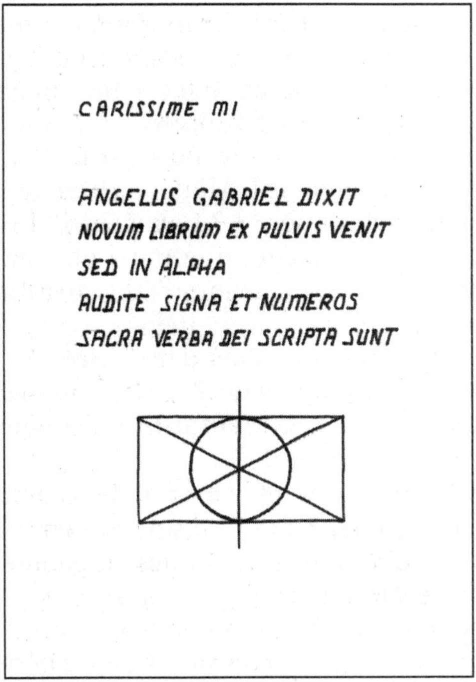

CARISSIME MI

ANGELUS GABRIEL DIXIT
NOVUM LIBRUM EX PULVIS VENIT
SED IN ALPHA
AUDITE SIGNA ET NUMEROS
SACRA VERBA DEI SCRIPTA SUNT

Ce message semblait bien lui être destiné, même si « *carissime mi* » pouvait s'adresser à tout le monde. Le pape avait choisi une apostrophe courtoise, chaleureuse et proche de « mon bien-aimé », à la manière de leur trop brève relation.

Mais il ne comprenait pas le sens précis des cinq lignes du texte qui suivait.

« *Angelus Gabriel dixit* »... L'ange Gabriel a dit... Se peut-il que l'ange Gabriel[1] ait adressé un message au pape et que le pape l'ait écrit sous son emprise, recevant l'annonciation, comme un oracle ? À moins qu'il ne s'agisse d'une simple formule de style.

« *Novum librum ex pulvis venit* »... un nouveau livre est venu de la poussière... Il est clair qu'« un nouveau livre » fait probablement référence à l'Évangile de Marthe, ou en tout cas à une nouvelle histoire, si on le prend au sens général. Mais pourquoi serait-il « venu de la poussière » ? Cela veut-il dire qu'il était oublié ? Ou bien, que parti en poussière dans l'explosion de l'avion, il renaîtrait de ses cendres ?

« *Sed in alpha* »... Mais dans l'alpha... est-ce un endroit qui s'appellerait « alpha », une terre primordiale, ou cela traduit-il une origine, un début ?

« *Audite signa et numeros* »... Écoutez les signes et les nombres... Y aurait-il un code comme sur les serrures d'un coffre-fort ou s'agissait-il de tout autre chose ?

« *Sacra verba dei scripta sunt* »... Les paroles sacrées de Dieu sont écrites... Est-ce encore une référence à l'évangile ou bien s'agit-il d'une référence aux « signes et aux chiffres » que le pape veut évoquer ? « Le signe », est-ce le dessin ? Et les chiffres, quels sont-ils ? Ceux de la Bible ?

---

1. L'ange Gabriel est commun aux trois religions du Livre ; c'est l'ange messager de Dieu : l'annonciateur.

Le pape, en écrivant ces lignes, ne pouvait pas savoir que l'Évangile de Marthe allait être à tout jamais perdu... sauf, bien sûr, si le Saint-Père, à dix minutes de trépasser, par la grâce de Dieu, avait reçu la révélation de l'archange Gabriel. Mais comment retrouver quelque chose de définitivement perdu ?

Monseigneur Carminati était perdu lui aussi. Il prit son téléphone et appela Gioia.

— C'est moi ma nièce, j'avais promis de te rappeler. S'il advenait que la police te questionne, dis-leur que tu as eu une prémonition épouvantable avec un Falcon qui se perdait en vol, et qu'étant très croyante, tu as voulu en parler à ton oncle archevêque. Ta pression psychique est montée au fur et à mesure que le temps passait et tu as cherché à en savoir plus auprès des aéroports. Tu as aussi eu besoin de réconfort auprès de moi, qui suis un homme d'Église.

— Mais enfin, souviens-toi mon oncle, c'est toi qui m'as appelée !

— Dis-leur que nous sommes très liés et que, quand tu penses à moi dans un état de bouleversement émotionnel, cela déclenche parfois un appel de ma part. Ajoute qu'étant très religieux tous les deux, ce qui est au moins crédible pour moi, nous sommes un peu mystiques... Pour le présent échange, dis-leur que je t'ai rappelée pour savoir si tu allais mieux.

— Ça me ferait plaisir de te revoir, mon oncle. Je suis certaine que tu as des choses à me dire. C'est ma prémonition à moi...

— Voyons-nous dimanche prochain, chez toi, vers 16 heures. Je t'apporterai un cadeau un peu encombrant. Tu as toujours un peu de place chez toi ?

— Ça dépend. J'espère que c'est agréable et pas une mocheté de vieux meuble dont tu as le secret.

— Tu verras bien.

17 › 20

Marthe n'est jamais revenue à Cassan.

Pendant l'hiver, elle a pris froid. La fatigue d'une vie de labeur et le poids de tous ceux qu'elle portait l'avait usée. Tombée malade, elle n'eut pas le courage de regagner Cassan au début du printemps. Elle espérait un mieux en mai ou juin mais son état s'est aggravé et elle s'est éteinte avant l'été, le 6 juin 66, elle avait 70 ans[1]. Elle avait fait promettre à son frère Lazare de récupérer son manuscrit et sa copie et de les conserver précieusement, mais Lazare aussi avait trépassé avant de tenir sa promesse.

Les copistes se sont appliqués. Ils ont fidèlement reproduit deux exemplaires du codex de Marthe en araméen. En latin, ils n'ont écrit que sur la première page « *De Libro Martha – Roianum – LXVI – I exemplum numerus* » pour la première copie ; et pour la seconde, « *De Libro*

1. Marthe est née fin septembre de l'an –4, comme Jésus. Elle est morte le 6/6/66. 6 666 est divisible par 33 et par 66, ce qui donne 101. « 101 » est un nombre palindrome (lisible dans les deux sens) et un nombre premier. Son inverse donne 0,009900990099…

Martha – Roianum – LXVI – II exemplum numerus ». Comme promis, ils ont porté en Agde la première copie, soigneusement protégée pour affronter les embruns ou les arrivées d'eau, et négocié son acheminement à Qumrân. Ne voyant pas revenir Marthe, ils firent fabriquer une poterie sur mesure à même de contenir le manuscrit original et la seconde copie qu'ils avaient faite ; ils en scellèrent hermétiquement le couvercle. Ensuite, ils creusèrent une petite crypte et y déposèrent la poterie en attendant de savoir ce qu'ils devraient en faire.

Chaque 29 juillet, les moines commémorèrent leur rencontre avec Marthe et ce fameux jour où elle tua le « dragon ». La colline prit rapidement le nom de colline de Marthe puis de colline Sainte-Marthe. Le 29 juillet est devenu le jour de la sainte Marthe.

20 › 21

Massada en Palestine, en l'an 73

La copie du manuscrit parvint à Qumrân en octobre 66. Elle accompagna le sort tragique des Esséniens qui furent alors persécutés et durent s'enfuir. Dans un premier temps, les Esséniens se dissimulèrent parmi la population de Jérusalem puis ils finirent par trouver refuge sur le plateau du palais-forteresse de Massada que le roi Hérode Le Grand avait édifié un siècle plus tôt. C'est là que commença un long siège mené par les légions romaines qui bombardèrent la forteresse de flèches et de projectiles. Les Romains construisirent une rampe de 400 m de long et 300 m de haut pour amener leurs machines à béliers. Ils finirent par réussir à prendre la place et les assiégés se suicidèrent plutôt que de se rendre, après avoir incendié la ville. Un seul parvint à s'enfuir, de nuit, par la face ouest abrupte de 100 m. Il emportait un manuscrit, l'Évangile de Marthe, ainsi que quelques reliques et de menus objets sans valeur. Il disparut et plus personne n'entendit parler de lui. C'était un religieux de Qumrân.

Après l'anéantissement des soulèvements en Palestine, vers l'an 100, les Romains ramenèrent en trophée à Rome leur butin d'Orient, dont le trésor de Jérusalem. Parmi les vaisselles d'or et d'argent, les monnaies et les bijoux, il y avait la Menorah, l'Arche sacrée, des amphores, des tissus et des coffres de cèdre contenant en vrac des objets, des armes et des manuscrits. Le tout fut versé en désordre au trésor de Rome.

19 › 22

Rome, octobre 1978

Le dimanche 8 octobre à 16 heures, Monseigneur Carminati sonnait à la porte de l'immeuble de Gioia.

Gioia, toute gaie, descendit lui ouvrir et l'aida à prendre l'ascenseur, car il l'avait prévenue qu'il serait chargé.

— Tu m'amènes des tableaux, mon oncle ? dit-elle tout euphorique.

— Serais-tu futée au point de deviner ce dont il s'agit ?

— J'espère que c'est plutôt du Picasso que du Botticelli, et surtout pas un illustre inconnu.

— Tu verras.

Une fois dans l'appartement relativement spacieux de Gioia, Giacomo se mit à l'aise et lui demanda une paire de ciseaux. Il découpa l'emballage du plus petit des deux cadres.

— Waouh... Mais c'est qu'il y a de la dorure sur bois ! Fais voir, mon oncle !

Il retourna le tableau et elle vit la place SS Giovanni e Paolo de Venise.

— C'est un peu tristounet. Je le mettrai dans mon bureau. Tu aurais pu trouver plus pimpant.

— Gigi, c'est une copie d'un Canaletto ! On déballe l'autre et je t'en parle.

Une fois le second emballage ouvert, Gigi s'exclama :

— Ben dis donc, c'est incroyable, je ne savais pas que mon oncle Giacomo avait une inclination pour l'érotisme. Si ça s'ébruite, ça va envoyer de l'air au Vatican. Ton bureau perché en haut de ta Tour « des Vents » va s'appeler celui des tempêtes !

— Mais non, petite sotte. Ce n'est pas à moi.

Et Giacomo lui expliqua tout ce qu'il s'était passé. Elle apprit aussi qu'il existait un Évangile de sainte Marthe, mais son oncle ne lui donna aucune indication quant à son contenu. Il avait l'air abattu, poursuivi par les remords. Elle se sentit obligée de le réconforter avec les pauvres mots qu'elle put trouver.

— Tu ne peux plus rien y changer. Tu as bien fait de proposer au pape de lire cet évangile qu'il ne connaissait pas. Ceux qui ont manœuvré ne l'emporteront pas au paradis, tu dois bien t'en douter !

Pour lui donner un peu de baume au cœur et parce que c'était vrai, elle ajouta que ces tableaux lui faisaient réellement plaisir :

— Je mettrai le Titien dans ma chambre ou dans le salon. Je suis très fière de recevoir ce que le pape avait choisi pour lui-même et qu'il t'a donné. C'est un double souvenir maintenant pour moi. J'en serai digne et je garderai ton secret pour toujours.

Il lui montra la lettre et Gioia en fut tout excitée :

— C'est fantastique d'avoir une véritable énigme à déchiffrer. Je te promets de percer le message que le pape a voulu laisser. Je n'abandonnerai pas tant que je n'en aurai pas trouvé la clé. Je suis certaine d'y arriver. Tu seras surpris.

Giacomo la regarda avec tendresse et se remémora l'enfance de cette petite brunette sautillante qu'il appelait son petit oiseau. Ils prirent un thé, puis il partit en l'embrassant affectueusement. Elle remit la lettre dans son enveloppe et la glissa derrière le Titien, comme pour garder la charge émotionnelle et l'authenticité de ce cadeau.

23

Rome en août de l'an 410

Alaric et les Wisigoths étaient aux portes de Rome. Ils venaient des froidures du nord de l'Europe. D'abord descendus vers le sud, ils s'étaient installés sur les terres des Daces et des Thraces, à l'emplacement de l'actuelle Roumanie. Alaric décida alors de passer le Danube et de marcher sur Rome.

La capitale fut mise à sac. Les Wisigoths firent main basse sur les trésors romains, emportèrent de nombreux coffres et mirent le cap au sud de l'Italie après avoir pris en otage Galla Placidia, la fille de l'Empereur d'Orient Théodose Ier et la demi-sœur d'Honorius, l'Empereur d'Occident déchu. Alaric voulait faire la conquête de la Sicile pour fondre ensuite sur Carthage, mais il mourut en tentant de passer le détroit de Messine. Son beau-frère Athaulf, élu roi, choisit de rebrousser chemin. Il remonta vers le nord de l'Italie, se dirigea vers la Gaule en suivant la voie Domitienne vers l'ouest, se fixa définitivement à Narbonne et épousa Galla Placidia.

Les Wisigoths étaient instruits. Ils avaient été christianisés en 240 par l'évêque arianiste Ufila. Les arianistes ne croyaient pas en la sainte Trinité. Pour eux, Jésus était un prophète majeur mais n'était pas le fils de Dieu. Admiratifs de l'administration romaine, les Wisigoths en reproduisirent l'organisation et régnèrent sur la Septimanie[1] jusqu'en 720. Ils édifièrent de nombreuses églises préromanes, toutes simples, conçues selon un plan rectangulaire : une seule nef assez petite, orientée est-ouest et le chœur, une excroissance de forme carrée, rapportée sur le petit côté est de la nef. Le toit de tuiles était supporté par une charpente en bois. L'entrée dans l'église se faisait sur la longueur de la façade sud. La porte était surmontée d'un arc en pierre légèrement outrepassé.

L'une d'entre elles fut édifiée à Roujan. Elle traversa les siècles sans être détruite, bien que modifiée au fil du temps après avoir hélas servi pour partie à des usages agricoles.

Avec la sédentarisation des Wisigoths vint l'inventaire du trésor et la distribution des compléments de récompenses aux guerriers, selon leur bravoure et leur fidélité. C'est à ce moment que furent découverts des manuscrits dans les malles, dont celui de Marthe. Le manuscrit avait dormi à Rome pendant plus de trois cents ans, mélangé à d'autres trophées venus des quatre coins de l'Empire. Par un détour incroyable de l'histoire, les Wisigoths avaient, sans le savoir, rapporté le codex, épargné, tout

1. Correspond à l'ancien Languedoc plus le Roussillon, actuellement fondus dans la région française « Occitanie ».

près du lieu où il avait été copié trois siècles plus tôt.

La théorie du chaos révélera plus tard qu'en état d'entropie nulle, toutes les émergences deviennent possibles. Il fallait bien que la Palestine fût en profond « chaos » pour qu'un tel retour se produisît.

Lors du partage du trésor entre les guerriers, personne ne fut capable de lire le manuscrit de Marthe en araméen. Ne voyant pas de contrepartie financière immédiate à en tirer, mais respectueux du savoir, les Wisigoths décidèrent de l'abriter dans la crypte d'une petite église qu'ils venaient d'édifier selon leurs traditions dans le village de Rhedæ (aujourd'hui Rennes-le-Château), à deux jours de cheval de Narbonne.

Après la mort d'Athaulf, Wallia fut élu roi. Il transféra le trône du royaume à Toulouse en 418. Les Wisigoths conquirent l'Espagne et, bien que chassés de Toulouse par Clovis après la bataille de Vouillé en 507, ils régnèrent depuis Tolède pendant trois cents ans sur la Septimanie ; jusqu'en 720 !

La légende dit que lorsqu'ils furent refoulés de Toulouse et partirent pour Tolède, les Wisigoths cheminant vers Narbonne, trop ralentis par les malles, abritèrent une partie du trésor d'Alaric dans une grotte de montagne entre Carcassonne et Narbonne. Depuis, la montagne s'appelle « Montagne d'Alaric ».

C'est là que reposeraient l'Arche d'Alliance et la Menorah de Jérusalem.

23 › 24

En France, Rennes-le-Château et Paris, 1891

Le temps avait passé à Rennes-le-Château. L'église même avait été changée. Au Xe siècle, devenue trop petite et menaçant de s'éffondrer, elle avait été détruite et sur ses fondations, une nouvelle église, plus grande, fut construite sans toucher à la crypte qui fut recouverte d'un second dallage.

Près de mille ans plus tard, vers 1890, le prêtre en charge de la paroisse décida de la faire rénover. À la faveur des travaux, en brisant le sol de l'église, l'abbé Saunière découvrit la cache contenant un document en parfait état de conservation. Incapable de le lire, et aucune personne du diocèse n'y parvenant, l'abbé Saunière prit rendez-vous à Paris avec un érudit archiviste venu du Vatican, le professeur Isidoro Carini, qui dirigeait l'école paléographique diplomatique. Carini authentifia le document et le déchiffra.

Après d'âpres négociations avec l'abbé Saunière, qui voulait savoir ce dont il retournait et qui, pour rien au monde, n'entendait lâcher l'ouvrage,

Carini lui fit promettre de se taire sous peine d'excommunication et menaça de représailles quiconque laisserait filtrer le secret. L'abbé Saunière ayant juré le silence le plus absolu sur la Bible, Carini lui résuma oralement le document.

— Monsieur l'abbé, il s'agit de l'Évangile de sainte Marthe écrit de sa main.

C'est donc une source contemporaine et directe, très proche de Jésus, rédigée par son amie et protectrice, vingt-huit ans seulement après son supplice.

Marthe y fait la narration de la vie intime de Jésus de Nazareth, sa petite enfance, son éducation chez les Esséniens puis son voyage sur la route de la soie avec les caravanes des marchands venus d'Extrême-Orient, son très long séjour en Inde, ses apprentissages de la médecine orientale, de l'acupuncture, du travail sur soi, de l'initiation au yoga et à la méditation, la découverte des philosophies zoroastristes[1], bouddhiques, hindouistes et taoïstes, sa connaissance des langues, son retour en Palestine, ses enseignements pendant son ministère et sa fin, avec sa condamnation à mort puis son supplice, sous Ponce Pilate.

Carini s'arrêta et observa Saunière, qui semblait satisfait et réfléchissait.

— Cher professeur, répondit Saunière, il est effectivement exceptionnel de disposer d'un évangile si proche de Jésus. Au moins avec celui-ci, nous sommes enfin éclairés sur la partie

1. Le zoroastrisme est une religion fondée en Iran par Zoroastre aussi appelé Zarathoustra pendant le IIe millénaire av. J.-C.

de sa vie entre 13 et 30 ans dont personne ne savait rien. Je ne vois d'ailleurs pas pourquoi vous avez pris de telles précautions avec moi, me faisant promettre un silence absolu.

— Je continue si vous voulez bien, monsieur l'abbé.

— Il y a d'autres révélations ?

— Oui. Marthe explique que sa sœur Marie-Madeleine était la compagne de Jésus. Qu'elle était aussi son bras droit, son assistante et son apôtre principal pendant tout son ministère. Marthe indique qu'elle assurait elle-même l'intendance du couple et finançait le ministère de Jésus et la vie de ses apôtres.

Saunière était figé. Carini prit une grande inspiration pour continuer.

— Marthe affirme que, après la crucifixion, la Palestine connut d'énormes troubles, des instabilités et des violences. Elle dit que les nombreux disciples de Jésus n'admettaient pas qu'il ait été tué et qu'ils fomentaient émeute sur émeute contre les Romains. Marthe ajoute enfin que les autorités juives profitèrent de ces troubles pour réclamer une levée de l'occupation romaine. Que cette situation instable était prérévolutionnaire. Que la Sainte Famille de Jésus et ses proches ne pouvaient plus rester en Palestine. Marthe dit que tous couraient le danger d'être arrêtés et persécutés et qu'après une longue concertation, une décision difficile fut prise : la famille et les très proches partiraient s'établir en Gaule, par la mer. Selon Marthe, Marie-Madeleine était enceinte de cinq mois lorsque Jésus fut crucifié et l'enfant de Jésus et de Marie-Madeleine est né en Gaule. C'était une fille.

— Enceinte ? Une fille ? En Gaule ? scandait l'abbé comme une machine. Il était devenu très pâle et s'était affaissé sur sa chaise. Cet évangile est effectivement une bombe pour le Vatican. Je comprends mieux vos précautions, murmura-t-il.

Après quelques secondes, les yeux dans le vague, il poursuivit :

— Leur départ est assez compréhensible. Cela confirme la légende des Saintes-Maries-de-la-Mer. En revanche, que Jésus ait une descendance remet bien des choses en cause.

— Monsieur l'abbé, tout cela n'est rien à côté des révélations de Marthe à la fin de son évangile...

Après avoir entendu les dernières paroles du professeur Carini, l'abbé Saunière, déjà secoué par les premières révélations, resta abasourdi, comme sonné sur sa chaise.

Pragmatique, il se ressaisit très vite et comprit tout le parti qu'il pouvait tirer de sa découverte.

Une négociation très serrée s'engagea entre l'abbé Saunière et le représentant du Vatican. Elle dura près de six mois. Une transaction fut enfin scellée, autorisée par le pape Léon XIII, 256e pape de l'Église[1]. L'abbé Saunière cédait son manuscrit et s'engageait au silence pour toujours en contrepartie d'une somme très importante

---

1. Pour le lecteur qui aime les curiosités : $256 = 2^8 = 2 \times 2 \times 2 \times 2 \times 2 \times 2 \times 2 \times 2$, soit 2 multiplié par lui-même, 8 fois de suite ! Ce pape dont le rang était forgé d'autant de « 2 », aurait pu supposer qu'il pouvait y avoir d'autres copies du manuscrit avant d'acheter si cher à l'abbé Saunière un exemplaire qui n'était peut-être pas unique.

qu'il pourrait consacrer comme il l'entendait à son église et à son domaine.

Sans trahir sa promesse, dans les travaux et les embellissements qu'il entreprit, il laissa des indices en mémoire de Marthe, comme un fil d'Ariane offert à la lecture d'un regard averti. Son église était dédiée à sainte Marie-Madeleine, du nom de la sœur de Marthe ; il fit construire la tour de Magdala, – Marie-Madeleine était aussi appelée Marie de Magdala. Surtout, il fit construire une luxueuse résidence où il accueillait ses visiteurs éminents et l'appela « Villa Béthanie ». Marthe accueillait Jésus chez elle, dans sa maison de Béthanie.

Le Vatican récupéra l'évangile en 1892. Il fut immédiatement rangé dans la plus grande discrétion au sein des archives très secrètes « antérieures au VIIe siècle », lesquelles ne sont jamais ouvertes à quiconque, sous prétexte que les documents sont fragiles.

C'est un pur hasard qui révéla la présence d'un Évangile de Marthe. L'événement se produisit juste avant les travaux programmés pour restructurer les archives et construire le bunker souterrain climatisé sous le pontificat du pape Paul VI. Lors des manipulations préparatoires, le coffret 108 avait glissé des mains des aides du préfet et s'était ouvert en tombant, laissant échapper le dossier qui s'était éparpillé au sol. Sur la page intérieure de la chemise de protection était inscrit *Évangile de Marthe, source Saunière / Carini*, avec le dessin d'un poisson. Les employés qui ramassèrent les documents répandirent la nouvelle, qui fit grand bruit sans pour autant que le contenu eût été connu de quiconque. Elle contribua à couper un peu plus la curie en deux. Comment se pouvait-il qu'un évangile nous fût caché, objectaient des cardinaux !

Par souci d'extrême prudence, seuls les numéros de dossier étaient visibles sur le dos des coffrets et des chemises de protection des dossiers.

En raison de son emplacement dans les rayonnages et des images qu'il put voir sur l'écran de contrôle, le vigile acquis à l'Opus Dei qui assurait la veille avait compris que le dossier retiré par le Pape était le dossier 108 incorporé en 1892 dans le plus grand secret et dont personne ne connaissait le contenu. C'était bien l'Évangile de Marthe.

Le professeur Isidoro Carini était mort trois ans après avoir terminé ses travaux de traduction, d'exégèse et de conservation ; il les avait conduits seul en raison de l'extrême importance du dossier. Il n'avait jamais parlé de cette mission ni du contenu de l'Évangile.

Quant au listing des documents des archives ultra-secrètes, il n'était accessible qu'au pape, à l'archiviste et au préfet, ces deux derniers prêtant serment de confidentialité devant Dieu. En dehors de ces trois personnages, personne ne pouvait en connaître le contenu.

Ce fut donc par un détour extraordinaire, dont l'histoire a le secret, que la copie de l'Évangile de Marthe, partie de Cassan, s'en fut en Palestine, resta à Rome pendant trois siècles, revint en Languedoc près de son lieu d'écriture pour y dormir quinze siècles, et repartit au Vatican pour finir volatilisée, abîmée dans l'océan.

10 › 25

Au Château de Cassan, fin septembre 1923

Chaque jour, Zhou Enlaï perfectionnait son français auprès de ses collègues vendangeurs, mais surtout auprès de Rose. Après son travail, il passait de longs moments avec elle. Passionné d'histoire, il s'intéressait à celle du Prieuré et à celle de la religion chrétienne ; les charmes de Rose ne le laissaient pas indifférent. Assis l'un près de l'autre, dans les vignes, au pied de la colline Sainte-Marthe, ils regardaient émerveillés la grande façade ouest du Palais conventuel. Les pierres blondes passaient par toutes les nuances dorées pour finir sur le rose, lorsque le soleil couchant rougeoyait avant de plonger derrière l'horizon. Leur jeunesse aussi se paraît des couleurs délicates de l'émotion. La séduction, sans rien dire, irisait chaque jour un peu plus leurs rencontres.

Tous les soirs, ils revenaient sur l'histoire du site et sur celle du Prieuré. Rose lui contait encore et encore les Celtes, les Phéniciens, les Grecs, les Romains, les Wisigoths, les Arabes, les cathares, les croisades, les protestants. Elle n'en finissait pas, ajoutant chaque fois de nouvelles anecdotes dont elle se souvenait, et lui ne se lassait pas de l'entendre. Il trouvait sa voix douce et mélodieuse. L'histoire en général le fascinait et il avait toujours des questions à poser. Rose ne savait pas toujours y répondre, mais elle cherchait dans ses livres, ou interrogeait ses parents, et le lendemain apportait des informations complémentaires. Il faut dire qu'elle y mettait du sien, le charme de Zhou l'avait touchée et elle était en train de tomber amoureuse de ce très beau garçon.

Avant de s'endormir, Zhou racontait tout cela à Teng, qui de son côté faisait la conversation à Capucine. Toux deux s'endormaient en rêvant.

— Rose, emmène-moi sur la colline Sainte-Marthe ; je veux voir le panorama et les ruines du vieux temple, lui demanda-t-il un jour.

Malgré la rude journée de travail, ses jeunes jambes n'étaient jamais à court d'énergie, surtout pour une promenade avec Rose. Un peu comme des fous, ils escaladèrent la colline en se taquinant et en riant. Arrivés en haut du promontoire :

— C'est ici que vivaient ces hommes saints… On a du mal à l'imaginer… Viens voir la vue sur la vallée.

— Superbe !

Comme pour mieux sentir le paysage qui s'étirait à ses pieds, Zhou inspira profondément et fit entrer l'immense panorama dans ses poumons.

— De génération en génération, expliqua Rose, l'histoire de sainte Marthe s'est transmise.

Il nous est parvenu qu'elle s'était rendue ici pour tuer un monstre dans la rivière. Elle aurait aussi écrit un livre racontant la vie de Jésus. Jésus est vénéré des chrétiens parce qu'il est à la fois homme, fils de Dieu, Dieu lui-même et aussi Saint-Esprit et qu'il est venu pour racheter les fautes de l'humanité.

— Et le livre de Marthe, disait-il aussi cela ?

— Nous n'avons jamais pu le lire. Il y a deux mille ans, Marthe l'aurait laissé à des ascètes retirés ici. Ils auraient fait des copies. La légende dit que le livre racontait différemment l'histoire du Christ. En tout cas, le Vatican a tranché et affirme que c'est en la Sainte Trinité, Celle du fils, du Père et du Saint-Esprit, qu'il faut croire. Tous les catholiques croient en cela et obéissent au pape qui est leur chef. D'autres chrétiens sont restés contestataires.

— Et il existe, ce fameux livre de sainte Marthe ? J'aimerais bien le lire et me faire une opinion moi-même. Ce sera bon pour mon français !

Rose éclata de rire :

— Pour ton français, mieux vaut que tu lises *Les trois mousquetaires !* Le livre de Marthe n'est certainement pas écrit en français !

Les ascètes ont laissé entendre qu'ils auraient gardé l'original écrit de la main de Marthe en araméen ainsi qu'une copie qu'ils auraient faite eux-mêmes, toujours en araméen.

Rose ajouta d'un air malicieux :

— Sans vouloir te vexer, lorsque nous ne comprenons pas quelque chose, nous disons « c'est du chinois ». La raison est que votre écriture est totalement incompréhensible pour nous.

Il se mit à rire. Il sortit un crayon et un petit carnet où il notait le vocabulaire français qu'il apprenait ; il traça discrètement un caractère, déchira la page, la plia en quatre et la lui tendit.

— Tiens, c'est pour toi. Garde-le. Tu y réfléchiras ce soir avant de t'endormir et demain tu me diras ce que cela veut dire… Tu verras que le chinois « n'est pas si chinois que cela » comme tu dis.

— Qu'est-ce que c'est ?

— Garde-le. Réfléchis. Tu me diras demain, insista-t-il en lui fermant la main.

Le contact de sa peau le troubla, ce que Rose remarqua. Zhou continua :

— Marthe est repartie avec ses livres ?

— Non, ils seraient restés ici. Marthe n'étant pas revenue les prendre, les ascètes auraient conservé les deux livres.

— Alors où sont-ils ?

— Les moines se seraient passé le relais d'occupants du site en occupants. Il est dit que lorsque le dernier des moines de la colline Sainte-Marthe sentit sa mort venir, vers l'an 500, il alla confier une poterie scellée, contenant les livres, à l'église wisigothique tout près d'ici à Roujan. Là, il fit promettre au prêtre arianiste de ne jamais les donner sauf aux descendants de la famille de Marthe, s'ils se présentaient un jour au village pour les réclamer. À leur tour, les prêtres se succédèrent au fil des siècles dans la petite église wisigothique qui, bien plus tard, prit le nom de « chapelle Saint-Nazaire ».

— Alors allons voir cette chapelle !

— Oui, je t'y emmènerai avec plaisir et ça nous fera une belle promenade, mais les livres n'y sont plus...

Cinq moines catholiques très pieux sont venus s'installer à Cassan ; pas sur la colline mais au pied de la colline, dans une petite église construite au VIIIe siècle, à l'époque de l'Empereur Charlemagne qui régnait sur ce qu'aujourd'hui nous appelons l'Europe. Admirant ces hommes saints, un seigneur local, du nom d'Alquier, leur avait fait don en 1080 de cette petite église et de son lopin de terre. Elle était construite dans l'axe exact du col entre les collines Sainte-Marthe et Saint-Hilaire.

Le dernier prêtre de l'église wisigothique, se sentant seul et vulnérable, est venu voir les moines de Cassan. Il leur a confié la poterie contenant les deux livres, l'original et sa copie, leur faisant promettre la même chose : « ne jamais les donner, sauf... ».

— Alors les livres sont ici, à Cassan ?

— Peut-être, mais entretemps tellement de choses se sont passées... Le deuxième Prieur de la communauté, Guiraud, fit construire le Prieuré avec sa grande église, à côté de laquelle tu dors, et qui fut hélas transformée en chai de vinification après la Révolution. Avec les nouveaux bâtiments conventuels, Guiraud fit aussi édifier des hospices pour soigner les pauvres et les malades. Ces hommes saints attirèrent naturellement les dons. Les nobles vinrent se faire enterrer au Prieuré pour que l'on prie pour eux ; même les comtes de Carcassonne choisirent d'élire sépulture dynastique à Cassan. Puis, au XVIIIe siècle, les moines devenus très riches décidèrent de construire le Palais dans lequel nous habitons, à la place de l'ancien Prieuré dont il ne reste plus que la grande église romane et les hospices. Enfin, la Révolution française est passée par là. Pour tout te dire, la très grande bibliothèque de Cassan a été dispersée ainsi que ses reliques.

— Donc on ne sait pas ce que sont devenus les livres ! répondit Zhou dépité.

— On ne peut pas savoir. Mais s'ils étaient tombés dans des mains n'ayant pas prêté serment, tout le monde le saurait car ces personnes auraient parlé de ces documents exceptionnels ou auraient essayé de les monnayer. On peut donc supposer qu'ils ont été détruits ou qu'ils sont encore ici. Pour ma part, je pense qu'ils sont toujours là, tout près de nous. Je le ressens au fond de moi. Beaucoup de reliques ont été sauvées de la destruction par d'humbles croyants. Il n'y a pas de raison que ces livres si précieux n'aient pas été eux aussi protégés.

Rose emmena Zhou Enlaï sur le site de la villa de Cassius dont il ne restait que des fragments de tuiles, mais qui représentait beaucoup pour elle car Marthe y avait séjourné. Rose y ressentait les vibrations positives d'un lointain passé. Il lui semblait être relié à Marthe. Elle s'y trouvait bien, comme enveloppée dans l'aura bénéfique du lieu et elle aimait s'y promener main dans la main avec Zhou.

Rose emmena aussi Zhou voir l'église wisigothique de Roujan et les vestiges de l'aqueduc romain de Gabian qui acheminait l'eau captée sur place, jusqu'à Béziers. Elle lui vola un premier baiser.

Un dimanche, toute la famille partit en voiture à moteur en excursion, visiter le pont du Gard et les arènes de Nîmes. Un autre dimanche, ils visitèrent les huit écluses en cascade de Fonsérane, près de Béziers, qui font monter les bateaux de 22 m sur le canal du Midi. Elles avaient été construites sous le roi Louis XIV par Pierre-Paul Riquet[1], concepteur et réalisateur du « canal du Midi ». Ce canal, véritable ouvrage d'exception, permettait aux bateaux de passer de l'océan Atlantique à la Méditerranée. À l'époque, sa construction fut un tour de force prodigieux. Pierre-Paul Riquet s'y ruina, s'épuisa physiquement et mourut un an avant son inauguration.

Zhou et Deng étaient très impressionnés par ce qu'avaient fait les Romains. Nostalgiques, ils pensaient à leur pays, à la Grande Muraille, à la Cité interdite, aux grands canaux, à la montagne marquant le mausolée de Qin Shi Haung Di, le plus grand empereur de Chine.

Mais ce qui les marquait et les intriguait le plus, c'était bien l'histoire de ces livres introuvables, écrits il y a près de 2000 ans, par l'amie et protectrice de Jésus, qui racontait sa vie différemment des évangiles du Vatican.

Ils ne prolongèrent pas leur séjour après les vendanges et rentrèrent à Paris tous les deux. Ils reprirent leurs études et continuèrent de militer. Zhou rejoignit la Chine le 24 juillet 1924 ; un

1. Il fut l'inspirateur de Ferdinand de Lesseps qui construisit le canal de Suez puis le canal de Panama.

an plus tard, en juillet 1925, Teng partit pour Moscou avant de retourner dans son pays. Ils n'oublièrent jamais ce séjour en Languedoc, ni leurs amies françaises, ni l'histoire de Marthe.

Rose se maria, Capucine aussi. Toute leur vie, elles gardèrent un souvenir ému de leurs amis chinois. Elles furent stupéfaites d'apprendre que tous deux dirigèrent la Chine. Elles ne les revirent jamais.

Localement, la légende de Marthe qui avait dompté la Tarasque resta vive. Un autel et une statue avec à ses pieds le monstre terrassé lui furent consacrés dans l'église de Roujan. Quant à l'énigme des livres que les Martin avaient consignée dans leur journal de famille, elle se dilua, d'autant plus vite que le clergé n'était pas enclin à colporter ce type d'histoire puisque, selon la doctrine du Vatican, seuls comptaient les évangiles canoniques.

La famille Martin, victime du revers de la crise de 1929, dut vendre le domaine et partir s'installer loin de cette terre chérie. Les légendes de Cassan s'éteignirent dans leur propre descendance.

En 1946, l'administration française racheta le domaine pour le transformer en école ménagère pour jeunes filles. L'État fit peu de cas de l'histoire du lieu, le bétonnant de toutes parts jusqu'à ce que des propriétaires plus éclairés vinssent s'occuper de le restaurer cinquante ans plus tard.

22 › 26

Rome, lundi 30 octobre 1978

— Nom, prénoms, date et lieu de naissance, résidence et profession ?

— Carminati, Gioia, née le 29 juillet 59 à Florence…

— Je vous signifie votre garde à vue. Vous pourrez vous faire assister d'un avocat d'ici vingt-quatre heures. Vous pouvez faire prévenir une personne de votre famille pour l'informer de votre garde à vue.

— Merci. Je n'ai personne à prévenir.

Comme elle s'en doutait, Gioia avait été convoquée par la police judiciaire dans le cadre de l'enquête sur la disparition en vol du Falcon. Elle était suspecte.

— Je vous entends dans l'affaire de la disparition du vol privé parti de Milan pour Dublin le 29 septembre 1978. Êtes-vous au courant de cette disparition ?

— Oui.

— Où étiez-vous le matin du 29 septembre ?

— Je venais de prendre mon poste, au siège des Renseignements Généraux de Rome. J'y travaille en alternance depuis trois mois en continuant ma maîtrise de droit.

— Avez-vous téléphoné aux aéroports de Rome et de Milan pour obtenir des informations ?

— Oui, et vous le savez bien puisque vous avez accès à mes appels.

— Mademoiselle, par votre profession, vous êtes en quelque sorte de la « Maison », j'allais dire une collègue. Vous comprenez que je dois vous poser ces questions et dresser un procès-verbal qui sera transmis au juge d'instruction en charge de l'enquête. Alors mettez-y du vôtre et répondez à mes questions. Avez-vous pris contact dans le cadre d'une mission des Renseignements Généraux ou de votre propre gré ?

— Oui, j'ai pris contact de mon propre chef avec les deux aéroports. Rome d'abord puis Milan ensuite.

— Vous les avez contactés avant que l'avion disparaisse ?

— Oui, le matin d'assez bonne heure, vers 8 heures je crois. Plus tard, c'est l'aéroport qui m'a rappelée, vers 10 heures si ma mémoire est bonne, pour m'apprendre la disparition de l'avion et me poser des questions.

— Pourquoi aviez-vous appelé les aéroports ?

— Ce n'est pas facile à expliquer. Voilà...

Gioia raconta ce que son oncle l'avait convaincue de dire. L'officier de police judiciaire nota toutes les explications sans dire un mot.

— Connaissiez-vous les personnes à bord ?

— Non.

— Connaissiez-vous la société qui affrétait l'avion ?
— Non.
— Connaissiez-vous l'heure du vol ?
— Pas vraiment, mais j'en avais une idée approximative en raison de la prémonition qui m'angoissait.
— Connaissiez-vous l'appareil utilisé pour le vol ?
— Non. Je ne le connaissais pas et je n'ai jamais utilisé un vol privé de ma vie. En revanche, la marque était clairement explicite dans ma prémonition.
— Connaissiez-vous la destination du vol ?
— Pas du tout. C'est l'aéroport qui m'a informée des destinations des vols Falcon.
— Je vous remercie, mademoiselle Carminati. Ce sera tout pour aujourd'hui. Je vous relis votre déclaration.
— Merci.
— Avez-vous quelque chose à ajouter ou à modifier ?
— Non.
— Signez votre déposition ici, s'il vous plaît.
— Pouvez-vous avoir la gentillesse de prévenir mon service pour qu'il sache pourquoi je ne suis pas à mon poste ? Mon patron est monsieur Giovanni Ambrosi, voici son téléphone, dit-elle en l'écrivant au dos d'une carte de visite.
— Je n'ai pas le droit d'appeler pour vous, mais c'est entendu : je le ferai par dérogation, parce que vous êtes une consœur.

Gioia fut conduite en cellule après avoir été fouillée ; son collier, sa ceinture à boucle et les longs lacets de ses bottines lui furent enlevés. Elle signa l'acte d'inventaire de dépôt de ses affaires personnelles et le décompte de son argent liquide. Par égard pour cette fille de la Maison qui ne semblait pas dangereuse, elle put bénéficier d'une cellule individuelle sans être mélangée avec les gardées à vue de la nuit.

Une fois seule, assise sur la paillasse, le dos au mur, Gioia ferma les yeux. Elle ne cessa alors de se repasser le film de son interrogatoire et celui de la journée du 29 septembre. Elle pensa que son oncle allait sûrement être questionné lui aussi. Elle s'imagina ses supérieurs, le patron des RG Dalla Chiesa n'était pas un tendre et avait forcément été informé. Comment allaient-ils réagir ?

Elle comprenait bien que l'initiative qu'elle avait prise en utilisant sa position aux RG pour se renseigner sur un sujet non enregistré dans la Maison, et sans en avoir parlé à ses supérieurs, allait lui poser un problème.

Le contexte italien du moment était très compliqué. Les bras de fer avec la mafia étaient continus. Tous les assassinats étaient épluchés. Les luttes internes pour le pouvoir au sein de la mafia commençaient à monter en puissance et on enregistrait un assassinat par jour. Quatre mois plus tôt, en mai 1978, l'assassinat du journaliste Peppino Impastato, candidat aux élections municipales de Cinisi dans la province de Palerme, avait fait monter d'un cran la tension au sein de la police et de la justice. Peppino s'affichait ouvertement anti-mafia. Tous avaient les nerfs à fleur de peau.

Bien plus tard, Gioia apprit que le mystérieux voyageur du Falcon s'était présenté avec un faux passeport. Il avait été finalement identifié. Il appartenait au clan sicilien Corleone. L'avion avait été loué par la mafia italo-américaine sous couvert d'une société immatriculée à New York, laquelle avait été dissoute les jours suivants. Les dirigeants étaient des prête-noms.

L'appartement de Gioia fut perquisitionné. La police judiciaire trouva évidemment la lettre énigmatique dernière le tableau de *Danaé et la pluie d'or*. Elle ne sut ni qu'en faire ni qu'en penser. Elle la photographia et adressa la photo au service cryptographie qui passa la lettre au travers de tous les systèmes de codage. Rien de probant n'en était ressorti. La police pensa qu'il s'agissait sans doute du mot d'un individu très croyant puisqu'il parlait d'évangile. Les Carminati semblaient un peu mystiques, ils portaient tous des prénoms commençant par la lettre G, pour que leurs initiales composent l'abréviation « GC », comme « Gesù Cristo ». La police judiciaire ne fit jamais d'analyse graphologique ni de relevé d'empreintes. On y aurait trouvé celles de son oncle et celles de Gioia. Il est peu probable que le Saint-Père y ait laissé les siennes car il devait encore porter les gants de protection qu'il avait mis pour lire le codex lorsqu'il écrivit la lettre. Il avait aussi pris l'habitude de protéger sa page avec une autre feuille qu'il descendait au fur et à mesure de l'écriture, afin de ne pas souiller le papier. Cette précaution permettait aussi d'écrire de belles lignes bien horizontales et parallèles avec des effets d'écriture lorsque la plume butait sur la tranche de la feuille de protection qui servait de guide.

Les enquêteurs interrogèrent de nouveau Gioia au sujet de cette lettre étrange. Elle répondit que ce tableau sans valeur financière lui venait de sa famille et que cette lettre avait toujours été là. Son père qui aimait la légende de Danaé, avait fait faire cette copie du Titien lorsqu'elle était enfant. Elle en avait hérité au décès de ses parents. Elle avait laissé le mot en mémoire de son père. Elle n'en connaissait pas le sens ; son père aimait bien les énigmes et sans doute s'était-il amusé. Ce gros mensonge sembla suffire à la police.

Pour ce qui est du dessin, les services pensèrent qu'il s'agissait de l'ébauche d'un chrisme[1].

Le rectangle devait représenter le tableau. La pluie d'or étant envoyée par Zeus, le dieu tout-puissant, les services n'étaient pas étonnés qu'un chrisme fût dessiné. Le chrisme pouvait aussi marquer la pureté de Danaé, puisqu'elle était vierge et que la pluie d'or allait la féconder. Tout cela leur sembla un peu ésotérique et bien loin de la mafia et du trafic de drogue. Ils ne cherchèrent pas plus loin.

N'ayant rien trouvé de compromettant dans la vie de la jeune fille, ni dans ses relations ni dans la fouille de son appartement, Gioia fut libérée par le procureur après quarante-huit heures de garde à vue. Plus tard, elle fut lavée de tout soupçon.

De retour à son bureau, Gioia apprit qu'elle était mutée.

---

1. Monogramme du Christ et symbole chrétien voir au chapitre 49, page 243.

Bien que libre, elle n'appela pas son oncle. Elle était convaincue qu'elle avait été mise sur écoute. Elle attendit qu'il l'appelât, ce qui ne tarda pas.

— Bonjour Gigi…

— Attends, je suis occupée, coupa-t-elle pour que rien ne filtre sur l'écoute. Viens me voir si tu es libre dimanche après-midi pour 18 heures. Ça me fera plaisir et tu resteras dîner, on passera un bon moment.

— 19 heures me convient mieux.

— Alors à dimanche 19 heures. Bises !

Et elle raccrocha tout de suite pour ne pas prolonger la conversation.

Monseigneur Carminati trouva cela curieux. D'habitude Gioia était aussi enjouée que son prénom l'indiquait en italien. Loin d'être laconique, elle était tout l'inverse et ne manquait jamais de raconter sa vie. Elle aurait au moins pu le rappeler si elle était occupée.

26 › 27

Il était 19 heures exactement lorsque Giacomo sonna à l'interphone de sa nièce.

— Attends-moi, je descends, on va aller dîner à l'extérieur, je n'ai pas eu le temps de faire les courses.

Il n'eut pas le temps de répondre, Gioia avait raccroché.

Deux minutes plus tard, elle était en bas et se jetait dans ses bras.

— Que se passe-t-il ? Tu n'es pas comme d'habitude et c'est la première fois que tu ne t'occupes pas de me faire un bon petit plat.

— On va tenter notre chance au Pan Divino, c'est à deux pas d'ici, Via del Paradiso... ça devrait te convenir. Mais je te préviens : je n'ai pas réservé. On y va. Dis-moi comment va ta santé tout d'abord.

Elle venait de se coller à lui, de le prendre par le bras tout en le pinçant très fort trois fois. Giacomo commença à comprendre qu'il se passait quelque chose et se laissa faire, interloqué.

— Alors ta santé, tu me dis ?

— Écoute, ça va mieux. Mes analyses sont meilleures mais je dois rester sous surveillance.

Gioia lui fit la conversation sur ses traitements, demandant force détails jusqu'à ce qu'ils soient entrés dans le restaurant. Elle choisit une table isolée dans l'arrière-salle du restaurant.

— Je suis sûr que tu as des choses à me dire, dit-il en s'asseyant.

— Ça y est, mon archevêque bien-aimé a compris !

Cette affaire d'avion m'a valu une garde à vue de quarante-huit heures et des interrogatoires par la police judiciaire. Ils ont perquisitionné et tout rangé après. C'était facile pour eux de pénétrer sans effraction : les clés étaient dans mon sac, resté au dépôt de la garde à vue. Je suis sûre qu'ils ont installé des micros chez moi. Ils peuvent aussi me filer dans la rue et m'écouter avec des micros directionnels très sensibles. Je sais de quoi je parle… Comme ils n'ont rien trouvé, je n'ai pas perdu mon boulot mais ils m'ont mutée. Je suis dans un placard et mon téléphone au bureau est sans doute lui aussi sur écoute.

— Je suis désolé, Gigi, de tout ce qui t'arrive à cause de moi.

— Ce n'est pas grave mon oncle, j'ai toute la vie devant moi. Ça va se calmer quand ils seront fatigués de ne rien apprendre. Si tu veux que nous parlions, ne dis plus rien au téléphone, dis-moi simplement que ça te ferait plaisir de me voir si j'ai un moment et on prendra rendez-vous comme aujourd'hui. On ira dans un resto à l'improviste sans jamais réserver d'avance, comme ce soir, et nous changerons tout le temps.

— Compris, ma jolie. Cinq sur cinq !

— Et toi, sont-ils venus t'interroger ?

— Non, pas du tout. Ta déclaration a dû leur suffire, je suis très respectable, sourit-il.

La conversation roula ensuite sur le mariage de Gioia.

— Je te dirai la date précise car on hésite entre deux samedis. Marco vient d'obtenir le poste de professeur d'histoire d'architecture à l'Académie des Beaux-Arts. Je compte toujours sur toi pour la messe. Ensuite je déménage. Adieu les micros. J'entre dans un parti politique, je me concentre sur ma profession et je fonce. Je vais leur montrer de quoi je suis capable. Je passerai tous les concours pour monter rapido dans la Maison.

— Le mariage, la carrière, l'ambition, je vois que tu as toujours de l'énergie à revendre. Je l'aime bien ton Marco, tu sais. Tes parents seraient heureux ! Mais, dis-moi, je vais avoir besoin de toi pour élucider cette affaire de document disparu !

— Écoute, là maintenant, je suis complètement grillée. Je te propose de mettre tout cela entre parenthèses pour une année et je m'y remets. Ça passe très vite, tu verras !

— Je comprends.

— Je te promets que je ferai parler ce papier et tous les murs qui ont des oreilles avec.

Résumons-nous : le manuscrit est perdu. Que reste-t-il ? Le message prémonitoire du pape Jean-Paul, mais comme le pauvre est mort, il n'y a plus le feu. En outre le Vatican ne voudra jamais revenir en arrière sur la théorie de son décès naturel. Donc on a du temps devant nous. OK, mon oncle ?

— Je n'ai plus qu'à dire amen à ma prêtresse !

— Oui. *Ite missa est !*

Ils bavardèrent de choses et d'autres et se quittèrent vers 21 heures.

Monseigneur Carminati ne dit pas la messe de mariage de sa nièce. Il ne lui avait pas avoué que sa santé lui laissait peu de temps à vivre. Un cancer l'emporta un mois avant les noces. Gioia eut du mal à s'en remettre. Elle pleura le jour de son mariage et Marco devenait toute sa famille.

Elle rejoignit le parti Nuova Forza. Elle passa les meilleurs concours internes de l'administration avec succès. Elle devint commissaire divisionnaire de police, préfet de Rome, secrétaire d'État, ministre de l'Intérieur, haut-commissaire représentante de l'Union européenne pour les Affaires étrangères et la Politique de sécurité, puis Première ministre italienne avant de retourner à Bruxelles prendre la présidence de la Commission européenne. Elle n'a jamais oublié sa promesse. Elle a eu trois enfants et quatre petits-enfants. Chacun de ses trois fils a pris une voie différente, l'aîné, Gilberto, a fait des études d'astrophysique ; le deuxième, Giulio, est médecin urgentiste ; quant au troisième, Gianni, il a suivi le chemin de son grand-oncle et s'est fait prêtre ; il est en Chine, désormais, à Shenyang.

Le jour de ses 63 ans, madame Carminati-Cezio se retira de la scène politique et ministérielle. Elle ne s'était jamais séparée de ses tableaux. Maintenant qu'elle était libre, elle se jura que l'heure était venue de tenir la promesse faite à son oncle.

La Terre ne l'avait pas attendue. Elle avait bien tourné. En quatre décennies, le monde avait changé.

Au Vatican, Jean-Paul Ier avait été le dernier pape italien ; trois papes lui avaient succédé.

Durant vingt-six ans, de 1978 à 2005, le pape Jean-Paul II, Polonais conservateur et moderne, fut un pape actif, réglant les difficultés de la banque du Vatican, canonisant 482 personnes dont le fondateur de l'Opus Dei, voyageant énormément dont 17 fois en Asie, tentant des rapprochements avec l'Empire du milieu.

Pendant sept ans, de 2005 à 2013, le pape Benoît XVI, allemand, conservateur, essuya tempêtes sur tempêtes et démissionna. Il était le dixième pape de l'histoire de la papauté à démissionner. Le dernier l'avait fait en 1415.

Depuis huit ans, le pape François, arrivé sur le trône le 13 mars 2013, argentin, jésuite, pape des pauvres, semblait peiner à souder l'Église en interne. Le bruit courait que 70 % des cardinaux attendaient le prochain pape !

Le siège de l'Opus Dei était maintenant à New York.

En Chine, Zhou Enlaï avait été le premier ministre de Mao durant vingt-six ans, de 1949 à 1976 ; Deng Xiaoping fut à son tour le dirigeant de la Chine durant quatorze ans, de 1978 à 1992 ; puis ce furent Jang Zeming et Hu Jintao, chacun pour dix ans. Depuis le 14 mars 2013, soit un jour après l'élection du pape François, le nouveau patron de la Chine est Xi Jinping.

Les aciéries du Creusot ont fermé, la ganterie Gambert Frères a fait faillite.

Le Big Bang est entré dans la conscience collective, la mécanique quantique s'installe dans la réalité des ordinateurs, le boson de Higgs a été baptisé le « doigt de Dieu », « l'avant Big Bang » se débat entre théorie quantique à boucle et théorie des cordes, la génétique ouvre des horizons spectaculaires, l'épigénétique réémerge, les systèmes d'information règnent, réseaux et big data régentent le monde, l'orbite géostationnaire autour de la Terre est encombrée de satellites de communication. L'équilibre économique mondial est bouleversé par la montée en puissance de la Chine. Le réchauffement climatique nous expose à de grands dangers. Le système monétaire menace d'exploser.

27 › 28

Rome, vendredi 28 août 2020

Gioia souleva légèrement le tableau, glissa la main derrière et récupéra la lettre qui n'avait jamais quitté sa cachette. Pendant près de quarante ans, elle y avait pensé. À chaque fois, lui revenait le souvenir attendri de son oncle et une indicible émotion la submergeait. Elle restait pensive, comme hors du temps, perdue dans ses souvenirs. Régulièrement, un enfant, un collègue, un bruit la tiraient de sa rêverie et la ramenaient sur terre. Elle remettait alors à plus tard le projet de repartir à zéro afin de percer le mystère couché sur ce papier. Il fallait bien qu'elle s'y mît un jour si elle ne voulait pas trahir la promesse faite à son oncle. Elle le lui avait juré, et n'avait-elle pas ajouté : « Croix de bois, croix de fer, celui qui faute va en enfer » ? Le feu éternel des enfers l'attendrait à coup sûr si elle manquait à sa promesse.

Le tourbillon de sa carrière professionnelle exceptionnelle, de sa vie d'épouse et de mère de famille l'avait accaparée. Pour la première fois depuis quarante ans, il lui semblait disposer d'un peu de temps pour elle. L'heure s'était fait attendre, mais semblait être venue.

Elle ouvrit l'enveloppe qui avait un peu jauni et portait la trace plus claire du montant en bois qui la maintenait ; elle sortit la lettre et la déplia. Elle la relut. Émue, elle caressa doucement le papier en pensant qu'il s'agissait là du dernier message laissé par un homme quelques heures avant sa mort. Pas n'importe lequel ! Le pape, chef d'une communauté bimillénaire. Et c'était son oncle adoré, disparu trop tôt, comme ses parents, qui le lui avait donné. Un papier deux fois saint.

Quelle vision, quelle prémonition le pape Jean-Paul avait-il bien pu recevoir ce soir-là pour écrire pareil message ? Que voulait dire ce dessin ? Était-ce Dieu par l'intermédiaire de l'archange Gabriel qui guidait sa main lorsqu'il écrivit ? Était-ce une autre puissance, telle que la mémoire universelle de l'espace-temps, enregistrée depuis la création de l'univers il y a 13,7 milliards d'années, qui soudain se précipitait sous la plume du pape Jean-Paul ? Était-ce tout simplement un homme qui passait un message sous forme codée dont il connaissait précisément la signification ? Était-ce tout cela à la fois ?

Elle décida d'associer son mari à sa recherche.

C'était un bon moyen de resserrer les liens de son ménage, qui, comme bien d'autres, avec la routine installée au fil du temps, avait vu la passion des premières années s'affaiblir. Ils avaient été absorbés par des vies professionnelles séparées qui les avaient éloignés, même s'ils formaient un couple stable, partageant un vrai respect mutuel et une forte admiration réciproque.

Marco admirait l'énergie et l'ascension fulgurante de son épouse et Gioia admirait le calme de son mari comme la profondeur de ses études et de ses réflexions.

À l'instar de son épouse, Marco avait fait son chemin, mais dans une voie plus discrète, éloignée des honneurs et des intrigues de palais.

Parti de l'histoire de l'architecture qui restait la passion de ses premières études, il avait évolué vers l'histoire de l'art en général puis s'était intéressé à l'histoire des symboles. Il avait repris des cours et séjourné deux ans aux États-Unis pour faire un doctorat à Princeton dont le sujet était « L'influence de la cosmologie dans la symbolique paléochrétienne ».

À Princeton, il avait souvent échangé avec d'anciens élèves d'Albert Einstein qui poursuivaient des travaux sur la nature de l'espace-temps. Grâce à eux, il avait pu faire un tour d'horizon des orientations de la recherche mondiale. La science l'avait tant passionné qu'il s'était juré que s'il y avait d'autres vies après la mort, il en consacrerait une à la recherche en physique fondamentale. Les deux extrêmes de l'infiniment grand et de l'infiniment petit ne cessaient de l'interroger. Il enviait son fils Gilberto qui avait suivi cette voie ; il aimait échanger avec lui sur ces sujets.

Il se posait la question de l'existence d'un grand dessein et du rôle des religions.

28 › 29

Gioia était chez elle et rendait service à son fils Gilberto et à sa belle-fille Monica : elle gardait son petit-fils, Giorgio, ce qu'elle n'avait jamais pu faire auparavant. Giorgio avait cinq ans. Il ressemblait beaucoup à son papa enfant : un visage rond avec de grosses boucles presque dorées et des yeux verts qu'il avait hérités de la branche piémontaise du côté de Gioia.

Son grand frère Gaby avait presque dix ans ; il était très longiligne avec des cheveux brun foncé et des petits yeux en amande très noirs, comme ceux de sa maman.

Gilberto et Monica venaient de rentrer de deux semaines passées avec les enfants près de Bordeaux, sur le bassin d'Arcachon, où le père de Monica s'était installé depuis plus de vingt-cinq ans, après le décès de sa femme. Le jeune couple avait épuisé tous ses jours de congé et il restait encore deux semaines aux enfants avant la rentrée, un vrai casse-tête pour les occuper.

Marco les avait aidés autant qu'il le pouvait depuis l'arrêt de l'école le 4 mars. Mais dès la mi-avril, il n'avait plus été aussi disponible, car il s'était porté volontaire pour participer aux groupes de réflexion concernant la circulation piétonnière dans certains lieux publics de la capitale. À son tour, Gioia, libérée de ses obligations, avait pu garder les garçons. Elle les avait au moins deux jours par semaine, parfois tous les deux. Les petits adoraient leur grand-mère qu'ils appelaient « Nogia » depuis toujours ; ils avaient naturellement contracté « nonna Gioia ». C'était nouveau pour Gioia de pouvoir autant s'occuper d'eux, d'être réellement présente dans leur vie quotidienne et plus seulement pour les grandes occasions familiales. Elle ressentait un pincement au cœur lorsqu'elle pensait à tout ce qu'elle avait raté de leur petite enfance. Gioia aimait les avoir près d'elle et s'émerveillait de leur personnalité qui se dessinait progressivement. La ressemblance troublante de Giorgio avec Gilberto enfant la ramenait régulièrement à sa culpabilité de mère. Elle avait à peine vu grandir ses trois garçons. Le pincement pouvait devenir douloureux.

Son mari rentra à 17 heures et à peine eut-il franchi la porte que Gioia l'interpella. Marco connaissait l'histoire de cette lettre car Gioia lui avait parlé de sa relation si particulière avec son oncle et lui avait raconté ce qui s'était passé le 29 septembre 1978.

— Chéri, regarde, j'ai ressorti la lettre du pape Jean-Paul. J'en ai fait deux copies, pour toi et moi et j'ai remis l'original derrière le tableau ; c'est ma relique...

Dis-moi ce que tu en penses. Voilà plus de quarante ans, les services de cryptographie des renseignements généraux l'ont étudiée. Ils n'ont rien su en tirer. Le pape n'a tout de même pas écrit ça gratuitement.

Marco prit la lettre et s'assit dans son fauteuil. C'était sa place habituelle dans le salon ; le fauteuil lui venait de son grand-père maternel.

— Il y a peut-être une relation avec les tableaux ; je vais y réfléchir tranquillement. Ça me donne déjà une idée.

— Déjà ! je ne te savais pas aussi fulgurant !

— Mais si, mais si, tu as raison ! Je te propose d'aller faire un tour à Venise en amoureux !

— Ça me plaît bien, répondit Gioia, surprise mais ravie. Je dis oui tout de suite, mais ce n'est pas tout à fait ce dont nous avons besoin pour comprendre le sens de la lettre et celui du dessin... un dessin qui paraît si simple, se dit-elle à elle-même en tournant la feuille de haut en bas. Tu veux peut-être que nous nous mettions dans la peau du pape qui aimait tant Venise ?

— Tu l'as dit, je sais qu'il a passé une longue partie de sa vie dans la cité, avant de se faire enfermer dans la prison du Vatican ; mais surtout, fêtons ta propre libération des obligations politico-administratives ! Venise n'est-elle pas synonyme de liberté et de romance ?

Il s'apprêtait à prendre le visage de Gioia entre ses mains lorsqu'il fut brutalement interrompu par Giorgio qui arrivait de la cuisine, son goûter à la main, et qui ne perdait jamais une miette des conversations des grands.

— Nogia, fais-moi voir le dessin ! cria presque Giorgio.

— Décidément, tu as l'ouïe fine, mon chéri ! Regarde, c'est un dessin pour les grands et Nonno et Nogia ont un travail à faire avec !

— Moi aussi je veux travailler avec. Je vais le colorier et il sera plus beau et je te le donnerai après. Ce sera mon cadeau pour toi toute seule que j'aime, que j'aime beaucoup très fort, dit Giorgio en venant faire un gros bisou bien collant et tout à fait corrupteur à sa Nogia.

— D'accord, je te donne le mien. Finis ton goûter, essuie-toi la bouche et prends tes crayons de couleur dans le tiroir de la commode.

Giorgio s'exécuta rapidement.

— Installe-toi sur la table. Tu nous laisses tranquilles un moment et après je suis tout à toi mon trésor, et on ira au manège si tu as été sage.

Giorgio s'installa avec ses crayons de couleur et se concentra en tirant la langue sur le dessin à colorier.

— Je n'ai jamais visité cette place « Saints-Jean-et-Paul » du temps de mes chères études, reprit Marco. C'est évidemment la place San Marco qui nous attirait, tous autant que nous étions. Avec mon prénom je pouvais encore moins y échapper. Ce serait bien si nous pouvions voir où étaient les ateliers de Canaletto et celui de Titien.

— Bonne idée.

— Je sais que la basilique Saints-Jean-et-Paul est un véritable panthéon des notables de Venise et donc un concentré d'histoire de la cité des Doges. À coup sûr, Monseigneur Albino Luciani y a célébré des messes. Il a bien dû y recevoir de l'inspiration…

J'ai lu que le site avait été donné aux Dominicains par le 43e doge de Venise en 1234. C'est curieux tout de même cette année avec les quatre premiers chiffres 1–2–3–4 qui se suivent !

— Encore ton inclination pour les symboles et la mystique ! Et le hasard, tu en fais quoi ?

La sonnerie du portail coupa net leur échange ; c'était Gilberto qui venait récupérer le petit avec une heure d'avance.

— Je ne t'attendais pas si tôt, lui dit sa mère en l'accueillant dans l'entrée.

— C'est sûr, le magasin où je devais aller voir le télescope que je voulais offrir à Gaby pour ses dix ans était fermé. Donc je suis un peu en avance.

— Tu veux rester dîner ?

— Non, je repars tout de suite avec Giorgio car Monica passe prendre Gaby chez les voisins et sera à la maison vers 18 h 30.

— J'ai promis à Giorgio de l'emmener au manège s'il était sage pendant que je parlais avec ton père. Si tu peux l'y amener, il l'a bien mérité ! Tu sais, c'est le manège qui est sur la place, deux rues plus haut.

— C'est bon. On va faire un crochet. Tu viens, Giorgio ?

— Non, j'ai pas fini mon cadeau pour Nogia.

— Ce n'est pas grave, tu le finiras une autre fois.

— Non, j'ai promis à Nogia pour maintenant.

— Bon OK, je te laisse terminer.

Marco était toujours assis, pensif ; il avait la lettre à la main. Il eut un large sourire en voyant Gilberto et le salua sans l'embrasser, démonstration d'affection distanciée à l'heure de la Covid.

— Maman me disait que vous étiez en grande conversation ? De quoi parliez-vous ?

— Je disais à ta mère que quand le hasard frappe à la porte continuellement, ce n'est plus le hasard, c'est autre chose. J'aime cette citation du poète français Jean Cocteau : « Le hasard est la forme que prend Dieu pour passer incognito. »

Marco avait fermé les yeux et semblait absorbé.

Se sentant comme interpellé, Gilberto partit au quart de tour :

— Pour ce qui est du hasard, le « principe d'incertitude » d'Heisenberg a tellement perturbé Einstein qu'il s'est exclamé « Dieu ne joue pas aux dés ! ». Bien que n'ayant pas voulu y croire sa vie durant, il n'a jamais pu réfuter cette théorie.

— C'est ce qu'on appelle le hasard quantique, si je me souviens bien.

Gioia sourit en voyant Marco s'engouffrer dans la brèche que venait d'ouvrir Gilberto, qui n'était finalement pas si pressé de partir !

— Je vous laisse à vos débats et je prends les billets de train pour dimanche car figure-toi que ce n'est pas le hasard qui va s'en occuper tout seul, dit-elle en quittant le salon.

— Entendu, mon amour, mon gouvernement et mon capitaine de voyage…

— Excuse-nous maman, lança Gilberto à sa mère déjà sortie du salon.

Puis se tournant vers son père :

— Mais oui papa, c'est ça ! Comme tu le sais déjà, Heisenberg, Bohr, Schrödinger et quelques autres jeunes novateurs se sont intéressés à l'infiniment petit ; ils ont découvert et écrit les règles mathématiques qui le gouvernent et qu'on appelle la « mécanique quantique ». Ce monde défie l'entendement. Par exemple, un électron se présente sous deux états différents en même temps : l'état d'un corpuscule et l'état d'une onde. On ne peut connaître son état qu'en termes de probabilité : une sorte de hasard. Il occupe aussi plusieurs endroits à la fois et là encore on ne peut le localiser qu'en termes de probabilités ! De plus, si on l'observe, le seul fait de le regarder fait qu'il se fige dans un état comme s'il était conscient d'être observé.

Durant toute la fin de sa vie, Einstein, très perturbé que l'infiniment petit n'obéisse pas aux règles de la relativité, a essayé d'unifier sa théorie de la relativité généralisée à celle de la mécanique quantique, sans y parvenir.

C'est actuellement le Graal des physiciens. Trouver la théorie du « Tout » ! Des budgets considérables y sont consacrés.

Le Large Hadron Collider du CERN[1] à Genève a coûté près de 9 milliards d'euros ! C'est le plus grand accélérateur de particules. Ce LHC permet de lancer des protons à très grande vitesse l'un contre l'autre pour les casser et observer ce qui se passe, afin de percer les mystères de leur matière.

Giulio m'a dit qu'en génétique aussi, les assemblages des chromosomes réservent parfois bien des surprises avec des mutations génétiques aléatoires qui provoquent des évolutions inattendues du monde biologique.

Mais au fait, pourquoi parlais-tu de hasard avec maman ?

1. Conseil Européen pour la Recherche Nucléaire, institué en 1952. Il est à cheval sur la Suisse et la France. Il est financé par 23 pays.

— Tout simplement parce que nous avons une énigme à résoudre et que je m'interroge toujours sur les coïncidences qui ressemblent au hasard. J'y vois davantage une main organisatrice, avec des causes produisant des effets, même lorsque cela ne semble pas logique.

— Si ton énigme pouvait être mise dans un accélérateur de particules, tu pourrais l'éclater en petits morceaux et les faire parler ! plaisanta Gilberto.

— Pas sûr que j'aille jusque-là, mais la mettre en petits morceaux me semble une très bonne méthode.

Marco, qui savait déjà dans les grandes lignes ce que Gilberto venait de raconter, prenait toujours plaisir à entendre son fils ; et on pouvait voir de la fierté briller dans ses yeux. Cela aurait pu durer des heures... C'est l'irruption de Giorgio, mettant son dessin sous le nez de son père, qui mit fin à ce cours magistral.

— J'ai fini ! hurla Giorgio avec un geste brusque qui heurta le menton de son père.

Il courut voir sa grand-mère très affairée sur ses réservations. Il lui offrit fièrement son chef-d'œuvre et se trémoussa d'aise sous les compliments de sa Nogia. Quelques minutes plus tard, son père et lui quittèrent la maison en direction du manège.

— Marco, je réserve aussi l'hôtel et je prends un palace pour fêter ma liberté retrouvée !

— Tu as bien raison, fêtons aussi notre premier voyage ensemble depuis des lustres ! Prends surtout un hôtel dans le secteur San Marco. Quand j'étais étudiant, j'en rêvais mais je n'en avais pas les moyens.

— Ne t'inquiète pas, je t'offre l'hôtel de tes rêves de jeunesse, mon amour !

Après avoir appelé six hôtels sans succès, Gioia put boucler une chambre pour trois nuits dans le boutique-hôtel Sant'Angelo. Un nom prédestiné pour se sentir pousser des ailes.

Elle imprima les billets et ramassa ses notes et ses papiers.

18 › 30

Shenyang et New York, février 2020

Monseigneur Fernando Cortes, le nouveau patron de l'Opus Dei, reçut l'appel sur la ligne directe de son bureau de New York.

— Bonjour Monseigneur. Vous ne me connaissez pas. Je suis Thomas Lim, le secrétaire général de l'Organisation de l'Église patriote chinoise. En 1975, mon prédécesseur avait passé un « contrat » confidentiel directement avec Monseigneur Miguel Cordoba, à l'époque dirigeant de votre institution à Chicago. Êtes-vous au courant de ce contrat ?

— Oui, Monsieur le secrétaire général, je suis au courant. En 1978, ce dossier a beaucoup contrarié notre institution. Il a laissé un profond malaise dont tout le monde se souvient ; ce fut un lourd échec pour nous. Nous n'avons jamais pu identifier les auteurs des fuites internes, pas plus que les auteurs de l'attentat contre l'avion.

— Aujourd'hui, nous avons obtenu des informations d'exception pouvant faire avancer notre projet de récupération de l'Évangile de sainte Marthe.

— C'est une belle nouvelle, je vous en félicite.

— Nous avons décidé de prendre les commandes de l'opération. Nous vous avons déjà versé une avance importante et nous voudrions simplement pouvoir compter sur votre appui logistique en France, en Languedoc plus précisément. C'est là que nous allons initier notre action, mais nous n'y avons aucune attache.

— Nous pourrons vous aider. Nous y comptons des numéraires et des surnuméraires[1] très sûrs. Ils se mettront à votre disposition et ils vous simplifieront la tâche.

— Je vous en remercie. Je vous tiendrai informé de nos besoins. Nous n'oublierons pas ce service. En retour, nous vous aiderons pour votre propre implantation en Chine.

Thomas Lim raccrocha, satisfait de cette reprise de contact.

L'Organisation était toujours contrôlée par le Pouvoir central du Parti communiste chinois. Elle lui était soumise et si elle ne parvenait pas à récupérer un manuscrit de Marthe ou à savoir exactement ce qu'il y avait dedans, le Pouvoir s'en occuperait lui-même. Cela étant, ce qui avait empêché jusqu'à présent le Pouvoir d'être en première ligne, c'était le risque d'incidents diplomatiques en cas de fuites ou de bavures collatérales. Il préférait disposer du fusible de l'Organisation. En conséquence, et malgré

1. Membres de l'Opus Dei. Les numéraires sont célibataires, dédiés à l'œuvre ; les surnuméraires ont une vie familiale et professionnelle.

l'absence de résultat, le Pouvoir avait préféré laisser la main à l'Organisation.

Le sujet prenait maintenant un autre relief avec la volonté d'activer les routes de la soie : d'une façon ou d'une autre, l'entourage immédiat de Xi Jinping voulait faire aboutir le projet qui avait échoué en 1978. Il y voyait, en effet, des avantages internes : une meilleure soumission, plus naturelle, de l'Église au Pouvoir central et des avantages externes : tenter une pacification des routes de la soie grâce au rapprochement, voire à la fusion des trois religions du livre. Pour cela, il fallait des faits nouveaux substantiels et il espérait les trouver dans l'Évangile de Marthe.

Lorsque Zhou Enlaï était mort le 8 janvier 1976, la lutte pour sa succession avait été âpre et compliquée. L'agitation s'amplifia avec le décès de Mao Zedong neuf mois plus tard, le 9 septembre 1976. La « bande des quatre »[1] chercha à mettre la main sur le Pouvoir. Le vent tourna lorsqu'en décembre 1978, Deng Xiaoping parvint à écarter ses adversaires. Il devint le numéro un de la République populaire de Chine et mit en place un mode de gouvernance très ferme mais participatif. Il était fin, astucieux, intraitable et savait tirer les ficelles « derrière le rideau ». Curieusement,

1. Dirigeants chinois dont la veuve de Mao Zedong, qui ont cherché à conserver le pouvoir après le décès de Mao. Ils ont agité les gardes rouges. Ils ont finalement été démis et évincés.

son accession au pouvoir se fit deux mois après la disparition du pape Jean-Paul Ier.

Au décès de Zhou en 1976, Deng, son vieux camarade de lutte, put récupérer quelques rares documents personnels ayant appartenu à son ami, dont les notes prises par Zhou lorsqu'ils étaient en France, et en particulier celles de leur séjour à Cassan. Zhou tenait un journal et avait consigné à peu près tout ce que Rose lui avait raconté. En le lisant, Deng sentit un peu de nostalgie monter en lui. Il se remémora leur jeunesse militante et les belles heures passées au domaine de Cassan. Il se souvint aussi de Capucine et sourit. Ce qui lui pinça le plus le cœur fut de retrouver un petit papier carré avec un caractère mandarin et des notes à côté qui étaient un dialogue entre Rose et Zhou, comme si le papier avait fait des allers-retours : « c'est une fourche », NON, « alors un verre à pied à l'envers », NON, « un homme debout sans bras », OUI, et avec l'écriture de Zhou en français « c'est un homme debout mais pas manchot ! Il me ressemble » et la réponse de Rose : « je t'aime, Rose » avec un cœur dessiné. Zhou avait gardé ce message par-devers lui pendant toutes ces années.

C'est Deng qui avait émis l'idée de récupérer l'exemplaire de l'Évangile de Marthe qui était au Vatican, car il subodorait que son contenu révélerait des secrets qui donneraient des leviers de discussion dans les rapports du Pouvoir central avec l'Église catholique romaine ; l'entourage de Xi Jinping ne faisait que reprendre cette idée machiavélique. En raison des fuites qui s'étaient produites lors de la construction des archives en 1975, l'Organisation avait été informée de l'existence de cet évangile inconnu. D'ailleurs tout le monde en parlait au Vatican.

En bon stratège, Deng n'avait jamais voulu lâcher les informations auxquelles il avait eu accès dans sa jeunesse concernant l'existence d'autres exemplaires de l'Évangile de Marthe. C'était son arme secrète ! Sous la houlette du Pouvoir central, mais incapable d'intervenir directement au Vatican, l'Organisation avait passé des accords avec l'Opus Dei qui en était très proche et qui y disposait de sympathisants et d'affiliés. L'intérêt de l'Opus Dei à servir l'Organisation résidait dans la contrepartie espérée de se voir faciliter la pénétration en Chine grâce à une levée des freins à la reprise d'une évangélisation massive. Leurs accords avaient conduit à l'infiltration dans le dispositif de sécurité du Vatican d'agents de renseignement chargés d'une veille, afin que l'Organisation puisse déclencher à tout moment une opération pour mettre la main sur l'évangile d'une façon ou d'une autre. La veille s'était avérée efficace. Les retraits successifs du manuscrit, à 22 jours d'intervalle, avaient bien été détectés ; le dernier retrait par le pape lui-même avait déclenché l'état d'alerte. L'Opus Dei disposait de complices dormants en poste dans les cuisines. Lors de la nuit du 28 au 29 septembre 1978, il n'était pas prévu d'attenter à la vie du pape mais seulement de l'endormir. Ce n'est que sa santé fragile qui l'avait emporté.

Une fois l'évangile récupéré, l'Opus Dei devait exfiltrer l'ouvrage et le livrer à l'Organisation.

Pour ce faire, l'Opus Dei avait sous-traité l'exfiltration à des « mercenaires » qui a posteriori s'avérèrent affiliés à la mafia... Alors que tout se passait bien, l'Opus Dei s'était fait doubler sans le savoir par les intégristes qui ne voulaient à aucun prix l'apparition d'un nouvel évangile pouvant contredire la doctrine catholique fondée sur les évangiles canoniques. Espionnant en interne l'Opus Dei, les intégristes furent informés de l'opération de récupération et d'exfiltration du manuscrit. Eux-mêmes avaient passé un contrat avec des hommes de main extérieurs, chargés d'intercepter et de détruire le manuscrit. Ces derniers s'avérèrent eux aussi liés à la mafia, mais du bord opposé à l'équipe qui devait exfiltrer le livre. La guerre des clans faisant rage à cette époque en Italie, l'occasion était trop belle de faire coup double. Ils firent sauter l'avion, éliminant le livre et simultanément un adversaire éminent. Ce n'était évidemment pas ce qui était recherché, ni par l'Opus Dei, ni par l'Organisation, qui n'avait jamais pu accéder au contenu précis de l'évangile.

Lorsqu'en 1997 Deng disparut à son tour, le Pouvoir central récupéra les archives de Deng et y trouva les notes de Zhou. Très tardivement, début 2020, ces notes furent transmises à l'Organisation qui apprit ainsi qu'il existait probablement d'autres exemplaires de l'Évangile de Marthe, vraisemblablement en Languedoc, autour du Prieuré de Cassan où Zhou et Deng avaient travaillé. Les notes confirmaient que cet évangile n'était pas conforme aux évangiles canoniques, sans donner plus d'explications.

29 › 31

Rome, dimanche 30 août 2020.

Il était 7 h 15 du matin quand le taxi prit Gioia et Marco devant chez eux pour les emmener à la gare de Roma Termini. Ils habitaient dans une villa simple mais coquette au sud du quartier Parioli, un secteur prisé et très vert de Rome.

La course fut rapide ; le dimanche matin, en plein mois d'août, à cette heure-là, les Romains dorment encore.

Le taxi s'immobilisa au pied de la marquise « dinosaure » de Termini.

— Combien vous dois-je ?

— 10,80 euros, Signora, lança le chauffeur sans se retourner.

Gioia lui tendit 15 euros.

— Gardez la monnaie, dit Gioia en refermant son sac à main.

Le chauffeur se retourna vers elle, surpris, un sourire épanoui sur le visage.

Marco, déjà dehors, attendait derrière le véhicule. Le chauffeur lui tendit sa valise et le sac de voyage de Gioia.

Bagages en main, ils tournèrent rapidement les talons, filant vers la grande porte vitrée de la gare.

Ils marchèrent quelques mètres sous l'emblématique verrière et entrèrent dans la gare presque déserte, à l'exception d'un groupe d'adolescents agglutinés au point de rencontre des départs des colonies de vacances.

En un coup d'œil, Marco repéra le numéro du quai et vérifia l'heure du départ, toujours prévu pour 7 h 57. Encore des chiffres organisés en palindrome, pensa-t-il.

— Je sais que tu ne vas pas me croire, Gioia, mais j'ai une confidence à te faire.

— Moi aussi : prends donc mon sac et mets-le sur la valise ; ça m'évitera de le porter. Tu voulais me dire quoi ?

— Attendons d'être assis confortablement dans le train et je t'en parle.

Ils accédèrent rapidement au quai et franchirent la ligne de contrôle. L'employée qui vérifia leurs billets avant qu'ils montent dans le wagon leur indiqua que le train partirait avec quatre minutes de retard. Marco sursauta.

Leurs places étaient côte à côte. Une fois installés, Gioia relança Marco :

— Alors, tu voulais me faire une confidence. Ce sont des mots d'amour ?

— Pas encore. C'est au sujet de la lettre.

— Tu as déjà avancé ?

— Si l'on peut dire. Je l'ai lue et relue sans que pour le moment elle me dise grand-chose. Mais comme nous parlions avec Gilberto de l'infiniment petit, ça m'a donné l'idée de m'intéresser aux lettres qui sont les plus petits ingrédients du message. Tu connais ma passion pour les chiffres et leur signification… Je me suis amusé à compter les lettres du message. Figure-toi qu'il y en a « 108 » !

— Et alors, il aurait pu y en avoir n'importe quel nombre, ça change quoi au message ?

— Comme toi, j'étais tout aussi incrédule ; mais voilà, j'ai cherché un peu et j'ai découvert que « 108 » n'était pas du tout un nombre comme les autres.

C'est un nombre très spécial, tant chez les hindouistes que chez les bouddhistes ; il est sacré.

— Le pape Jean-Paul était italien et nous sommes à Rome. Que viennent faire les bouddhistes dans notre histoire ?

— Je n'en sais rien, je fais simplement la remarque.

Marco ferma les yeux et, campé sur les accoudoirs, il mit les pointes de ses dix doigts sur ses tempes comme pour prendre sa tête à deux mains et poursuivit d'un air concentré :

— Comme la lettre du pape parle du messager divin de l'archange Gabriel, pourquoi un yogi hindou n'aurait-il pas envoyé directement un message dans le subconscient du pape ? Le pape aurait alors écrit sous emprise. C'est peut-être une piste.

— Effectivement, vu comme cela tout est possible, chuchota Gioia moqueuse, à son oreille.

Marco avait ressorti la lettre du pape ; il balayait encore et encore chacune des lignes du message du bout de son index, comme pour leur signifier qu'elles ne pourraient pas échapper aux aveux.

Avec exactement les quatre minutes de retard annoncées, à 8 h 01, le train se mit en mouvement. Le quai était vide. Gioia cherchait encore du regard cette femme qu'elle venait d'apercevoir et qui agitait un mouchoir blanc comme dans les films ; elle venait de disparaître de son champ de vision ; ses yeux se tournèrent naturellement vers Marco, toujours absorbé dans l'énigme de la lettre. Il ne semblait pas s'être rendu compte du départ du train.

— Et ce fameux nombre spécial et sacré comme tu dis, tu peux m'en dire un peu plus ? demanda Gioia, tirant brusquement Marco de ses pensées.

— Maintenant ?

— Je n'ai rien prévu pour ce voyage. Depuis que je suis libérée de mes missions, je n'ai plus toutes ces notes insipides à lire, dont me gavaient mes attachés et qui me prenaient la tête chaque fois que je voyageais. Je n'ai qu'à boire tes paroles pendant presque quatre heures si tu restes simple et si tu ne m'endors pas.

— Promis. Si je t'endors, je te réveille ou je te laisse dormir ?

— Tu décideras.

Marco rassembla ses esprits et commença :

— Les hindouistes et les bouddhistes, comme d'autres religions orientales, considèrent que le nombre « 108 » est un nombre sacré. Le nombre contient le « 0 » qui représente le néant (ou l'arrêt de l'activité mentale lors de la méditation), le « 8 » qui représente l'infini, ce qui n'est pas dénombrable (ou tout ce qui change, c'est-à-dire l'impermanence), et le « 1 » qui est l'unité, l'indivisible (la conscience). En synthèse, « 108 » représente l'univers (ou l'achèvement spirituel).

Je me suis renseigné et j'ai découvert que ce nombre est omniprésent dans l'environnement des hindouistes et des bouddhistes. Voici une liste. Je te la lis en espérant ne pas t'assommer :

« 108 » est le nombre :

- des textes sacrés : les Upanishads ;
- des noms de chaque divinité ;
- des lignes d'énergie qui convergent vers le chakra du cœur ;
- des points d'énergie sacrés du corps ;
- des saluts au soleil, soit 9 séries de 12 postures ;
- des positions (*kanaras*) des danses classiques indiennes ;
- des servantes de Krishna[1] et du nombre de ses demeures ;
- des liens que nous aurions avec le passé (36), le présent (36) et le futur (36) ;
- des centaines de respirations que nous faisons par jour ;
- double du nombre de lettres de l'alphabet sanscrit, qui en compte 54 ;
- des épreuves que Bouddha dut endurer pour parvenir à l'Éveil ;

---

1. Divinité Hindou. Sa mère, Devaki, fut fécondée par voie divine par le Dieu Vishnou et enfanta Krishna. Un songe informa Kamsa, l'oncle de Krishna, qu'une fois grand, l'enfant le tuerait. Il décida d'éliminer le nouveau-né. L'ayant appris, le père de Krishna prit la fuite avec le bébé. Il le mit dans un panier flottant sur la rivière Yamunâ. La rivière s'ouvrit en deux pour laisser passer le père et son petit, puis se referma sur leurs poursuivants.

- des perles du chapelet Mâlâ au Tibet pour dire les prières.

Tu vois, il faut débiter cette liste pour se rendre compte de la place qu'occupe ce nombre en Inde ! Je ne t'ai pas endormie, Gigi ?

— Non, mais c'était limite ! Si je ferme les yeux, c'est pour mieux voir tout ce que cela peut représenter !

Tu t'imagines si je disposais de « 108 » noms possibles pour m'adresser à toi ! En y réfléchissant, je trouve qu'il y en a effectivement beaucoup. Mon amour, mon chéri, mon époux, mon mari, mon ami, mon trésor, mon Marco, mon coco... en voilà déjà neuf sans m'être forcée. De là à aller jusqu'à « 108 », c'est une autre affaire. Tu deviendrais mon « dieu hindou »... Un doux, j'espère...

— Hum !... Je suis très honoré que tu deviennes ma disciple, et encore plus si tu m'appelles « Seigneur », ça m'ira très bien.

Gioia entra dans son jeu. Elle s'inclina et lui fit une révérence avec un large geste du bras. Au moment où elle remontait la tête, son regard buta sur l'uniforme du contrôleur. Gênée autant qu'amusée par la situation, elle chercha les billets dans son sac. Le contrôleur scanna les billets machinalement, sans même prêter attention. Marco était presque déçu de ne pas voir Gioia se perdre en explications et justifications diverses.

31 › 32

— Puis-je continuer ?

— C'est bon, s'exclama Gioia avec un petit rire.

— Le « Veda » assemble les textes fondateurs de l'hindouisme qui sont très anciens. Ils datent de près de 3 500 ans. Il y est écrit que :

Le diamètre du Soleil fait « 108 » fois celui de la Terre.

La distance du Soleil à la Terre fait « 108 » diamètres du Soleil.

La distance de la Lune à la Terre fait « 108 » diamètres de la Lune.

Aujourd'hui, avec les technologies très sophistiquées dont nous disposons, les mesures scientifiques ont été faites. Les trois résultats donnent respectivement 109, 109 et 110. Comme la Terre, le Soleil et la Lune ne sont pas parfaitement ronds, on peut admettre que l'approche « 108 » des temps anciens est une approche suffisamment bonne avec une tolérance de moins de 1 % sur la mesure ! C'est tout à fait remarquable et très étrange ; ça ne peut pas être le fruit du hasard. Personne ne sait comment les Hindous ont pu évaluer ces rapports voici plus de 3 500 ans, sauf s'il s'agissait d'une prescience envoyée par quelque divin messager !

Au Japon on trouve aussi ces influences. Chaque nouvelle année, les cloches doivent sonner « 108 » fois. On allume « 108 » feux lors de la fête des morts. Il y a « 108 » tombeaux hors sol sur le mont Hiei[1] près de Kyoto.

Dans l'Ancien Testament, le Livre de la Genèse consacre son verset « 108 » à la création de l'homme. Dans la Bible, il y a de multiples autres occurrences corrélées à ce nombre.

Je ne t'assomme pas, Gigi ?

— Non, pas encore sourit-elle, et je trouve ça intéressant et curieux, mais je n'arrive pas à faire le lien avec notre lettre.

— Je pense au contraire que nous sommes en plein dedans ! De fait, le message compte bien « 108 » caractères. C'est factuel ! À mon sens il en va de ces lettres comme des « 108 » perles du chapelet hindou. Il nous faut avoir la patience de les égrener une à une et, sans doute, à force d'y réfléchir, les lettres nous livreront leur secret. Si tu m'y autorises, je continue d'enfoncer le clou ?

— Tant que ce n'est pas pour me crucifier…

— En arithmétique, qui est la « religion » de Pythagore si l'on peut dire, « 108 » a des propriétés surprenantes qui en font aussi un nombre à part.

1. Mont sacré sur lequel ont été édifiés des temples bouddhistes.

— Les distances Soleil, Terre, Lune et leurs diamètres dont tu me parlais, c'est déjà des maths, non ?

— Oui, tu as raison, mais maintenant ce n'est plus de mesures dont il s'agit mais de qualités intrinsèques du nombre :

« 108 » est qualifié de « nombre abondant », ce qui ne devrait pas déplaire aux Hindouistes. C'est-à-dire que la somme de tous ses diviseurs autres que lui-même, est supérieure à lui-même.

Je m'explique :

La somme des diviseurs de 108 autres que lui-même est :

1 + 2 + 3 + 4 + 6 + 9 + 12 + 18 + 27 + 36 + 54 = 172, qui est plus grand que 108.

Il est qualifié de « nombre hyper-factoriel d'ordre 3 », soit $1^1 \times 2^2 \times 3^3 = 108$; ce qui est une propriété véritablement peu commune[1].

Gioia était attentive ; elle avait sorti son smartphone sur lequel elle prenait quelques notes ainsi qu'elle avait l'habitude de le faire lorsqu'elle était en fonction. Marco, la voyant ainsi concentrée, continua :

— On peut aussi écrire « 108 » comme étant égal à $6^2 + 6^2 + 6^2$. Comme si ce nombre cachait indirectement le chiffre de la Bête de l'Apocalypse : 666 !

On peut encore écrire « 108 » : 99 + 9, qu'avec des 9 ! Le glyphe inversé du 6.

Je trouve cela très étrange !

---

1. Les suivants sont : $1^1 \times 2^2 \times 3^3 \times 4^4 = 27\,648$, puis $1^1 \times 2^2 \times 3^3 \times 4^4 \times 5^5 = 86\,400\,000$, puis $1^1 \times 2^2 \times 3^3 \times 4^4 \times 5^5 \times 6^6 = 4\,031\,078\,400\,000$...

Nous avons parlé de Pythagore, mais la géométrie d'Euclide n'est pas en reste. Dans la figure du pentagone régulier, l'angle entre deux cotés fait 108°. Dans le pentagramme étoilé, c'est-à-dire l'étoile à cinq branches que tout le monde connaît, l'angle entre deux branches fait aussi 108° !

Le pentagramme étoilé est un symbole « magique » très puissant.

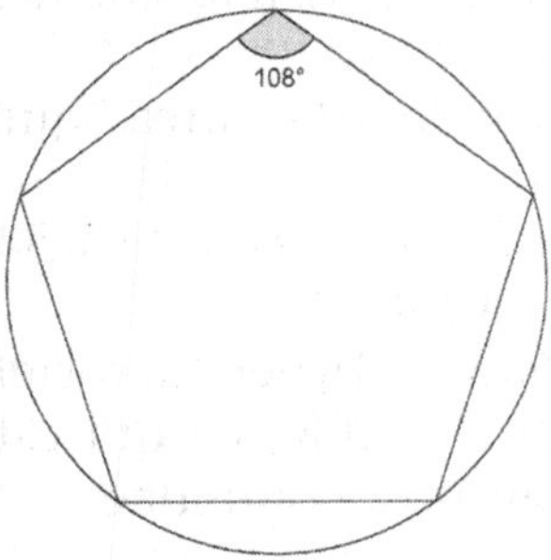

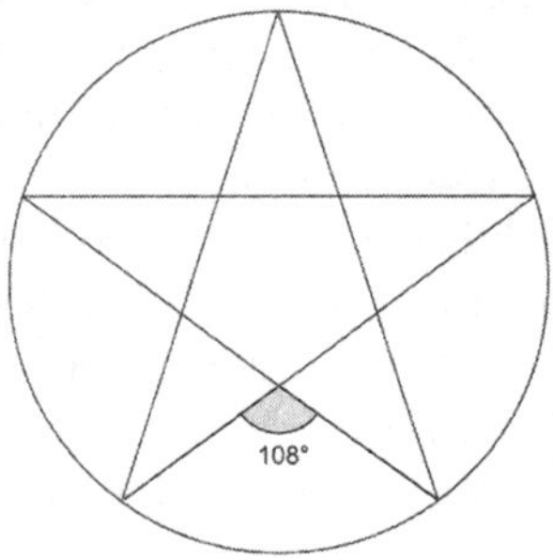

L'étoile est reprise dans beaucoup de drapeaux dont ceux des trois premières puissances économiques mondiales. Celui des USA compte 50 étoiles à cinq branches, celui de l'Europe douze étoiles à cinq branches et celui de la Chine « cinq » étoiles à « cinq » branches !

Sur les points les plus élevés des monuments de la place Rouge à Moscou, cinq étoiles rouges, immenses et lumineuses, brillent la nuit !

Il y a encore bien d'autres domaines pour lesquels « 108 » prend une dimension spéciale, mais il faudrait que le train aille bien au-delà de Venise pour avoir le temps de tous les aborder ; peut-être jusqu'au temple de Bénarès qui, selon la légende, marque en Inde le centre du monde.

Le message du pape ne peut pas être le fruit du hasard. Le lien est très fort avec ce nombre, mais quel est le rapport ? Je ne le sais pas encore. Reprends ta casquette d'ancienne des Renseignements et aide-moi un peu !

— Toutes ces curiosités autour du nombre « 108 » sont surprenantes, Marco ! Je vois bien qu'elles en font un nombre à part, en tout cas aux yeux des hindous, des bouddhistes, des mathématiciens et sans doute pas seulement d'eux. Ta trouvaille mérite attention, mais restons pragmatiques. Si tu veux bien, je te suggère d'explorer méthodiquement toutes les pistes qui offriraient de près ou de loin un lien même ténu entre ce nombre et le pape, l'hindouisme, le bouddhisme ou tout autre domaine. Tu vas trouver ! Je suis ta muse ! Mais nous avons besoin d'indices ; il faut les multiplier et les croiser pour trouver une solution. C'est une vieille méthode de créativité que j'appliquais à Bruxelles lors de réunions multiculturelles qui n'avançaient plus alors qu'il fallait absolument aboutir. Ça marchait assez bien. La lettre du pape est un sujet d'application comme un autre...

Marco replongea dans ses pensées puis émergea soudain avec un grand sourire :

— Au fait, tout ce que je viens de te raconter n'est pas la confidence que je voulais te faire avant de monter dans le train. Je voulais te faire remarquer que la course du taxi coûtait 10,8 € et que notre train est le train N° 0108.

— Alors là, tu ne manques pas d'air, Marco ! Tu me parles de choses sérieuses sur un ton professoral et maintenant tu es en train de dérailler... Comment te prendre au sérieux ?

— Cool ! Fais-moi confiance ; le train ne va pas dérailler, comme tu dis. Cela étant, nous avons du retard et nous aurons mis « 5 » heures pour arriver à Venise. Cinq... L'heure est grave si le « Pentagone » nous poursuit !

32 › 33

Venise, dimanche 30 août 2020

Le chemin de fer avait été installé en 1846 et pour la première fois, avec cette voie ferrée qui traversait la lagune, Venise avait un véritable cordon ombilical avec la terre, qui venait compléter et même concurrencer sa relation privilégiée avec la mer. Le train arriva en gare de Santa Lucia avec le retard prévu.

Ils se dégourdirent les jambes en descendant du train, remontèrent le quai, traversèrent le hall de la gare et sortirent en descendant l'immense escalier, large de près de 50 m sous son auvent habillé de pierre blanche d'Istrie.

Le temps était splendide. En face d'eux, le grand canal s'étirait, lascif et indifférent ; la coupole verte de l'église San Simeone Piccolo les salua sur l'autre berge. L'hôtel Sant'Angelo avait envoyé un vaporetto pour les prendre. Ils préférèrent confier leurs bagages à l'équipage et continuer à pied afin de mieux sentir le pouls de la cité des Doges. Gioia sortit son petit guide de Venise, déplia le plan et étudia rapidement les divers parcours possibles ; elle choisit de longer le canal.

Ils étaient heureux de marcher et de respirer pleinement. Ils se tenaient par la main, le cœur léger, comme de jeunes fiancés.

À hauteur de l'église Santa Maria di Nazareth, tenue par des carmélites aux pieds nus, ils prirent le pont Degli Scalzi : le pont des « déchaussées... ». C'est un des quatre ponts qui enjambent le Grand Canal. Ce pont piétonnier, d'une seule travée de 40 m de portée, relie la gare au secteur de Santa Croce qu'ils allaient traverser. Gioia et Marco s'enfilèrent dans une succession de ruelles lorsqu'au sortir d'un passage couvert, ils tombèrent sur l'enseigne et le store bleu et blanc d'un glacier, humble boutique dont le guide de Venise vantait la réputation ; ils bravèrent le soleil de la rue et entrèrent chez ce spécialiste. Gioia choisit un sorbet au fenouil, Marco s'aventura dans l'artichaut et le gingembre.

Place San Giacomo dall'Orio, un banc de bois rouge vif les invita à s'accorder une pause dégustation à l'ombre de grands platanes, si rares à Venise. En face, les cloches de l'église San Giacomo dall'Orio égrenaient déjà 14 heures. Le nom de « Giacomo » serra le cœur de Gioia. Elle ne put s'empêcher de penser à son oncle bien aimé. C'est pour lui qu'ils étaient là, à Venise.

Comme une volée de moineaux, des enfants débarquèrent sur la grande place pour jouer au football. Un ballon égaré frappa les jambes de Gioia comme pour lui signifier que la pause était terminée.

Elle jeta encore un œil sur son guide.

— Tu vois Marco, l'édifice tout blanc au bout de la place ; le guide dit qu'autrefois il abritait le « Teatro Anatomico » ; au XVIIe siècle, on y pratiquait la dissection. S'il était encore en activité, tu aurais pu leur confier la lettre du pape !

— Arrête de me taquiner ; déjà Gilberto avec ses particules, maintenant la chirurgie pour les morceaux... Ne t'inquiète pas, je vais la faire parler cette lettre et tu vas m'y aider !

Ils durent faire un effort pour s'arracher du banc tant ils étaient bien à l'ombre des feuillages ! Ils confièrent les emballages de leurs glaces à la poubelle publique, repartirent et franchirent le pont del Parucheta, passant ainsi dans le quartier de San Polo, le plus petit *sestiere* de la ville.

Ils eurent vite fait d'atteindre la place Saint-Paul, l'une des plus grandes places de Venise, puis de passer le pont de la Madonetta qui donne accès à l'île du Rialto, « le rivage haut », le cœur commercial et financier de la ville. Ils flânèrent dans les rues des marchés aux agrumes et celles des marchés aux poissons. Une des halles bordant le Grand Canal arborait, en angle, une statue de bronze de saint Pierre représenté en pêcheur, rappelant au passant le métier d'origine du premier apôtre de Jésus et premier chef de l'Église de Rome.

Ils se laissèrent glisser sur le « Fondamenta del Vin », le quai du vin situé au pied du pont du Rialto, et s'installèrent au café-restaurant Saraceno. La vue sur le pont combla Marco de plaisir. Il se souvenait avoir lu que les trois escaliers qui parcourent le pont, un de chaque côté et un au centre, comptent à eux tous 330 marches. Dix fois 33 pensa-t-il, le nombre qui poursuivait le pape Jean-Paul !

33 › 34

— Nous avons une réservation au nom de Gioia et Marco Cezio pour trois nuits.

— Oui, vos bagages sont arrivés, Madame la ministre, et nous vous attendions. Soyez les bienvenus. Vous aviez réservé la chambre 208 qui donne sur le petit canal latéral, mais un de nos clients américains n'a pas pu venir à cause des restrictions de vols, et la suite de luxe avec vue sur le Grand Canal s'en trouve disponible. Il y a un supplément mais nous sommes heureux de vous l'offrir. Cela vous convient-il ?

Gioia espérait passer inaperçue ; manifestement c'était raté.

— Je vous remercie de votre aimable attention et j'accepte cette proposition avec plaisir.

— Vous n'avez rien à remplir ; tout a été fait sur internet. Comme j'ai supposé que la suite vous conviendrait, j'ai déjà fait monter vos bagages dans la chambre. Voici vos clés, elle est au deuxième étage, vous avez l'ascenseur juste là, c'est la chambre 216.

Gioia et Marco filèrent à l'ascenseur et, deux minutes après, ils découvraient une suite spacieuse et claire, décorée avec goût dans les tons crème et rouge, agrémentée de meubles soignés, avec bureaux et commode de marqueterie fine. Gioia adressa un regard complice à Marco en l'embrassant.

— Mon éternel étudiant est-il content de son hôtel ?

Marco était manifestement heureux et souriait sans rien dire.

Le panorama magnifique le comblait. Juste en face d'eux, de l'autre côté du Grand Canal, s'étirait une suite continue de palais dont le palazzo Pisani Moretta rose et blanc, dominé en arrière-plan par le clocher carré de l'église I Frari. Depuis leur balcon, en suivant le canal du regard vers le nord, on voyait le pont du Rialto avec, au loin, en perspective, le clocher de San Bartolomeo qui émergeait. Orientée nord-ouest, la chambre était protégée des morsures du soleil. Elle était fraîche sans qu'il soit besoin de pousser la climatisation. Le ballet incessant des bateaux insufflait la vie dans le décor grandiose de pierre et d'eau. Les vaguelettes scintillaient sous le soleil. Leurs flashs étincelants lançaient des œillades qui n'en finissaient pas.

Un joli bouquet trônait sur la petite table au milieu du salon avec un mot :

Bienvenue, Madame et Monsieur Carminati, nous sommes fiers de vous recevoir. Madame la ministre, nous vous avons toujours admirée. Nous vous souhaitons un agréable séjour parmi nous.

La directrice et son équipe.

Gioia fut touchée par la simplicité et la sincérité de ce mot qui la payait des années difficiles et mouvementées où elle était Premier ministre, et de celles, compliquées, où elle avait présidé aux destinées de la Commission européenne, avec ces discussions de marchands de tapis qui n'en finissaient pas pour obtenir l'accord des 28 redevenus 27.

Il était déjà 17 heures. Le soleil commençait à décliner et, au travers des portes-fenêtres, ses rayons alanguis zébraient doucement les murs et le sol de la chambre et ceux du salon.

Ils se mirent à l'aise, Marco prit une douche bien fraîche et Gioia se prélassa dans un bain moussant. Marco, allongé sur le lit, s'était déjà replongé dans la lettre du pape Jean-Paul quand Gioia le rejoignit. Ils s'étaient levés vers 5 h 30 et le voyage avait fatigué ces tourtereaux de soixante printemps. Ils tirèrent les rideaux, mirent sur la poignée de porte l'étiquette « *Non disturbare* » et firent une petite sieste.

Une heure plus tard, Gioia préparait leur première soirée en amoureux dans la cité des Doges. Pour faire plaisir à Marco, elle choisit le Harry's Bar fondé par Giuseppe Cipriani, un de ses cousins éloignés qui avait vécu un véritable conte de fées après avoir aidé un Américain[1].

---

1. Giuseppe Cipriani (G. C. lui aussi) avait aidé un jeune Américain, Harry Pickering, en lui prêtant de l'argent pour qu'il pût rentrer chez lui aux USA. Bien plus tard, l'Américain retrouva Giuseppe et le dota d'une somme importante qui lui permit de monter son propre bar.

En bonne organisatrice, installée en peignoir au bureau du salon, Gioia programma aussi la journée du lendemain.

Elle savait que Marco voudrait d'abord voir la Basilique « Zanipolo », étape prioritaire de la matinée. « Zanipolo » était le nom vénitien de l'église. Il s'agissait de la contraction du nom « Santi Giovanni e Paolo », la basilique « Saints-Jean-et-Paul », l'église préférée du pape Jean-Paul dont il avait choisi le nom !

Gioia avait prévu d'occuper l'après-midi à la visite du palais des Doges, de la basilique Saint-Marc et des Gallerie dell Accademia s'il leur restait du temps.

Elle leva la tête du guide et interpella Marco.

— Je viens de lire dans le guide qu'au XVe siècle, les Vénitiens communiquaient avec leurs ambassades au moyen de codes complexes afin que les messages interceptés par leurs ennemis ne puissent pas être lus. Dans les archives du palais des Doges, il y a même un ouvrage, *Ciffre* d'Agostini Amdi, recensant une multitude de procédés de codification de l'époque. Le livre aurait été écrit par un des membres du « Conseil des Dix » qui gouvernait Venise.

Dans mes lointaines études chez mes amis policiers, j'ai eu droit à un cours sur la « gématrie ». On donne aux lettres des valeurs, souvent celles de leur ordre dans un arrangement prédéfini. Pour exemple simpliste, si l'on choisit l'ordre banal de notre alphabet latin, les valeurs sont : 1 pour A, 2 pour B, jusqu'à 26 pour Z. En additionnant les valeurs des lettres pour un mot donné, cela affecte un nombre au mot. Avec une table des mots et des valeurs on peut communiquer avec les nombres. Ce n'est pas très facile mais ça marche. Il est aussi possible de remplacer les lettres par des chiffres ou encore de faire des correspondances de lettres avec des lettres ; par exemple on remplace le A par le Z puis le B par Y, et ainsi de suite. Mais il peut s'agir d'arrangements bien plus sophistiqués, voire aléatoires. On peut aussi mixer les lettres et les chiffres.

Le guide dit que les Vénitiens faisaient des codages indéchiffrables au vu de la complexité des règles de correspondances entre les chiffres et les lettres.

Tu devrais essayer de travailler le sujet, Marco. Ça donnera peut-être quelque chose.

À ta place je m'entraînerais déjà avec la gématrie toute simple : 1 pour A, 2 pour B et ainsi de suite. Ça va te faire passer le temps pendant que je me fais une beauté... rien que pour toi !

— Bien, ma cheffe préférée !

Pendant que Gioia était repartie dans la salle de bains se faire belle, Marco commença à s'amuser. Il se confectionna une table toute simple de correspondance entre les lettres et les chiffres et ne tarda pas à obtenir des résultats surprenants !

A	B	C	D	E	F	G	H	I	J	K	L	M	N	O	P	Q	R	S	T	U	V	W	X	Y	Z
1	2	3	4	5	6	7	8	9	10	11	12	13	14	15	16	17	18	19	20	21	22	23	24	25	26

— Gioia, tu as réservé à l'hôtel SANT'ANGELO. Eh bien sache que le total de ses lettres : (19 + 1 + 14 + 20) + (1 + 14 + 7 + 5 + 12 + 15) est égal au nombre « 108 » ! Et ce n'est pas moi qui ai choisi cet hôtel...

— Tu vois, ça donne au moins quelque chose ! lui lança-t-elle depuis la salle de bains pour l'encourager, tout en pensant qu'en fait ça ne servait pas à grand-chose.

Cinq minutes plus tard Marco revenait à la charge :

— Mais cette coïncidence n'est rien en regard de la suivante, car figure-toi que « ZANIPOLO », qui est le pur condensé vénitien de « Jean-Paul » si l'on peut dire, a aussi pour nombre « 108 » : 26 + 1 + 14 + 9 + 16 + 15 + 12 + 15. C'est bien plus incroyable car s'il y a beaucoup d'hôtels à Venise, il n'y a qu'une seule et unique basilique Zanipolo au monde ! Une seule possibilité au monde de former le nombre « 108 » ! Tu m'entends, Gioia ?

— Oui je t'entends. C'est étrange. Tu commences à m'intriguer, mon chéri !

Quelques instants encore et Marco l'interpella de nouveau.

— J'ai repris le message du pape et « SACRA VERBA DEI » a aussi pour nombre « 108 » : (19 + 1 + 3 + 18 + 1) + (22 + 5 + 18 + 2 +1) + (4 + 5 +9) ! « 108 » se cache même dans « la parole sacrée de Dieu » qui nous conduit vers l'Inde. Tous ces éléments sont intimement imbriqués dans la lettre du pape !

— À force de nous courir après, ton « 108 » va finir par m'épater, mais au lieu de nous poursuivre, il faudrait plutôt qu'il nous guide, Marco ! En tout cas, le message du pape « *audite signa et numeros* » prend tout son sens. Tu as raison, le secret est à coup sûr dans les lettres et dans les chiffres. Mais comment aboutir ?

— Gioia, j'ai ma dose et j'abandonne pour ce soir. Je suis sûr qu'après notre dîner et une nuit d'extase, nous y verrons plus clair demain.

— Tu veux dire que le Saint-Esprit nous aura visités !

Ils partirent en gondole jusqu'au Harry's Bar par le Grand Canal, ce qui leur offrit au soleil couchant toute une collection de merveilleuses façades dont celle du Palais Grassi, celle, altière, du musée del Settecento Veneziano, celle, basse et étirée, de la collection Peggy Guggenheim, puis celle de la majestueuse basilique Santa Maria della Salute et enfin celle, douce et effilée, de la Punta della Dogana que François Pinault avait choisie pour installer le siège de sa fondation.

Marco était comblé et émerveillé par la beauté de sa femme qu'il semblait redécouvrir !

Au Harry's Bar, ils dégustèrent les meilleures spécialités de Venise en particulier un mélange de poulpes, de petits crabes grillés et de fritures de poissons délicieusement assortis de pâtes à l'encre de seiche et de légumes frais venant tout droit du potager de Sant'Erasmo, le tout arrosé d'un vénérable Chianti 2018. Le Saint-Esprit était descendu dans leurs assiettes...

Avant de s'endormir, un peu après minuit, ils appelèrent leur fils Gianni à Shenyang. Il était 7 heures du matin là-bas. Ils voulaient lui dire qu'ils pensaient très fort à lui, car c'était son anniversaire. Ils tenaient à être les premiers à le lui souhaiter ; Gianni fêtait ses trente ans et ses cinq ans de prêtrise. Personne ne décrocha. Sans doute était-il occupé ou disait-il une messe matinale. Ils savaient qu'il rappellerait vers 14 heures.

34 › 35

Le lendemain, réveillés de bonne heure, ils se tenaient sur l'embarcadère de l'hôtel. La réception avait appelé un gondolier et lui avait déjà donné les consignes pour la destination.

— Zanipolo ! Prego.

Une vingtaine de minutes plus tard, ils accostaient sur la place SS Giovanni e Paolo au pied de la statue équestre de Bartolomeo Colleoni.

— Impressionnante, cette basilique ! dit Gioia. J'ai lu dans le guide que c'est l'un des plus grands monuments de Venise. Comme beaucoup d'églises, elle a été construite et reconstruite sur elle-même. Celle que nous voyons date du XIVe siècle et ce sont les Dominicains qui l'ont fait édifier. Ils l'administrent toujours et leur couvent est adossé à l'édifice.

— Les architectes successifs ont mêlé leurs tombeaux, le long des murs des façades extérieures ou à l'intérieur, avec ceux des célébrités de la cité. Presque tous les Doges ont élu sépulture ici, souvent avec leur famille ! Zanipolo est le Panthéon de Venise ! ajouta Marco.

— S'il n'avait pas été pape, j'aurais bien vu Monseigneur Luciani enterré ici !

— Regarde ces grandes verrières tout en haut du mur de la nef centrale. Elles font plonger la lumière dans la basilique. J'en compte « 5 » de chaque côté de la nef centrale.

Le chiffre « 5 » n'est jamais innocent dans l'architecture religieuse. Il honore la féminité. Dans les églises, il rend généralement grâce à Marie…

— Alors c'est sans doute pour saluer Marthe que le message du pape n'a que cinq lignes ! s'exclama Gioia. Si je te suis, ces cinq lignes sont les cinq fenêtres au travers desquelles le pape nous invite à découvrir la lumière du message. Je constate en tout cas que « 5 », déjà dissimulé dans le nombre « 108 », ne nous laisse aucun répit. Fais-le parler un peu plus mon amour !

Entrons dans la basilique si tu veux bien ; j'ai juste besoin d'un peu d'ombre…

— Allons-y.

— Attends un peu que je regarde l'affiche des visites guidées… Il y en a une qui part dans cinq minutes. Qu'est-ce qu'on fait ? On l'attend ?

Le guide était déjà là et attendait de former un groupe. C'était une jeune femme de 30 ans environ ; elle s'appelait Veronica. Elle portait un tailleur assez strict et une paire de lunettes à grosse monture qui donnait à son jeune âge un semblant d'autorité. Il n'y avait personne pour la première visite de 9 h 30. Gioia et Marco eurent droit à une visite privée.

Après avoir donné l'historique de la construction que Gioia et Marco avaient déjà lu dans le guide de Venise, Veronica enchaîna en passant sous le porche :

— Zanipolo est une des plus grandes églises de Venise. Son dôme culmine à 55 m, la longueur de l'église est de 100 m et sa largeur de 46 m. À l'intérieur sous voûte, la hauteur est de 32 m. Vingt-sept doges sont enterrés ici…

Elle commença la visite des chapelles par la droite en insistant toujours sur la richesse et l'opulence des décorations. Elle donnait de longs commentaires sur les artistes et sur leurs œuvres.

Titien n'était pas en reste ; il était l'auteur d'une toile monumentale de 5 m sur 3 représentant l'assassinat de saint Pierre de Vérone. La toile qui avait brûlé avait été refaite à l'identique. Gioia se demanda, en son for intérieur, si ce n'était pas ici que Monseigneur Albino Luciani s'était pris de passion pour Titien.

— Saint Pierre de Vérone, continuait Veronica, bien que né dans une famille cathare, est un des saints patrons des Dominicains. Le fondateur de l'ordre, saint Dominique, avait été envoyé par le pape pour conduire des joutes oratoires contre les cathares afin de montrer combien le catholicisme romain était supérieur à leur doctrine. Mais c'est en les persécutant qu'il l'emporta.

Les cathares voulaient retourner à la pureté et à la frugalité des chrétiens des premiers temps. Ils dénonçaient le faste de Rome et l'opulence des prélats. Ils refusaient d'adorer les statues idolâtres et la croix. « Adorerais-tu la corde qui a pendu ton père ? » disaient-ils. Ils considéraient que la vie sur Terre était une forme dégradée et que seule la vie spirituelle était pure. Leurs prêches eurent beaucoup d'échos. Ils vidèrent les églises de leurs fidèles particulièrement en

France, en Languedoc, où le peuple comme les seigneurs suivirent leurs enseignements. Ils allaient pieds nus en se déplaçant toujours par deux.

Les bas-reliefs en bronze que vous voyez ici rappellent l'action de saint Dominique en Languedoc. Ils montrent des brasiers allumés avec les bibles prétendues hérétiques des cathares. L'autre bas-relief à côté est à la gloire des conversions qu'il y aurait obtenues.

En fait, ces conversions étaient forcées, faute de quoi le bûcher attendait ceux qui persistaient dans leur foi. Des bûchers immenses furent allumés. À Montségur près de Carcassonne, l'une des dernières places à résister, les cathares qui n'acceptèrent pas de renier leur foi montèrent sur le bûcher en chantant, 220 personnes furent brûlées vives, ensemble !

Les croisades contre les cathares sont aussi appelées croisades contre les Albigeois car la ville d'Albi, elle aussi en Occitanie, était l'un des foyers importants de leur développement. Elles durèrent cent vingts ans et beaucoup d'atrocités furent commises de part et d'autre. Commanditées par le pape, elles commencèrent par l'arrivée des armées de Simon de Montfort, baron pauvre et sans terre, venu d'Île-de-France à la conquête de comtés où s'installer. Ils prirent la ville de Béziers en 1209. Ils massacrèrent la population, excités par les incantations du légat du pape Arnault Amaury « Tuez-les tous, Dieu reconnaîtra les siens ! »

Gioia interpella Veronica :

— Saint Dominique n'était pas un tendre, si je comprends bien.

— Non, pas vraiment. L'Église catholique romaine persécuta ceux qui refusaient le dogme imposé sous Constantin et voulaient prier Dieu autrement. Beaucoup de religions ont du mal à accepter la diversité. Il faut reconnaître que la religion catholique s'est consolidée au Moyen Âge dans l'obscurantisme, profitant de la terreur des épidémies, des famines, des guerres. Les prêtres promettaient un monde meilleur dans l'au-delà... La religion servait le pouvoir temporel, lequel pouvait asseoir encore mieux son ascendance sur ses sujets. À la crainte du châtiment corporel s'ajoutait la crainte encore plus grande du châtiment spirituel. L'Église menaçait de damnation éternelle, du feu et des tourments des enfers tous ceux qui n'obéissaient pas aux préceptes religieux.

— Vous avez raison, dit Marco, lorsque la science progressait grâce à la perspicacité de beaux esprits, s'il advenait que les découvertes contredisent les Écritures, et pour peu que les théories nouvelles soient diffusées, les auteurs étaient arrêtés, jetés en prison, voire torturés jusqu'à ce qu'ils abjurent. Même à l'aube de la Renaissance, la religion tentait de museler le progrès scientifique.

— Il était dangereux à l'époque d'être scientifique, confirma Veronica. Il suffit de considérer l'histoire de Copernic, de Galilée et du moine Giordano Bruno pour s'en convaincre.

Marco ne put s'empêcher de faire un aparté avec Gioia. Veronica surprise, tourna la tête par discrétion.

— Le pape Jean-Paul Ier a bien dû méditer sur tout cela ?

— Je me souviens très bien que l'Église venait d'évoluer avec le concile Vatican II. J'étais petite et mon oncle Giacomo m'en avait parlé. Le pape Paul VI l'avait finalisé en 1965 lorsque j'avais 10 ans. Je suppose que son successeur, Jean-Paul Ier, était convaincu du bien-fondé des réformes et qu'il voulait continuer dans ce sens. Mon oncle m'avait expliqué qu'avec Vatican II, l'Église admettait que la science et la théologie ne se confondent plus et suivent chacune leurs propres voies. Elle reconnaissait même que les écritures de la Bible devaient être réinterprétées sous l'éclairage des découvertes de la science. C'était une réelle mutation. Le pape Jean-Paul souhaitait évoluer encore plus, ce qui fait que l'Évangile de sainte Marthe qui contenait a priori des révélations importantes ne devait pas lui poser un réel problème. En revanche, s'il était prêt à révolutionner le dogme, le pape faisait face aux traditionalistes qui ne voulaient pour rien au monde changer quoi que ce fût.

Vatican II avait même autorisé les messes en langue vernaculaire, celle des fidèles, et non plus en latin, reconnu la liberté de conscience, reconnu la diversité des religions et invité au dialogue ouvert avec ces religions.

La guide, Veronica, écoutait cet échange inhabituel. Marco se tourna vers elle :

— L'intransigeance des Dominicains n'était pas la tasse de thé du pape Jean-Paul Ier !

— Marco, je crois que nous importunons Veronica. Terminons la visite et nous reprendrons plus tard.

— Mais vos remarques sont très intéressantes, répondit Veronica.

Ils finirent la visite et remercièrent chaleureusement leur jeune guide qui avait un autre tour ; un petit groupe s'était formé et l'attendait à l'entrée de l'église.

Ils restèrent encore un bon moment dans la basilique pour revoir tranquillement des détails qu'ils avaient aimés. Le polyptyque de la chapelle Saint-Vincent-Ferrier[1] avait frappé Gioia. Son registre supérieur présentait, au centre, le Christ en douleur ; à sa droite, l'archange Gabriel lors de l'annonciation et Marie à sa gauche ; selon la tradition, l'archange tenait en main gauche une branche de lys à trois fleurs, mais sa main droite, dirigée vers Marie, pointait une des trois fleurs qui n'avait que « cinq » pétales alors que les lys ont six pétales. Ce détail avait fortement intrigué Gioia car le peintre n'avait pas pu se tromper. Pour recevoir le message de Gabriel, Marie était agenouillée devant un rideau rouge ostensiblement accroché en cinq points très marqués au-dessus de sa tête, qui dessinaient les pics d'une couronne écarlate immatérielle, préfigurant sa couronne de « Reine du ciel ». Dans le cadre supérieur du polyptyque, les personnages étaient au nombre de cinq. Gabriel, Marie, Jésus soutenu par deux autres personnages ;

1. Saint Vincent Ferrier était dominicain. Il est né à Valence en Espagne et mort à Vannes en France. Il est fêté à Vannes le 5 du cinquième mois, mai, le mois de Marie. Vincent, Valence, Vannes commencent par un V, glyphe du chiffre « cinq » en chiffres romains.

l'un était un ange paré de deux ailes rouges et l'autre, à sa gauche, au visage délicat et aux mains très fines, ne semblait pas avoir d'ailes. Était-ce Marie-Madeleine ? s'interrogea Gioia. De ce retable composé de « cinq » panneaux, semblait descendre un songe. Gioia avait aussi remarqué dans la chapelle de Pie V, la très belle et grande toile dédiée à la gloire de saint Antoine de Padoue[1]. Elle acheta cinq cierges blancs et les donna à Marco pour qu'il les allume lui-même et les dispose sur le présentoir.

— La lumière de ces cierges nous aidera à trouver celle du message du pape. Un cierge pour chacune des cinq lignes, dit-elle…

Avec humilité, elle voulait aussi contribuer modestement à la vie de ce très beau monument, comme le font en général les fidèles avec dévotion.

Ils s'installèrent sur un banc, en face de la chapelle. Gioia repensa à l'échange avec Veronica :

— Marco, je connais assez bien l'histoire de Copernic car on nous l'a ressassée par le menu lors de l'adhésion de la Pologne à l'Union européenne en mai 2004. Copernic était polonais, mais figure-toi qu'il avait fait ses études à Padoue, qui dépendait de la République de Venise.

— Venise, toujours Venise !

— Et Padoue ! Il avait été très influencé par les auteurs grecs. Tout cela lui donnait un petit côté européen que les édiles polonais avaient souligné fièrement dans leur discours introductif.

1. Saint canonisé en 1232, invoqué pour retrouver les choses oubliées ou perdues. La toile est de Giuseppe Heintz le jeune.

Très tôt, Copernic fut convaincu que le Soleil était au centre de notre système et que la Terre tournait autour. Les observations des planètes et l'explication de leurs mouvements s'en trouvaient simplifiées. Très habile et méfiant à l'égard de l'Inquisition, il sut garder pour lui ses convictions et ne les révéla que vers la fin de sa vie. Son ouvrage fondateur, *Des révolutions des sphères célestes*, parut en 1543, l'année même où il mourut à 70 ans. Il n'eut donc pas à subir la pression de l'Inquisition de son vivant. Ses idées interrogèrent beaucoup de scientifiques dont Galilée, que je connais moins bien et qui, je crois, est né près de vingt ans après la disparition de Copernic. Quant au moine Bruno dont Veronica parlait, je ne connais pas son histoire.

— J'ai lu l'histoire de Galilée lorsque j'étais à Princeton. Il semble qu'il se comportait en véritable scientifique car il mettait l'expérimentation au cœur de ses recherches ; en 1609, il perfectionna la lunette astronomique inventée un an plus tôt par le Hollandais Hans Lippershey. Il remit en cause le principe de l'univers stable d'Aristote, lequel prétendait que la Terre était immobile au centre d'un système qui évoluait autour d'elle. C'était la représentation de Ptolémée que l'Église avait validée en affirmant qu'elle était confirmée par la Bible. Galilée promut le modèle héliocentrique de Copernic. Il enseigna à Padoue pendant dix-huit ans. Padoue, comme tu l'as dit, dépendait à l'époque de la République de Venise... Né à Pise, il avait choisi Florence pour résidence principale. Ta ville natale, ma belle Florentine... et figure-toi qu'il baptisa sa maison « Villa Gioiella » comme toi, « Gioiella » !

Il n'eut pas la patience de Copernic et édita beaucoup d'ouvrages qui lui valurent la notoriété et de nombreux ennuis. N'ayant pas sa plume dans sa poche, il subit deux condamnations.

Marco qui ne se souvenait plus des détails consulta internet et résuma ce qu'il lisait :

— En 1616, puis surtout le 22 juin 1633, après l'édition de son ouvrage sur le *Dialogue des deux grands systèmes du monde* où il ridiculisait la pensée d'Aristote d'une Terre immobile ainsi que le système géocentrique de Ptolémée, il fut inquiété sévèrement et dut se renier pour échapper à la prison.

Il eut à subir les attaques des Dominicains, en particulier les sermons de Niccolò Lorini, qui lui opposa les Saintes Écritures ; puis surtout ceux de Tommaso Caccini, en 1614, qui obtint sa première condamnation.

— Les novateurs rencontrent toujours de la résistance, ajouta Gioia, ne serait-ce que de la part de leurs propres collègues, qui acceptent mal les nouveaux paradigmes. C'est ce qui était arrivé à Isaac Newton. Les détracteurs sont souvent de mauvaise foi et ne font que défendre leur pré carré, avec les avantages qu'ils en tirent.

Il était presque midi lorsque Gioia et Marco sortirent de Zanipolo. Ils croisèrent Veronica qui venait de terminer son tour et allait prendre sa pause et lui proposèrent de se joindre à eux pour déjeuner, ce qu'elle accepta bien volontiers. Veronica leur recommanda le charmant restaurant Al Mascaron dont elle connaissait bien le patron, à deux pas de la place, pas loin de l'église Santa Maria de Formosa.

35 › 36

Après avoir commandé des pâtes aux fruits de mer, Gioia et Marco interrogèrent Veronica.

— Lorsque nous étions devant la chapelle dédiée à saint Dominique, vous nous avez parlé d'un autre moine...

— Il s'agit de Giordano Bruno, un homme très en avance sur son temps. Il est né en 1548 à Nola, près de Naples en Campanie. Son nom était en fait Filippo Bruno. À 17 ans, il entre chez les Dominicains.

— Toujours les Dominicains !

— Oui, toujours eux. Impressionné par son maître Giordano Crispo, il se fait appeler « Giordano » en son honneur. Il est très vite convaincu que la théorie de l'héliocentrisme de Nicolas Copernic est la bonne. Son esprit critique s'enflamme alors et il va tout de suite beaucoup plus loin. Il est convaincu que l'espace est infini dans toutes les directions et qu'il y a une infinité d'autres soleils et de planètes. Il n'y a ni centre ni circonférence, et il prétend que Dieu est omniprésent dans tout l'espace.

Il entre évidemment en rupture avec les Dominicains qu'il quitte en 1576. Il a alors 27 ans.

Poursuivant ses réflexions, il en vient à penser que Jésus est un homme habile, sage et exceptionnel mais qu'il n'est pas Dieu lui-même. Ainsi, indirectement, il rejoint la pensée des arianistes. Selon Bruno, Marie n'était pas vierge lorsqu'elle se trouva enceinte de Jésus. Il ne croit pas en la transsubstantiation ; c'est-à-dire que pour lui, la consécration des hosties lors de la communion ne les transforme pas réellement en corps du Christ, pas plus que le vin n'est transformé en sang du Christ. Ce n'est qu'une image pour commémorer la Cène[1] et rien d'autre.

— Ce n'était pas un moine ! C'est le Che Guevara des Écritures ! dit Gioia.

— C'est un peu ça, et pour l'époque c'était du jamais vu. Il s'amuse de plus à faire des tours de prestidigitation, ce qui ne va pas arranger son cas. Il développe aussi des techniques de mémorisation impressionnantes. À tel point que le roi de France, Henri III, lui demandera de venir à la cour et deviendra son protecteur pendant cinq ans.

Il voyage en Allemagne, Suisse, Angleterre et en France.

Il passe deux ans à Toulouse où il enseigne la physique, les mathématiques, la philosophie. Il profite de ce répit pour écrire un livre sur la mnémotechnique : *Clavis Magna*.

Il s'intéresse à l'infiniment petit, ce qui en fait en quelque sorte le précurseur de l'étude de l'atome.

1. Dernier repas que Jésus prit avec ses disciples.

Il séjourne à Venise à l'invitation de Giovanni Mocenigo dont vous avez vu les tombeaux de famille dans l'église. Finalement ils se fâcheront et Mocenigo le dénoncera à l'Inquisition vénitienne pour ses idées. Il est jeté dans la prison San Domenico di Castello, c'est-à-dire juste à côté de là où nous sommes en train de déjeuner, chez les Dominicains ; dans le couvent qui touche l'église. Son procès dure un an et il est blanchi.

Mais il avait indisposé tout le monde partout où il était passé en raison de sa forte personnalité, de ses idées trop en avance, souvent contraires au dogme catholique, et surtout en raison de son mépris pour les institutions qu'il interpelle avec un verbe acéré. Le pape Clément VIII va tout faire pour le récupérer. Par une procédure tout à fait exceptionnelle résultant d'une intervention directe auprès du Doge, il obtient son extradition vers les geôles du Vatican. Son procès va durer sept ans. Finalement, il est condamné au bûcher et la sentence est exécutée le 17 février 1600 sur la place Campo di Fiori à Rome. Il est brûlé vif, nu, au milieu de tous ses ouvrages et avec la langue clouée sur un morceau de bois pour qu'il ne puisse pas parler.

— Quelle histoire ! laissa échapper Gioia presque malgré elle.

— Sur le lieu de son supplice, une souscription de sympathisants a permis l'édification en 1889 d'une statue le représentant dans son habit de dominicain, un livre tenu en main droite. Elle nargue le Vatican à deux pas de ses murs.

Chaque année, le 17 février, des sympathisants se réunissent sur la place pour honorer sa mémoire. La sculpture est due à Ettore Ferrari qui fut aussi un homme politique et deviendra Grand Maître du Grand Orient d'Italie.

Vous parliez des papes tout à l'heure. Eh bien le pape Jean-Paul II a institué une commission spéciale relative à la controverse opposant le système géocentrique de Ptolémée et celui, héliocentrique, de Copernic. Cette commission a réhabilité Galilée, mais confirmé la condamnation de Giordano Bruno.

Gioia buvait les paroles de Veronica.

— C'est tout à fait incroyable que ce moine Bruno ait été dominicain ! Que dix-huit ans après avoir rejoint l'ordre, il ait été incarcéré à côté de Zanipolo, précisément dans les prisons des Dominicains ! Qu'il ait été jugé et blanchi à Venise ! Puis rejugé et martyrisé à Rome !

Bien que Veronica ne fût pas au courant de leur recherche, Marco enchaîna :

— Jean-Paul Ier n'ignorait sûrement pas cette histoire ; sans doute pesait-elle dans sa détermination à conduire des réformes et à aller probablement bien plus loin que celles de Vatican II.

— L'Église catholique romaine a tout de même fait fort en persécutant les scientifiques qui contredisaient le dogme établi. Je comprends que l'Inquisition qui battait son plein à deux pas d'ici ait ému le pape Jean-Paul, si attaché à cette basilique. Mais cela ne nous dit toujours pas la signification du message, ajouta Gioia.

Ils expliquèrent à Veronica ce qui les conduisait à Venise et passèrent un moment agréable ensemble. Ils se quittèrent un peu avant 14 heures.

Veronica devait retourner vers ses touristes pour la visite de Zanipolo.

Il était 14 h 15 quand le téléphone sonna ; la qualité de la communication était trop mauvaise pour permettre une conversation. Gioia et Marco rappelleraient Gianni plus tard.

37

Cassan en France, septembre 1578

Giordano était parti de Lyon en ce mois de septembre 1578. Il allait à Toulouse où il comptait sur un poste d'enseignant et espérait reprendre ses études de théologie. Il avait choisi de suivre la route qui passait par Saint-Étienne, Le Puy-en-Velay, Mende, Millau, Clermont-l'Hérault. Des diligences surchargées assuraient les liaisons. Au relais de Clermont, il prit la direction de Béziers dans le but de rejoindre ensuite Narbonne puis de rattraper la route de Toulouse. Le nouvel équipage bien plus modeste venait de passer Villeneuvette, Cabrière et plongeait sur Neffiès. Le soir tombant, le conducteur de la carriole, considérant ce moine, lui recommanda de passer la nuit au Prieuré de Cassan, Béziers étant encore à près de deux heures de là. Le cocher le déposa à la porte du Prieuré. Giordano prit le petit coffre dans lequel il gardait ses affaires et surtout les livres qu'il avait écrits, ainsi que ceux dont il ne se séparait jamais. *Des révolutions des sphères célestes* de Copernic l'accompagnait toujours.

Il actionna le lourd marteau de la porte du Prieuré. Quelques minutes plus tard, un moine ouvrit le judas.

— Qui êtes-vous ?

— Je suis Giordano Bruno. Je suis en route pour Toulouse, je vais enseigner au collège Saint-Sernin. Pourriez-vous m'offrir le gîte et le couvert ?

— Restez ici, j'en réfère au Prieur.

Dix minutes plus tard, le Prieur[1] en personne lui ouvrit la porte, accompagné de deux serviteurs qui tenaient chacun un flambeau.

— Entrez et soyez le bienvenu. Nous n'avons pas souvent de visiteur de votre qualité mais plutôt des pèlerins qui deviennent bien rares et que nous logeons dans les hospices. Je vous fais préparer un dîner et vous pourrez prendre une cellule.

S'adressant à l'un des moines :

— Déodat, porte le coffre de Giordano dans la cellule de notre regretté François.

— Que Dieu vous bénisse, répondit Giordano au Prieur.

La lourde porte se referma sur eux. Giordano eut soudainement une étrange sensation lui rappelant le couvent de l'église San Domenico Maggiore de Naples où il avait fait ses premières études. Déodat donna son flambeau au Prieur et empoigna le coffre, aidé d'un autre moine. Ils disparurent furtivement.

1. Il s'agissait du 30e Prieur, Simon Azemar, élu en 1581, mort en 1616. Son mandat dura trente-cinq ans, un des plus longs priorats de Cassan.

— Suivez-moi, invita le Prieur Simon.

Sans un mot, ils empruntèrent la galerie du petit cloître. La pleine lune éclairait le jardin et découpait les colonnades à contre-éclairage comme une haie de gardiens figés et silencieux. Les ombres des colonnes projetées au sol rythmaient leurs pas réguliers. Sous les dalles dormaient d'illustres personnages de la région, généreux donateurs, enterrés là pour qu'on priât pour eux. Après avoir longé l'église, le Prieur l'entraîna dans la galerie ouest d'où ils bifurquèrent vers la salle à manger. Un vestibule équipé d'un lavabo en commandait l'entrée.

— Vous pourrez vous laver les mains. En appuyant ici, l'eau coule.

Ils entrèrent dans la salle à manger. Deux très grandes et lourdes tables austères les attendaient, pouvant accueillir sans doute 60 à 80 personnes.

— Installez-vous ici. Déodat s'occupe de vous faire un dîner.

Le Prieur prit un bougeoir dans l'armoire d'un grand buffet, l'alluma à sa torche et le posa sur la table.

— Je vous laisse. Je vous retrouve après les complies[1].

Déodat surgit un peu plus tard, avec une soupe chaude garnie de légumes, du pain et une cruche d'eau.

1. La dernière des huit prières canoniales (matines, laudes, prime, tierce, sexte, none, vêpres, complies).

Giordano finissait son repas lorsque le Prieur reparut. Il accrocha son flambeau sur un support mural et s'installa en face de lui.

— Parlez-moi un peu de vous, Giordano.

— Je suis baptisé sous le nom de Filippo et je viens de la ville de Nola. De ce fait on m'appelle parfois « Le Nolain ». J'ai choisi pour prénom Giordano en l'honneur de mon maître en théologie, dominicain à Naples. J'enseigne les mathématiques, la physique, le latin et le grec. La physique m'intéresse beaucoup et je suis convaincu par les écrits de Nicolas Copernic.

— J'en ai entendu parler, mais je connais mal le sujet. J'aurai plaisir à vous entendre. Vous pourrez parler librement, car le Prieuré est parfaitement autonome. Il est placé sous la règle de saint Augustin[1] et dépend de l'ordre de saint Ruf à Avignon depuis la bulle d'Urbain V en 1364. Pour ce qui est du temporel nous dépendons directement du roi de France car nous nous sommes donnés en fief honoraire au souverain. Cela pour vous dire que nous sommes indépendants des puissances locales et que nous ne craignons rien d'elles. Nous pouvons donc entendre beaucoup de choses, y compris les réformes. Nous avisons selon notre conscience. Cela étant, nous avons eu beaucoup à souffrir des protestants. Voici douze ans, ils ont dévasté le Prieuré par le feu et par le fer. Nous avons perdu de nombreux ouvrages de notre grande bibliothèque et des reliques auxquelles nous tenions

1. Règle écrite par Saint Augustin d'Hippone pour régir les communautés. Les prémontrés et les Dominicains l'adoptèrent.

beaucoup. Nous avons pu sauver la relique du bras de sainte Marthe.

Les seigneurs protestants[1] ont saccagé la fresque de Marie dans le cloître au-dessus de l'entrée de l'église. C'est pour nous une grande tristesse. Elle est très ancienne. L'enfant Jésus, le visage de Marie et celui de l'ange Gabriel sont fortement endommagés.

— C'est bien regrettable. On ne devrait jamais brûler de livres. Comme les œuvres d'art, ils témoignent de notre passé et de nos erreurs.

Sans vouloir vous offenser, je dois vous dire que je respecte Marie, mère de Jésus, mais que je ne crois pas du tout qu'elle était vierge et que Dieu l'ait fécondée sans l'intervention d'un homme. Que Dieu ait éclairé Jésus à mesure qu'il grandissait me convient très bien.

Je ne crois pas non plus en la Trinité. C'est une invention du Concile de Nicée à la demande de l'Empereur Constantin en vue de n'avoir qu'une seule doctrine afin de mieux unifier l'Empire romain lorsqu'il adopta le catholicisme pour religion officielle. Les arianistes ont été mis à l'index. C'était une décision politique et rien d'autre.

Jésus était un homme d'exception, un grand prophète éclairé par Dieu. Dieu est Dieu. L'appellation « Fils de Dieu » est une figure de style, rien d'autre. Nous sommes tous des « fils de Dieu » car Dieu est en chacun de nous comme

---

1. Dirigés par Jacques de Crussol, seigneur d'Acier et Claude Caylus, baron de Faugères.

dans tout ce qui est vivant et dans tout l'univers qui nous entoure.

Le Prieur, impassible, observait son visiteur. La stature, l'assurance et le verbe de son interlocuteur avaient attisé sa curiosité et lui rappelaient ses frères dominicains lorsqu'ils s'entraînaient à la joute verbale.

— Je vois qu'effectivement vous ne vous pliez pas au dogme catholique.

Les Wisigoths sont restés très longtemps dans notre région, pendant trois cents ans. Ils étaient arianistes. Comme vous, ils séparaient Jésus de Dieu. Nous comprenons ce débat bien que notre Prieuré reste fidèle et soumis au dogme de l'Église catholique romaine. Nous n'avons pas encore choisi de faire sécession, dit-il avec un brin de malice.

Ils restèrent longtemps ensemble car le Prieur Simon trouvait ce Nolain bien intéressant. Giordano lui expliqua le concept d'héliocentrisme. Il ajouta que le système solaire n'était qu'une partie d'un espace sans limite où une infinité d'autres systèmes solaires existaient. Il y avait sans doute d'autres Terres avec d'autres vies.

Giordano expliqua comment il avait démontré que l'argument d'Aristote selon lequel la Terre était fixe ne tenait pas. L'argument d'Aristote était le suivant : si la Terre tournait, une pierre lâchée du haut d'une tour n'aurait pas pu tomber à l'aplomb de son point de départ puisque la Terre s'était déplacée. Giordano expliqua que la même expérience faite sur un bateau qui se déplace, avec une pierre lâchée du haut d'un mât, montrait que la pierre tombait bien à l'aplomb du point duquel elle était partie. Comme personne ne pouvait nier que le bateau se déplaçait, c'est que la démonstration d'Aristote était fausse. En fait, Giordano jetait là les bases de la relativité restreinte qu'Einstein théoriserait plus tard.

— Avant de vous coucher, je vous emmène voir notre pauvre Marie à laquelle nous sommes bien attachés. Le Prieuré lui est dédié. Je suis certain qu'elle vous aidera à passer une belle nuit.

Le Prieur reprit son flambeau et repartit dans la galerie. Arrivé au passage canonial avant l'entrée dans l'église, levant son flambeau, il lui montra la fresque sur le tympan de la porte. Bien qu'endommagée, elle était encore très belle et les lueurs chancelantes du flambeau en magnifiaient le mystère, elle semblait vibrer.

— Cette Vierge date de la consécration de l'église en octobre 1115, dit le Prieur. Il y aura bientôt cinq siècles ! C'est une « Vierge à l'enfant » assise en majesté. Le trône, le plissé de la robe, les couleurs du fond bleu nuit et doré, les motifs avec les éléphants, tout indique une influence byzantine. Le travail serait l'œuvre d'un Italien. On dit qu'il était originaire de Campanie, peut-être de Naples.

— C'est mon pays, dit Giordano, pensif. Cette fresque est très belle ; mais ce n'est qu'une fresque décorative. Ce n'est pas une icône qu'il faudrait adorer. Avec la reconstruction des églises, toutes ces fresques romanes disparaissent.

Je reconnais que cette œuvre est rare, acquiesça-t-il, comme sous le charme du Prieur et pour faire plaisir à celui qui lui offrait l'hospitalité.

Le Prieur Simon aimait profondément ce Prieuré dont il avait la charge. Sa paix intérieure transparaissait. Il ne semblait pas arc-bouté sur les dogmes. Il ajouta :

— Que Marie ait été vierge ou pas n'a que peu d'importance. Ce qui importe, c'est la qualité de son fruit. Jésus était un enfant d'exception. Je vous laisse vous coucher, dit-il après l'avoir ramené à sa cellule et lui avoir ouvert la porte.

Une bougie allumée l'attendait à l'intérieur. Le linteau au-dessus de la porte portait le numéro « 22 ».

— Demain matin, venez aux laudes pour la prière.

Nous gardons un secret ici. Je vous en parlerai car il procède un peu de votre pensée. Très bonne nuit et que Dieu vous protège !

37 › 38

À l'aube, une cloche sonna les laudes et Giordano se leva d'un bond.

Il n'y avait plus que 12 moines au Prieuré qui en avait compté plus de 80 au XIIe siècle. Dix des leurs avaient été tués lors de la razzia des protestants, douze ans auparavant.

Au sortir de la prière, le Prieur demanda à Giordano de rester dans l'église.

— Venez par là, mon Fils.

Il l'emmena dans la sacristie.

Il ouvrit les portes d'une armoire. À l'intérieur se trouvaient des ciboires et un reliquaire en vermeil finement ouvragé contenant un bras et une main. Le reliquaire était vitré sur ses faces avant et arrière. La main gauche séparée du bras était tenue par deux rubans rouges croisés qui la plaquaient contre une cloison verticale de velours violet. De l'autre côté, le bras et l'avant-bras, repliés, étaient maintenus de la même façon. Les restes saints étaient bien conservés, momifiés. Le Prieur très ému se tourna vers Giordano :

— Voici le bras et la main gauche de sainte Marthe, l'hôtesse de Jésus.

— Comment cette relique peut-elle être là ?

— Je vous expliquerai, répondit le Prieur en refermant l'armoire.

Il sortit de la sacristie directement dans la galerie et repassa devant l'entrée canoniale.

— Regardez, Giordano, notre Marie à l'Enfant, comme elle est belle !

Il ne dit pas « Vierge à l'Enfant » par égard pour son visiteur.

Ils prirent un lait chaud avec du miel et du pain, puis le Prieur invita Giordano dans la bibliothèque, ou du moins ce qu'il en restait.

— Avec ces sursauts barbares, dit-il, qui sait si nous serons encore en vie demain. Nous sommes dépositaires d'un secret et d'un devoir mémorial. Écoutez-moi.

Le Prieur expliqua à Giordano Bruno l'histoire de Marthe chasseresse de dragons, et de son évangile.

— Pour ce qui est du bras de la sainte, le sarcophage de sainte Marthe a été découvert en 1200 lors de la construction de la nouvelle collégiale de Tarascon, sur l'emplacement de l'ancienne église. Le corps de sainte Marthe était dans un très bon état de conservation. Frère du pape Urbain V, l'évêque d'Avignon, Anglic de Grimoard, dont dépendait la collégiale de Tarascon, était l'ami d'un de mes prédécesseurs, Guilhem III. Il connaissait l'histoire de sainte Marthe et la légende de ses exploits à Cassan. En 1364, il accepta de faire don du bras de sainte Marthe à Cassan[1] lors du

1. Une châsse en vermeil fut réalisée et le bras arriva à Cassan au début du XIVe siècle. Lors de la Révolution de 1789, le maire de Roujan cacha le reliquaire pour le

rattachement de notre Prieuré sous son autorité spirituelle, à saint Ruf, dont je vous ai parlé hier.

Je vous raconte cela parce que vous êtes chrétien, mais surtout parce que vous ne partagez pas les dogmes de l'Église catholique romaine. Je suis donc certain que vous n'irez pas ébruiter auprès des serviteurs de Rome les confidences dont je vais vous entretenir. Nous détenons deux Évangiles de Marthe. L'un est une copie. L'autre, l'original écrit de la main de Marthe. La main que vous venez de voir dans le reliquaire est celle qui a si souvent touché Jésus notre Seigneur. Nous avons fait la promesse de ne jamais nous dessaisir de ces évangiles autrement qu'auprès d'un descendant de la famille de Marthe. Après quinze siècles écoulés, il nous semble que nous ne verrons plus de membre de la famille de Marthe venir réclamer ces livres.

Il nous est impossible de lire ces textes. Ils ne sont écrits ni en latin, ni en grec, ni en hébreu mais dans la langue de Jésus et de Marthe : l'araméen.

Ceux qui ont gardé ces codex depuis quinze siècles se sont transmis oralement des bribes de leur contenu que les copistes araméens leur avaient confiées sommairement.

J'insiste : la raison pour laquelle je vous parle est que j'ai compris que votre esprit acceptait

---

soustraire à la fonte des métaux précieux. À la Restauration, Cassan ayant été vendu comme bien national, il le restitua à la paroisse. Le bras de sainte Marthe est aujourd'hui dans l'église Saint-Laurent de Roujan sous une simple châsse en bois, afin de ne pas tenter les pilleurs d'églises. Saint Laurent est fêté le 10 août. 10–8 ! Ça ne s'invente pas !

bien ces révélations. Tout autre chrétien s'empresserait de détruire ces livres, les jugeant hérétiques.

Nous savons que Marthe a écrit la vie de Jésus qu'elle connaissait parfaitement.

Elle y précise que Marie était bien mariée avec Joseph et que leur mariage était consommé. Que de leur union est né Jésus mais aussi des frères et sœurs de Jésus. Que Jésus fut éduqué chez les Esséniens entre neuf et douze ans. Qu'il partit en Inde lorsqu'il eut treize ans, puis revint en Palestine vers l'âge de trente ans pour conduire son ministère. Il se lia avec Marie-Madeleine, la sœur de Marthe. Elle fut sa compagne et son premier apôtre. Après le supplice de Jésus, la famille dut quitter la Judée en émeute. Les Romains persécutaient les Juifs comme les disciples de Jésus. Ils devaient donc fuir. Ils vinrent s'installer en Gaule narbonnaise. Marie-Madeleine était enceinte de cinq mois et elle eut une fille, née en Provence. Tout cela ne vous choquera pas puisque vous considérez que Marie n'était pas vierge, que Jésus est un homme distinct de Dieu. Il y a néanmoins des choses plus importantes et plus surprenantes encore que vous découvrirez.

Nous avons pensé que pour préserver ces évangiles, compte tenu de la situation actuelle, mieux valait séparer la copie de son original. Du moins le temps que les guerres avec les protestants s'apaisent et le temps peut-être que Rome évolue. Actuellement Rome est en mutation forcée avec le système héliocentrique de Copernic ; on peut bien espérer que Rome évoluera encore sur d'autres plans.

Vous êtes jeune et instruit. Accepteriez-vous la mission de conserver la copie et de nous la ramener dans vingt ans ?

Giordano était interloqué par cette histoire à laquelle il ne s'attendait pas. Il comprit pourquoi le Prieur n'avait pas réagi la veille à sa provocation.

— Vous me faites là une proposition de haute confiance et j'en suis très honoré.

Je ne peux pas vous certifier que je pourrai tenir cet engagement en retour car je ne sais ce que Dieu me réserve. Mais être dépositaire d'un aussi noble ouvrage reste un grand honneur pour moi. Je saurai me montrer digne de ce devoir.

— Nous avons deux choses à vous demander en échange. D'une part, nous voulons une promesse sur cet évangile et devant Dieu que jamais vous n'en parlerez au sein de l'Église. D'autre part, en contrepartie de la confiance que nous vous témoignons, nous voudrions obtenir une traduction de ces textes. Nous pensons que, par souci de discrétion, il faut solliciter la communauté juive et y trouver un érudit connaissant l'araméen. Les Juifs sauront garder cela confidentiel. Parleraient-ils qu'ils ne seraient pas crus et qu'ils seraient persécutés immédiatement.

Hélas, le roi Philippe le Bel a chassé les Juifs hors de France et nous n'en avons plus ici. À Toulouse, nous avons entendu dire qu'il reste un noyau de personnes juives très pieuses. Ils ont certainement gardé des liens étroits avec leurs frères du royaume d'Espagne. Ils n'auront pas de mal à trouver un érudit en Espagne pour cette mission. Et s'ils ne pouvaient y pourvoir, car ils ont aussi été victimes de purges, sans doute les marranes, ces Juifs convertis en façade mais ayant gardé leurs traditions, trouveront-ils au Maghreb ou aux Pays-Bas les bonnes personnes capables de mener la tâche à bien.

— Je vous promets sur cet évangile et devant Dieu que je ne parlerai jamais à l'Église de ces documents. Je m'emploierai à trouver un traducteur et à vous faire parvenir une traduction. Dans vingt ans, je vous ramènerai ce livre ou bien je m'organiserai pour vous le faire porter.

— Nous nous retrouverons ici, après la prière de sexte. Je vous remettrai la copie de l'Évangile de Marthe.

Giordano ne pensait pas en s'arrêtant ici que, des mains d'un Prieur, il allait recevoir un secret qui conforterait sa pensée et dont il ne connaissait pas encore toute l'étendue.

À sexte, le Prieur remit à Giordano la copie du livre de Marthe. Il lui remit cinq pièces d'or et cinq pièces d'argent pour payer la traduction, pour aider Giordano sur la route et pour favoriser son installation à Toulouse. Il lui remit surtout une lettre de recommandation adressée au roi de France Henri III, suzerain honoraire de Cassan. Il avait aussi organisé pour lui une carriole jusqu'à Béziers.

Giordano Bruno quitta le Prieuré, en partie transformé par ce court séjour. Il avait dans son coffre un ouvrage de plus dont il ne se séparerait jamais. Il ne fut plus jamais véhément contre Marie.

38 › 39

Toulouse, fin septembre 1578

Giordano entra dans Toulouse cinq jours plus tard. Il ne se doutait pas qu'il était passé tout près d'une autre copie de l'Évangile de Marthe qui dormait sous la dalle d'une petite église des Corbières dans le village de Rhedæ. Il avait traversé les anciennes terres cathares de Béziers à Toulouse et longé la Montagne d'Alaric où reposaient encore les trésors rapportés de Jérusalem.

À Toulouse, il fut accueilli à l'Université des arts. Il y enseigna et continua ses études. Il obtint le titre de docteur en théologie et de professeur ordinaire, publia un brillant ouvrage sur la mnémotechnique et, comme il l'avait promis, prit contact avec la communauté juive qui lui trouva un traducteur ayant fui au Maghreb.

Il le fit venir à Toulouse dans le plus grand secret et l'érudit, enfermé dans le logement de Giordano, traduisit le texte de l'araméen à l'hébreu. Un autre rabbin clandestin de Toulouse traduisit de l'hébreu au latin. Bien qu'ayant fait jurer à ses traducteurs le plus grand secret sur leurs travaux, Giordano veilla à ce qu'aucune note ne sorte de chez lui pendant tout le temps que durèrent les traductions. Il avait aussi fait le calcul que s'il advenait que l'un d'eux parlât, il n'aurait que sa parole à opposer aux doctrines, ce qui le mettrait en porte à faux et lui ôterait toute crédibilité. Enfin, il n'avait pas oublié de leur ressasser que s'ils s'épanchaient, eux et leur famille prendraient un risque : les catholiques ne les laisseraient certainement pas en vie. À l'issue des travaux, chacun d'eux reçut une pièce d'or ; il leur rappela que le silence, lui aussi, était d'or, alors que la parole était la source des pires calamités. Giordano, doué d'une mémoire peu commune, connaissant plus de 200 ouvrages par cœur, n'éprouva pas le besoin de garder une copie des traductions pour lui. C'était aussi une mesure de sécurité pour le cas où l'évangile tomberait dans des mains adverses et le moyen de remplir plus facilement son serment de n'en parler à quiconque. Il expédia donc les deux traductions par deux envois séparés au Prieur de Cassan. Toutes deux y arrivèrent cinq mois après la visite de Giordano.

Le Prieur put enfin lire l'évangile dans sa traduction latine et ce qu'il y découvrit le bouleversa. Il n'en parla à personne. Il entra en prière pendant vingt-quatre heures continues devant la relique de Marthe. Par prudence, il plaça les deux traductions avec l'original dans l'urne, et remit le tout dans la cache.

La lettre du Prieur ne fut pas inutile. Giordano Bruno se rendit à la cour du roi Henri III, précédé par sa réputation de mémoire gigantesque. Pendant cinq ans, il fut protégé par le roi qui lui octroya une chaire au collège des Lecteurs royaux. Il s'ensuivit pour lui une période faste et féconde pendant laquelle il publia de nombreux ouvrages.

Bien que devenu plus souple et tolérant, Giordano fut repris par ses vieux démons et nous connaissons la suite. La copie araméenne de l'Évangile de Marthe que personne ne put lire pendant sa détention fut mise au compte des ouvrages « cabalistiques » qui étaient interdits. Avec tous les ouvrages qu'il avait édités et qui furent également interdits, la copie de l'Évangile de Marthe fut mise au feu sur le même bûcher que lui.

Malgré la destruction d'un exemplaire araméen dans les flammes, Giordano Bruno qui ne croyait pas à la trinité venait de transformer les deux exemplaires de l'évangile en trois : l'original araméen, une traduction en hébreu et une en latin.

30 › 40

En France, Languedoc, février 2020

Monseigneur Jean-Luc Balas venait de prendre sa retraite. Il était né à Béziers. Il avait suivi l'enseignement du séminaire Saint-Julien-d'Olargues dans les contreforts des Cévennes. Pendant plusieurs années, régulièrement, il était passé devant Cassan en voiture. Le trajet le menant de Béziers à ses chères études passait au pied du Prieuré.

À la Révolution française, Cassan avait été vendu comme bien national et rebaptisé, improprement, « Château-Abbaye ». La route de Pézenas à Bédarieux butait sur Cassan. Aussi, en 1840, elle fut taillée à travers le cimetière du Prieuré, le profanant pour s'y frayer un chemin. Elle longea alors le Prieuré du côté nord de son église, passant entre les deux collines Sainte-Marthe et Saint-Hilaire et plongeant vers Gabian. Le détour par Margon ou le contournement de la colline Saint-Hilaire étaient ainsi évités.

Lorsqu'il revenait d'Olargues, la vue sublime du Prieuré, lové au creux des deux collines, impressionnait toujours Jean-Luc Balas. La grande et imposante façade du Palais conventuel, construite au XVIIIe siècle par le Prieur Pas de Baulieu à la place des anciens bâtiments conventuels du Moyen Âge, s'imposait en puissance et inspirait le respect. Elle apaisait le passant tant il s'en dégageait un sentiment d'ordre et de sérénité. Quant à la masse impressionnante de l'église vue de la route, il en émanait un indicible et profond mystère.

Jean-Luc Balas avait prononcé ses vœux en tant que religieux dominicain. Il avait été ordonné prêtre trois ans plus tard. Il devint alors Prieur au couvent des Dominicains de Toulouse. Plus tard, il fut évêque puis archevêque en charge des archives secrètes du Vatican. Il était devenu sympathisant de l'Opus Dei. Il avait ses réseaux implantés au cœur de l'Occitanie et plus particulièrement d'Arles à Toulouse.

Libre de ses charges, Monseigneur Balas disposait de temps à consacrer aux causes qu'il choisissait. Monseigneur Fernando Cortes, le patron de l'Opus Dei, n'eut aucun mal à le convaincre de mener une mission hautement confidentielle et de grande responsabilité pour servir l'Église, et dont l'objet concernait un manuscrit d'une importance extrême.

Monseigneur Balas commença à prendre ses renseignements. Le domaine de Cassan avait été acheté par une société qui développait des produits immobiliers originaux. Elle prévoyait de transformer Cassan en université dédiée au « bien-être et à la santé ». « Cassan Campus » devait répondre aux besoins des entreprises, avec pour but final d'améliorer les relations de travail entre les nouvelles générations et celle du baby-boom, qui ne se comprenaient plus. Modifier les modes de management permettrait d'améliorer la productivité et la créativité. L'approche « mind-body » reproduisait celle des moines qui avaient fondé le Prieuré au XIe siècle ; ils s'occupaient des corps dans les hospices et des âmes dans l'église ; le projet perpétuait la vocation initiale du lieu.

La société immobilière avait étendu progressivement le domaine en achetant des terres afin de reconstituer un environnement cohérent et protecteur autour du Prieuré. Elle avait créé un ensemble viticole qui faisait un très bon vin de garde et obtenu les permis de construire pour restructurer Cassan. Côté Gabian, elle avait acquis d'autres terrains pour construire les résidences hôtelières des participants, le site même de Cassan restant exclusivement dédié à l'enseignement et aux ateliers. Rudy Ricciotti avait remporté un concours architectural pour la création d'un chai contemporain. Le tout devait devenir un phare en Languedoc, alliant une puissante architecture contemporaine sur Gabian et un monument historique aux racines profondes et prestigieuses à Cassan même.

Le coronavirus avait mis à mal ce projet bâti sur le fondement d'un club d'entreprises utilisatrices et le domaine avait été mis en vente par Sotheby's. Toutefois, les dirigeants de la société voulaient être certains que Cassan, auquel ils restaient attachés, Cassan aux racines profondes, domaine d'exception, ne finirait pas vulgairement démembré en appartements. Il faudrait que le nouveau porteur de projet montre que Cassan *bénéficierait de l'avenir le plus noble possible, s'inscrivant dans la continuité de son histoire et préservant son intégrité.*

36 › 41

Venise, lundi 31 août 2020

Après Zanipolo, Gioia et Marco avaient visité le palais des Doges et la basilique San Marco. Ils n'avaient pas eu le temps d'aller à l'Académie des Beaux-Arts, mais ce n'était que partie remise au lendemain.

Gioia rangeait quelques affaires. Marco, tel un automate, avait sorti le message du pape et s'y était déjà replongé.

— Marco, en mettant de l'ordre dans mon sac, parmi les papiers des réservations, j'ai retrouvé le coloriage que Giorgio m'a donné vendredi. Ça me fait tout drôle de voir de la couleur sur ce papier. On l'a tellement regardé qu'il est gravé en noir et blanc dans mon esprit.

Marco était déjà perdu dans ses pensées et n'écoutait pas. Ostensiblement, Gioia posa le coloriage sur la table devant lui, ce qui eut pour effet de le sortir de son silence.

— Ce matin, en attendant que tu te réveilles, j'ai recommencé à triturer la lettre, dit-il sur un ton guilleret. J'ai suivi ton conseil de dissection : j'ai découpé les mots… Eh bien il y a

22 mots ! « 22 » est un nombre quasi sacré pour les peuples sémites, un peu comme l'est « 108 » pour les peuples hindous. Pour eux, il a beaucoup de significations secrètes ; il mérite notre attention. Songe déjà que pour notre espèce humaine, « 22 » est le nombre de nos paires de chromosomes homologues ! À ces vingt-deux paires s'ajoute le chromosome de différentiation qui donne le sexe et qui n'est pas le même chez l'homme et chez la femme.

— Je te vois venir : l'importance de l'homme qui donne le sexe de l'enfant. En revanche, c'est la femme qui intervient ensuite pendant neuf mois et c'est un peu plus important, si tu vois ce que je veux dire. Toi qui donnes le sexe, tu aurais pu au moins nous faire une fille au lieu de faire une série de trois garçons.

— Tu as raison mon amour, mais reconnais que tu es très fautive. Comment veux-tu que je maîtrise mes moyens quand tu me troubles au point de me conduire au paroxysme de l'émotion, lui glissa-t-il d'un air coquin.

— Bon, ça va, tu es pardonné.

— Revenons à notre ami, le nombre « 22 », dit Marco en retrouvant son sérieux.

La plupart des premiers alphabets sémites comptent 22 lettres ; c'est le cas de l'alphabet hébreu comme de l'alphabet araméen. La 22e lettre de l'alphabet hébreu est le « Thav », aussi appelé « Thau ». Cette lettre étant la dernière, elle jouit d'un symbolisme fort. Elle représente la mort des anciennes habitudes. Elle tranche les amarres qui privaient l'âme de s'élancer vers la lumière divine.

— Le pape Jean-Paul aurait écrit 22 mots de façon prémonitoire ? s'interrogea Gioia. Voulait-il signifier que son âme allait partir mais qu'en revanche, le contenu de l'Évangile de Marthe ouvrirait une ère nouvelle ? Son corps allait devenir poussière… mais il dit aussi « Un nouveau livre sortira de la poussière. » Il y a quelque chose qui ne va pas.

— Excuse-moi, Gigi, mais il faut que je me concentre et que je revienne aux faits. En hébreu ancien, comme en phénicien dont vient l'hébreu, le Thau s'écrivait à l'origine comme une croix « X ». Cette marque devint le « sceau de Dieu » protecteur contre le châtiment final. Celui qui le portait survivrait au jugement dernier. Et l'Apocalypse de Jean contient « 22 » chapitres… Le Tarot de Marseille compte « 22 » arcanes majeurs ; 21 sont numérotés de 1 à 21 et le dernier, que beaucoup donnent pour être le 22e, est le fou. Il est dit « fou » parce qu'il est incompris des autres. Il marche les yeux tournés vers le ciel avec son baluchon sur l'épaule. Les occultistes y voient le départ vers un « monde hors le monde », une renaissance en quelque sorte. C'est ce que le pape Jean-Paul a peut-être voulu nous dire. Il est parti vers un autre monde en nous invitant à renaître au travers du nouvel évangile.

— Tu vois, tu en viens à dire la même chose que moi. Pas la peine de faire pareil détour.

— En tout cas nous sommes d'accord. Je ne veux pas t'embêter de nouveau avec les curiosités mathématiques, mais « 22 » est un nombre qui s'écrit en somme de puissances de deux « réitérées » : $2 + 2^2 + (2^2)^2 = 2 + 4 + 16 = 22$. Avec cette écriture n'utilisant que des 2 et puissances de 2, je distingue bien d'un côté le Père et de l'autre le Fils.

— Excuse-moi mais je ne vois là rien qui puisse nous aider à résoudre notre énigme.

— Mais surtout, « 22 » est un nombre pentagonal[1] ! renchérit Marco. C'est le troisième nombre pentagonal.

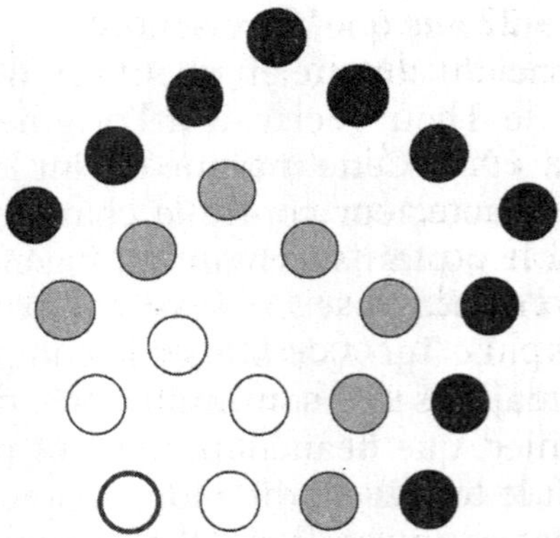

Nous avons vu que « 108 » est le nombre qui mesure, en degrés, tant l'angle concave des côtés du pentagone régulier que l'angle qui sépare les bords des branches de l'étoile à cinq branches. Ces deux nombres, « 22 » et « 108 », sont donc bien reliés par le chiffre du pentagone : « 5 ». En outre, le message laissé par le pape Jean-Paul tient en cinq lignes principales ! Ainsi, les

1. Si « n » est le nombre de billes d'un côté du pentagone, le nombre total de billes de la « figure géométrique » formée est égal à $(3n^2 - n) \div 2$. Si $n = 4$, le total des billes de la « figure géométrique » formée est 22. C'est le nombre total de billes de la figure ci-dessus.

108 lettres, les 22 mots, les 5 lignes, tout cela ne peut pas être le fruit du hasard.

Quand je considère ces nombres et que je regarde le dessin du pape avec le cercle central, je ne peux pas m'empêcher de penser que le premier cumul des décimales de Pi 3,14 fait « 5 », et que la somme des 22 premières décimales de Pi 3,1415926535897932384626 fait précisément « 108 » ! Cela associe encore plus étroitement « 5 » à « 22 » et à « 108 », au travers de Pi, donc au cercle du dessin ! C'est une symbiose très solide.

Gioia éprouvait du plaisir à écouter Marco. Elle découvrait qu'elle aimait suivre la manière dont son esprit procédait pour construire sa réflexion. Cela faisait tellement d'années qu'elle n'avait plus eu l'occasion de prendre du temps avec lui ! Elle savait exactement pourquoi elle lui avait dit « oui ». Marco continuait sous le regard amoureux de Gioia :

— Dans sa forme d'écriture actuelle, la lettre Thau, qui est qualifiée de « sceau divin », s'écrit en écriture hébraïque ת ; son glyphe ressemble étrangement à celui de la lettre π. Je trouve que nous avons déjà réuni beaucoup d'indices qui se croisent. Pour essayer de synthétiser où nous en sommes, je constate que le message du pape Jean-Paul est très fortement orienté sur l'Inde, que « 5 », « 22 » et « 108 » sont liés, que le dessin n'est pas anodin du tout et que le cercle qui exprime π est aussi en étroite relation avec ces nombres.

— Marco, glissa doucement Gioia... « Un nouveau livre sortira de la poussière »... veut peut-être indiquer que l'archange Gabriel, qui habitait l'esprit du pape, savait que l'Évangile de sainte Marthe allait être perdu, volatilisé, mais renaîtrait de ses cendres ! Qu'en penses-tu ?

Marco compilait dans son esprit toutes les données qu'il avait assemblées. Elles se télescopaient. Il percevait qu'ils étaient proches d'une solution sans réussir à la trouver. Fermant les yeux, il expira très longuement, vidant complètement ses poumons. Lorsqu'il inspira de nouveau, il rouvrit les yeux et vit le coloriage de son petit-fils devant lui, sur la table. Il sourit en pensant que petit, lui-même adorait faire des rosaces et les colorier. Il fallait bien s'occuper le matin quand les parents dormaient et ne voulaient pas être dérangés. Il replia la feuille et la rendit à Gioia qui la remit dans son sac.

— C'est fou comme mes 22 chromosomes sont bien passés chez ce petit. Il colorie aussi bien que moi lorsque j'avais son âge.

— Ce qui pourrait nous arriver de mieux serait que les chromosomes de Giorgio soient devenus meilleurs que les tiens et nous apportent la solution ; oui ou non, existe-t-il un « nouvel exemplaire » de l'Évangile de Marthe ?

— Pour ce soir, je m'arrête là. À chaque jour suffit sa peine. Nous verrons bien demain si la nuit a clarifié mes pensées.

41 › 42

Gioia se réjouissait de consacrer la journée à Titien. Depuis que son oncle lui avait donné la reproduction de *Danaé et la pluie d'or*, chaque fois qu'elle voyageait, elle était attentive à la découverte des œuvres du Vénitien disséminées aux quatre coins du monde.

Marco et Gioia, avec l'aide d'un universitaire spécialiste de Titien, avaient répertorié les tableaux que l'on pouvait voir à Venise, ainsi que les sites où ils se trouvaient. Ils avaient dénombré 22 tableaux attribués au peintre avec certitude, répartis sur 11 sites. Marco n'avait pas manqué de remarquer que 22 + 11 font 33... Le nombre qui poursuivait le pape Jean-Paul Ier !

Ils décidèrent dès le matin de parcourir la ville en tournant dans le sens des aiguilles d'une montre, partant de l'église Santa Maria della Salute pour terminer à la bibliothèque de la place Saint-Marc.

La veille, au palais des Doges, ils avaient déjà pu admirer les tableaux : *Le Doge devant la foi*, *La Vierge et l'enfant* et *Saint Christophe* ainsi que le *Saint Pierre de Vérone* à Zanipolo. Il leur restait neuf sites à explorer. Ils s'étaient donné pour objectif de sonder l'âme de Titien et de trouver le lien qui l'unissait à celle du pape Jean-Paul. Il leur semblait qu'il en sortirait peut-être de quoi percer le mystère de l'énigmatique message.

Dans la basilique Santa Maria della Salute, *Saint Marc en trône avec les saints* ne les intéressa guère. En revanche, la force des trois tableaux, *Le Sacrifice d'Isaac*, *Caïn et Abel* et *David et Goliath*, placés au plafond de la sacristie, les impressionna. Il y avait là trois préludes à la mort, l'un par obéissance, l'autre par jalousie et le dernier par défiance ! Gioia fut convaincue que le pape Jean-Paul n'avait pas échappé aux incantations puissantes des œuvres de Titien. Elle laissa Marco admirer le tableau de *La Pentecôte* pour ses effets de perspective architecturale mais n'y fut pas elle-même très sensible.

En sortant de la basilique, l'esprit encore remué, ils se dirigèrent vers l'Académie des Beaux-Arts qu'ils n'avaient pas eu le temps de visiter la veille. Elle était à deux pas et comportait trois tableaux attribués à Titien, *La Présentation de la Vierge enfant au temple* attendrit Gioia et captiva l'attention de Marco. La fillette, frêle, était seule et innocente sur le palier d'un immense escalier ; devant elle, une volée de cinq marches restait à gravir pour rejoindre deux prêtres qui la dominaient et devaient fortement l'impressionner par leur stature écrasante. Un instant, Gioia s'identifia à Marie et se vit désarmée elle aussi devant les cinq lignes qui la séparaient de la solution de l'énigme.

Le bouleversant tableau de *La Pietà* que Titien avait peint pour son propre tombeau et qu'il n'avait pas pu terminer, les troubla.

Impressionniste, très sombre et ton sur ton, le tableau insondable diffusait le frisson d'un étrange mystère. Il imposait le vertige des confusions crépusculaires, faisant écho à l'inconfort de l'énigme obscure sur laquelle ils butaient.

Ils prirent le temps d'admirer les autres merveilles que l'académie exposait et il était déjà midi lorsqu'ils s'orientèrent vers l'étape suivante : l'église San Sebastiano où, seul, *Saint Nicolas évêque de Myre* les attendait. Lorsqu'il le peignit à la fin de sa vie, Titien s'épanouissait dans la technique de la « peinture désagrégée » qu'il avait inventée.

Ils continuèrent vers la Scuola di San Rocco, où Titien avait peint une bien sage version de *L'Annonciation*, avec de très beaux effets de volutes satinées pour la robe de l'archange Gabriel en lévitation devant Marie. Une œuvre belle à coup sûr, un style au glacis peaufiné bien dans la continuité de son maître Giorgione, mais qui ne déclenchait pas d'émotion et leur sembla peu utile à leur recherche.

Ce fut ensuite la visite de la basilique Santa Maria Gloriosa dei Frari, plus simplement appelée « I Frari », la plus grande église de Venise. C'est là que Titien avait encore innové et laissé son œuvre majeure, *L'Assomption de Marie*, représentant la montée aux cieux de la mère de Jésus. Au-dessus de l'autel principal, la toile monumentale mesurait près de 7 m de haut pour 3 m 50 de large ; elle avait été refusée par ses commanditaires car la composition n'était pas conventionnelle. Mais l'immense succès remporté auprès des fidèles avait convaincu les Franciscains de la laisser en place. La toile pouvait se diviser en deux parties. En partie inférieure, dans une composition carrée, les apôtres relégués au statut de simples mortels s'agitaient, impuissants, les bras levés au ciel ; en partie haute, inaccessible, installée dans un cercle, la Vierge en robe rouge était en suspension sur un fond lumineux jaune et or. Titien exploitait habilement la technique de la « perspective colorée », mettant en premier plan des couleurs chaudes et en arrière-plan des couleurs plus froides. Hélas, la toile originale était en restauration et ce n'est qu'une reproduction grandeur nature sur la bâche de l'échafaudage que Gioia et Marco admirèrent. Sans pouvoir dire pourquoi, Marco sentait bien que cette toile le rapprochait singulièrement du dessin de l'énigme.

L'autre toile de Titien, *Pala Pesaro*, de même dimension, trônait sur l'autel de la famille Pesaro. Elle célébrait la bataille navale de Sainte Maura à Chypre mais n'apportait rien de plus à leur quête. Enfin, le monument funéraire dédié à Titien, offert par l'Empereur d'Autriche, était quant à lui magnifique. Titien, sculpté sous un arc de triomphe, représenté en patriarche, était entouré des statues allégoriques de la Nature et du Génie. Derrière lui, un immense bas-relief reproduisait ses trois tableaux majeurs, dont *L'Assomption de Marie* en partie centrale.

Dans le quartier de San Polo, il leur restait à visiter l'église de Saint Jean l'Aumônier qui détenait deux tableaux du peintre dont celui du *Patriarche d'Alexandrie*. Cette œuvre, simple dans sa composition, le vieillard donnant l'aumône à un mendiant, était géniale dans son travail de lumières et dans ce que les critiques allaient appeler « l'impressionnisme magique » qui accompagnerait désormais Titien jusqu'à la fin de sa vie.

Il leur fallut passer le pont du Rialto pour rejoindre l'église du Saint-Sauveur. C'est là que « l'impressionnisme magique » de Titien triomphait avec une autre version de *L'Annonciation*, plus tardive. Cette fois, Titien s'était déchaîné et le traitement était en totale rupture avec les classiques. Tout se mélangeait : les couleurs, les contrastes, les personnages, comme capturés dans l'instantané de leurs émotions, la terreur de Marie, la violence. L'ange Gabriel n'avait pas de lys en main et Marie était représentée avec, en arrière-plan, un lit défait et, à ses pieds, une cruche de cristal ; tout cela illustrait les sympathies de Titien pour l'Église réformée, laquelle ne reconnaissait pas la virginité de la mère de Jésus. Pour se faire pardonner de tant d'audace, les Augustins obligèrent Titien à peindre *La Transfiguration* qu'il laissa au final terminer par ses élèves.

Gioia pensa que ce tableau, défiant le thème de la virginité, avait dû marquer le pape Jean-Paul, ce qui expliquait son attirance pour *Danaé et la pluie d'or* qui reprenait un mythe vieux comme le monde, soufflant entre les lignes une vérité toute différente.

Il ne leur restait plus qu'à visiter l'église Saint-Léon IX où un tableau de *Saint Jacques le Majeur* les attendait, puis à rejoindre la place Saint-Marc pour accéder à la bibliothèque Saint-Marc (la Marciana) et admirer la toile en trompe-l'œil de *L'allégorie de la connaissance* au plafond du vestibule.

Ils avaient bouclé leur journée et vu en deux jours les 22 tableaux authentifiés de Titien : 22 chefs-d'œuvre que le pape Jean-Paul avait admirés et qui l'avaient influencé au point que, pour son plaisir, il s'était fait faire une reproduction de *Danaé et la pluie d'or*.

Gioia restait retournée par le message caché qui transpirait de la version impressionniste de *L'Annonciation* et totalement éblouie par la violence des couleurs.

De son côté, Marco se sentait conforté par les signes. Les 5 marches, les 22 tableaux, les 11 sites ne lui semblaient pas résulter du hasard, auquel il ne croyait pas. Il se rendit compte que 5 œuvres les avaient particulièrement marqués : *La présentation de la Vierge enfant au temple*, *La Pietà*, *L'Assomption de Marie*, *L'Annonciation* et le mausolée de Titien.

42 › 43

En rentrant à l'hôtel Sant'Angelo, ils se mirent à parler de leur fils Gianni.

— Même enfant, il pensait déjà à l'exotisme des pays du Levant. C'est sûr qu'à cette époque, je n'avais pas imaginé qu'il serait prêtre en Chine ; ni même d'ailleurs lorsqu'il a commencé ses études de langues orientales et de chinois ancien.

On sentait chez Gioia des élans de mère protectrice, mais paradoxalement c'était Marco qui supportait le plus mal l'éloignement de Gianni et l'encadrement politique de l'Église.

— Mais ça évolue beaucoup, dit Gioia. Depuis la rupture des relations entre le Vatican et la Chine en 1951, ça a l'air de se décoincer... Tu as vu l'accord signé il y a neuf mois, le 22 septembre 2019. Il prévoit la nomination conjointe des évêques. La Chine et le Vatican se sont enfin mis d'accord pour avoir un droit de veto réciproque sur les nominations.

— Reste à savoir comment cela va se mettre en place et si ça va marcher car, si j'ai bien compris, cet accord est à l'essai. Regarde ce qui se passe en ce moment à Hong Kong avec l'application du principe « une Chine, deux systèmes » ; c'est finalement vers un seul système que le pouvoir est en train d'aller progressivement, alors que Hong Kong revendique liberté et démocratie.

— Tu es trop pessimiste. Quelque chose me souffle qu'il y a des améliorations à venir. La Chine conjugue de multiples paramètres souvent contradictoires. Certains sont géopolitiques. Lorsque je présidais la Commission européenne, nos échanges diplomatiques ne pouvaient pas en faire abstraction : une culture confucéenne très ancienne et très forte, un passé glorieux pendant lequel la Chine fut la première puissance économique mondiale ; l'humiliation d'avoir été vaincue si facilement par les armées occidentales à l'issue du misérable incendie du palais d'été perpétré par les troupes anglaises, en octobre 1860 ; l'humiliation du dépeçage de leur Empire en concessions par les Occidentaux ; l'humiliation des dommages de guerre gigantesques à payer, qui lui furent infligés et qui l'ont ruinée ; une mutation radicale lors de la révolution ; de nouvelles espérances sous Mao ; la scission d'avec Taïwan ; le retour à marche forcée sur la scène internationale, parmi les grandes puissances économiques ; la cohabitation entre le communisme qui veut tout contrôler et le capitalisme quasi sauvage du marché…

— Cocktail riche de séquelles post-traumatiques ! s'exclama Marco, qui sortait de la salle de bains.

Gioia acquiesça en hochant la tête. Elle resta silencieuse quelques secondes et reprit :

— Pour la Chine, les religions ne sont pas indispensables. Elle les tolère et les assimile à des philosophies, à l'instar de l'enseignement de

Confucius ou de celui de Lao Tseu. La Chine est prête à toutes les compositions tant que cela ne contrarie pas son pouvoir. Finalement, elle est perméable à bien des choses dès l'instant où elle les contrôle. Je pense que sans étudier l'histoire des religions chrétiennes en Chine, il n'est pas possible de comprendre !

— Gianni pourrait nous en parler. Il doit savoir ça sur le bout des doigts.

Ils attendirent qu'il soit minuit pour passer un appel à Gianni. Pour une fois, la conversation fut claire.

— Enfin ! Mon chéri, nous voulions, ton père et moi, être les premiers à fêter tes trente ans mais c'est raté ; nous devons être les derniers !

— Mais vous êtes les premiers dans mon cœur et dans mes pensées et c'est bien le principal. Avec tous les travaux qu'il y a ici, les communications sont parfois coupées. Ce n'est pas toujours facile. Comment allez-vous et que faites-vous maintenant que tu es jeune retraitée, si j'ai bien compris ?

— Nous sommes en voyage à Venise pour le plaisir et en souvenir aussi de ton grand-oncle Giacomo !

— Très bonne idée. Papa doit être au paradis avec tous les palais à admirer !

— Il t'entend, il confirme et il t'embrasse.

— Et toi, petite mère, arrives-tu enfin à te détendre et profites-tu de la *dolce vita ?*

— Oui, ce n'est que du bonheur. Mais parle-nous de toi.

— Pas simple de parler comme tu le sais. Le gouvernement fait bien sûr des efforts importants pour nous permettre de conduire notre ministère, je le reconnais. Sans doute, si nous avions plus de concertation, nous pourrions être plus efficaces tous ensemble. Je pense que tout avance dans le bon sens.

Gioia savait que son fils était sur écoute et qu'il ne pouvait dire que des banalités.

— Dis-nous, mon grand, quand penses-tu revenir nous voir ?

— Je ne peux pas te dire pour le moment mais je le saurai bientôt. Il se pourrait que je vienne fin septembre ou début octobre.

— Quelle bonne surprise ! Nous t'attendons avec impatience. Dis-moi, mon chéri, nous nous interrogions, ton père et moi, sur l'histoire de l'évangélisation de la Chine. Pourrais-tu nous en dire deux mots ?

— J'ai déjà eu l'occasion de faire un topo pour des amis thésards. Je peux le reprendre et vous faire un mail dans la matinée.

— Merci. Nous avons hâte de te voir. Ton père et moi t'embrassons très fort.

— Moi aussi, Maman. Grosses bises à tous les deux.

43 › 44

À son réveil, Marco consulta ses mails et vit le courriel de Gianni ; il le lut avec Gioia qui venait de se réveiller.

Chère Maman, cher Papa,

J'espère que ce mail vous souhaitera une belle journée. Je réponds à votre question pour la Chine et aussi pour l'Inde ; vous comprendrez pourquoi en me lisant. La forme est un peu académique, mais comme je vous l'ai dit, c'est un copier-coller de la note que j'avais faite pour mes amis étudiants. Elle vous paraîtra peut-être un peu longue, mais elle est fidèle à l'histoire.

Première période

Tout a commencé avec l'apôtre Thomas qui fut chargé par Jésus d'évangéliser l'Asie. Une grosse responsabilité sur les épaules d'un seul homme, pour un territoire aussi vaste ! Vers l'an 37, Thomas a entrepris un premier voyage terrestre sur les routes des marchands, qui l'a conduit au travers de l'actuelle Syrie, de l'Irak, de l'Iran, de l'Afghanistan, jusqu'au nord de l'Inde, au Penjab, dans l'actuel Pakistan. Là, sa prédication fit florès à Taxila, auprès du roi Gondopharès[1]*, qui lui aurait ensuite confié l'édification d'un palais. À la mort du roi en 48, Thomas est retourné en Palestine, puis il est reparti pour l'Inde, en bateau cette fois. En l'an 52, il accosta à Cranganore, sur le littoral de Malabar, dans la province du Kerala, au sud-ouest de l'Inde. Il y avait là une petite communauté juive qui parlait araméen ; sans doute était-ce un comptoir de commerce avec l'Inde. Il fonda plusieurs Églises au Kerala, puis au Tamil Nadu et au Sri Lanka, soit dans toute la pointe sud de l'Inde, sur les deux côtes ouest et est.*

*Thomas est mort vers l'an 72 à Mylapore, petit port absorbé maintenant dans un quartier sud de l'actuelle Chennai, que nous autres Occidentaux appelons « Madras ». Sur le lieu de son trépas, pour commémorer Thomas, une première église fut édifiée au X*e *siècle par des chrétiens nestoriens*[2] *issus de Perse. Ses restes furent répartis entre Edesse, Mossoul – anciennement Ninive – et plus tard chez nous, en Italie, à Ortona dans les Abruzzes, dans la basilique San Tommaso. La petite église de Mylapore est tombée en ruine ; elle a été reconstruite par les Portugais en 1522 puis une seconde fois par les Anglais en 1893.*

1. Longtemps, on a pensé que ce roi était imaginaire jusqu'à ce qu'en 1834, lors de travaux à Calcutta, on retrouve des pièces frappées à son effigie. Le nom n'apparaissait alors que dans les Actes de Thomas.
2. Le nestorianisme est une doctrine chrétienne créée par Nestorius, patriarche de Constantinople au Ve siècle. Selon cette théorie, déclarée hérétique par le concile d'Éphèse, deux personnes cohabitent dans le Christ, l'une humaine, l'autre divine.

Thomas aurait donc établi de multiples noyaux chrétiens en Inde. À l'époque, sa notoriété était colportée par les marchands navigateurs chinois, tant et si bien que l'Empereur Han, « Ming Di », voulut le voir. Thomas partit vers la Chine, par la mer. Il aurait débarqué dans la ville de Lian Yun Gang dans la province côtière du Jiangsu, au nord-est de l'Empire, un peu au nord de Shanghai, où il aurait fondé des Églises. Il serait ensuite allé dans la ville de Luoyang, plus à l'intérieur des terres, dans le Henan. Luoyang était à cette époque la capitale des Han orientaux. Il serait resté prêcher en Chine de l'an 65 à l'an 68.

Sur le plan archéologique, nous sont parvenus :

1. *Une fresque de 25 m de long, sculptée sur une falaise de Dong Wang Jixiang près de Lian Yun Gang, datée de l'an 69. Elle présente des scènes bibliques, dont Marie en majesté avec l'enfant dans les bras et la mise au tombeau de Jésus.*
2. *Une pierre tombale de la même époque, exposée au musée de Xuzhou, qui reproduit des motifs d'histoires bibliques. Elle est similaire aux pierres tombales de premiers chrétiens, trouvées en Irak.*

De multiples traditions orales corroborent ce premier cycle d'évangélisation par Thomas. Après cela, nous n'avons plus beaucoup d'information sur l'évolution des Églises de Chine.

Deuxième période

Il faut attendre l'an 635 pour connaître une autre phase d'évangélisation sous la dynastie des Tang. C'est le moine syriaque Alopen de l'Église d'Orient qui, suivant lui aussi les routes des marchands, arrive à Chang'an, terminus de la route de la soie ; l'actuelle Xian. Il y est accueilli par l'empereur Taizong qui lui accorde sa confiance, le laisse prêcher et fonder l'Église nestorienne de Chine. Chang'an à cette époque est la capitale de la Chine des Tang. Une stèle de près de 3 m de haut, conservée au musée Beilin de Xian, fut érigée en 781 ; elle retrace très précisément cent cinquante ans de christianisation de la Chine depuis Alopen. Elle est écrite en chinois et en syriaque.

L'évangélisation prospéra pendant deux cents ans jusqu'à l'effondrement de la dynastie des Tang. La division de la Chine en dix royaumes fut alors une période de persécution impliquant des massacres, la destruction des églises et celle des livres.

Troisième période

Ce n'est qu'avec l'arrivée de l'ère mongole dès 1180, et plus particulièrement sous l'ère des Yuan de 1279 à 1368, que les chrétiens purent de nouveau s'épanouir. Il s'avère que le frère de sang du père de Gengis Khan était un chrétien nestorien. Il aida Gengis Khan dans son ascension, ce qui facilita ensuite le bon accueil de sa religion. Les descendants de Gengis Khan, fils, petits-fils et leurs épouses furent tous élevés dans la foi des chrétiens nestoriens ; même s'ils ne reçurent pas le baptême en raison de la Yassa[1] *mongole qui le leur interdisait.*

Kubilaï Khan, l'un des petits-fils de Gengis Khan, régna trente-quatre ans de 1260 à 1294.

1. Il s'agit du code de conduite édicté par Gengis Khan, qui prévoit entre autres la tolérance religieuse quel que soit le culte.

C'est lui qui accueillit Niccolò et Matteo, le père et l'oncle de Marco Polo, lors de leur premier voyage. Kubilaï leur demanda de retourner auprès du pape et de solliciter l'envoi de cent savants. À leur retour, le pape Clément IV mourut et il leur fallut attendre trois ans la nouvelle élection d'un pape avant de repartir, cette fois avec Marco Polo. Ils n'emmenèrent pas de savant mais une ampoule d'huile sainte de Jérusalem à titre de relique... Ils suivirent la route de la soie et passèrent à Balkh et à Kashgar[1]*. C'est lors de ce voyage par les routes de la soie qu'ils rencontrèrent, en 1272, des communautés chrétiennes déjà existantes en Chine, ce dont Marco Polo témoigna bien plus tard dans son livre.*

L'Empereur Kubilaï envoya Marco Polo en ambassadeur dans les royaumes périphériques, dont le Tibet et l'Inde. Dans le livre de Marco Polo, Le Devisement du Monde, *dicté dans sa prison de Gênes à son compagnon de cellule Rusticello de Pise, la troisième partie du récit est le « Livre de l'Inde ». Il y rend compte de l'existence de communautés chrétiennes.*

C'est à cette époque, sous les Mongols Yuan, qu'une véritable activité de missionnaires est engagée par la papauté ; les Franciscains que le pape envoie, eurent plus ou moins de succès.

Les communautés catholiques se développèrent néanmoins dans le nord-ouest et le nord de la Chine sans pouvoir toutefois égaler les communautés nestoriennes déjà bien implantées.

Simultanément, l'islam, le bouddhisme connurent une bonne progression.

1. Ville de l'actuelle région autonome ouïghoure en province du Xinjiang. Son nom signifie « Caverne de jade ».

Puis, à partir du XIVe *siècle, ce fut de nouveau le déclin avec les persécutions, les épidémies de peste, les expulsions sous la dynastie Ming particulièrement xénophobe.*

Ceci marqua la fin du troisième cycle d'implantation du christianisme.

Quatrième période

Les catholiques n'ont ensuite jamais connu de progression continue, mais des avancées suivies de régressions. Des missionnaires dominicains puis des Jésuites prospérèrent, dont le jésuite Matteo Ricci qui arriva en Chine en 1582.

Environ cent ans plus tard, la Chine eut de sérieuses divergences avec le Vatican. En 1700, le Vatican rappela brutalement ses missionnaires qu'il jugeait trop « asiatisés » parce qu'ils respectaient Confucius et admettaient que les chrétiens chinois continuassent d'honorer leurs ancêtres. Ce fut une grave erreur du Vatican. Plus tard, le pape Pie XI interdit aux Chinois catholiques de prendre les armes contre le Japon, ce qui fut perçu par la Chine comme un acte d'ingérence. Enfin, le pape Pie XII condamna les rituels catholiques chinois, ce qui fut de nouveau perçu par le pouvoir chinois comme une attitude insupportable. En 1951, Pie XII acta finalement la rupture du dialogue avec la Chine ; ce ne fut pas d'une grande habileté diplomatique.

C'est ainsi que s'acheva le quatrième cycle d'évangélisation !

Cinquième période

Deux Églises catholiques parallèles se développèrent alors. L'Église officielle chinoise, dépendant du Pouvoir, légalisée par Deng Xiaoping en 1982 ; et l'Église clandestine appelée « les Églises des maisons ».

De fait, la Chine, qui ne peut pas accepter une autorité supranationale sur ses ressortissants, tolère mal les religions qui ne se soumettent pas à son autorité sur son territoire, comme ce fut le cas de la religion catholique qui dispose d'un pouvoir extérieur central fort.

Les estimations actuelles sont d'environ 70 millions de chrétiens en Chine : 60 millions de protestants et une petite dizaine de millions de catholiques. On voit que les protestants, qui n'ont pas de hiérarchie forte centralisée, prospèrent, s'adaptent mieux parce qu'ils peuvent trouver directement un accord avec le Pouvoir. Les statistiques sont assez compliquées à établir en raison de la clandestinité et de la comptabilisation officielle qui ne prend en compte que les adultes baptisés.

Le Vatican voudrait évangéliser davantage ; la Chine n'y est pas opposée, moyennant l'absence d'ingérence. Le sujet de la nomination des évêques reste un sujet très sensible.

Bises

Gianni

— Si je comprends bien ce que nous écrit Gianni, dit Gioia, la Chine verrait d'un bon œil la modification de l'organisation catholique... Si on pousse le bouchon, la suppression de la papauté serait pour la Chine la solution idéale pour régler leur désaccord !

— Je te trouve bien imaginative ! Comment veux-tu en arriver là ?

— Qui sait si les révélations de l'Évangile de Marthe ne déclencheraient pas une évolution radicale du catholicisme. Une clé, ouvrant la boîte de Pandore ! En tout cas, Gianni explique bien qu'il participe au « cinquième » cycle d'évangélisation que Deng Xiaoping a encadré dans « l'Église catholique patriote ».

— C'est bien ce que je comprends.

— Eh bien tu vois, Marco, maintenant c'est moi qui remarque les coïncidences avec la lettre du pape Jean-Paul. Le Vatican en est à l'étape n° 5 de l'évangélisation de la Chine ! Et la Chine s'écrit avec cinq lettres en anglais comme en français !

— Cinq lettres ? Comme ton prénom et comme le mien, et comme mon nom de famille ! rétorqua Marco, qui ne voulait pas être en reste.

44 › 45

— Dis-moi, Gigi, sais-tu pourquoi Gianni est allé à Shenyang plutôt qu'ailleurs en Chine ?

— Je suppose que c'est un peu son choix, un peu celui du Vatican et un peu celui de l'Église patriote. L'opinion des évêques soumis à l'Église patriote a sans doute été prépondérante. En fait, je ne sais pas grand-chose sur Shenyang ni sur ce qui a bien pu l'attirer là-bas.

— Je réponds au mail de Gianni et je lui pose la question.

Gianni, qui devait être sur son ordinateur répondit par retour :

J'ai été très attiré par Shenyang. C'est une ville très ancienne qui remonte à plus de 5 000 ans avec un passé glorieux. Au XII*e siècle, elle était déjà une des trois capitales des Jin ; puis en 1625, sous la dynastie Qing, elle redevint la capitale de la Chine. C'est à Shenyang que fut construit le « palais de Mukden », c'est-à-dire la première Cité interdite. C'est aussi une ville agréable, avec de multiples canaux, sans pour autant pouvoir rivaliser avec Venise, je vous rassure !*

Shenyang jouit aussi d'une position géographique stratégique. La ville est le lieu de croisement de cinq routes : celles de la Chine, de la Russie, de la Mongolie, du Japon et de la Corée. C'est aussi un des berceaux industriels.

Une mission catholique y fut implantée par les Jésuites aux alentours de 1600, à l'époque de Matteo Ricci. Un vicariat fut institué en 1838 ; il connut un développement important, avec la création d'écoles et d'orphelinats. Hélas, en 1900, la révolte des « boxers »[1] *contre les Occidentaux, qui avaient envahi et divisé la Chine en concessions, conduisit à la destruction des communautés religieuses et au massacre des prêtres et des chrétiens. La cathédrale fut incendiée et plus de 200 personnes y furent brûlées vives.*

Une fois la cathédrale reconstruite et l'ordre revenu, le pape Pie XII éleva le vicariat à la dignité d'archidiocèse en 1946, juste avant la conquête communiste de 1949. Le régime communiste renvoya alors les missionnaires étrangers et imposa l'Église patriotique chinoise sous tutelle du Pouvoir central. À partir de 1980, les cultes furent de nouveau mieux tolérés, avec le retour de prêtres occidentaux. Je m'inscris avec bonheur dans cette longue histoire.

Bises

Gioia comprit que son fils avait choisi une ville prestigieuse avec une histoire catholique

1. Organisation de résistants chinois dont le symbole était un poing fermé, d'où le nom de boxers. Elle a cherché à mettre les occupants occidentaux hors de Chine. Ils perpétrèrent de nombreux attentats.

déjà solide pour marcher dans les pas de ses prédécesseurs. C'est tout à l'honneur de Gianni ! pensa-t-elle. Il aime l'histoire de la Chine et il arrive à respecter les traditions tout en œuvrant au rétablissement d'une nouvelle harmonie catholique. Je suis fière de lui !

45 › 46

Gare Santa-Lucia, Venise,
mercredi 2 septembre, 15 h

Une fois confortablement installée dans le train du retour, Gioia, préoccupée, demanda soudain à Marco :

— As-tu une idée de ce qui pourrait sérieusement inquiéter l'Église de Rome au point d'ébranler ses fondements ?

— Je pense que l'Église n'est pas à l'abri de tsunamis, d'où qu'ils viennent. Regarde déjà ce que nous enseigne le passé : Copernic fut un immense coup de semonce qui mettait en cause l'infaillibilité des Écritures et, forcément, ça laissait planer un doute sur l'interprétation du reste de la Bible. Quand on en arrive à faire abjurer des scientifiques tels que Galilée ou à brûler vifs des contradicteurs, c'est que la papauté n'est pas très à l'aise dans ses mules. Il a fallu attendre près de 400 ans pour que le pape Jean-Paul II se repente oralement du traitement qui avait été réservé à Galilée, sans pour autant reconnaître officiellement sa réhabilitation, au prétexte que le tribunal qui l'avait condamné n'existait plus…

— Hum ! « C'est pas moi, c'est les autres »... C'est en fait très humain ; le Saint-Père Jean-Paul II, malgré son dynamisme et son énergie d'entrepreneur, n'a pas voulu manger complètement sa calotte ! Copernic, c'est déjà loin. Plus près de nous, il y a la révolution introduite par Einstein dans la compréhension des lois physiques. Je ne me souviens plus si l'Église avait ressenti cela comme une mise en cause de ses dogmes ou non.

— J'ai eu ce débat il y a longtemps avec Gianni et Gilberto. Gilberto disait que, très curieusement, c'est l'incursion du prêtre mathématicien et physicien belge, Georges Lemaître, contemporain d'Einstein, qui a corsé les choses ! Einstein croyait dur comme fer que l'espace-temps était statique et que les planètes et les soleils de notre galaxie dansaient chacun dans leur coin dans cet univers fixe. Ça convenait bien à la Bible. En 1915, Einstein avait offert au monde les équations de la relativité généralisée mais lui-même n'en comprenait pas toutes les subtilités. Georges Lemaître, bien plus fort en mathématiques, lui fit observer que ses propres équations démontraient que l'espace-temps était en expansion. Einstein refusa d'y croire. Il rectifia ses équations en introduisant une « constante cosmologique », de sorte que dans les équations, l'espace-temps restait stable, « immobile » en quelque sorte.

Mais en 1929, Edwin Hubble[1], qui observait le ciel depuis le Mont Wilson où était installé

1. Astrophysicien. Il a découvert qu'il y avait d'autres galaxies que la nôtre. Son observatoire était à Pasadena

le plus grand télescope de l'époque, découvrit que les galaxies s'éloignaient les unes des autres et que, par conséquent, l'espace-temps était en expansion. Einstein resta abasourdi ! Il avoua plus tard qu'il avait fait la plus grande erreur de sa vie en corrigeant ses équations pour suivre ses convictions, au lieu de rester fidèle à sa propre science.

— Oui, mais dans ce que tu expliques, c'est Einstein qui a suivi sa croyance ; quel est le rapport avec l'Église catholique romaine qui n'y était ici pour rien ?

— J'y arrive justement. Si l'espace est en expansion, cela veut dire que si on remonte dans le passé, l'univers devient sans cesse plus petit. Et si l'on va au bout du raisonnement, l'univers était d'abord contracté en un tout petit point, infiniment dense et infiniment chaud. Un « point singulier ». C'est ce point singulier qui aurait fini par exploser pour donner naissance à notre monde. Ce fut l'« instant initial »[1], ainsi que l'appela Georges Lemaître.

Immédiatement, l'Église de Rome, mais aussi le judaïsme, se frottèrent les mains. Voilà une démonstration de la création de l'univers, ce qui fait que l'Ancien Testament qui est commun aux juifs, aux chrétiens et pour partie aux

---

en Californie. Hubble calcula que la vitesse d'éloignement des galaxies était proportionnelle à leur distance : plus elles s'éloignaient, plus elles s'éloignaient vite.

1. Plus de trente ans plus tard, en 1965, deux ingénieurs, Penzias et Wilson, qui faisaient des mesures afin de tester un nouveau type d'antenne, enregistrèrent par hasard un bruit de fond dans l'univers. C'était le rayonnement fossile, preuve d'une violente explosion !

musulmans, prenait tout son sens ; en particulier la création du monde décrite dans la Genèse. Le seul problème : l'Ancien Testament a été rédigé par les Juifs, lorsqu'ils étaient captifs à Babylone, 500 ans av. J.-C., alors qu'il est aujourd'hui établi que l'instant initial remonte à 13,7 milliards d'années[1].

Marco s'interrompit, pas mécontent de son effet, et coula un regard à Gioia qui attendait la suite. Il continua.

— À l'époque, le pape Pie XII sauta sur l'occasion et voulut dire que la science « prouvait » que la Bible avait raison et que Dieu avait bien créé l'univers. Georges Lemaître, bien que catholique, s'opposa fermement à ce raisonnement. Il demanda au pape, en regard du Big Bang, de ne pas parler de *création* de l'univers mais de *commencement* de l'univers, ce qui est très différent. *Création* relève d'une croyance et donc de la religion. *Commencement* relève de la physique et de la science pure ; comme le commencement d'un « état physique ». Par exemple, à zéro degré l'eau « commence » à geler. Mais la glace n'est pas « créée ». Georges Lemaître considérait que la science avait besoin de progresser librement, sans la tutelle de la religion. Pie XII admit finalement ce point de vue. Il modifia son vocabulaire et devint plus prudent. Louis Pasteur[2] disait que lorsqu'il entrait dans son laboratoire, il « posait

1. L'âge de l'Univers a été confirmé en 2009 par la sonde spatiale « Planck », lancée pour étudier le début de l'univers.

2. Louis Pasteur, français de renommée mondiale, fondateur de la microbiologie.

sa foi » en enfilant sa blouse. C'était une bonne précaution. George Lemaître semblait faire la même chose.

La science venait de faire une sérieuse incursion aux racines mêmes de la croyance. Elle donnait un âge considérable au « commencement » et marginalisait les écritures bibliques en introduisant une écriture scientifique, concurrente et indépendante. Enfin, elle montrait que le monde était dans un « état dynamique »[1] et non pas dans un « état statique ». De façon sous-jacente, cela posait aussi la question de la « création » de la vie sur Terre, de l'extinction des espèces, et de l'évolutionnisme.

Ce fut sans doute une des raisons pour lesquelles le Concile Vatican II de 1965 déclara par prudence : « Autoriser le recours aux sciences humaines. Ainsi, les méthodes historico-critiques d'étude des textes vont permettre à la pensée catholique de se confronter à la pensée moderne ». Indirectement, l'Église espérait se ménager des portes de sortie afin de pouvoir faire les contorsions ou les évolutions nécessaires pour ne pas être mise en porte-à-faux.

— Ce concile fut très avisé d'adopter cette posture souple, dit Gioia en s'étirant. Il est évident que la religion ne peut pas avoir le monopole de l'explication des choses. Mais finalement, qu'y a-t-il eu avant le Big Bang ?

1. Les bouddhistes diraient qu'il s'agit de « l'impermanence ».

46 › 47

Le train venait de passer la gare de Padoue et Marco reprit la question.

— Et avant le Big Bang, qu'y avait-il ?

Le pape Jean-Paul II avait cru régler le sujet en clarifiant la situation. Il avait dit aux scientifiques : « Après le Big Bang c'est pour vous et avant c'est pour nous. » D'un air de dire « Rien n'est changé. Occupez-vous de ce que Dieu a créé et, pour ce qui nous concerne, nous nous occupons du Créateur ».

— Les dogmes et leur contestation ! J'ai passé mes nuits avec ce type de débat à Bruxelles entre les doctrinaires du déficit budgétaire inférieur à 3 % et ceux qui voulaient laisser filer ! C'était une bonne idée que le concile Vatican II offre des « jokers adaptatifs » pour que les hommes d'Église ne mangent plus leur chapeau.

— Et lorsque l'on parle « chapeaux »[1] à la curie, il y a de quoi rendre jalouses toutes les femmes de la Terre, y compris la reine d'Angleterre !

1. La panoplie conjugue la calotte, le saturnien, la barrette, le galero, la mitre, la tiare sans compter les casques des gardes suisses...

plaisanta Marco. Gilberto m'a expliqué que presque cent ans après la théorie de Lemaître, on ne parle plus trop de « Big Bang » dans les milieux avertis. La théorie selon laquelle l'univers se serait rétréci sans limite, au point de n'être plus qu'un point infiniment petit, ne tient plus la route. Quand tout devient tout petit et que les atomes commencent quasiment à se « toucher », il faut recourir à d'autres outils d'exploration que ceux de Newton et d'Einstein, qui ne fonctionnent que sur de gros objets, dans un espace-temps déjà bien dilaté. Ce sont les outils de la « mécanique quantique »[1]. Pour faire simple, disons que toutes les théories butent sur le fait qu'il est impossible que l'espace-temps se contracte indéfiniment. Il y a une limite à sa compression, au-delà de laquelle il est impossible d'aller ; cette limite s'appelle le « mur de Planck[2] ». Les nouvelles théories[3]

1. Pour faire un parallèle, tout le monde comprend que si on utilise un télescope pour observer le ciel, ce même télescope est inapproprié pour regarder l'infiniment petit. Il faut un microscope électronique et même encore plus spécialisé, il faut le « LHC » du CERN. On reste toujours dans l'optique mais ce n'est pas du tout la même. Il en va de même pour les outils mathématiques. Ceux de la relativité et ceux de la mécanique quantique ne sont pas du tout pareils.
2. Max Planck est un des pères fondateurs de la mécanique quantique. Il est célèbre pour avoir introduit l'idée que les émissions d'énergie dans l'infiniment petit se faisaient par petit paquets de quantité d'énergie limitée. L'énergie maximale d'un paquet ne peut pas être plus grande que sa fréquence électromagnétique « ν » multipliée par une constante « h » appelée « constante de Planck » : $E = h\nu$.
3. Deux théories semblent pour le moment les plus probables. La « théorie des cordes » et la « théorie de la gravité quantique à boucle ».

s'accordent toutes sur ce point : il n'y a pas eu de Big Bang mais un « Rebond », appelé « Big Bounce » en anglais. Ce qui met en défaut le Livre de la Genèse !

— En quelque sorte, notre univers viendrait d'un autre univers qui se serait contracté, aurait atteint le seuil d'incompressibilité et se serait alors de nouveau dilaté dans un énorme « Rebond ». Donc pas de création !

— Oui, c'est exactement cela.

— Faute de sortir un joker adaptatif, il faut que le Vatican choisisse quel chapeau manger s'il n'y a pas eu de création !

— Oui, c'est un coup dur pour eux.

— En rebondissant sur ce que tu dis, Marco : peut-être que la remise en question de la « création » est le sujet « bouleversant » dont traite l'Évangile de Sainte Marthe.

— C'est possible. Encore faudrait-il que Marthe ait eu une boule de cristal ou que l'archange Gabriel l'ait visitée ! Mais toi et moi ne le saurons que lorsque nous l'aurons lu.

47 › 48

Le train venait de passer la gare de Bologne. Marco alla se dégourdir les jambes. Il en profita pour s'offrir un *ristretto* dans la voiture-bar, commanda un tiramisu pour Gioia et revint à sa place.

— J'ai pensé à toi, ma chérie très gourmande.

— Oh ! Merci mon amour. Dis-moi, vendredi dernier, quand Gilberto est venu récupérer Giorgio, je vous ai entendu échanger sur la naissance de la mécanique quantique et sur ses particularités qui semblent bien difficiles à accepter pour nous. Elles défient notre perception de la réalité, si j'ai bien entendu ce que vous disiez. Nos sens et notre vécu ne suffisent pas pour comprendre. Il faut accepter de plonger dans un autre univers où les choses relèvent de la magie.

— Oui c'est ça, de la magie ! Nous disions qu'à l'échelle atomique, les particules telles que les électrons ou les photons ont deux états simultanés : celui de corpuscule et celui d'onde. Les localiser précisément est impossible. Leur position résulte, comme leur état, d'une probabilité, pas d'une certitude. Le simple fait de les observer change leur comportement comme si elles avaient conscience qu'on les regardait.

— Ça me rappelle une affaire du temps où j'étais commissaire de police. Le cas d'un meurtrier que nous avions traqué pendant des années avant de l'attraper. Il avait deux identités et en changeait tout le temps, lorsque nous le pensions à Rome, il était à Bruxelles...

— C'est un peu cela, chère commissaire. Gilberto m'a appris quelque chose de plus fort encore : deux particules peuvent être « intriquées ». C'est-à-dire que ce sont des sortes de jumelles A et A' qui ressentent l'une et l'autre les mêmes choses à distance, sans aucune transmission entre elles, et de façon simultanée[1]. Et je ne te parle pas du Boson de Higgs[2], des trous noirs que Stephen Hawking[3] a passé sa vie à étudier, de la nature du monde dont nous ne connaissons que 5 %, les 95 % restants étant composés d'énergie noire et de matière noire dont nous ne

1. La vitesse de la lumière est hors course, si l'on peut dire. C'est véritablement de la simultanéité. Un changement sur la particule A se traduit par un changement sur la particule A'.

2. Robert Higgs et trois autres chercheurs ont montré par leurs équations l'existence d'un champ donnant une masse aux particules. Cinquante ans plus tard, en 2012, le « boson de Higgs » fut enfin mis en évidence au CERN de Genève. Avant de traverser le champ, les particules n'ont pas de masse. En le traversant, elles acquièrent une masse. Elles « deviennent ». D'où le nom de « doigt de Dieu ».

3. Physicien anglais, enseignant à Cambridge, auteur de nombreux livres de vulgarisation. Il décède le 14 mars 2018 (jour de « *Pi* » *March the 14th* = 3.14, ainsi que l'écrivent les Anglais) ; ses cendres sont inhumées à Westminster Abbey près de la tombe d'Isaac Newton.

savons rien, ni des autres univers qui s'invitent avec la théorie des cordes... Figure-toi que nous serions dans un multivers[1] !

— Tous ces mystères non résolus sont capables d'ébranler pas mal de monde ! Les dogmes des religions peuvent effectivement voler en éclats !

— Si l'on considère ce que ton oncle a laissé filtrer et qu'on y ajoute qu'un pape s'est déplacé dans ses archives pour relire une seconde fois en 22 jours l'Évangile de Marthe, on peut imaginer une ou plusieurs remises en cause potentielles.

— Si seulement tu pouvais déjà nous dire quel message le pape a voulu nous laisser ! Tu m'as beaucoup parlé du texte que ce pauvre Jean-Paul a écrit mais quasiment jamais du dessin qu'il a pris la peine de faire. Mon érudit a-t-il oublié qu'il était architecte ?

---

1. Les autres univers qui nous entourent – et que nous ne percevons pas – obéiraient à d'autres règles que celles de notre monde.

48 › 49

Marco, piqué au vif, se sentit obligé de s'exécuter. Il sortit son portefeuille de sa veste, l'ouvrit, en tira la feuille soigneusement pliée en quatre et la déplia sous le regard amusé de Gioia. Le message était hypnotique. Si l'œil commençait à lire le texte, il était tout de suite attiré par le dessin et s'il revenait au texte, il redescendait au dessin.

Gioia l'observait en souriant.

— Ce dessin est pourtant d'une simplicité biblique, lui susurra-t-elle.

— C'est vrai. Il y a quarante ans, vos services de décryptage avaient tout de suite pensé au chrisme. C'est ce que je me suis dit aussi. Le trait vertical est le I (iota), première lettre du mot « Jésus » en grec et le X (khi), la première lettre de « Christ ». Les deux lettres étaient souvent disposées dans un cercle, lequel représentait la perfection et symbolisait ce qui n'avait ni commencement ni fin. Ce symbole était un des signes de reconnaissance des premiers chrétiens. Les lettres alpha et oméga qu'on trouve souvent de part et d'autre de la barre verticale sont venues plus tardivement, pour illustrer le règne de Dieu sur l'étendue des temps depuis « le Début », symbolisé par la première lettre de l'alphabet, « alpha », jusqu'à « la Fin » symbolisée par la dernière lettre de l'alphabet : « oméga »... C'est moins pur que le cercle mais peut-être plus explicite pour certains esprits pratiques.

— Je ne sais pas si tu es un esprit pratique, mais j'ai la sérieuse impression que nous faisons du sur-place ! Il est urgent que le « doigt de Dieu » te touche au plus vite la cervelle, mon chéri.

— Il ne tient qu'à toi d'illuminer mon esprit ! Baigne-le de ta lumière, ma divine, et je te dirai tout ! la brocarda Marco.

Le train s'engouffrait dans les ténèbres du « cinquième » tunnel entre Bologne et Florence.

49 › 50

« Bon sang, comment n'y ai-je pas pensé plus tôt ! »

Marco s'était tellement laissé obnubiler par le texte et les nombres qu'il en avait délaissé le dessin ; comme si ce n'était qu'un accompagnement, une simple ponctuation, une signature.

— Gigi, je crois comprendre ce dessin. Quand je le regardais, j'étais attiré par le centre du schéma où toutes les lignes se croisent, d'où ce que tout le monde en déduit : il s'agit du dessin d'un chrisme. Mais en fait, et j'aurais dû le comprendre plus tôt, c'est le dessin du double carré qu'il faut considérer. Le pourtour et pas le centre ! Je serais la risée de mes élèves s'ils savaient que j'ai oublié l'enseignement d'architecture que je leur dispensais ! Depuis la nuit des temps, le double carré, appelé « carré long d'argent », a servi au tracé de bon nombre de bâtiments, en particulier des édifices de culte. La raison est simple. Le double carré associe le nombre Pi et le nombre Phi avec élégance, dans la simplicité et la pureté de la géométrie, divinement, en quelque sorte !

— Je connais le nombre Pi. Comme tout le monde je l'ai appris à l'école : 3,1416… Mais je ne connais pas le nombre Phi.

— Si tu acceptes les excuses de ton architecte préféré, pour me faire pardonner, je vais t'emmener dans l'univers divin des nombres. Ça ne t'embête pas de subir encore un peu de maths ?

— Comme nous sommes à peine à la moitié du chemin pour Rome, allons-y pour un peu plus de torture. Il faut vraiment t'aimer pour accepter encore un voyage au pays des chiffres alors que j'en ai mangé plus que de raison avec les empoignades sur les budgets de la Commission et le harcèlement des Britanniques qui voulaient toujours « *my money back* » sans reconnaître que l'ouverture d'un marché de 450 millions d'habitants leur assurait au quintuple le retour de leur contribution solidaire. Mais que veux-tu, quand on roule à gauche…

— Allez, je roule en espérant ne pas trop secouer la calèche sur la route.

Pi est un nombre irrationnel « transcendant ».

Transcendant veut dire qu'il n'est :

- ni le résultat de la division de deux nombres entiers ;
- ni la racine d'une équation ;
- ni constructible par la géométrie.

Pi est le rapport de la circonférence du cercle à son diamètre. Pi est le nombre qui a fait couler le plus d'encre depuis le début de l'humanité. Il a un côté magique et il s'est rendu indispensable pour calculer la circonférence d'un cercle, la surface d'un disque ou le volume d'une sphère. Depuis que l'homme a inventé la roue, il ne peut plus s'en passer.

Pi a laissé des problèmes sans solution, comme la quadrature du cercle.

Peut-on calculer le côté d'un carré qui aurait la même surface qu'un disque ? Ça paraît purement intellectuel comme question, mais les bergers de l'Antiquité se la posaient. Leur problème était de savoir quel serait le côté d'un champ carré qui donnerait à brouter à une chèvre la même surface que celle qu'elle peut manger en étant attachée par une corde fixée à un piquet. On comprend mieux le problème comme cela. Le sujet devient très concret. Eh bien, on ne peut mener le calcul que par approximations successives, la solution exacte n'existe pas.

— Je vois que le dessin t'inspire. Ton esprit aurait-il cessé de tourner en rond et tes neurones se seraient-ils mis soudainement au carré ? plaisanta Gioia. De quoi nous éviter de devenir chèvre avec ce mystère de la lettre et celui de l'évangile. Roulons Marco, roulons !

— Le nombre Phi est connu des Grecs depuis bien longtemps et le premier à en avoir laissé une trace écrite fut Euclide, en 300 av. J.-C. Ils l'écrivent φ (en minuscule) ou Φ (en majuscule). Les Grecs désignaient Phi comme le nombre de « l'extrême et de la moyenne raison ». En fait, c'est le nombre qui mesure le rapport de deux quantités « a » et « b », « a » étant plus grand que « b », pour autant que « a ÷ b = (a+b) ÷ a ». Ce rapport est unique. Il s'établit à 1,618… pour ses premières décimales. Ce n'est qu'au XIXe siècle que ce rapport a connu un engouement populaire et fut appelé la « divine proportion » ou « le nombre d'or ».

— Hum ! Nous voici à parler d'or ! Je sens que tu vas bientôt me dire que le tableau de Titien *Danaé et la pluie d'or* y est pour quelque chose.

— Laisse-moi continuer, mon amour, si tu veux bien être encore un peu patiente.

Les Hindous, les voilà encore, connaissaient Phi depuis longtemps. Déjà dès le VIe siècle, ils avaient découvert une suite de nombres, qui sera appelée six cents ans plus tard la « suite de Fibonacci », lorsque ce dernier publiera, au Moyen Âge, cette curiosité qu'il n'avait ni découverte ni inventée.

La suite est composée de nombres dont chacun est la somme des deux nombres qui le précèdent : 1, 1, 2, 3, 5, 8, 13, 21, 34, 55, 89, 144, 233...

Si l'on divise un nombre par le nombre précédent, plus on est loin dans la série, plus on s'approche du nombre Phi. La série ne donne donc pas le nombre Phi exactement, mais propose un rapport qui converge de plus en plus vers ce nombre.

Pour autant, si Phi est bien un nombre « irrationnel », il n'accède pas au statut de nombre « transcendant » contrairement à Pi. Il doit donc s'incliner avec humilité devant Pi...

En effet, si Phi remplit une des trois conditions pour être transcendant – ne pas pouvoir être le résultat de la division de deux nombres entiers – il n'arrive pas à remplir les deux autres conditions car, hélas pour lui, mais heureusement pour nous :

- il est bien la racine calculable d'une équation ;
- il est bien constructible avec une règle et un compas.

Phi est en effet la racine du polynôme du second degré $x^2 = x + 1$, autre façon d'écrire l'équation « a ÷ b = (a + b) ÷ a » dont je t'ai parlé. S'il te reste des souvenirs de tes cours du lycée, la racine positive de cette équation du second degré est $(1 + \sqrt{5}) \div 2$, soit $1/2 + \sqrt{5}/2$.

Le double carré et son cercle permettent de construire Phi et c'est bien ce que montre le dessin du pape Jean-Paul. L'intersection de la diagonale du rectangle avec le cercle, donne le nombre Phi. Les deux nombres Pi et Phi sont ainsi étroitement liés par la simplicité et l'extrême pureté de ce dessin.

Si le carré fait « 1 » de côté, le cercle fait aussi « 1 » de diamètre. Le rectangle composé de deux carrés juxtaposés fait « 1 » en largeur et « 1 + 1 = 2 » en longueur.

Eh bien par construction, AC est égal à Φ, soit 1,618...

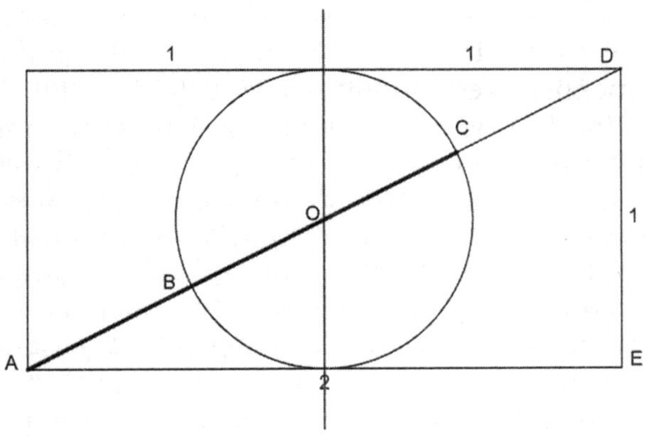

Selon le théorème de Pythagore :

$AD^2 = AE^2 + ED^2 = 2^2 + 1^2 = 5$

$AD = \sqrt{5}$

$AO = AD/2 = \sqrt{5}/2$

OC = (diamètre du cercle)/2 = 1/2

$AC = AO + OC = \sqrt{5}/2 + 1/2 = \Phi$

— Je ne vais pas faire fi de ces belles explications car je vois que tu es entré dans la compréhension intime du dessin. Merci de m'avoir donné l'occasion de réactiver mes bons vieux souvenirs de lycée ; je t'ai bien suivi. Mais que nous dit-il de concret, ce dessin, pour nous faire avancer ?

— Je ne sais pas encore, mais nous allons bien trouver ; il n'est pas innocent. Je suis certain qu'il est même particulièrement explicite, si on a la clé.

Ce dessin permet aussi de construire le pentagone avec un compas et une règle.

Il est donc bien lié au chiffre 5 comme il l'est à 108, à 22, à Pi et maintenant à Phi !

Je gage que toutes ces informations forment un plan et qu'elles nous serviront à trouver un endroit précis.

— Un endroit précis qui nous dira ce que cet évangile contient, ou bien nous livrera l'évangile lui-même. Mais où le message veut-il nous mener ? Le pape Jean-Paul aurait fait ce dessin après avoir lu l'évangile pour la seconde fois et avant de mourir ; on ne saura d'ailleurs jamais s'il savait qu'il allait mourir. Mon oncle ne m'a pas dit s'il avait ou non échangé avec le pape au sujet du contenu de l'Évangile de sainte Marthe. D'autres personnes en auraient-elles connu le contenu, comme la famille du traducteur Carini, ou bien celles des autres archivistes qui se sont succédé, ou bien encore des fuites que l'abbé Saunière et sa gouvernante, malgré eux, auraient laissé filtrer ? Imagine aussi qu'il y ait d'autres exemplaires de l'Évangile de Marthe !

Marco qui n'avait pas vraiment écouté ce que lui disait sa femme mais venait de comprendre à son silence qu'elle lui avait posé une question, reprit la parole.

— Je voulais ajouter que le double carré ou « carré long d'argent » nous aidera certainement s'il s'agit d'un lieu construit. Il y a plus de 4 500 ans, les architectes de Khéops ont choisi d'édifier la pyramide sur une base carrée. De multiples rapports faisant intervenir Pi et Phi sont présents dans les dimensions de la pyramide. Mais surtout, le saint des saints, c'est-à-dire la chambre royale, a pour base un rectangle de largeur 1 et de longueur 2. Sa forme est donc celle du double carré ! Les Égyptiens sont allés très loin, car la hauteur de la chambre conjugue Phi et introduit aussi le fameux triangle rectangle de Pythagore, le triangle 3, 4, 5[1]. Le double carré a été utilisé dans les constructions en Inde comme en Chine, mais si nous considérons la Grèce et l'Empire romain qui me sont plus familiers, je connais beaucoup de sites.

En 560 av. J.-C., les Grecs ont construit le temple d'Artémis à Éphèse sur la base du double

---

1. Triangle rectangle de côtés 3 et 4 et d'hypoténuse 5. Selon le théorème de Pythagore, $3^2 + 4^2 = 5^2$. Pour la chambre du Roi, le livre *Le Nombre d'Or, clé du monde vivant*, éditions Dervy, par Dom Neroman, donne des détails pages 121 à 125.

carré. C'est le plus grand[1] temple de la culture helléniste jamais construit. Il est immense : il mesure 140 m de long sur 70 de large ! Chez nous en Campanie, à Pæstum, le premier temple d'Héra construit par les Grecs, communément appelé « Basilique », est bien plus petit : il mesure 50 mètres sur 25. Mais il est très particulier car en façade il compte 9 colonnes, ce qui est très rare ; le nombre de colonnes en façade est généralement pair pour que l'on entre dans l'axe du monument, en passant entre deux colonnes. Ici, on entre soit à droite soit à gauche de la colonne centrale. Sur sa longueur, il compte 18 colonnes, soit exactement le double que sur sa façade !

À Rome, notre propre temple d'Apollon est aussi bâti sur la base d'un double carré. Bien que plus modeste encore, il fait tout de même 46 mètres sur 23.

En Gaule, à Nîmes, le temple édifié à la gloire des petits-fils de l'Empereur Auguste – et qui s'appelle aujourd'hui « la Maison Carrée » – est aussi bâti sur la base du double carré ; bien plus petit encore, il fait figure de nain comparé au temple d'Artémis : 26 mètres sur 13 ; ses longs côtés disposent de 11 colonnes de part et d'autre, soit 22 colonnes pour ses deux flancs.

---

1. Le deuxième plus grand temple grec serait celui d'Apollon à Didymes, lui aussi en Anatolie, l'actuelle Turquie. Il mesure 120 m sur 60. Son *naos* (le sanctuaire intérieur qui est fermé) est aussi un double carré de 40 m sur 20. Le petit vestibule d'accès au naos est dans le rapport du nombre d'or, tout comme le *pronaos* (l'espace d'accueil ouvert en façade). Sur l'ile grecque de Samos, le sanctuaire d'Héra, le temple mesure 108 m sur 54, toujours le double carré.

— J'ai l'impression d'être dans une partie de poker où il reste deux joueurs qui ont chacun en main un carré et qui bluffent de part et d'autre de la table pour savoir qui a le carré le plus fort. Je reconnais que nous avons avancé grâce à tes analyses, mais nous sommes toujours dans le brouillard côté point de chute.

Gioia ne croyait pas si bien dire : au sortir du dernier tunnel avant Florence, un épais brouillard enveloppa soudainement le train qui s'arrêta brutalement sur la voie.

La voix suave de l'hôtesse se fit entendre dans les haut-parleurs :

« Nous informons nos voyageurs que nous devons changer de motrice en raison d'une rupture dans le circuit de refroidissement. Cela devrait prendre environ 45 minutes. Nous vous remercions de bien vouloir patienter et de nous excuser de ce contretemps. Merci de ne pas ouvrir les portières et de ne pas descendre sur les voies. »

L'épaisse fumée blanche était de la vapeur d'huile bouillante qui s'échappait de la machine de tête.

— Nous avons du temps devant nous, si je comprends bien… Le train va mettre finalement le même temps qu'à l'aller, soit près de cinq heures. Du coup, si tu m'y autorises, nous allons continuer l'examen des tsunamis qui menacent les dogmes de l'Église catholique, dit Marco à Gioia en l'embrassant.

— C'est exactement ce que j'allais te proposer, je pense qu'il faut élargir notre vision et chercher ce qui pourrait tant effrayer le Vatican.

50 › 51

— Un sujet a fait beaucoup de bruit en 1854, reprit tranquillement Marco, l'édition de *L'origine des espèces*. Un peu comme Copernic, 300 ans plus tôt, révolutionnait la représentation du système géocentrique, à 22 ans, Charles Darwin, qui avait fait des études de médecine, de botanique, de géologie puis de théologie au Christ's college de Cambridge, eut l'opportunité de partir sur le navire de recherche, le « HMS Beagle ». Pendant cinq ans, il visita les îles et les continents et consigna soigneusement ses observations.

Bien qu'ayant failli dédier sa vie à la pastorale anglicane, le jeune Darwin avait gardé un esprit libre penseur, observateur et critique. Influencé par d'illustres précurseurs tels que le Français Jean-Baptiste Lamarck qui avait émis l'idée du transformisme des espèces, au fil de ses observations, Darwin se forgea la conviction que la variété des espèces résultait d'une lente évolution due à la sélection naturelle pour la survie. Plus tard, il acquit la certitude que les espèces se transformaient aussi selon l'usage ou le non-usage de leurs facultés. Enfin, il émit l'idée de la transmission de qualités par l'hérédité. Il prit grand soin de préparer ses arguments en étayant ses dires par les preuves scientifiques accumulées lors de ses innonbrables observations, afin d'être prêt à affronter la critique.

Un peu comme Copernic, il n'était guère pressé d'éditer ses déductions et conclusions. Échaudé par les exemples de harcèlement pour hérésie qui s'étaient abattus sur certains de ses confrères lorsqu'ils avaient commencé à émettre des publications sur ces sujets sensibles, il resta extrêmement prudent quant à l'origine de l'homme.

— Je sais qu'il a perdu la foi, dit Gioia

— Exact, ses réflexions sur les sujets qu'il étudiait, puis la perte de sa fille en 1851, l'amenèrent à devenir agnostique, ce qui ne veut pas dire athée. Il cessa d'accompagner son épouse et ses enfants aux célébrations religieuses dominicales. Ses multiples communications scientifiques lui avaient forgé une forte réputation. Il avait un public, si bien que son livre connut un succès fulgurant lors de sa sortie. Le livre fut épuisé le jour même de sa parution. Il fut réimprimé, traduit en plusieurs langues et souleva évidemment une énorme vague de protestations et d'insultes de la part de ses détracteurs. Les journaux diffusèrent des caricatures le dessinant en singe. Il dut abandonner sa résidence de Londres pour retrouver un peu de calme en s'installant à la campagne. Les critiques les plus acerbes vinrent de l'*establishment* scientifique de l'Église anglicane qui le condamna[1]. Le livre *L'origine des*

---

1. L'Église catholique romaine de Pie IX, bien que voyant bien la mise en cause de la création d'Adam et Ève telle

espèces eut pour effet d'opposer deux systèmes de pensées. D'un côté les créationnistes qui restaient fidèles à la version coincée de l'Ancien Testament et, de l'autre, les évolutionnistes.

— Pour ce qui est d'être « coincés », je te rappelle que nous sommes toujours coincés sur cette lettre du pape. Ce serait bien que la théorie de l'évolution puisse faire quelque chose pour nous, s'amusa Gioia.

— En tout cas c'est un exemple de tsunamis qui s'est abattu sur la Chrétienté tout entière.

Au fur et à mesure des découvertes de la paléontologie, puis de la génétique, chaque décennie écoulée a fait pencher un peu plus la balance en faveur de l'évolutionnisme. Les nouvelles générations n'adhèrent plus à des dogmes imposés par les religions, surtout lorsque la science présente des publications facilement accessibles grâce aux outils de communication modernes.

Le Big Bounce est évalué à 13,7 milliards d'années ; les formations du Soleil et de la Terre, quasi simultanées, sont estimées à 4,7 milliards d'années ; l'apparition de la vie sur Terre est située à 3,5 milliards d'années selon les plus anciens micro-organismes fossilisés identifiés. L'Ancien Testament décrit la création d'Adam comme ayant été modelé par Dieu avec de la glaise, puis la création d'Ève tirée du côté d'Adam. Il fut écrit entre 700 et 500 ans av. J.-C. par les Juifs, essentiellement lors de leur captivité à Babylone. L'objectif était de doter le

---

qu'enseignée dans l'Ancien Testament, trouva une échappatoire pour expliquer que la théorie de l'évolution de Darwin n'excluait pas un dessein divin.

peuple juif d'une grande histoire mythique où il était qualifié de « peuple élu de Dieu »[1]. Le récit ne s'appuie que sur des bribes de traditions orales courtes et invérifiables, enjolivées ou complétées par des légendes empruntées à d'autres cultures ou par des histoires et des croyances inventées de toutes pièces. Le tout ne remontant pas au-delà de 4 000 ans av. J.-C., soit au mieux à 6 000 ans de notre temps présent ; c'est-à-dire rien, face aux 3,5 milliards d'années de l'apparition de la vie sur Terre.

Les faits historiques, souvent ignorés des multiples rédacteurs anonymes de la Bible, sont imaginés ou inexacts. Pour exemple, l'existence de Moïse semble une pure fiction[2]. La fuite d'Égypte du peuple hébreu pour s'installer en Canaan, poursuivi par les armées de Pharaon, est un non-sens historique[3]. Les recherches archéologiques ont montré que Jéricho était abandonnée lors de l'arrivée supposée des Juifs conduits par Josué et que la ville n'avait pas de remparts à cette époque... Les murs ne risquaient pas de tomber au son des trompettes.

— Je te trouve bien sévère avec l'Ancien Testament.

---

1. Vu les persécutions dont les Juifs furent victimes, on ne peut pas dire que Dieu ait été très généreux avec eux. C'est finalement l'ONU, le 14 mai 1948, qui leur a donné une terre et non pas Dieu.
2. Elle copie l'histoire du roi mésopotamien Sargon d'Akkad, ayant régné au XXIIIe siècle av. J.-C., dont les Juifs eurent connaissance à Babylone pendant leur captivité.
3. L'Égypte régnait sur la Palestine à la même époque. Pourquoi un peuple captif fuirait-il son geôlier pour se précipiter dans les bras du même tortionnaire ?

— Ce sont les faits historiques, chère contradictrice. C'est le résultat de fouilles archéologiques[1]. Elles sont formelles et conduites par des Juifs impartiaux malgré les pressions dont ils font l'objet de la part de l'État d'Israël et des extrémistes qui se cramponnent à leur mythe pour légitimer la création de leur État. Il n'y a aucune trace archéologique ni historique d'un puissant royaume de David et de Salomon à Jérusalem.

L'Ancien Testament a été mis à mal par les moyens d'investigation contemporains dont disposent aujourd'hui les scientifiques. L'extrême rigueur de l'archéologie moderne, les datations au carbone 14, l'électroluminescence, les recherches ADN, les nouvelles fouilles et leurs découvertes sont difficilement contestables au seul nom des écritures bibliques. L'Ancien Testament s'apparente à des contes pour endormir les enfants. C'est une belle histoire qui nous a bien fait rêver. Elle contribue néanmoins à proposer des règles de conduite morales, ce qui est déjà beaucoup. Malheureusement, elle génère aussi des guerres au nom des fanatismes religieux.

D'autres peuples ont trouvé des règles morales dans le respect de la nature ou dans la philosophie ; une des plus belles lettres du monde est sans doute celle que le chef indien Sitting Bull[2] écrivit au président des États-Unis Grover

1. Pour exemple, diverses publications des Dr Kathleen Kenyon, William G. Dever, Zeev Herzog.
2. Sitting Bull ne savait pas écrire. Il a dicté cette lettre en 1886. C'est une lettre de paix, et de respect des valeurs ancestrales et de la nature.

Cleveland. À elle seule, elle vaut bien la Bible entière.

— Il nous reste le Nouveau Testament, ce qui nous remet sur les rails des évangiles et de notre quête de celui de Marthe. S'il existe et s'il est écrit de la main de Marthe sans avoir pu être travesti pour les besoins d'une histoire, cet évangile aura un poids considérable face aux évangiles canoniques qui sont des arrangements tardifs, jamais écrits de la main des témoins. Pour sûr, il fera l'effet d'une bombe encore plus forte que l'Évangile de Thomas trouvé à Nag Hamadi et l'effet d'un tsunami s'il livre un témoignage nouveau.

39 › 52

Béziers, fin février 2020

Monseigneur Balas avait élaboré sa stratégie. Il allait infiltrer le domaine par tous les moyens et, une fois Cassan sous contrôle, il saurait bien trouver ce qu'il cherchait.

Il vit sur le site internet que le domaine avait une activité culturelle ; en particulier des concerts, des dîners à thèmes, des conférences. Le domaine était également ouvert à la visite Monument Historique et recrutait actuellement pour la saison une personne à l'accueil chargée de la tenue de la billetterie. L'annonce, diffusée par Pôle emploi et également visible sur le site de l'Office du tourisme, spécifiait le profil recherché : une personne, parlant a minima anglais et ayant au moins un bac plus deux ; et, si possible, ayant travaillé dans la culture ou le tourisme. Il sélectionna dans ses relations trois personnes qui lui étaient dévouées et qui correspondaient au profil du poste et leur fit adresser des lettres de candidature au Prieuré.

L'une des personnes, Peggy, qui habitait Pézenas, fut convoquée par la directrice du site,

Nicole Audemar, et embauchée immédiatement pour la saison qui commençait en avril. Son contrat fut signé le 13 mars. C'était une jeune femme de bonne famille qui présentait bien. Elle parlait trois langues en plus du français et avait une maîtrise d'histoire de l'art ; elle avait effectué des remplacements dans les musées de Montpellier.

Par ailleurs, Monseigneur Balas fit adresser des lettres d'offre de services de la part d'entreprises dont les patrons étaient des surnuméraires. Les activités sélectionnées étaient le jardinage, la plomberie, l'électricité, la maçonnerie, le nettoyage, et le traiteur. Deux d'entre elles furent reçues par Nicole Audemar : celles de l'entreprise de nettoyage et de maçonnerie. Elles obtinrent l'assurance que si une opportunité se dégageait, Cassan pourrait avoir recours à leurs services.

Il contacta ensuite des tour-opérateurs et des artistes musiciens également surnuméraires. Tous firent des offres puis des échanges commencèrent avec la directrice.

Tôt ou tard, le Prieuré allait être très « encadré ».

La saison touristique avait ouvert très en retard à cause de la pandémie de Covid-19. En prenant son poste, Peggy apprit qu'un concert était organisé en août par une pianiste de haut vol, épouse d'un riche américain de New York, Kris Patton, candidat à l'achat du domaine. Ils avaient déjà visité Cassan et rencontré le vendeur à Paris. Le couple voulait transformer le domaine en lieu de musique élitiste où auraient lieu des master class, et avait décidé de tester le site en y organisant un concert, avec la bénédiction de la Direction.

L'Organisation fit alors savoir qu'il n'était pas question qu'un Américain achète Cassan et qu'elle ferait faire une offre concurrente pour le décourager. L'idée d'acheter le domaine ne semblait pas dénuée de sens pour l'Organisation. En attendant, l'offre Patton devait être neutralisée de crainte qu'elle soit acceptée. L'Organisation indiqua à l'Opus Dei qu'elle prenait directement les commandes de l'opération sur ce sujet, ayant à New York un réseau chinois très bien implanté.

Sotheby's Montpellier apprit fin juillet que son client avait été emporté par la Covid-19…

Comme prévu, l'Organisation fit adresser à Sotheby's une demande de renseignements de la part d'un important promoteur immobilier de Shanghai. Une visite fut programmée pour le vendredi 4 septembre 2020, le temps que les vols et les entrées-sorties, en France comme en Chine, soient rétablies après les mesures de confinement liées à la pandémie.

La machination visant à maîtriser Cassan était en marche ; l'étau allait se resserrer. L'Organisation, satisfaite de la tournure que prenaient les choses, reçut les vifs encouragements du Pouvoir.

51 › 53

Rome, mercredi 2 septembre 2020

Arrivés en gare de Rome à 20 h 01, Gioia et Marco n'eurent aucune peine à trouver un taxi. Au moment de payer, en sortant son porte-cartes, Gioia fit tomber de son sac le dessin colorié par Giorgio. Machinalement, Marco déplia le dessin et cette fois, il resta saisi. Il replia le dessin et le rangea avec son portefeuille.

À peine arrivé chez eux, il fila dans son bureau, alluma son ordinateur, regardant pensivement le Canaletto accroché au mur le temps qu'il démarre. Il sortit le dessin et lança une recherche. Il fut impressionné par le nombre de réponses. Il poursuivit ses investigations pendant vingt minutes.

— Gigi, viens voir ! Je suis sûr que la théorie de l'évolution a fait son œuvre ! Il ne nous manque plus que la sélection naturelle et je crois que nous aurons l'endroit que nous cherchons. Comme quoi les principes de Darwin sont utiles, même pour un bout de papier !

Sans avoir encore eu le temps de terminer son rangement, Gioia le rejoignit dans leur bureau commun.

— Tu as fait parler la lettre ?

— Non, ce n'est pas moi qui l'ai fait parler, c'est Giorgio.

— Tu sais choisir tes assistants !

— Oui regarde, il a colorié le dessin mais il a aussi colorié les mots avec des couleurs différentes selon qu'ils étaient grands ou petits.

— Giorgio est notre petit Titien !

— Pour les cinq lignes du message, il a mis en bleu la première lettre ! Ça forme un mot vertical : « ANSAS » de bas en haut ou « SASNA » dans l'autre sens de lecture de l'acrostiche. Ça m'a donné l'idée de lancer des recherches. Sur l'Italie parce que nous y avons le Vatican, sur Israël et la Palestine parce que Marthe vivait là-bas et sur la France où Marthe est censée avoir terminé ses jours. L'anagramme « ASSAN » donne pas mal de réponses. J'ai aussi essayé « SASAN », « ANSA ». J'ai regardé d'autres combinaisons des premières lettres d'autres mots ; c'est plus compliqué.

— Même si notre petit génie a colorié les cinq lignes du message, pourquoi ne rajouterais-tu pas la lettre « C » de la ligne initiale de courtoise « CARISSIME ». « CANSAS » ça sonne mieux, mais avec un écho un peu américain. En revanche ça peut faire CASA ou SAN[1] ou « CASSAN », qui est la contraction des deux. Ça sonne un peu plus de chez nous...

— Hum ! voyons cela.

Marco essaya avec « CANSAS » puis, au bout d'une demi-heure, il passa à « CASA » puis à

1. En italien, « *casa* » signifie « maison » et « *san* » signifie « saint ». « *Cassan* » pourrait dire « sainte maison » en italien.

« SAN » et enfin à « CASSAN Italie » et « CASSAN France » et fut étonné de ce qu'il obtint.

Il tapa alors « Cassan France Sainte Marthe » et il tomba sur le site du « Château-Abbaye de Cassan ».

— Je crois que nous y sommes ! Notre voyage à Venise a été très fructueux ! Nous vérifierons demain. Ce soir il est un peu tard pour téléphoner.

Entretemps, il n'oublia pas d'aller sur Google Maps et Google Earth et il put admirer le monument.

En regardant les environs immédiats, il lui sembla qu'il y avait une colline jouxtant le monument au sud, et que la végétation au sommet était différente. La texture des images était caractéristique des végétations qui recouvrent des ruines. Il faudrait un « *lidar* »[1] pour savoir ce qu'il y a dessous, se dit-il. Après l'inspection des cartes topographiques du site et de ses environs et après recherche sur le cadastre de la commune de Roujan, Marco comprit que la colline sud était bien appelée colline « Sainte-Marthe »… Le monument semblait être posé entre les deux collines Sainte-Marthe et Saint-Hilaire. Ils avaient tous les deux la même idée en tête.

1. *Light detection and ranging ;* permet de faire des relevés par télémétrie laser de sites archéologiques couverts par la végétation.

53 › 54

Dès le lendemain, Gioia regarda les vols depuis Rome. Il y en avait pour Marseille, Toulouse et Barcelone et, une fois par semaine, pour Montpellier. Ensuite, ils pourraient louer une voiture et rayonner à leur guise autour de Cassan.

Gioia prit les billets du vol Rome-Montpellier en aller simple pour le vendredi 14 heures. L'aéroport était à moins d'une heure de Cassan. Elle réserva une Alfa Romeo chez son loueur habituel et arrangea une réservation en chambre d'hôtes pour trois nuits dans le petit village de Gabian. Marie-Félicie Gicquel, qui tenait « La Rauzière », lui avait paru accueillante et prévenante. La présentation de la maison disait avoir vue sur Cassan. Ils verraient sur place combien de temps ils resteraient.

Ils prirent soin de téléphoner à Cassan pour annoncer leur visite :

— Château-Abbaye de Cassan bonjour, ne quittez pas.

Après deux minutes d'attente pendant lesquelles le message des heures d'ouverture au public et des animations était égrené :

— Excusez-moi, Peggy à l'appareil, j'étais avec des clients à la caisse. Que puis-je pour vous ?

— Bonjour madame, mon mari et moi viendrons spécialement de Rome pour visiter Cassan dont nous avons beaucoup entendu parler, dit Gioia dans un français quasi parfait, avec un joli accent italien. Nous arriverons vendredi soir et si possible, nous aimerions rencontrer le propriétaire samedi, à l'heure qui lui conviendra.

— Il n'habite pas sur place et vient rarement. En revanche, nous avons une directrice d'exploitation. Elle est en congé et reprend lundi. Voulez-vous que je lui demande si une rencontre lundi lui conviendrait ?

— Oui, c'est très bien ; nous resterons quelques jours dans la région.

Peggy avait été prévenue par Jean-Luc Balas de leur arrivée : l'Organisation écoutait et pistait Gioia. Peggy avait donc tout de suite compris à qui elle avait affaire et continua comme si de rien n'était.

— Quel est le motif de votre demande ?

Gioia se mordit les lèvres…

— Mon mari est professeur et souhaiterait mieux comprendre l'histoire du monument. Nous avons vu sur votre site internet que le Prieuré faisait partie de ceux qui furent rattachés directement à Rome au XIIIe siècle et c'est précisément l'objet de ses études sur l'Europe.

— Et quel est votre nom ?

— Marco et Gioia Cezio.

— C'est noté, je lui transmets.

— Puis-je me permettre de vous demander le nom de votre directrice ?

— Nicole Audemar. Y a-t-il autre chose que je puisse faire pour vous ?

— Oui, nous allons vous laisser un message internet sur la rubrique « contact » de votre site afin de mieux vous expliquer. Pourriez-vous regarder ? Vous aurez ainsi mon mail pour me répondre. En fait, mon époux souhaiterait recevoir des informations historiques sur Cassan avant de venir. Si vous pouviez les lui adresser, il en sera ravi.

— Comptez sur moi, nous avons une note de sept pages rédigées par l'historien de Cassan, Sylvain Sautel. C'est un bon résumé, facile à lire. Je vous le fais passer. Une fois sur place, vous pourrez acheter des livres sur Cassan.

— Je vous remercie, à bientôt.

Pendant son absence, Nicole Audemar avait délégué la gestion courante du site à la responsable de l'accueil, Peggy, qui avait su gagner sa confiance. Après l'appel de Gioia, Peggy avait noté le rendez-vous sur l'agenda électronique de Nicole Audemar pour le lundi 15 heures.

Deux heures plus tard, Marco reçut la note. Le prieuré avait connu une sorte d'âge d'or au XIIe siècle comptant 80 moines, 27 églises et une multitude de biens répartis sur plus de 80 communes allant de Millau à Toulouse et jusqu'en Catalogne, accueillant la sépulture dynastique des comtes de Carcassonne, réunissant de multiples reliques dont le bras de sainte Marthe ! C'est le prieur Guiraud qui avait construit le Prieuré médiéval et son église, laquelle fut consacrée le 6 octobre 1115 en présence de deux archevêques, de six évêques et de Guiraud. Ce dernier fut plus tard évêque de Béziers puis canonisé peu de temps après son décès. Guiraud deviendra saint patron de Béziers pendant six cents ans jusqu'à la Révolution. À la restauration, Béziers reprendra saint Aphrodise comme saint patron. Pendant sept cents ans, le Prieuré aura éduqué nombre de nobles et d'illustres personnages reliés à la couronne de France.

En étudiant la note de l'historien, Marco remarqua tout de suite la photo de l'étrange « lanterne » de pierre coiffant l'église. La note précisait que Viollet-le-Duc, illustre architecte, sauveur de la cité médiévale de Carcassonne, créateur de la flèche de Notre-Dame de Paris, était venu en personne à Cassan et avait dessiné à main levée la lanterne. Son croquis était reproduit. La lanterne intriguait beaucoup Marco. En remerciant Peggy par mail, il lui demanda si elle avait des informations complémentaires sur l'édifice.

Peggy lui répondit le soir même en lui transmettant des relevés de la lanterne, réalisés par le propriétaire. Décidément, cette Peggy était une perle. Tout semblait aller du mieux possible pour Gioia et Marco dans la préparation de ce voyage et ils brûlaient d'impatience de découvrir le vieux Prieuré. Marco décida d'emprunter le drone d'étude de l'université qui était équipé d'une caméra avec un très bon pouvoir de résolution et d'un lidar qui pouvait s'y fixer. Personne ne s'en servant en cette période de vacances scolaires, Marco pouvait en disposer pour quelques jours.

55

Cassan, jeudi 3 septembre 2020, 13 h

Brian Zamparuti de Sotheby's était arrivé le matin même pour accueillir Chen Rong Ji. Le très riche promoteur de Shanghai avait pris rendez-vous pour visiter Cassan en vue de son acquisition. Le domaine était ouvert au public, ce qui n'empêchait pas la visite en hélicoptère. Brian Zamparuti avait reçu pour consigne de la directrice Nicole Audemar de baliser la zone d'atterrissage et de l'interdire aux visiteurs sur un cercle de 25 m. Il était arrivé une heure avant et avait installé un cordon de rubalise rouge et blanc sur des piquets fichés dans la pelouse. Le métier d'agent immobilier, même chez Sotheby's, requiert de multiples talents…

Jean-Luc Balas avait immédiatement décidé de venir incognito pour observer l'intérêt que Chen pourrait marquer au domaine, afin de prévoir la stratégie à mettre en œuvre par la suite pour encourager si nécessaire ce candidat envoyé par l'Organisation.

À cause des restrictions des vols commerciaux, Chen était arrivé à Paris en vol privé muni d'un passeport diplomatique ; il avait traité différentes affaires puis choisi d'atterrir à Béziers où un hélicoptère l'attendait.

Le vol de Béziers à Cassan durait dix minutes, mais Chen prit le temps de demander à survoler la citadelle de Béziers, les écluses de Fonséranes, un bout du canal du Midi, l'*oppidum* d'Ensérune, et l'étang de Montady. En arrivant à Cassan, l'hélicoptère passa au-dessus de Pézenas, capitale des États généraux du Languedoc sous Louis XIV, ville ancienne et pittoresque, bâtie en « circulade »[1] où Molière avait résidé sept ans et trouvé l'inspiration de ses plus grandes œuvres. Chen demanda ensuite au pilote de survoler le château médiéval de Margon et ses jardins puis arriva à Cassan dont il fit le tour trois fois, s'éloignant à plusieurs reprises pour admirer les perspectives et la scénographie époustouflantes du Prieuré lové entre ses deux collines. Chen fit passer lentement l'engin au-dessus du vignoble dont il tenait en main les documents de repérage. Il survola la Thongue où des terrains constructibles faisaient partie du domaine. Enfin, comme convenu, il atterrit dans le jardin devant la grande et majestueuse façade ouest, pure merveille du XVIIIe avec ses jardins en terrasses successives descendant vers la vallée, et qu'on appelait « le petit Versailles » du Languedoc.

---

1. Pour lutter contre les invasions, les villages étaient construits en cercles de maisons concentriques autour de leur église. Les maisons faisaient office de murailles successives ; seules des petites ruelles étroites, en quinconce, faciles à défendre, les reliaient au centre.

Brian Zamparuti accueillit chaleureusement son visiteur. Chen était accompagné de sa jeune épouse Wei Wei et de deux autres personnes de son entreprise, parlant très bien français. Brian connaissait bien le domaine qu'il fit visiter tranquillement, soulignant ses potentialités et les restructurations que Chen pouvait envisager.

Chen, qui faisait partie des rares Chinois catholiques, fut très impressionné par l'église prieurale que Zamparuti entreprit de lui décrire comme la plus grande église romane du Languedoc avec l'ancienne cathédrale d'Agde.

« Sa voûte en pierre, expliqua-t-il, porte sur 11,40 m, ce qui est un record. Les murs sont épais de deux mètres et l'église mesure 43 m de long. Ce bijou est tout ce qu'il reste du Prieuré du XIIe, les autres bâtiments médiévaux, excepté les hospices, ayant été rasés pour permettre l'édification du Palais XVIIIe. »

Chen prit le temps de visiter toutes les salles du château, y compris les caves voûtées, ainsi que les jardins. Il posa des questions sur les possibilités d'extension dont les accords administratifs avaient déjà été obtenus par le propriétaire. D'une des fenêtres du prieuré, il admira, comme tous les visiteurs, le joyau de pierre perché sur le faîtage de l'église, « la lanterne de l'espérance ». Comme un enfant qui fait un caprice, il voulut y monter. Brian Zamparuti expliqua que l'accès était impossible en raison de la suppression de l'ancien escalier d'accès en bois de la tour sud qui n'avait pas été remplacé, mais Chen voulait absolument y aller. La seule voie d'accès passait par les combles de la toiture du corps du bâtiment principal, dont une ouverture dans le mur du pignon nord donnait directement sur la toiture de l'église. Une fois sur le toit, il suffisait de cheminer sur le faîtage de l'église pour aboutir à la lanterne.

Brian tenta de le dissuader, lui disant qu'il ne pouvait pas l'y autoriser en l'absence de la directrice et sans matériel de sécurité personnelle. Chen répondit que sur ses chantiers, en Chine, il avait l'habitude de faire cela tous les jours et que personne ne l'en empêcherait. L'un des deux employés sortit une feuille de papier de son porte-documents, s'assit sur le muret de séparation de la cour et du jardin du cloître et écrivit que Chen était venu en vue d'acheter le monument, qu'il faisait son affaire de son inspection, y compris de celle des toitures, et donnait une décharge de responsabilité tant à Sotheby's qu'au domaine de Cassan et à ses représentants. Chen signa le document. Brian se laissa forcer la main.

Il leur montra l'accès, les fit monter au deuxième étage, emprunter une échelle et passer par les combles. Puis Brian redescendit rejoindre l'épouse de Chen restée dans le jardin du cloître. Wei Wei filmait son mari qui marchait avec l'agilité d'un chat sur les tuiles. Vue du jardin, la lanterne semblait petite mais une fois Chen à côté, on pouvait constater qu'elle était immense. Chen l'inspecta sous toutes ses faces ; comme un gamin, ravi de la découvrir et d'entrer à l'intérieur. Au Moyen Âge, la lanterne était allumée toutes les nuits pour signaler une halte aux pèlerins de Compostelle.

Chen sortit son smartphone de sa poche de pantalon pour prendre des photos de la lanterne. Puis il appela son épouse pour lui demander de prendre la pose afin de photographier tout le monde en vue plongeante depuis sa position. Tous se mirent à le saluer pour immortaliser l'instant. Soudain l'appareil lui glissa des mains. Instinctivement, Chen se pencha en avant pour le rattraper, perdit l'équilibre et bascula en essayant d'agripper la lanterne, mais sa main parcourut un des piliers sans trouver de prise. Il s'affala et commença à glisser sur le toit de l'église, puis chuta sur le toit du premier étage de l'aile nord, en contrebas d'un mètre, dévala le pan de toiture sans pouvoir s'arrêter et finit projeté dans le vide comme en sortie de toboggan. Il tomba de 7 m dans le jardin du cloître.

Tout le monde se précipita. Chen ne bougeait plus ; il semblait en vie mais avait perdu connaissance. Resté en observation dans la cour, Jean-Luc Balas avait suivi la scène et courut vers eux. Il avait été secouriste et envoya le collaborateur demander en boutique un drap, des tasseaux longs de deux mètres et des sangles pour faire un brancard de fortune. Peggy, déjà alertée par les visiteurs, avait fermé les portes d'accès à la boutique et courait à leur rencontre. Elle avait trouvé une grande nappe, des coussins dans la réserve du linge des réceptions et des montants en bois dans l'atelier, ainsi que des cordes.

Jean-Luc Balas, assisté des employés de Chen, allongea les cordes puis étendit la nappe pardessus, et disposa les tasseaux sur la nappe en les écartant d'environ 60 centimètres l'un de l'autre. Avant de déplacer Chen, Balas fit des tests de sensibilité et de motricité des membres inférieurs ; il ne semblait plus pouvoir compter sur ses jambes.

Avec précaution, ils firent glisser le corps inerte de Chen sur ce brancard de fortune, rabattirent la nappe et sanglèrent le blessé avec les cordes. Wei Wei pleurait en caressant la tête de son mari. Balas, ayant vu la croix sur la chaînette de tour de cou de Chen, lui donna le sacrement d'extrême-onction, puis ils le transportèrent jusqu'à l'hélicoptère. Son épouse toujours en sanglots et les deux collaborateurs l'accompagnèrent dans l'appareil. Le rotor et les pales, dans un bruit assourdissant, montèrent en régime. Le pilote laissa tourner trois minutes, puis l'hélicoptère s'éleva et prit la direction de Béziers. Peggy appela l'hôpital pour annoncer l'arrivée de l'accidenté. Le pilote avait déjà demandé les procédures d'accès à la plate-forme de l'hôpital.

Jean-Luc Balas s'assit sur un banc de pierre et se mit à réfléchir. Il se sentait coupable et responsable de ce terrible accident. Les deux journées de recherche programmées pour le lendemain vendredi puis samedi allaient-elles être sereines et efficaces ? Brian était consterné. En ramassant les piquets et la rubalise, il se dit que c'était le deuxième client qui disparaissait en trois semaines. Ayant autorisé l'escalade, il se blâmait pour la chute et s'inquiétait pour la vie de Chen. Que dirait la directrice du site en apprenant l'accident survenu en son absence ; allait-il perdre sa confiance et celle du propriétaire ?

Dans la soirée, ils eurent des nouvelles de Chen. Il avait une lésion de la moelle spinale au bas de la colonne vertébrale et resterait paralysé des deux jambes. Brian en informa Peggy qui, à son tour, prévint Jean-Luc Balas.

54 › 56

Rome, vendredi 4 septembre, 14 h

Une fois dans l'avion, Marco se pencha vers Gioia.

— J'ai souvent entendu parler de Montpellier. C'est une ville renommée. Sa faculté de médecine est la plus ancienne d'Europe après notre université de Salerne. Au XIIe siècle, elle était ouverte aux Juifs et aux Arabes, ce qui se révéla très profitable pour le croisement des connaissances.

— Le creuset de la diversité, les échanges et la tolérance ont toujours fait merveille ! C'est une des richesses de notre belle et vieille Europe.

— Montpellier fut aussi une ville libre pour les protestants qui purent y résider en paix.

— Hier tu étais intrigué par la lanterne qui domine le Prieuré ; as-tu une idée de ce qu'elle peut bien représenter ? Je n'ai jamais rien vu de semblable. Nous parlions à l'instant des influences et des mélanges culturels ; en regardant la photo de cette lanterne dans la note de Sylvain Sautel, je lui trouve un petit côté arabisant.

— Ça n'a rien d'étonnant. La région a été occupée par les Arabes au VIIIe siècle[1]. Cela dit, je me demandais où j'avais bien pu voir un édifice semblable et je me suis souvenu que dans la basilique du Saint-Sépulcre de Jérusalem, l'édicule qui protège le tombeau du Christ est du même type[2].

C'est l'Empereur Constantin qui a fait construire la première basilique. Elle a été détruite en 1009 par l'armée du musulman « Hakim le fou ». Curieusement, c'est son oncle Oreste, chrétien, patriarche de Jérusalem, qui reconstruisit l'église et l'édicule roman ; c'est dans ce monument que les croisés, arrivés en Palestine en 1099, ont pu se recueillir.

Cinq cents ans plus tard, menaçant de ruine, le bâtiment a dû être reconstruit pour la troisième fois ! Par chance, des pèlerins avaient relevé les plans de l'édicule roman précédent et l'avaient déjà reproduit dans plusieurs endroits en Europe. Et de nos jours, on peut encore admirer des répliques fidèles de cette version romane qui n'existe plus à Jérusalem. L'une d'elles est en Allemagne, dans la ville de Görlitz. Le clocheton ressemble à s'y méprendre à la « lanterne de l'espérance » de Cassan. C'est une sorte de

1. Les Omeyyades ont occupé la Septimanie pendant quarante ans, de 719 à 759, jusqu'à ce que les Francs puis Charlemagne les en chassent. Plus tard, les Sarrasins sont revenus en Provence où ils firent des incursions de 870 à 973.
2. En octobre 1808, un incendie, sans doute causé par les bougies, ravagea l'édicule du Saint-Sépulcre. Les Grecs orthodoxes le reconstruisirent pour la quatrième fois dans un style baroque ottoman. C'est ce dernier édicule que les pèlerins peuvent voir actuellement dans la basilique.

ciborium[1] en pierre composé de six piliers bordant six grandes ouvertures principales, surmontées d'une ceinture de pierre décorée, le tout coiffé d'un dôme de pierre.

— Il faut donc croire que les moines qui ont construit Cassan étaient allés à Jérusalem ou avaient reçu les relevés précis des croisés ou des pèlerins de retour de Palestine.

— Très certainement. Cette lanterne fait de Cassan un monument directement relié à Jérusalem et je suis certain que nous rencontrerons encore ce lien lorsque nous serons sur place. Sur le plan symbolique, avec ce que Peggy m'a adressé comme relevés complémentaires hier soir, je vais de surprises en surprises : les 18 modillons et les 12 percements décoratifs semblent délivrer un message. Aucun des modillons n'est semblable et aucun des percements non plus ; seuls les percements de l'est et de l'ouest sont identiques ; ils sont ronds et concernent le soleil levant et le soleil couchant.

— Ce lien entre la lanterne de Cassan et Jérusalem n'est pas une coïncidence, c'est certain. Je ne sais pas encore comment mais je suis sûre que cela va nous aider à découvrir où se cache le manuscrit de Marthe.

---

1. Toit en drap ou en pierre, reposant sur des piliers pour protéger un autel ou un reliquaire.

52 › 57

Cassan, vendredi 4 septembre, 7 h

Aux premières heures, Jean-Luc Balas était sur le parking de Cassan, accompagné de deux personnes de confiance en bleu de travail ; Peggy était là aussi. L'ouverture à la visite ne commençant qu'à 11 heures, ils avaient devant eux la plus totale tranquillité quatre heures durant. Ils décidèrent de commencer leurs recherches par le puits maître qui était sur le domaine, mais à l'extérieur de l'enceinte des murs, sous la tour crenelée, pastiche d'une tour du Moyen Âge, édifiée au XIXe siècle pour protéger le puits.

Ce puits, censé faire 14 m de profondeur, était le plus profond du domaine. Beaucoup de légendes circulaient sur les galeries et souterrains qui y menaient. Il y avait cinq puits sur le domaine, ils avaient décidé de les inspecter tous les cinq.

À la demande de Jean-Luc Balas, Charles, un des ouvriers, avait apporté sa tenue de plongée sous-marine et des bouteilles d'oxygène pour inspecter le puits. Il y avait peu de chances que des documents aient été cachés dans l'humidité d'un puits, mais les galeries latérales pouvaient très bien conduire à des caches plus éloignées, à l'abri des eaux.

Charles s'équipa. Peggy, munie du trousseau de clés, essaya les clés de la porte d'accès et n'eut pas de mal à trouver la grosse clé qui manœuvrait la serrure. Le puits était assez impressionnant, avec d'anciennes installations de pompage qui n'avaient pas été démontées. Une échelle à barreaux métalliques était scellée à la maçonnerie et s'enfonçait dans l'eau qui arrivait à quatre mètres sous la margelle du puits. Charles descendit prudemment avec une torche, en traînant la « ligne de vie » sur laquelle il pouvait tirer régulièrement afin de signaler que tout allait bien. Il disparut.

Le temps passa et la ligne se déroula de 65 m, Charles avait dû découvrir une galerie, il tirait à intervalles réguliers puis, après une dizaine de minutes qui semblèrent une éternité, il refit surface. La galerie, expliqua-t-il, était entièrement maçonnée et en bon état. Elle cheminait en montant droit vers le sud et suivait la déclivité de la vigne, sous la colline Sainte-Marthe. Charles raconta qu'à mi-chemin, il pouvait marcher à sec, courbé en deux.

La galerie se terminait par une chambre de captage cubique, de 2 m sur 2 au sol et 2 m de hauteur. Les parois étaient maçonnées avec des buses en pied pour laisser filtrer les eaux de ruissellement. Dans cette chambre, il y avait une cache haute, d'environ un mètre de large sur 0,8 et de 0,7 de profondeur. La cache n'était pas inondable. Elle était fermée par une porte en bois de châtaignier bardée de grosses ferrures, équipée d'un lourd loquet rouillé, muni d'une bride de cadenassage. Charles avait fait pivoter la porte qui avait grincé un peu. Il n'y avait rien à l'intérieur. Manifestement cette cache avait dû servir en son temps. En période d'extrême sécheresse, ce qui n'était pas le cas cette année, la galerie devait être presque entièrement hors d'eau, ce qui la rendait bien plus accessible sans être obligé de plonger, mais la laissait dissimulée. Charles avait ramené des outils laissés dans la chambre par les ouvriers : un tonnelet, une truelle, une chaîne à plomb.

Charles repartit en exploration et découvrit deux autres galeries. Elles montaient avec une pente bien plus faible, l'une semblait s'étendre sous le chemin d'accès principal à Cassan et était effondrée à dix mètres. L'autre partait vers le nord et passait vraisemblablement sous la route, en progressant sous les premiers contreforts de la colline Saint-Hilaire ; elle se terminait par une chambre identique à la première mais gorgée d'eau. Sans doute les perturbations causées par la route, construite en 1840, amenaient-elles à chaque épisode cévenol des quantités d'eau de ruissellement très importantes qui ne s'évacuaient plus.

L'exploration permit de comprendre que les moines utilisaient les puits comme accès à des caches, mais hélas, pour les documents recherchés, l'exploration n'était pas concluante. Il était déjà 9 h 30 et ils devaient s'occuper des autres puits. Ils replièrent leur matériel. Peggy referma soigneusement la porte de la tour et elle ouvrit le portail. Charles remonta dans sa camionnette et la conduisit dans la cour au plus près du jardin du cloître. Peggy referma le portail.

Les deux puits présents dans le jardin du cloître avaient une profondeur de 7 à 8 m et on entendait l'eau couler à l'intérieur. Charles, toujours en tenue de plongée, descendit en rappel dans le puits le plus au sud, qui n'avait pas d'échelle.

Le niveau de l'eau était bas, de 80 centimètres environ, Charles avait de l'eau jusqu'à la ceinture. Une des buses qui apportaient l'eau coulait en filet continu d'un surplomb d'environ 2 m, les autres buses suintaient doucement. Il n'y avait aucune trace de galerie débouchant dans ce puits qui semblait relié à l'autre puits par un conduit de 15 centimètres de diamètre, comme une sorte de vase communicant en trop-plein. Charles remonta et descendit dans le second puits où se déversaient les avaloirs d'eau de pluie descendant des toitures. Trois mètres en dessous de la margelle, une galerie partait vers l'est. Elle était sèche, large de 70 centimètres et on pouvait y marcher courbé. Au bout de 300 m, elle était effondrée.

Cette nouvelle galerie faisait sans doute partie d'un réseau de souterrains permettant aux moines de s'échapper en cas de siège. Le Prieuré avait été attaqué plusieurs fois lors des razzias des routiers et des raids du Prince Noir[1] aux XIIIe et XIVe siècles. Il avait été fortifié pour

1. Édouard Plantagenêt, fils aîné du roi d'Angleterre, terrorisa le grand sud-ouest de la France, dont le Languedoc, pendant la guerre de Cent Ans. Son armure et son destrier

repousser les assaillants. La légende disait que Cassan était relié par un souterrain au château de Margon, qui est à 4 km à vol d'oiseau. Aucune salle ou cache ne put être identifiée dans les puits du jardin du cloître. Il restait deux puits dans le domaine. L'un, situé dans l'église, avait été exploré lors des fouilles archéologiques de 1981. Il s'agissait d'un puits sec qui était rempli d'eau comme on remplit une cuve, lorsqu'il était utilisé pour des usages votifs : les puits à l'intérieur des églises étaient réputés avoir des vertus thérapeutiques pour recouvrer la vue ou favoriser la fécondité. Le puits était tombé en désuétude, il avait dû être comblé. Il avait ensuite été obturé lors de la création de la nouvelle dalle de l'église par le propriétaire, il n'y avait rien à chercher de ce côté.

Le dernier puits était au nord du chevet de l'église. Il avait été équipé au XIXe siècle d'une pompe manuelle à roue, du temps de l'exploitation viticole qui avait transformé l'église en chai et remblayé le chevet de l'église. La structure était toujours en place.

Charles commença à descendre mais, à 5 m, le puits avait été comblé. Il ne vit aucun départ de galerie. L'hypothèse d'une cache dans un des puits semblait s'éloigner. Ce n'était pas la bonne piste. Ils replièrent leurs affaires et remirent le tout dans la voiture utilitaire. Charles retira sa combinaison de plongée et enfila son bleu de travail. Ils sortirent deux pioches, trois pelles, une raclette, une barre à mine, une masse, une

---

noirs lui valurent ce nom, en plus de son âme noire, sanguinaire, et de ses pillages sans foi ni loi.

caisse à outils avec burins, marteaux, perceuse à percussion et ses forets, deux baladeuses électriques, des rallonges et des cordes et descendirent déposer leur matériel dans la cave, sous l'escalier d'honneur.

Il était maintenant 11 h 30, les visiteurs commençaient à arriver.

56 › 58

L'avion se posa doucement sur le tarmac de Montpellier-Méditerranée. Comme l'appareil était presque vide, Gioia et Marco avaient pu échapper à l'enregistrement de leurs bagages. Ils furent tout de suite dehors. Le temps était radieux, bien moins étouffant qu'à Rome, avec une légère brise de mer. Les bungalows des loueurs étaient en face de l'aéroport, de l'autre côté de la voie du dépose-minute. Il n'y avait personne chez Avis et l'hôtesse leur fit remplir rapidement toutes les formalités.

Ils rejoignirent le véhicule stationné quelques mètres plus loin sur l'emplacement 801. La voiture était une Stelvio 4 × 4 SUV d'un profond grenat métallisé, rutilante. Marco démarra. Elle était plus souple à conduire que sa vieille Giulia. En un instant, ils furent sur l'autoroute.

— Dommage que nous n'ayons pas le temps de visiter Montpellier, soupira Gioia.

— Nous ferons cela au retour si tu veux. Si entretemps notre quête est couronnée de succès, nous aurons l'esprit libre ! Nous aurons deux options : revenir par Montpellier puis visiter Nîmes, le pont du Gard, Arles, Avignon et reprendre l'avion à Marseille-Marignane ; ou au contraire, aller vers l'ouest et prendre le temps de visiter Narbonne, Carcassonne, quelques pogs[1] cathares, puis Toulouse et repartir de l'aéroport de Toulouse-Blagnac.

— Pourquoi pas les deux, si nous restons une dizaine de jours ?

— Tu prends goût à la retraite !

— J'aurais bien tort de ne pas me faire plaisir après ma petite carrière au pas de charge et mes jours et mes nuits de travail aux parlements et à la Commission !

— C'est vrai que je t'ai toujours connue dans la peau d'une hussarde et ça me fait tout drôle de te voir détendue et quasi désœuvrée.

— Pas tant que cela, avec cette énigme à percer.

Les panneaux annonçaient Sète.

— C'est le petit promontoire qu'on voit sur la gauche ? demanda Gioia.

— Oui, c'est là, sur le mont Saint-Clair. Sète est depuis l'Antiquité un port à double face qui s'ouvre sur la Méditerranée et se referme sur l'étang de Thau. Une lagune. Tant et si bien que localement les gens l'appellent la « Venise du Languedoc ».

Et Marco ajouta, en bon Italien :

— Mais c'est un peu usurpé côté patrimoine architectural.

— Oui, mais tu vois, même à 1 000 km de là, Venise nous poursuit !

---

1. Nom occitan désignant les pitons rocheux en haut desquels des forteresses étaient bâties.

— Et même le « Thau » ! La vingt-deuxième lettre de l'alphabet hébraïque nous rappelle le message du pape.

— N'importe quoi !

— Nous sommes là pour chercher et croiser le plus d'informations possible ! Donc ma chère, n'en veux pas à mon subconscient de veiller à ce que rien ne lui échappe et reste aimable et indulgente vis-à-vis de ton pauvre mari qui rame à tes côtés.

— Je te pardonne mais tu n'as véritablement pas l'air d'un galérien !

— D'un gondolier, alors. Côté canaux, Sète a ce qu'il faut : à l'ouest, le canal du Midi relie la mer Méditerranée à l'océan Atlantique. Il part du port de Bon Repos que Pierre-Paul Riquet a créé à cet effet. Côté est, le canal du Rhône rejoint la ville par l'étang de Thau.

— Sète a un bel avantage sur Venise car ce n'est pas demain la veille que l'eau montera sur la colline !

— Sans commentaire.

Ils arrivaient déjà au péage de la sortie Agde-Pézenas. Les derniers kilomètres s'étiraient jusqu'à Roujan sur une belle ligne droite, bordée de platanes centenaires. Les vignes s'étendaient des deux côtés de la route à perte de vue. L'horizon commençait à moutonner, annonçant les contreforts des Cévennes.

Un tracteur cheminait devant eux et Marco avait réduit sa vitesse. Il se déporta sur la gauche pour voir s'il avait la visibilité pour un dépassement. La voie étant libre, il appuya sur l'accélérateur. D'un seul coup, la voiture se bloqua et devint incontrôlable. Les roues mordirent sur le bas-côté, le véhicule fit un tête-à-queue et percuta par l'arrière un platane avant de terminer dans le champ de vignes en contrebas. Un piquet métallique qui servait à tendre les fils de fer des rangées de vignes traversa le pare-brise tel un javelot et s'arrêta à trois centimètres de la tête de Marco. Les airbags étaient déployés. Le temps sembla s'immobiliser.

La portière de Gioia s'était ouverte dans la chute et elle put s'extraire de la voiture. Marco était à demi inconscient et maugréait sans être intelligible. Le vigneron qui conduisait le tracteur, témoin de l'accident dans son rétroviseur, s'était arrêté sur l'embranchement d'un chemin de terre et venait d'appeler le Samu. Il vit que Gioia paraissait indemne. Le conducteur en revanche semblait commotionné et sans doute blessé.

Le Samu de Pézenas fut sur place dix minutes plus tard, en même temps que la brigade des pompiers de Servian. Avec d'infinies précautions, ils extirpèrent Marco de la voiture. Il semblait souffrir et restait à demi-conscient.

Aux urgences de Béziers, on décela une fracture du radius gauche ainsi que deux côtes droites cassées. Craignant un traumatisme crânien, l'interne lui fit passer un « body scanner » et décida de le garder en observation pour deux jours.

Gioia prit une chambre à l'hôtel Imperator sur les allées Pierre-Paul Riquet. L'hôtel venait de rouvrir et sentait le neuf. À peine dans sa chambre, elle appela la maison d'hôtes, à côté de Cassan. La charmante madame Gicquel fut consternée pour eux. Gioia maintint néanmoins la réservation de la chambre pour le moment ; elle en profita pour l'étendre jusqu'au mercredi inclus. Si tout allait bien, Marco pourrait sortir dimanche avant midi.

Le loueur, prévenu par la gendarmerie, appela sa cliente. La voiture serait rapatriée à Béziers pour expertise. Un véhicule équivalent serait mis à sa disposition dès le lendemain, samedi, à 10 heures à son hôtel, par l'agence de Béziers, avec les bagages restés dans la voiture accidentée.

Gioia, encore sous le choc, passa une mauvaise nuit.

57 › 59

Cassan, vendredi 4 septembre dans l'après-midi

Après l'exploration des puits, Jean-Luc Balas octroya à ses deux aides une pause méritée. Ils partirent déjeuner à Roujan. Ils en profitèrent pour faire un point et réfléchir aux endroits qui n'auraient pas été naturellement utilisés par les propriétaires successifs depuis la Révolution.

Il était inutile de perdre du temps dans les multiples pièces du monument car il semblait peu probable que les moines aient eu l'idée de cacher un tel trésor dans des lieux courants. Le Prieuré était passé en de nombreuses mains, dont celles de l'État français qui l'avait utilisé comme collège d'enseignement ménager pour jeunes filles puis comme centre d'insertion de travailleurs, il y avait peu de chance de trouver quoi que ce soit que d'autres n'auraient pas déjà découvert avant eux.

Les puits étaient une excellente idée, les caves aussi. Balas ajouta qu'il faudrait aussi vérifier l'église ainsi que l'aqueduc médiéval qui reliait le puits maître au vivier où les moines élevaient leurs poissons.

Ils revinrent tôt de leur déjeuner et retournèrent discrètement dans la cave. Les visites avaient repris. À l'abri des regards, ils pouvaient continuer sans déranger personne.

L'escalier de bonne facture descendait d'une seule volée. Il distribuait une alcôve sur sa droite. Décalée sur sa gauche et parallèle à l'escalier, venait l'immense cave qui courait sous tout le corps principal du bâtiment. Elle était voûtée en bel appareillage de briques. La première partie datait du XVIIIe siècle. Ils la parcoururent prudemment. Arrivés à mi-chemin, ils aperçurent un filet de lumière : c'était une prise de jour et d'air, aménagée discrètement dans les contremarches de l'escalier principal de la grande façade qui donnait accès aux terrasses.

En poursuivant, à l'approche de l'église, ils trouvèrent la partie XIIe siècle avec différents compartiments séparés par des murs imposants formés d'appareillages de grosses pierres. Manifestement, cette partie plus ancienne n'avait pas été remaniée lors de la construction du Palais conventuel. S'il y avait quelque chose à trouver, c'était sans doute là qu'il fallait chercher. Après avoir minutieusement inspecté les appareillages de pierre, ils découvrirent ce qui pouvait ressembler à un ancien passage muré.

Ils décidèrent de le sonder. Ils dégagèrent à la pioche puis à la pelle le sol au droit du passage. Le sol était très meuble et ils n'eurent pas de difficulté à enlever les amas de terre qui enfouissaient le seuil de l'ancien passage. À la barre à mine, ils commencèrent à desceller une première pierre. Elle bougea, non sans peine, et ils purent continuer, au burin, à éclater les mortiers de scellement. Ils finirent par l'enlever, ce qui faisait un trou d'environ 20 centimètres sur vingt. Ils braquèrent la baladeuse dans le trou mais, éblouis par la lampe, ils ne pouvaient rien discerner. Ils passèrent alors la baladeuse par l'orifice et la laissèrent pendre à l'intérieur, et découvrirent un couloir d'environ 1,80 m de large qui partait parallèlement à l'église, sans doute sous l'ancien retour du cloître.

Après deux heures d'efforts, ils avaient dégagé une ouverture. Le couloir mesurait une douzaine de mètres mais ne menait nulle part. Il y avait un départ d'escalier au fond à droite, mais il était muré. Il avait dû anciennement permettre de communiquer avec le rez-de-chaussée.

Le plafond voûté leur permettait de se tenir debout. Il leur vint l'idée de taper au marteau sur les parois pour écouter comment elles sonneraient. Sur le mur de droite, ils n'entendirent aucune différence. Mais sur le mur de gauche, en direction de l'église, la paroi sonnait creux sur une longueur d'environ 2 m vers son milieu.

Ils recommencèrent le travail pénible de descellement d'une pierre pour y passer enfin la baladeuse et découvrirent une pièce de 5 m sur 10, sans doute à l'aplomb des anciennes salles du Prieuré adossées à l'église. Elle paraissait voûtée. Il y avait des objets à l'intérieur. Après une heure d'efforts, ils purent y pénétrer et trouvèrent deux malles remplies de livres et plusieurs statues, dont celle de sainte Marthe en marbre blanc avec un dragon de marbre noir à ses pieds.

Jean-Luc Balas eut l'étrange sensation d'être un profanateur. Il savait aussi que ce qu'il faisait s'apparentait à des fouilles. Le monument étant classé monument historique, il était en infraction. Les demandes d'autorisations de fouilles devaient être déposées à la Direction régionale de l'Action culturelle (DRAC) et justifiées par des raisons techniques. Alors seulement, la DRAC dépêchait les services de l'État, l'Institut national de recherche archéologique préventive (INRAP), pour engager les fouilles.

Balas se rassura en imaginant l'histoire du contenu de ces deux malles. Lors de la construction du Palais conventuel de 1754 à 1758, les moines avaient dû entreposer différents objets pour les protéger des travaux. Certains étaient restés là, puis une fois les moines chassés après la Révolution, ils avaient été oubliés. Une bonne âme avait muré les accès pour les préserver.

Balas se concentra sur les livres, prit des photos des pages de titre. Aucun des ouvrages ne ressemblait de près ou de loin à l'Évangile de Marthe. Le codex le plus ancien rassemblait les actes du concile de Béziers tenu en 356, qui vit s'affronter Saturnin, archevêque arianiste d'Arles, et Hilaire, évêque de Poitiers, qui deviendrait « saint Hilaire » et attacherait son nom à la colline nord qui borde Cassan.

N'ayant pas trouvé ce qu'il cherchait, Jean-Luc Balas fit remettre en place les pierres côté cave. Ils sortirent du couloir et remirent également en place les pierres sans les sceller, se promettant de revenir le lendemain avec un mortier prêt à l'emploi pour refermer l'accès au couloir. Il était déjà 19 heures et ils étaient exténués.

Charles et son collègue récupérèrent leurs outils, ne laissant que le matériel électrique dont ils auraient encore besoin. Ils rejoignirent leur camionnette et se présentèrent devant la grille pour remercier Peggy et lui rendre les clés. Curieuse, Peggy leur demanda comment s'étaient passées leurs investigations. Ils lui répondirent que hélas ils étaient bredouilles.

Peggy verrouilla la boutique et referma le portail. Elle avait bien vu que les bleus de travail et le costume de Jean-Luc Balas étaient couverts de poussière. Ils étaient restés cinq heures dans la cave, ce n'était pas pour rien. Comme chaque soir, elle ferma toutes les portes du site et coupa les interrupteurs généraux, les lumières des circuits de visite s'éteignirent.

Peggy descendit alors dans la cave. Elle n'y était jamais allée. Elle s'éclaira avec son téléphone mobile jusqu'à ce qu'elle trouve la baladeuse. Elle poussa l'interrupteur et se promena dans la cave. Elle n'eut pas de mal à identifier le mur aux pierres descellées. Elle enleva seulement trois pierres. Étant menue et très souple, elle parvint facilement à se faufiler dans l'ouverture étroite qu'elle avait dégagée. Elle pénétra dans le couloir et découvrit l'accès à la salle. Elle déposa de nouveau les pierres les moins lourdes et se glissa dans la pièce.

Sans rien toucher, elle prit des photos de ce qu'elle voyait et se retira. Elle remit méticuleusement les pierres en place, repartit vers l'escalier et éteignit la baladeuse.

59 › 60

Cassan, samedi 5 septembre, 7 h

Toute l'équipe était de nouveau sur le parking. Il faisait très beau. Charles fit entrer la voiture dans la cour et la stationna près du jardin du cloître. Il déchargea un petit sac de 25 kg de mortier prêt à l'emploi, un bidon de dix litres d'eau, une auge, deux truelles, un marteau, une règle, un niveau et un fil à plomb. Peggy leur avait redonné les clés de la cave et avait ouvert les portes du corps principal du bâtiment ; elle avait aussi coupé les alarmes.

Ils redescendirent à la cave et décidèrent de ne murer que l'accès qui menait de la cave au couloir. Ce petit travail ne leur prit que quarante-cinq minutes. Après quoi, ils remontèrent leur matériel et le chargèrent dans la camionnette.

Il était 8 heures lorsque Peggy leur ouvrit l'église et bascula les interrupteurs, qui firent danser des pinceaux de lumière sur les murs. La voûte, éclairée indirectement par les lampes de la corniche, semblait flotter sur la lumière. L'effet était toujours féerique et Jean-Luc Balas ne put s'empêcher de penser que les moines n'avaient jamais vu pareille mise en valeur de leur église. Les vitraux ayant tous disparu, toutes les ouvertures avaient été fermées par des contreplaqués afin d'éviter les courants d'air et l'invasion des oiseaux. Les éclairages en étaient magnifiés. Ils terrassaient les ténèbres.

À l'arrivée de l'actuel propriétaire, l'église était en piteux état. Au XIXe siècle, elle avait été transformée en chai, les viticulteurs y stockaient leurs tonneaux. Il n'y avait plus de sol, plus de porte, ni d'éclairage. Un pressoir était ancré par des aciers fixés à chaud dans les murs du passage de la sacristie romane. Il avait fallu batailler une semaine pour l'enlever. Le nouveau propriétaire voulait rendre la visite agréable, il fit installer une nouvelle dalle chauffante à basse température et en profita pour créer des caniveaux où passaient les installations d'éclairage. L'église était désormais équipée d'une sonorisation « sans écho », ce qui permettait de parler au micro en restant intelligible. Pour ce qui est des éclairages, un jeu d'orgues permettait de commander chaque luminaire de la couronne ainsi que chaque optique logée dans le sol, cela donnait la possibilité de faire danser les murs l'un vers l'autre, comme si l'église tanguait.

Ces travaux avaient dû être colossaux, l'église avait donc été largement inspectée. Mais Balas savait que, dans les murs épais de 2 m, il y a généralement des passages intra-muros très secrets, en particulier dans les reins de la voûte. Entre l'arc de la voûte de pierre et le toit de tuiles, l'espace était généralement remblayé pour charger les murs, comme pour les clouer au sol par ce poids énorme. Cela permettait aux murs de mieux résister aux poussées latérales de la voûte qui auraient eu tendance à les écarter. C'était l'invention de la précontrainte avant l'heure. Dans ces espaces étaient souvent logées les circulations dérobées. Il suffisait de lever la tête pour apercevoir, à 10 m de hauteur, des fentes dans le pignon ouest de l'église, permettant à un homme de petite corpulence de s'y glisser et de circuler entre les murs. Les moines du XIIe siècle étaient plutôt petits et pas bien gros, compte tenu de leur régime ascétique.

Les électriciens qui faisaient le relamping n'ayant pas terminé leur travail le vendredi, leur tour d'échafaudage mobile était restée en plan pour le week-end. Il fut facile de la rouler pour l'amener à l'aplomb de la première fente. L'aide de Charles, François, étant le plus svelte, fut tout désigné pour aller en repérage. Armé d'un casque à éclairage frontal et d'une torche, il monta aux échelles internes de l'échafaudage et se glissa dans l'ouverture.

Il chemina dans le pignon vers le mur sud puis dans le mur sud. Il croisa les fenêtres médiévales de l'église, obstruées par le Palais conventuel construit contre le mur sud de l'église. Il avança jusqu'aux deux tiers de la longueur du mur et constata que le défilé se terminait en cul-de-sac. Il devait buter sur la tour permettant l'accès à la lanterne. Jean-Luc lui avait demandé de bien regarder s'il n'y avait pas de traces d'anciennes ouvertures qui auraient été refermées. François ne distingua rien de tel. Sans doute la construction du Palais conventuel avait-elle éliminé toute cache. Il restait l'autre côté, le mur nord.

Il se glissa dans le pignon ouest vers le mur nord. Le couloir étroit montait en escalier avant de rejoindre le mur nord. Le défilé de celui-ci était manifestement plus haut. Soudain, il ne put s'empêcher de reculer brusquement. Il y avait un cadavre assis dans un recoin bas. Il ne restait que les os et du tissu en charpie. Était-ce un moine qui s'était caché pour échapper à des assaillants ? Blessé, il aurait succombé là, ce passage était devenu sa sépulture.

François comprit qu'il devait être approximativement au-dessus de la « porte des morts » de l'église. La porte des morts ouvrait sur le cimetière des moines. Lorsque l'un d'eux mourait, la messe des funérailles étant dite, on ouvrait les battants de la porte. Le corps, enveloppé dans un simple drap, était déposé par ses frères sur le seuil surélevé. Les vivants faisaient le tour et passaient à l'extérieur. Ils reprenaient le corps et l'inhumaient à même le sol dans le cimetière des moines. Ainsi le symbole du passage dans l'autre monde était-il célébré. Seul le mort partait dans l'au-delà. Sur le tympan de la porte, un message était gravé en latin sur une plaque de marbre blanc scellée dans la maçonnerie : « Qui que tu sois, homme, chargé d'un détestable péché, tu n'entreras pas autrement qu'en te prosternant sur ce seuil devant le souverain Seigneur, car le Christ est la porte. »

François se signa et continua sa progression. Il découvrit une niche fermée par un volet de bois. Une vieille serrure bien corrodée verrouillait un gros loquet. Il avait besoin d'une scie à métaux. Jean-Luc Balas autorisa François à faire sauter le loquet. Charles alla chercher une scie dans sa voiture et la monta à François qui était ressorti pour la récupérer. François se glissa de nouveau dans l'étroit couloir et repassa devant le squelette du moine. Il commença à scier. Il transpirait à grosses gouttes tant il faisait chaud dans ce réduit de pierre chauffé au soleil d'été et mal ventilé ; heureusement, l'acier n'était pas très dur et sa lame de scie attaquait bien le dispositif à chaque va-et-vient. Une fois le loquet coupé, il ouvrit la niche. À l'intérieur étaient rangés des ciboires en or, des burettes, des plats et des reliquaires de vermeil finement ouvragés. Aucun manuscrit. De nouveau, devant ces ustensiles sacrés, François se signa et récita un « Notre Père ».

Parvenu au bout du réduit, et n'ayant rien trouvé d'autre, François redescendit ; il rendit compte de ses découvertes à Jean-Luc Balas, qui semblait ravi de savoir que ces objets de messe anciens allaient sans doute retrouver du service. Il verrait plus tard quand les reprendre et à qui en parler.

Balas annonça qu'il restait à inspecter les vases acoustiques noyés dans la voûte et expliqua qu'ils servaient à corriger l'acoustique de l'église en accordant les notes en fonction des trains d'ondes. C'était une très vieille technique qui permettait de modifier les réverbérations et de régler les octaves en fonction des réalités de la construction ; les vases acoustiques pouvaient faire jusqu'à un mètre cube. Il y en avait deux à Cassan.

Ils positionnèrent les échafaudages sous les bouches. Une fois monté, François inspecta l'intérieur avec la baladeuse et en touchant à la main. À part la poussière accumulée en 900 ans, il n'y avait rien dans ces vases. Ils gardaient précieusement leur fonction et n'avaient pas servi de cache.

Jean-Luc Balas était un peu déçu. Il était 10 h 50 et les visites allaient bientôt commencer. Avant de ressortir, il s'arrêta devant l'autel médiéval. Le pilier monolithique était énorme. Il faisait près d'un mètre de haut et bien 70 centimètres de diamètre. La table d'autel posée dessus devait peser 300 ou 400 kg. Balas savait que lors de la consécration d'une église, des reliques étaient généralement déposées dans un sépulcre creusé dans la tête du pilier, la table d'autel étant remise par-dessus et scellée au plomb. Il était peu probable que des reliques y fussent encore, vu l'histoire de l'église après la Révolution ; mais, par acquit de conscience, Jean-Luc Balas se dit que le codex pourrait bien être dedans.

Il demanda à Charles d'aller à Pézenas dans un magasin de matériaux pour bâtiment, et de louer deux petites potences de levage, deux *chèvres*, capables chacune de soulever 300 kilos. Il lui fixa rendez-vous à 16 heures dans l'église afin de reprendre leurs travaux. Ils auraient le temps de déjeuner chez eux, étant tous deux de Caux à côté de Pézenas ; et même de faire une petite sieste.

Charles et François replièrent leurs quelques outils et ressortirent du Prieuré. Jean-Luc Balas profita d'être seul pour se recueillir dans l'église.

Il s'agenouilla et récita un rosaire[1] à la Vierge Marie. Il ressortit et partit se promener pour méditer. Il choisit de monter sur la colline Saint-Hilaire.

1. Le rosaire est un chapelet de cinq fois dix perles, chaque dizaine étant séparée par une plus grosse perle. Réciter un rosaire demande que soient dits dix « *Ave Maria* » et un « *Pater Noster* », cinq fois de suite, en égrenant une perle à chaque récitation. Ce sont les Dominicains qui ont institué le rosaire et l'on fait évoluer.

60 › 61

Avec le beau temps, les visiteurs se faisaient rares. Balas demanda à Peggy s'ils pouvaient travailler sur l'autel de l'église pendant les heures d'ouverture au public. Peggy donna son accord mais il fallait délimiter un périmètre de sécurité de 5 m. Elle leur donna un rouleau de rubalise et leur demanda de prendre des potelets sur pieds dans la remise, dont elle leur confia les clés.

Charles et François rapprochèrent la camionnette de la porte nord à l'arrière de l'église pour être au plus près de leur intervention. Ils sortirent les *chèvres* qui n'étaient finalement que de simples palans accrochés sur une potence en trépied. Ils eurent vite fait d'en installer une de chaque côté de la table de l'autel et de passer des sangles tressées sous les extrémités en porte-à-faux.

Doucement, ils actionnèrent simultanément les deux palans afin de conserver une bonne horizontalité à la table, au fur et à mesure qu'elle s'élevait. La table monta progressivement et ils distinguèrent un objet de bonne taille dans l'anfractuosité de la tête du pied. Lorsqu'ils eurent atteint 25 centimètres d'élévation, ils purent accéder facilement au logement. Le pied disposait en son milieu d'une cavité relativement importante, en forme de croix. Les branches de la croix étaient larges de 10 centimètres et longues d'autant, ce qui faisait un réceptacle long de 30 centimètres environ et profond d'une vingtaine de centimètres. Il aurait effectivement pu recevoir un codex. Cependant, il n'y avait rien d'autre qu'un très bel écrin en bois de cèdre joliment ornementé d'une gravure toute simple : « Déposé lors des 900 ans de la consécration de l'église, le 6 octobre 2015 ». Jean-Luc Balas ouvrit délicatement l'écrin et trouva à l'intérieur une très belle feuille de vélin, tenue roulée dans une bague de bois, comme un rond de serviette. Il déroula la feuille et lut ce qui y était écrit. Des visiteurs passaient au même moment. Ils prirent des photos de cette scène insolite.

Il était écrit qu'en présence de cinq prélats, la table d'autel avait été posée. Elle avait été fabriquée à l'initiative du propriétaire après une souscription. Ses caractéristiques étaient détaillées. La table d'autel était fidèle aux tables du XIIe siècle, dont il restait de rares exemplaires dans des musées lapidaires et des descriptions dans des livres anciens. Elle était légèrement évidée sur le dessus et comportait des alvéoles pour recevoir les pains consacrés lors de l'eucharistie, puis donnés en partage pour la communion des fidèles. Les dimensions de la table relevaient de la géométrie sacrée. Toute une symbolique y était expliquée, dont des rapports de proportion avec le quadrilatère solsticial de Cassan. En particulier, le chrisme central s'inscrivait dans le tracé symbolique du double carré. Le nombre d'or se cachait dans plusieurs détails et les décorations étaient toutes signifiantes. Rien n'avait été laissé au hasard. Même les armes du Prieuré étaient très discrètement présentes.

Balas sourit d'avoir pu imaginer qu'il s'agissait d'un autel original mais, en tant qu'évêque, il était ému par tant de respect et d'attention. De nouveau, il culpabilisait, sentant bien qu'il déflorait, sans autorisation, des sujets sacrés pour les propriétaires des lieux et pour ceux qui y avaient œuvré.

Il roula la feuille, la remit dans son anneau de bois, et la rangea dans son écrin. Il déposa délicatement l'écrin dans la cavité ; ils redescendirent la table doucement et s'assurèrent qu'elle était bien en place et emboîtée dans ses fixations avant de démonter les *chèvres*. Il était déjà 18 h 30 lorsqu'ils quittèrent l'église.

61 › 62

Selon les informations que Jean-Luc Balas avait reçues, la dernière cache pouvait être dans l'aqueduc médiéval qui traversait tout Cassan depuis le puits maître jusqu'au vivier du jardin situé plus bas. Ils attendirent cette fois 19 heures pour stationner la camionnette à côté de la fosse de décantation qui était dans le jardin.

L'aqueduc était désaffecté et sa communication avec le puits maître avait été murée du temps où le Prieuré était utilisé comme centre d'enseignement technique par l'État. Il ne servait plus qu'à canaliser les eaux de pluie descendant des toitures du jardin du cloître, vers le vivier.

Ils soulevèrent la lourde dalle d'accès à l'ancien puits du moulin à huile qui servait maintenant de salle de décantation. La vaste salle était maçonnée avec un très bel appareillage de pierre, ce qui montrait bien la vénération accordée à l'huile d'olive. Vers l'ouest, les eaux partaient en direction du vivier. L'aqueduc y étant très large et assez haut, on pouvait circuler facilement en étant courbé. Il avait sans doute été refait au XVIIIe en même temps que la construction du Palais conventuel.

Bien qu'il ne coulât qu'un mince filet d'eau, Charles remit sa combinaison pour ne pas se mouiller ni se salir et descendit les cent mètres de l'aqueduc en inspectant méticuleusement les parois de part et d'autre. Il ne trouva aucun départ de galerie qui pût conduire à une chambre secrète.

Il passa alors à l'autre partie de l'aqueduc, qui était très différente ; elle remontait vers l'est sous le Palais conventuel. Sa maçonnerie de pierres brutes était assez grossière, avec en toit des dallettes disposées en accent circonflexe, ce qu'on appelle une voûte en mitre. Cette partie de l'aqueduc était manifestement très ancienne et sans doute du XIIe siècle. Elle était étroite de 30 à 40 centimètres et haute d'1,20 m tout au plus. Pour Charles, il était très difficile d'y progresser. Il laissa à François le soin de partir en reconnaissance. La galerie étant sèche, François n'eut pas besoin de se protéger de l'eau, ce qui aurait entravé ses mouvements. Il se glissa dans l'aqueduc vêtu de son seul bleu de travail, avec une corde nouée autour de la taille sur laquelle il pourrait tirer régulièrement pour signaler que tout allait bien.

Après avoir progressé de 25 m en rampant, sans oublier de tirer sur la corde tous les 2 m, François aperçut le jour naturel au droit de l'avaloir des eaux de pluie du jardin du cloître. C'était la première bifurcation de l'aqueduc. Il n'avait pas rencontré d'autre départ de galerie qui pût laisser supposer quelque cache possible.

Il lui restait 80 m à parcourir s'il voulait remonter jusqu'au puits maître. Il progressa encore de 10 m et se rendit compte que les consolidations n'avaient pas été faites une fois dépassés cinq mètres après l'avaloir. Il continua à ramper lorsque de la terre et des petites pierres commencèrent à tomber. Il sentit que ce n'était pas prudent de continuer et voulut reculer lorsque soudain, le ciel de l'aqueduc s'écroula. Toute la longueur de ses jambes, son bassin et sa taille furent ensevelis. François commença à paniquer en pensant que la galerie pouvait continuer de s'effondrer sur sa tête. Il ne pouvait plus bouger du tout, compte tenu de l'étroitesse de la galerie. Il ne pouvait plus tirer la corde non plus. Le seul fait de penser que Charles allait comprendre la situation l'apaisa. Il avait laissé son téléphone dans la poche extérieure haute de son bleu et ses deux bras pouvant bouger, il put déboutonner la poche et attraper son mobile. Il actionna la lampe et la dirigea vers l'arrière. Le spectacle n'était pas beau à voir mais les pierres plates au-dessus de son buste et de sa tête semblaient bien arrimées, ce qui le rassura. Il allait devoir prendre patience. Il composa le numéro de Charles mais l'appel ne passait pas.

Dix longues minutes s'étaient écoulées quand son téléphone sonna. C'était Charles. Sans doute avait-il changé de place et les mystères de la téléphonie avaient rétabli la liaison. Charles s'était rendu compte que la corde ne bougeait plus ; il avait essayé de la tirer sans réponse et avait compris qu'il y avait un problème. Il fut soulagé d'entendre la voix de son collègue et lui confirma qu'ils allaient s'occuper de lui. Le moral de François remonta.

Il fallait bien sûr appeler les pompiers et Jean-Luc Balas demanda à Peggy de s'en occuper. Peggy se sentit très mal d'un seul coup ; elle se souvint que Paul Kraft était le compagnon qui travaillait régulièrement à Cassan pour tous les sujets de maçonnerie ; elle l'avait déjà croisé quand il venait voir Nicole. Elle savait que c'était lui qui avait conduit des travaux de consolidation de l'aqueduc. Son numéro était dans le fichier. Elle se dit que ce samedi soir à 20 heures, il serait sans doute chez lui ; et comme il habitait dans le village voisin, il pourrait peut-être venir très vite.

— Bonjour. Je suis bien chez Paul Kraft ?

— Oui, qui est à l'appareil ?

— Vous m'avez déjà aperçue, je suis la personne qui tient la billetterie et la boutique de Cassan.

— Oui, je vous remets. Que me vaut le plaisir de votre appel un samedi soir ?

— Nicole n'est pas là et nous vivons un drame en ce moment à Cassan. Une personne est allée dans l'aqueduc médiéval qui s'est effondré sur elle. Elle est vivante mais bloquée. Je sais que vous connaissez bien l'aqueduc ; plutôt que d'appeler les pompiers qui ne le connaissent pas, j'ai pensé que vous pourriez faire quelque chose et que vous seriez plus efficace.

— J'arrive, répondit Paul. Ouvrez-moi le portail, que je ne perde pas de temps.

Elle voulut lui répondre mais il avait déjà raccroché. Il n'était pas du genre à s'épancher en paroles inutiles. Moins de dix minutes après, il était sur le site avec sa camionnette. Il avait téléphoné à son collègue Benjamin de bien vouloir le rejoindre pour l'aider. Il fut content de constater qu'il y avait déjà d'autres personnes sur place, dont Charles qui avait renfilé son bleu de travail. Benjamin arriva cinq minutes après.

Sans un mot de trop, Paul Kraft prit le commandement des opérations. Il savait que l'essentiel était de déblayer la partie effondrée et que, passé un certain seuil d'effondrement, la terre faisait comme une voûte de décharge naturelle et se tiendrait momentanément. Comme il ne pleuvait pas, les arrivées d'eaux seraient inexistantes, ce qui limitait les risques d'éboulement par sape de la terre mise à nu ; il estima qu'il devrait être possible de sortir le gars en une bonne heure de travail selon ce qu'il découvrirait.

Paul sortit des planches de sa camionnette et, avec l'aide de Benjamin, en coupa certaines sur 1,20 m de long et d'autres à 40 centimètres pour faire les ciels de galerie si besoin était.

Paul Kraft savait que, pour la partie qu'il avait consolidée, il n'avait rien à craindre. Mais avant d'entrer dans l'aqueduc il envoya sa chienne en éclaireur. Il était superstitieux et très confiant dans le sixième sens des animaux, Si la chienne refusait d'avancer c'est que la stabilité n'était pas bonne. Il entra dans l'aqueduc derrière elle avec une auge étroite, une petite pelle à main comme une pelle à charbon d'antan pour charger les salamandres, une lampe frontale, une poignée de clous et un marteau dans sa poche ; Benjamin le suivit, équipé de la même façon, mais avec, en plus, un fagot de planches relié à sa ceinture par une corde de 2 m.

Travailler à la chaîne dans l'aqueduc aurait pu faire gagner du temps. Malheureusement, il avait vu que Charles était trop corpulent pour les suivre. Il ne pouvait pas non plus demander cela à Jean-Luc Balas vu son âge, ni à Peggy. Il avait téléphoné à Claudine qui l'assistait sur ses chantiers ; elle le rejoindrait dans la demi-heure. Comme Benjamin, Claudine avait aidé Paul à restaurer l'aqueduc ; elle connaissait bien le sujet et son petit gabarit collait avec l'exiguïté de l'ouvrage.

Jean-Luc Balas se sentait inutile. Il comprenait bien qu'il allait avoir des comptes à rendre, vu la tournure des événements. Sa mission allait sans doute tourner court.

Paul et Benjamin progressèrent dans le noir en rampant avec, devant eux, le halo de leur lampe. La chienne faisait des allers-retours, toute contente de sentir qu'elle était utile et proche de son maître. Ils ne mirent pas longtemps à passer l'avaloir. L'air frais leur fit du bien. Paul savait qu'il avait encore consolidé 5 m puis qu'ensuite, la stabilité était incertaine. L'aqueduc semblait néanmoins bien se tenir jusqu'à ce qu'il butât sur l'éboulis. La chienne semblait confiante et gémit en sentant la présence de François. Paul lui fit signe de partir.

Il passa l'auge devant lui et attaqua l'éboulis à la pelle jusqu'à remplir l'auge. Ensuite il passa l'auge par-dessus lui et la poussa vers Benjamin avec les pieds. Benjamin lui transmit son auge vide par-dessus la pleine et Paul se mit à attaquer de nouveau l'éboulis pendant que Benjamin vidait l'auge pleine derrière lui en prenant soin de tirer ensuite les cordes pour qu'elles repassent par-dessus le petit tas de terre. Ils continuèrent ainsi pendant un bon moment jusqu'à ce que les pieds de François apparaissent. François bougea légèrement les pieds en signe de salut. Ils continuèrent jusqu'à ce que Claudine les rejoignît et la chaîne put étaler les éboulis entre Paul et Benjamin puis entre Benjamin et Claudine et derrière Claudine. Il n'y avait pas véritablement d'autre méthode pour dégager François. Au bout d'une heure et quart, François fut complètement dégagé. Ils sortirent tous à reculons. Une fois à l'air libre, François remercia chaleureusement ses sauveteurs. Paul, toujours très sobre, commença à ranger et à échanger avec Claudine et Benjamin sur la programmation des travaux de consolidation qu'ils viendraient faire afin de ne pas laisser l'aqueduc dans cet état.

On approchait des 22 heures, la nuit était tombée. Nicole avait reçu des photos prises dans l'église et n'en avait pas cru ses yeux. Une de ses amies très proches avait emmené ses parents, de passage dans la région, visiter le Prieuré ; elle avait fait ces photos et les avait envoyées à Nicole par internet avec un mot : « Félicitations ! Je vois que tout se passe bien ! » car elle pensait que c'était une opération organisée par Nicole. Il était 23 heures lorsqu'elle avait pris connaissance du mail… Elle ne manquerait pas d'appeler Peggy le lendemain matin.

62 › 63

— Bonjour Peggy. Comment vas-tu ?

— Bien, Nicole, j'espère que vos vacances se passent bien.

— Oui, tout à fait, et nous rentrons ce soir comme prévu. Dis-moi, tout va bien à Cassan ?

— Oui, rien de particulier. La routine, sauf l'accident du Chinois dont je vous ai parlé. Avec ce beau temps nous avons eu moins de visiteurs.

— Tu n'as pas été débordée, si je comprends bien.

— Non. Peut-être avez-vous regardé votre agenda électronique, j'ai prévu une rencontre lundi 15 heures avec un couple italien. Lui est professeur et fait une étude sur les prieurés. Vous ne m'avez pas dit si vous validiez ce rendez-vous.

— Effectivement, je l'ai vu et je voulais t'en parler. En sais-tu plus sur eux ?

— Non, pas véritablement, juste qu'ils m'ont demandé des informations sur l'histoire du Prieuré et sur la lanterne de l'espérance. Je leur ai transmis ce que j'avais, dont la note de Sylvain.

— Tu as bien fait. C'est d'accord pour ce rendez-vous, tu peux le leur confirmer. Propose-leur plutôt à 17 heures ou plus tard.

— Entendu.

— Par ailleurs, je souhaite faire un point avec toi sur ce qui s'est passé pendant mon absence. Je te propose de te voir demain à 9 h 30.

Peggy resta silencieuse, elle ne savait pas si c'était un point de routine ou si Nicole était au courant de quelque chose. Il fallait réfléchir à ce qu'elle lui dirait lundi. Avec l'intervention de Paul Kraft, elle serait forcément au courant de l'accident dans l'aqueduc.

— Très bien, je viendrai à Cassan plus tôt pour faire le point. Je vous prépare un petit rapport sur les chiffres des visites et des ventes.

Ce que Peggy ne savait pas, c'est que Nicole avait adressé les photos de son amie au père Riadi de Roujan pour savoir quel pouvait bien être ce prêtre qui était sur la photo avec deux autres personnes. Nicole connaissait bien le père Riadi car elle le recevait régulièrement à Cassan. Il aimait y venir et il avait demandé à pouvoir y organiser des communions solennelles pour les enfants des paroisses dont il avait la charge.

Sur les photos, le père Riadi reconnut tout de suite Monseigneur Jean-Luc Balas et communiqua à Nicole son adresse mail. Nicole avait alors adressé un courriel à Jean-Luc Balas, demandant à le voir lundi à 14 heures s'il était libre. Elle attendait sa réponse.

Zamparuti avait laissé un message sur le répondeur de Nicole pour l'informer qu'un important producteur de films chinois voulait visiter Cassan le 10 septembre. Il précisait également sans donner d'explication, que le précédent visiteur, Chen Rong Ji, n'allait pas donner suite.

63 › 64

Il était presque 23 h 30 quand Nicole s'engagea dans l'allée bordée d'oliviers qui mène à Cassan. Elle aperçut les grilles ouvertes et des gyrophares de toutes les couleurs. Il y avait les pompiers, le Samu et la gendarmerie. Le gardien de nuit qui logeait à Cassan vint à sa rencontre, les traits tirés.

— L'alarme s'est déclenchée il y a un quart d'heure. J'ai distingué une ombre qui courait et qui se dirigeait vers le bâtiment des anciens sanitaires du pensionnat ; j'ai entendu un grand cri. L'individu, en sautant dans le noir, s'est empalé sur un acier à béton qui dépassait. J'ai appelé tous les numéros d'urgence. Je ne pouvais rien faire pour aider ce pauvre garçon. Heureusement le Samu est arrivé très vite. Le médecin lui a administré un sédatif et l'a pris en charge immédiatement. J'étais en train de faire la déclaration à la gendarmerie. J'allais vous prévenir et je suis content que vous soyez là. Je ne me sens pas bien du tout…

— Calmez-vous, tout va bien aller, lui dit Nicole en le prenant par le bras. Décidément, c'est la série si je comprends bien, laissa-t-elle échapper inconsciemment en pensant à Chen.

Terminez votre déclaration avec la gendarmerie et je prends le relais. Après, vous irez vous reposer. Demandez au Samu un tranquillisant et un somnifère pour passer la nuit. Demain, on fera le point et nous verrons si vous devez consulter un médecin.

Nicole n'en revenait pas.

Les gendarmes lui demandèrent si elle connaissait le jeune homme, qui n'avait pas de papiers sur lui. Elle n'avait aucune idée de qui cela pouvait être. Ils lui passèrent par SMS une photo de son visage pour le cas où quelqu'un le reconnaîtrait.

Une fois tout le monde parti, elle gara sa voiture dans la cour à sa place habituelle et monta chez elle.

Elle était logée à Cassan, au-dessus des bureaux. Elle trouva sur son bureau un bouquet de fleurs de la part de Peggy qui lui souhaitait bon courage pour la reprise. Sans doute était-ce pour l'amadouer en prévision du rendez-vous du lendemain. Elle ouvrit quelques courriers, dont une enveloppe laissée par Paul Kraft, qui lui adressait une facture d'intervention et un devis pour reprendre l'aqueduc sur les 5 m effondrés. Paul avait rédigé la facture et le devis dans la foulée de son intervention du samedi ; il avait pris l'habitude de se mettre à jour de son travail administratif le dimanche pour être libre sur ses chantiers en semaine. Il avait dû déposer l'enveloppe en boutique avec le courrier et Peggy avait mis le tout sur son bureau.

Elle remonta chez elle et passa une nuit agitée.

Le lundi à 7 heures du matin, elle appela Paul.

— Bonjour Paul, j'espère que tout va bien pour toi et que je ne te réveille pas.

— Oui tout va bien ; as-tu bien profité de tes vacances ?

— Ma foi oui, mais j'ai l'impression que, quand je ne suis pas là, il se passe des choses étranges à Cassan. Qu'est-ce que c'est que cette facture et ce devis que tu m'adresses ?

— Je suis intervenu samedi soir à Cassan et j'ai pu constater que l'aqueduc, en amont de ce que j'avais restructuré, s'est effondré sur 5 m. Je ne savais pas que tu avais mandaté une équipe.

— Je n'ai mandaté personne. Paul, tu es le seul à intervenir chez nous pour les travaux de maçonnerie.

— Alors je ne comprends pas bien, il y avait une voiture des « Maçons du Piscénois » avec deux gars et un prêtre. Un des gars s'est retrouvé coincé sous les éboulis dans l'aqueduc. Je pensais que tu étais au courant. Claudine, qui est venue me donner un coup de main, a pris des photos. Elle pourra te les passer par mail. Je vais l'appeler. C'est Peggy qui m'a joint en urgence pour que j'intervienne et que je tire les gars d'affaire.

— Parfait pour les photos et merci pour ton intervention. Je vais regarder ta facture et le devis et je reviens vers toi. Dis-moi, vers quelle heure es-tu intervenu ?

— Il était 20 heures environ. Nous sommes restés avec Benjamin et Claudine jusqu'à 21 h 45.

— Encore merci, Paul, pour ta disponibilité un samedi soir ; je te rappellerai demain quand j'aurai fait le point avec Peggy.

64 › 65

Peggy, très ponctuelle, entra dans le bureau de Nicole avec un large sourire et se précipita pour lui faire la bise mais Nicole la repoussa, la Covid avait bon dos.

— Bonjour Nicole. Je vous ai apporté le rapport en tirage papier et je vous l'adresserai par mail tout à l'heure.

Nicole le parcourut très rapidement, replia les feuilles.

— Je crois qu'il va falloir le refaire.

— Pourquoi ? Il n'est pas bien présenté ?

— Si, il est très bien présenté, mais je crois qu'il manque quelque chose.

— Je pense que j'ai abordé tous les sujets.

— Je n'en suis pas aussi sûre que toi, dit Nicole. Fais un petit effort.

— Que voulez-vous dire ?

— Moi, je ne veux rien te dire, c'est plutôt à toi de me dire.

Peggy sentit que Nicole devait déjà être au courant de certains événements. Elle balbutia, ne sachant par où commencer.

— Oui, nous avons eu des petits problèmes.

— Si ce ne sont que des petits problèmes ce n'est pas bien grave. En revanche, moi j'ai un gros problème. Voilà une feuille, Peggy. Tu vas me donner ta démission spontanée à compter de ce matin 9 h 30, avec demande de ne pas effectuer ton préavis.

— Mais...

— Il n'y a pas de « mais ». Veux-tu que je te rafraîchisse la mémoire ? Regarde-moi ça.

Elle avança son mobile et lui montra la photo prise dans l'église par son amie. Peggy ne s'attendait pas à cela et fut désarçonnée.

— Mais vous savez bien que lorsque l'on est à la boutique on ne sait pas forcément ce qui se passe dans l'église.

— Oui, tu as raison... et on ne voit personne rentrer... encore moins avec deux palans, et avec nos piquets et notre rubalise, je suppose.

Peggy se sentit mal.

— Je vais t'aider... ajouta Nicole.

Elle tourna son ordinateur vers Peggy et lui montra la photo prise par Claudine avec tout le monde : Peggy, le prêtre, les ouvriers des « Maçons du Piscénois », Paul et Benjamin.

— J'espère que ta mémoire va mieux !

— Je vais vous expliquer...

— Dis toujours.

Peggy expliqua comment s'était fait son recrutement par l'intermédiaire de Monseigneur Balas. Elle avoua qu'elle était là pour le renseigner mais qu'elle n'en savait pas plus. Elle ne s'étendit pas sur l'accident de Chen car elle ne savait pas qu'il y avait un rapport avec Jean-Luc Balas, si ce n'est qu'il était là fortuitement lorsque cela s'était produit ; elle ne parla pas des fouilles des murs de l'église dont elle ne savait rien ; en revanche, elle omit sciemment de parler de la cave, car personne n'était au courant de sa petite investigation personnelle.

— Bon, c'est déjà pas mal. Je pense que tu n'as plus d'objection pour démissionner, mais tu fais comme tu l'entends. Néanmoins, c'est le plus sage conseil que je puisse te donner si tu ne veux pas que le propriétaire dépose une plainte contre toi et que cela te poursuive toute ta vie.

Peggy s'exécuta et signa la lettre.

— Merci de me remettre les clés de la boutique et le bip du portail. As-tu d'autres choses appartenant au Prieuré ?

— Non, Nicole, c'est tout. Je vous demande pardon d'avoir trahi votre confiance. Je vous remercie d'en rester là. Je garderai néanmoins un bon souvenir de mon passage ici.

— Je te raccompagne, mais avant, connais-tu cette personne ?

Nicole lui montra la photo du garçon.

— Oui c'est Jacques, un copain de mon compagnon. Que fait-il dans vos photos ?

— C'est peut-être à toi de me le dire.

— Je n'en ai aucune idée. Nous avons dîné ensemble samedi soir.

— Tu lui as parlé de Cassan ?

— Pas plus que ça.

— Souviens-toi.

— Maintenant que tu me le dis… J'ai parlé des découvertes dans la cave.

— La cave ? C'est nouveau ! Raconte-moi ce que tu es allée faire dans la cave.

Peggy ne put pas faire autrement que de s'expliquer. Elle montra les photos qu'elle avait prises dans la partie explorée de la cave.

— Tu étais de mèche avec lui ?

— Pas du tout ; j'avais pris ces photos comme ça, sans aucune arrière-pensée. Il a dû se monter la tête après les avoir vues.

— Je vois, ce garçon s'est mis à rêver de trésors ! Tu ne sembles pas le savoir, mais son rêve est devenu un cauchemar. Il est venu cette nuit ; il a eu un accident assez grave et il doit être à l'hôpital de Béziers, je suppose. Passe communiquer son identité à la police, car il n'avait pas de papiers sur lui ; et préviens ses parents si tu les connais, ça lui rendra service.

Nicole l'accompagna jusqu'à la grille, bipa l'ouverture puis la fermeture :

— Bonne chance et merci pour les fleurs !

58 › 66

Béziers, dimanche 6 septembre 2020

— Votre électroencéphalogramme de ce matin ne laisse apparaître aucun dysfonctionnement. Vous allez pouvoir sortir, mais je vous recommande de continuer à vous reposer encore pendant quarante-huit heures. Si vous avez le moindre vertige, vous revenez nous voir.

— Docteur, pourrons-nous reprendre l'avion d'ici la semaine qui vient ? s'inquiéta Gioia.

— Oui, même d'ici trois ou quatre jours, mais pas de fatigue inutile. Pardonnez-moi, ne seriez-vous pas notre ancienne présidente de l'UE ? Madame Carminati ?

— Oui, présidente de la Commission, rectifia-t-elle.

Le médecin lui sourit.

Gioia aida Marco à s'habiller et ils sortirent de l'hôpital.

— On va partir à Gabian, annonça Gioia. La maison d'hôtes est très sympa, c'est à vingt-cinq minutes. Tu te reposeras et on ira marcher si tu t'en sens l'envie. Notre rendez-vous avec Nicole

Audemar a été fixé demain lundi à 17 heures. J'ai déjà prolongé notre réservation de chambre de trois jours pour ne pas avoir la pression.

— Parfait mon organisatrice et infirmière attitrée !

— Avant je te fais admirer le promontoire et les beautés de la vieille ville de Béziers et on va grignoter un petit quelque chose sur leurs champs Élysée, les allées Pierre-Paul-Riquet. Tu auras une idée d'où j'ai passé la nuit de vendredi.

En voiture, Gioia circula dans les ruelles de l'ancienne ville d'où l'on apercevait la citadelle. Après avoir fait le tour du théâtre, elle revint par l'autre côté de l'esplanade et eut la chance de trouver une place de stationnement dans la contre-allée, sans devoir aller au parking souterrain. Marco put ainsi descendre de voiture sans peine et se retrouver sur l'espace piétonnier. Les façades avaient été ravalées ces dernières années et il s'en dégageait une impression de fraîcheur. Ils déambulèrent sous les platanes bicentenaires et jetèrent leur dévolu sur le bistrot « Cristal » qui faisait l'angle avec la place Jean-Jaurès. Ils s'installèrent à l'extérieur, sous les feuillages, dans un coin tranquille éloigné des autres tables. Ils optèrent pour un menu. Le déjeuner très simple, arrosé d'un petit verre de vin de Faugères, requinqua Marco tant et si bien qu'il se sentit en jambes et voulut aller revoir, à pied cette fois, la cathédrale Saint-Nazaire et les remparts tous proches.

Ils longèrent la place Jean-Jaurès sur 50 m et à peine au bout, sur leur droite, ils enfilèrent la rue de la Citadelle. Entièrement piétonnière, elle venait d'être restaurée. Le pavage en pierre de lave noire irisée de nuances rouges provenait sans doute des carrières volcaniques d'Agde. La ruelle était cloutée de disques de bronze « CAMIN ROUMIEU » rappelant que l'un des quatre pèlerinages, celui de Rome, passait par là.

Loin de cette paisible évocation, un tout autre tumulte assaillait Marco. Il ressentait les hurlements, le feu et les souffrances des populations châtiées indistinctement, qu'elles fussent cathares ou non, dans cette ruelle qui ne fut alors que rivière de sangs mêlés en 1209, lors du sac de Béziers perpétré par les armées de Simon de Montfort. Les âmes de ces pauvres gens semblaient encore présentes et criaient toujours sous les pavés, suppliant qu'on les en libérât. Jamais il n'avait ressenti pareille sensation et s'en trouva très perturbé, se demandant ce qui lui arrivait.

Marco se figea soudain, interdit, face à la devanture d'une boutique. Gioia le regarda, inquiète, et lui prit le bras. Dans la vitrine, un livre ancien était ouvert et montrait l'illustration du Prieuré de Cassan à l'eau-forte qu'il avait remarquée dans la note historique de Sylvain Sautel.

Il s'agissait d'un des volumes d'Albert Fabre, contant l'histoire des communes de l'Hérault, édité en 1894. Tel un automate, Marco poussa la porte de l'officine qui était spécialisée dans l'ésotérisme. L'homme d'une cinquantaine d'années qui semblait être le patron du lieu le pénétra jusqu'au fond de l'âme d'un regard bienveillant ; sans préliminaire, comme s'ils se connaissaient de longue date, il l'interpella et l'entraîna : « Ne dites rien. Venez ! »

Il l'emmena dans l'arrière-boutique aménagée en salon de consultation et sans explication, l'invita à s'asseoir devant une table sur laquelle reposait un jeu de tarot.

« Coupez le jeu. »

Marco se sentit sous emprise. Il s'exécuta. L'homme compléta la coupe et étala le jeu en long ruban.

« Tirez quatre cartes. »

Le « fou » sortit le premier. Un frisson parcourut Marco. C'était la 22e lame du tarot ; celle qui ne porte pas de numéro ; la boutique était au numéro 22 de la rue de la Citadelle...

— Vous n'êtes pas là par hasard... Vous cherchez à savoir...

Marco tira une seconde carte et ce fut « La Papesse ».

— Le livre en vitrine est important à vos yeux... Mais Cassan, son histoire, ses secrets et ses écrits comptent encore plus pour vous... Au-delà des écrits, une formidable révélation, bien plus importante, vous attend.

Marco sentit son esprit vaciller et tira machinalement la troisième carte : « La Maison Dieu » sortit.

— Vous trouverez ce que vous cherchez mais vous devrez surmonter encore bien des difficultés... dans les chutes, l'une d'entre elles vous sera bénéfique... Vous devrez insister.

Marco tira la dernière lame et ce fut « Le Monde » qu'il retourna.

— Vous entreprendrez bientôt un très long voyage puis cinq autres suivront... Le dernier se fera dans cinq mois exactement... Vous rencontrerez beaucoup de monde et il aura beaucoup de retentissement.

L'homme se tut.

— Mais qui êtes-vous, monsieur ?

— Appelez-moi Clément. Je perçois l'avenir comme le passé de certaines personnes avec lesquelles la bonne aventure me connecte ; tel est votre cas. Je ressens qu'il y a bien longtemps, vous avez probablement vécu ici et il me vient un message pour vous : à Cassan, le Prieur Guiraud vous aidera. Il édifia l'église prieurale, puis devint évêque de Béziers et fut canonisé. Guiraud semble vous attendre, vous dis-je. Il vous guidera. Faites-lui confiance.

— Soyez plus clair.

— C'est impossible. Je vous ai tout dit de ce qui m'a été donné.

Marco, encore fragile, était bouleversé par cette expérience et ces révélations qui défiaient son rationalisme. C'est lui qui avait voulu aller voir les remparts et qui s'était planté là, devant la vitrine du 22 de la rue de la Citadelle. Clément avait pour nom de famille un palindrome en 5 lettres. Il avait choisi d'en jouer pour l'enseigne de sa boutique qu'il avait appelée « *C. Lebelavenir* ».

Marco voulut acheter le livre d'Albert Fabre mais il n'était pas à vendre et il dut se contenter d'une copie des pages traitant de Cassan que Clément lui remit généreusement.

Ils reprirent la voiture et remontèrent de nouveau les allées Pierre-Paul-Riquet, passèrent de nouveau devant le théâtre et suivirent la route en direction de Bédarieux. Après 10 km, ils bifurquèrent vers Roujan.

Cassan était fléché au-dessus de la pancarte directionnelle de Gabian. L'approche de Cassan, avec la découverte progressive de sa lourde silhouette sagement posée au milieu des vignes et des oliviers, les firent échanger un regard. Gioia avait ralenti ; ils longèrent Cassan avant de plonger sur Gabian. Ils franchirent le petit pont et, 300 m plus loin, ils arrivèrent sur la place de la mairie.

Madame Gicquel les attendait et se répandit en formules de prévenance. La chambre « Occitanie » était charmante, bien que la toiture rampante fût un peu trop basse au goût de Marco. Elle avait une vue directe sur Cassan par un petit fenestron. Marco put embrasser le tableau des deux collines au creux desquelles était délicatement posé le Prieuré. Sa façade mordorée semblait briller sous le soleil de fin d'après-midi.

66 › 67

Le lendemain, vers 10 heures, n'y tenant plus, Marco voulut aller faire un tour à Cassan. Ils partirent en voiture, le temps était idéal : il n'y avait pas de vent. Parfait pour le drone.

La billetterie pour les visites n'ouvrant qu'à 11 heures, ils avaient du temps devant eux. Gioia regardait Marco déplier le drone ; bien que handicapé, la passion lui donnait l'énergie et le cœur à la tâche. Il fit décoller le drone équipé de la caméra et choisit d'inspecter l'environnement sans survoler Cassan, n'en ayant pas l'autorisation ; il passa assez loin, tourna tout autour et put admirer l'implantation du Prieuré dans son site. Décidément, voici mille ans, les moines avaient eu du goût et avaient su choisir leur scénographie. Les images renvoyées sur sa tablette étaient très belles ! Il les enregistra.

Il reprit le drone, l'équipa cette fois du lidar et l'envoya visiter la colline Saint-Hilaire puis la colline Sainte-Marthe. La capture des images une fois faite, il se dit qu'il aurait tout le temps de les dépouiller l'après-midi. Il rangea le drone et le remit dans le coffre de la voiture.

Pendant ce temps, Gioia en avait profité pour chercher une bonne table ; elle avait découvert qu'un établissement étoilé existait à 5 km de là, le Restaurant du Presbytère, à Vailhan. Par chance, une réservation venait de se libérer. Afin de lui faire une surprise, elle ne dit rien à Marco et réserva pour 12 h 30. Le restaurant leur demanda de veiller à être ponctuels. Par prudence, Gioia entra immédiatement l'adresse dans Waze.

Il était 11 heures et la porte de la billetterie s'ouvrit. Marco et Gioia se présentèrent à la réceptionniste qui les accueillit d'un accent chantant.

— Bonjour madame, bonjour monsieur, parlez-vous français ?

— Oui, répondit Gioia, nous le parlons tous les deux.

— Je vous remets alors un guide de visite en français. La visite est libre et vous prenez le temps que vous voulez. Vous avez ici le plan du circuit que nous vous recommandons de suivre. Vous êtes ici, dit-elle en leur montrant la position de la boutique sur le guide. Vous pouvez charger le guide sur votre smartphone avec le QR code ou directement depuis notre site. Le droit d'entrée est de 7 € par personne et si vous souhaitez acheter notre vin, nous accordons une réduction de 2 € par personne sur les tickets. Nous faisons un très bon vin de garde.

— Vous êtes Peggy ?

— Non, je suis Sandrine, je remplace Peggy. Je vous souhaite une très bonne visite.

— Merci, nous reviendrons cet après-midi. Nous avons rendez-vous avec madame Nicole Audemar.

— Revenez quand vous voudrez. Nous sommes ouverts sans interruption jusqu'à 19 heures. Si vous avez besoin de quoi que ce soit, n'hésitez pas à me solliciter, je suis à votre disposition. Encore une petite chose : ne perdez pas votre ticket, il vous donne une réduction sur les entrées des monuments associés à Cassan.

Marco et Gioia avaient le cœur léger. La sérénité du site les touchait. Gioia pensa à son oncle Giacomo, qui aurait été si fier de la savoir impliquée à ce point dans sa promesse. Ils furent émerveillés par ce qu'ils découvrirent au cours de leur visite. La lanterne de l'espérance ne manqua pas de retenir leur attention. L'église romane laissa Marco ébloui, Gioia ressentit la ferveur religieuse de ces hommes qui avaient monté ces voûtes de pierre.

Ils n'avaient pas encore eu le temps de se promener dans le jardin que déjà il était 12 h 15. Gioia se tourna vers Marco :

— J'ai une surprise pour toi, mais il faut que nous partions. Nous aurons tout le temps de revenir.

— J'espère qu'elle est véritablement bonne, pour interrompre notre visite !

— Je crois, mais comme c'est une surprise qui ne peut pas attendre, nous verrons bien.

— Bon, je suis obligé de te faire confiance.

Ils repassèrent devant Sandrine qui les interpella :

— Déjà de retour ! Je voulais vous proposer une dégustation.

— Ce sera pour cet après-midi ou demain. Maintenant nous avons une obligation. À tout à l'heure !

— À bientôt.

Un quart d'heure plus tard, Gioia déposait Marco à l'entrée du restaurant. Elle partit se garer sur le parking à 100 m. Le Restaurant du Presbytère, adossé à l'église du village de Vailhan, portait bien son nom. En attendant Gioia, Marco remarqua une borne de pierre contre le chevet de l'église avec des armes stylisées, gravées à l'identique de celles de Cassan qu'il avait vues sur le guide.

Gioia le rejoignit. Après avoir passé une grille en fer forgé et traversé la cour, ils entrèrent dans le restaurant. Il était de petite taille, conçu pour recevoir vingt-deux couverts. Sa décoration était sobre et agréable. La vue était magnifique et leur table située en angle devant une vitre panoramique sur deux faces allant du sol au plafond, orientée nord, nord-ouest. La lumière rebondissait sur les cieux et inondait cette petite salle intimiste. Ils surplombaient d'au moins 100 m les bassins de loisir aménagés au pied du barrage des Olivettes. Devant eux, sur un ciel d'azur sans nuages, se découpaient les sommets des montagnes couvertes de chênes verts qui annonçaient les Cévennes.

Ils savourèrent ce moment de découverte et échangèrent leurs impressions sur leur premier contact avec Cassan. Ils étaient éblouis.

— Comment allons-nous expliquer à Nicole Audemar que nous cherchons un codex sur son domaine ? Et comment s'y prendre ? Le site est immense.

— Nous allons continuer de faire confiance au pape qui nous a menés jusque-là ; je suis sûr que notre guide, l'archange Gabriel, viendra bien nous aider, répondit Marco sur un ton badin. Je crois qu'il m'a parlé un peu lorsque j'étais à ne rien faire sur mon lit d'hôpital ; j'ai eu le temps de réfléchir et j'ai une petite idée de la manière dont nous allons procéder.

— Vis-à-vis de la directrice, je pense que c'est important d'être transparents et de faire en sorte que notre quête devienne aussi la sienne.

Les employés au service, tous en tenue blanche, furtifs comme des anges, glissaient sur le parquet de table en table. Ils avaient servi l'eau et déposé sur la table des olives de pays au sésame dans un chiffon de porcelaine bordé d'un liseré doré qui se devinait encore, malgré des années d'usage de ces vieux objets chinés chez quelque antiquaire ; des petits « pao de queijo » au cantal, clin d'œil de la propriétaire brésilienne, accompagnaient les olives. Un brin de rameau d'olivier, un épi de blé sauvage et une petite tige d'anis dans un vase minuscule agrémentaient simplement la table sans qu'aucune composition soit identique sur chacune des tables.

— Souhaitez-vous un apéritif ? demanda un des anges.

— Avec plaisir, une coupe de champagne.

Marco suivit le choix de son épouse.

— Nous proposons un Roederer millésimé.

— Ce sera parfait.

À peine avaient-ils repris leur conversation que la sommelière et patronne du restaurant, les interrompit :

— Notre formule est un « menu dégustation » unique : « surprise et découverte » ; pour les vins, vous pouvez prendre au verre ou faire confiance à notre formule « accompagnement mets et vins », ou encore choisir une bouteille. Que souhaitez-vous ?

— Nous préférons une bouteille, que nous conseillez-vous ?

— J'ai un excellent « Jardin des Songes » 2011 qui vous étonnera. C'est un vin de garde produit par le Prieuré de Cassan. Mariage subtil de syrah, de grenache et de vieux carignan élevé en trois fûts de chênes d'origines différentes, il s'accordera très bien avec notre menu. Cassan est à deux pas d'ici. Si vous ne connaissez pas ce monument, je vous en conseille la visite. Vous ne le regretterez pas.

— Nous n'y manquerons pas, merci pour votre attention, coupa court Gioia qui préférait rester discrète.

— On ne peut pas mieux tomber avec un « Jardin des Songes » !

— Tu vois Marco, l'archange Gabriel veille sur nous ! Exactement ce dont nous avons besoin pour trouver l'évangile…

Ils retournèrent tranquillement à Cassan vers 15 h 30. En passant devant la gendarmerie de Roujan, ils pensèrent qu'il ne ferait pas bon souffler dans l'alcootest… mais Marco, qui ne conduisait pas, avait un bon alibi ; il était sous vasodilatateur et le vin était tout indiqué pour son traitement. Il ne lui manquait que l'ordonnance.

67 › 68

Après s'être garés sur le parking où il y avait bien plus de voitures que le matin, ils repassèrent devant le comptoir de Sandrine ; elle était toujours enjouée et ravie de les revoir.

— Je vous en prie, passez ! Nicole Audemar m'a chargé de vous dire qu'elle aurait une demi-heure de retard. Elle vous propose de la retrouver à côté du bassin, dans le jardin du cloître.

— C'est parfait, nous aurons le temps de profiter de Cassan et de ce beau temps.

Sandrine vit qu'ils avaient la note de Sylvain Sautel à la main. Elle comprit que ces visiteurs s'intéressaient réellement au Prieuré.

— Nous avons des livres, si vous voulez les feuilleter. En particulier le livre de Mathieu Rondinet qui parle de la construction du Palais conventuel au XVIIIe siècle.

Marco pensa que cela pourrait l'inspirer pour la recherche de l'évangile pendant que Gioia choisissait le *World Heritage sites within 100 miles of Cassan*.

— Nous allons déjà prendre ces deux livres.

— Je vous les emballe ?

— Non, juste un sac en papier pour tout mettre dedans. Mettez-nous donc une bouteille de « Jardin des Songes » avec.

— Voulez-vous le goûter ?

— C'est déjà fait, répondit Gioia en souriant.

— Je vous mets un 2012, nous n'en avons plus beaucoup. C'est une de nos meilleures cuvées mais les autres sont très bien aussi. Surtout, débouchez la bouteille deux heures avant de la boire et, si possible, carafez le vin.

— Gardez le sac avec vous, nous le reprendrons en partant. Nous allons rester quelques jours ; nous aurons le temps de revenir vous voir pour d'autres achats.

Gioia régla avec sa carte de crédit et Sandrine fit le lien entre ce visage qui lui disait quelque chose et le nom « Carminati » écrit sur la carte…

Ils partirent se promener dans le domaine. Le soleil était passé à l'ouest et, sous cet éclairage, la perception du Prieuré était différente de celle du matin. Ce ne fut pas pour leur déplaire. Ils s'attardèrent sur des détails qui leur avaient d'abord échappé.

— Tu as vu, Gioia, cette borne à côté du puits ? Elle est identique à celle que j'ai examinée sur le chevet de la petite église de Vailhan. Les inscriptions sont les mêmes. Un oméga avec une croix à l'intérieur. Ce sont les armes stylisées de Cassan qui figurent sur le guide.

— On en parlera à madame Audemar pour en connaître l'origine et le sens.

À 17 h 30, Gioia et Marco étaient à côté du bassin lorsqu'une jeune femme vint à leur rencontre.

— Bonjour, je suis Nicole Audemar, responsable du site. Je suis ravie de vous recevoir. Nous allons nous installer dans la salle des costumes. Nous y serons tranquilles.

— Le domaine est véritablement très beau.

— Oui, il est exceptionnel et pour ma part, j'ai la chance d'y habiter. Asseyez-vous.

La salle des costumes, qu'ils avaient pu visiter, jouxtait l'escalier d'honneur ; elle était en vis-à-vis de la salle à manger. Le vestibule sud, qui offrait un des accès au jardin, les séparait. Nicole ferma les portes et accrocha une petite pancarte sur la poignée extérieure : « Occupé, ne pas déranger », afin que les visiteurs de cette fin d'après-midi ne les importunent pas.

Nicole semblait impliquée dans son travail, on percevait l'énergie qui l'animait. Elle fit le tour de la table et vint s'asseoir en face de Gioia et de Marco qui scrutaient du regard les détails de la pièce.

— Que puis-je faire pour vous qui êtes venus de si loin, si j'ai bien compris, spécialement pour voir Cassan ?

Gioia prit la parole.

— Tout d'abord, merci de nous recevoir. Mon mari, qui est enseignant et conservateur à Rome, ainsi que moi-même, pensons que votre Prieuré recèle un document très important qui serait un évangile original, caché quelque part sans que nous sachions où pour le moment. Je fais court, mais c'est une très longue histoire que je vous raconterai plus tard si vous avez du temps pour nous écouter. Mon oncle, l'archevêque Giacomo Carminati, était archiviste du Vatican et c'est par son canal que nous avons eu les informations qui nous ont conduits à Cassan. Il s'agirait de l'Évangile de sainte Marthe, écrit par elle. Nous avons une série d'indices qui devraient nous permettre de trouver le document.

Nicole fit immédiatement le rapprochement avec les incroyables événements qui s'étaient produits en son absence et voulut évacuer tout de suite un sujet :

— Seriez-vous en relation avec Monseigneur Balas ?

Gioia, étonnée par la question, regarda Marco qui fit la moue et elle répondit :

— Ce nom ne nous dit rien du tout.

— Je vous ai coupée... Continuez je vous prie, poursuivit Nicole.

— Nous aimerions que vous nous autorisiez à conduire des recherches.

— C'est une question délicate. Je dois en parler au propriétaire du site. Ensuite, cela dépendra de vos recherches : nous devrons peut-être les soumettre à la DRAC et cela peut être compliqué.

— Nous n'en savons rien encore ; nous devons d'abord étudier le site avant de vous proposer une méthodologie, intervint Marco.

— Si nous trouvions ce document, dit Gioia, il resterait bien entendu la propriété de Cassan ; nous souhaiterions simplement en avoir la jouissance pendant deux ans pour l'étudier et en conserver tous les droits afin d'organiser des publications. Nous sommes en cours de constitution d'une association à but non lucratif. Ces droits nous permettront de couvrir les frais que nous avancerons pour la recherche, les traductions, les authentifications et toutes les dépenses attachées si nous parvenons à le trouver. À l'issue de ces deux années, nous vous restituerons l'original si vous le souhaitez ou nous en ferons don à un musée que nous choisirons ensemble.

— Votre proposition me semble honnête. Nous avons un historien ici, Sylvain Sautel, que ce travail devrait passionner.

— Peggy, que nous avons eue au téléphone avant de venir, nous a communiqué sa note qui est très intéressante, dit Marco. Nous serions ravis de pouvoir l'associer à notre recherche.

— Et qu'avez-vous dit à Peggy ?

— Nous n'avons pas voulu révéler les motifs réels de notre venue et lui avons simplement dit que Marco faisait une étude sur les prieurés anciennement rattachés à Rome.

— Vous avez bien fait. Peggy ne fait plus partie de notre personnel, enchaîna sèchement Nicole.

— Puisque nous parlons des documents de Sylvain Sautel, pourriez-vous nous dire quelle est la signification des armes de Cassan ?

— C'est très simple. Elles représentent une anse de chaudron. Le chaudron n'est pas dessiné car il s'agit de la nourriture spirituelle qui est symbolisée par la croix. C'est en quelque sorte l'anse du saint Graal. L'anse de chaudron a aussi la forme de l'oméga qui est la dernière lettre de l'alphabet grec, comme vous le savez. L'oméga marque la fin d'une série, ici celle de la vie terrestre, mais laisse entendre la renaissance vers la vie spirituelle. Chez les Celtes, c'était aussi le glyphe stylisé du soleil couchant sur la ligne d'horizon ; s'il plonge le soir dans les ténèbres, il revient victorieux chaque matin. Voilà ce que nous disent les armes de Cassan. Pour continuer avec les Celtes, le chaudron est aussi pour eux le creuset de la renaissance pour qui vient s'y nourrir.

— La symbolique est effectivement très belle, dit Marco. M'autoriseriez-vous à survoler Cassan avec un drone de recherche pour faire nos premières investigations ? Je vous laisserai les images en copie si vous le souhaitez.

— Oui, mais je vous demande de le faire avant 11 heures le matin ou après 19 heures afin de ne pas perturber nos visiteurs, et aussi par respect de leur vie privée comme de leur sécurité.

— Je vous en remercie. Puis-je venir demain vers 9 heures ?

— Voici ma carte. Vous avez mon mobile. Appelez-moi et je vous ouvrirai la grille du portail. Pour ce qui est des autorisations de recherche par le propriétaire, je vous informerai dès ce soir ou demain matin de sa décision, si j'ai pu le joindre. Pouvez-vous me laisser vos coordonnées ?

Gioia remit sa carte de visite et ajouta le mail de Marco à la main.

— Vous avez un mari bien passionné. J'espère qu'il vous laisse respirer, dit Nicole avec un sourire.

— Oui, vous avez tout compris. C'est un macho italien pur sucre. Pour ce qui est de la parole, ses interventions me reposent des années de débats que j'ai dû soutenir avant de me retirer de la vie politico-administrative.

— Sans vouloir être indiscrète, que vous est-il arrivé au bras ?

— Vendredi, sur la route, alors que nous venions de Montpellier, nous avons été victimes d'un très mauvais accident entre Pézenas et Roujan. La voiture est devenue soudainement incontrôlable et nous nous sommes retrouvés dans le fossé après avoir percuté un platane.

Gioia reprit :

— Je m'en suis bien tirée, mais Marco a dû être hospitalisé deux jours à Béziers. Ça va mieux à présent, à part une fracture de l'avant-bras et deux côtes cassées. Je viens de recevoir un SMS du loueur me disant que l'expertise indique qu'une durite était percée, ce qui avait vidé le liquide de refroidissement et bloqué brutalement le moteur. Notre responsabilité n'est donc pas en cause. La voiture étant neuve, le loueur et l'assureur ont demandé une enquête.

Le soir même, Marco reçut un mail de Nicole indiquant que le propriétaire était d'accord sur les principes proposés. Il formaliserait un accord en ce sens. Il avait apprécié leur démarche, leur transparence et leurs qualités ; il serait par ailleurs ravi de faire la connaissance de Gioia et de Marco lorsque ce serait possible. Surtout, il leur souhaitait d'aboutir dans leur recherche, n'y voyant que du bien pour Cassan.

63 › 69

Jean-Luc Balas avait répondu au courriel de Nicole ; il lui proposait de la rencontrer mardi 8 septembre à 15 heures et Nicole lui avait donné son accord.

Lorsqu'il se présenta à l'accueil de la boutique, Sandrine prévint Nicole. Elle prit son ordinateur portable et décida de le recevoir dans le jardinet derrière la boutique, ne souhaitant pas que l'archevêque pénètre de nouveau dans le Prieuré. Le petit jardin était séparé de la boutique par une vitre tout en hauteur. Si la confidentialité phonique était assurée, la confidentialité visuelle ne l'était pas. Tout cela avait pour effet de signifier indirectement à Jean-Luc Balas que, bien qu'archevêque, il était *persona non grata* à Cassan.

Nicole le salua froidement, sans utiliser son titre d'usage. Elle lui désigna une des chaises en fer autour d'une modeste table ronde de jardin.

— Installez-vous ; je suppose que vous avez bien des choses à me dire.

— Oui, vous avez raison. Tout d'abord, je voulais dédouaner Peggy, qui n'a eu pour faiblesse que de me faire confiance. Hormis le rôle que je lui ai demandé de jouer, elle n'est pour rien dans toute cette affaire.

— J'ai bien compris. J'ai réglé son cas. Parlez-moi de « l'affaire ».

— C'est difficile à expliquer.

— Voulez-vous un verre d'eau ?

— Oui je veux bien.

Jean-Luc Balas en but la moitié et prit la parole.

— Je voudrais déjà vous dire tout le respect que j'accorde au travail que vous faites à Cassan.

— Merci, allons aux faits si vous voulez bien. Je dois vous indiquer que le propriétaire est très remonté et qu'il entend déposer une plainte contre vous. Je pense donc qu'il est préférable d'être coopératif. Que faisiez-vous avec la complicité de Peggy et qui sont les commanditaires ultimes de vos viols de propriété ?

Les mots cinglaient Jean-Luc Balas : il savait qu'il ne pouvait pas jouer au plus fort, et Peggy lui avait dit que Nicole avait des photos dans l'église et sur l'aqueduc. Il savait aussi qu'elle avait reçu la veille Marco et Gioia Cezio. Peut-être avait-elle d'autres informations. Il décida de jouer franc jeu.

— Voilà. Il semblerait qu'il y ait à Cassan un évangile inconnu ; celui de sainte Marthe. L'Opus Dei coopère avec l'Église patriotique chinoise et souhaite le récupérer. Je n'en connais pas les motifs. J'ai donc été contacté par l'Opus Dei en raison de ma bonne connaissance du Languedoc, afin de trouver ce manuscrit et de le leur remettre. Je reconnais que j'ai eu tort et que j'aurais dû venir vous voir à cet effet.

— Oui, continuez.

— Nous avons cherché des passages ou des chambres dans les puits, dans la cave, dans l'église et dans l'aqueduc, en vain. En revanche je ne suis pour rien dans les accidents.

— Justement, pouvez-vous m'en parler ?

— Comme vous le savez, le Chinois qui souhaitait acheter Cassan est tombé par accident. J'étais là par hasard et j'ai aidé à le sauver ; quant à l'accident de voiture, il n'était pas prévu pareil drame.

Nicole avait bien noté les épisodes des puits dont elle n'était pas informée. Elle fut toutefois très surprise qu'il ait pu savoir que Gioia et Marco arrivaient de Rome vendredi, et seraient en voiture. Mais elle n'en laissa rien paraître et ne posa pas de questions, préférant laisser venir.

— Je suppose que vous avez encore autre chose à me dire.

— Je vous ai dit l'essentiel.

— Bien, jusqu'à nouvel ordre je vous remercie de ne pas revenir à Cassan, ni d'approcher le domaine dans un rayon de 3 km, faute de quoi je déposerai immédiatement une plainte à la gendarmerie. Comme vous le savez, j'ai suffisamment de preuves pour cela et nous avons des témoins. De même, je vous demande de ne prendre aucun contact avec notre personnel, pas plus qu'avec les entreprises et sociétés de service ou conseils qui travaillent ou ont travaillé pour nous à Cassan. Dorénavant, vous me joindrez par mail si vous le voulez bien. Je vous remercie de votre coopération et vous souhaite une bonne fin de journée.

Monseigneur Balas était très contrarié, mais sa conscience était soulagée ; il informa son contact de l'Opus Dei qu'il avait terminé sa mission et qu'il ne pouvait plus intervenir. Nicole expédia le soir même un courriel à Balas lui confirmant que, malgré les très graves événements qui s'étaient déroulés en son absence, le propriétaire avait décidé de surseoir temporairement à toute action, qu'il attendait sa meilleure coopération et qu'il lui demandait de lui adresser une copie des plans de l'ancien Prieuré et de l'église primitive qui se trouvaient peut-être aux archives du Vatican.

39 › 70

L'Organisation était très remontée après l'éviction de Jean-Luc Balas et l'échec de l'achat du domaine. Elle décida d'intervenir elle-même sans recourir à l'assistance de membres de l'Opus Dei. Thomas Lim en informa directement Fernando Cortes. L'Organisation demanda la restitution des fonds versés en 1975 et elle obtint le versement de la moitié, ce qui n'était pas si mal et permettrait de faire face aux frais restant à engager. Les fonds furent crédités quarante-huit heures plus tard sur le compte de l'Organisation ouvert chez Bank of China. En relâchant des fonds, Fernando Cortes espérait être soutenu pour l'implantation de l'Opus Dei en Chine et disposer des meilleurs auspices pour continuer l'évangélisation catholique.

L'Organisation persista dans la recherche d'un acheteur, ce qui lui semblait le plus simple pour maîtriser Cassan ; et elle pensa à un producteur de films de renom qui faisait travailler les plus grandes stars chinoises du moment. Il avait de gros moyens ainsi que la confiance des banques ; il aurait tôt fait de trouver un scénario et de rentrer dans ses frais en faisant une série télévisée sur place.

Deux jours après, le producteur Hee Meng Fu était sur les rangs et prenait rendez-vous pour visiter Cassan dès le 10 septembre. Il avait été séduit par les images du site, l'histoire du monument, la possibilité de faire de l'œnotourisme et par l'évidence de pouvoir faire une série à suspense dont le scénario mûrissait déjà dans sa tête à la vitesse de la lumière. L'histoire se passerait à la fois dans des monuments chinois et à Cassan, avec l'interférence de différentes époques.

Le rendez-vous de visite fut arrêté avec Brian Zamparuti, en coordination avec Nicole Audemar.

68 › 71

Cassan, mardi 8 septembre au matin

Marco avait apporté le drone. Il s'installa dans la cour, pas loin de la boutique, pour le monter ; un banc de pierre le long du mur d'enceinte lui servit de table.

Le drone survola tous les coins et recoins du Prieuré et tira de très belles images. Marco lui fit inspecter soigneusement la lanterne et parvint à prendre de nombreuses vues de l'intérieur sous différents angles au travers des arcatures sans pour autant prendre le risque de faire passer le drone à l'intérieur. Il continua avec le lidar. Il s'arrêta d'explorer le site juste avant 11 heures. Ensuite, ils rejoignirent Gabian.

Marco s'installa au bureau de la chambre en adoptant la position qu'il trouvait la moins douloureuse. Il dépouilla les images de la veille, qu'il n'avait pas eu de temps de visionner, ainsi que celles enregistrées le jour même.

— Es-tu content des prises de vues ? lui demanda Gioia.

— Oui, les images sont très belles. Celles d'aujourd'hui avec le soleil à l'est et celles d'hier avec le soleil à l'ouest. Les images du lidar sur la colline Sainte-Marthe sont très intéressantes et assez claires ; elles confirment l'existence d'une construction, comme je l'avais pensé à partir des images de Google Earth, avant de quitter Rome. Il y a bien des ruines qui laissent voir une structure rectangulaire entourée d'une enceinte. En prenant les mesures sur l'image agrandie, je vois que la construction fait exactement 10,70 m sur 21,40 m. C'est bien la juxtaposition d'un double carré.

— Donc tu penses que le message du pape nous orienterait vers la colline Sainte-Marthe ?

— C'est une hypothèse cohérente avec son évangile ; si elle s'appelle colline Sainte-Marthe, ce n'est pas pour rien.

— Et les images de ce matin ?

— La vue aérienne permet de bien saisir l'organisation des bâtiments. Regarde comme le travail de l'architecte du XVIIIe est admirable. Il a su enchâsser l'église dans la construction du palais, si bien qu'on ne voit pas le volume de l'église en arrivant par la cour ni même en étant dans le jardin du cloître. Ce n'est qu'en entrant dans l'église que son volume monumental explose sous les yeux. C'est du grand art !

— C'est vrai ! Hier, j'ai été frappée de découvrir cet immense volume auquel je ne m'attendais pas du tout.

— Le fait de cacher l'espace depuis l'extérieur magnifie sa découverte. Toutes les constructions antiques cherchaient à créer des entrées plutôt étroites pour mieux faire surgir les volumes après le passage. C'est ce qu'on appelle l'effet de diaphragme. Ici c'est encore plus fort car l'église est dissimulée !

— Bon, mais à part la colline, as-tu d'autres idées ?

— Le jardin du cloître est dans la proportion de 1,54 ; ce qui est exactement la proportion du quadrilatère solsticial du lieu de Cassan. Proportion que le guide de visite indique.

— Rappelle-moi ce qu'est un quadrilatère solsticial ?

— Pour un lieu donné, c'est le rectangle formé par les quatre points correspondant aux lever et coucher du soleil au solstice d'été puis à celui d'hiver. Plus on descend vers l'équateur, plus il s'aplatit en longueur horizontalement et plus on monte vers le pôle, plus il devient plat verticalement.

— Et ça sert à quoi ?

— Depuis la nuit des temps, on se sert du quadrilatère solsticial pour tracer la construction des temples afin qu'ils soient en harmonie avec leur lieu d'édification. C'est pour cela que l'on parle de « tracés régulateurs ».

— Mais pour notre recherche, ça va nous apporter quoi ?

— Il faut que je continue à étudier ; je pense que la solution devrait surgir d'elle-même !

— Je vois que tes vasodilatateurs te rendent optimiste !

— Tout à fait, ma cardio-neurologue attitrée.

— Hé bien j'en profite pour te faire une ordonnance. J'ai noté que l'église était en fait « l'église prieurale Notre-Dame de Cassan », c'est-à-dire qu'elle est dédiée à Marie. Comme tu l'as vu, le chœur remanié au XVIIIe siècle est aujourd'hui une seule et unique grande abside, et comme j'ai pris tes habitudes, j'ai compté les fenêtres. Le chœur est organisé avec « cinq » fenêtres. Le « cul-de-four » est clairement divisé en cinq parties. Le « quintyque » de Saint-Vincent-Ferrier à Zanipolo avec Gabriel et son lys à cinq pétales, ainsi que Marie couronnée avec cinq pointes, me sont immédiatement venus à l'esprit. Tu devrais approfondir les liens entre le message du pape et l'église de Cassan car je sens que la relation est étroite.

Cassan, dont ils n'avaient pas les plans, avait certainement obéi à ces règles de géométrie sacrée. Marco continua sur sa lancée :

— Le lidar m'a donné des images surprenantes de la cour. Une infinité de substructures enchevêtrées semblent dormir dans le sol. Ce sont à coup sûr les vestiges des fondations de toutes les constructions qui se sont succédé au fil des siècles. Les imbrications sont si complexes que l'aide d'un spécialiste me semble indispensable pour en déchiffrer les origines et les correspondances.

Je te suggère d'aller faire une promenade de reconnaissance sur la colline Sainte-Marthe après le déjeuner.

— J'allais te le proposer.

Vers 14 heures, ils reprirent la voiture et s'arrêtèrent au pied de la colline Sainte-Marthe. Le hasard voulut que ce soit au niveau de l'ancienne villa de Cassius dont ils ne connaissaient ni l'histoire ni l'existence. Ils cheminèrent ensuite à pied sur le chemin de terre qui fait le tour de la colline, à la recherche d'une voie pour monter au sommet. Ils identifièrent un sentier qu'ils suivirent sur 300 m. Il était de plus en plus envahi par la végétation au fur et à mesure qu'ils avançaient. La progression devint très difficile et ils allaient renoncer à aller plus loin lorsque Marco aperçut un mur bas d'environ 60 centimètres de haut.

La construction était faite de pierres noires de basalte, souvenir du passé volcanique de l'endroit, ajustées et empilées à sec. Il s'agissait des restes d'une enceinte. Marco et Gioia franchirent le muret et découvrirent les ruines d'un temple qui avait sans doute été construit aussi en pierres sèches. Le temple n'était plus qu'un amas de petits blocs épars envahi par la végétation. Seul le socle était encore visible. Marco prit des mesures.

— Impossible d'explorer ce site. Nous ne sommes pas équipés et je suis certaine que c'est l'affaire de nombreux mois de travail avec une équipe professionnelle, pour autant que nous en ayons les autorisations. Tu devrais rencontrer Sylvain Sautel et lui en parler. Il doit bien avoir des idées et ce sera la meilleure façon d'aborder le sujet. Il faudra aussi lui parler de l'église. Je pense à l'extraordinaire toile de Titien *L'Assomption de Marie*. Elle est de la même forme que le chœur de Cassan. Un grand carré surmonté d'un cercle s'inscrivant dans un carré adjacent. Exactement comme le chœur de Cassan, avec les mêmes proportions.

Gioia téléphona à Nicole qui lui communiqua de bonne grâce les coordonnées de Sylvain Sautel. Elle l'appela dans la foulée. Il passait ses vacances d'été chez ses parents, à Gabian, et il était libre. Gioia lui proposa de le rencontrer chez madame Gicquel à 15 heures.

Sylvain Sautel était né à Gabian. Tout petit, il s'était passionné pour Cassan, il avait fait une maîtrise d'histoire médiévale et depuis trente années, il consacrait l'essentiel de son temps libre à reconstituer méticuleusement l'histoire du Prieuré de Cassan dont, hélas, le cartulaire[1] avait disparu. Il avait appris le latin tardivement ; il lisait maintenant dans le texte les chartes et documents anciens. Il recoupait les actes notariés de tous les seigneurs ayant vendu ou donné des biens au Prieuré depuis sa création, afin de retisser un cartulaire grâce à ces contreparties. Un travail de fourmi qui l'amenait à fréquenter toutes les archives privées et publiques.

Revenus à la maison d'hôtes, Gioia et Marco s'installèrent dans la salle des petits-déjeuners pour recevoir Sautel qui, précis comme une pendule, se présenta à 15 heures pile. Il avait une cinquantaine d'années et un accent très prononcé que ses différentes fonctions à Paris ne lui avaient pas fait perdre ; il parlait comme une mitraillette.

Il fut attentif à l'histoire que Gioia exposa puis entra dans moult détails et références historiques, passant d'un sujet à l'autre comme s'il voulait raconter 2 000 ans d'histoire en même temps !

Sautel leur expliqua que l'oratoire-ermitage de Sainte-Marthe avait été détruit par les protestants

1. Registre de tous les actes d'acquisition et de vente d'une communauté.

pendant les guerres de Religion. Une fois à l'abandon, il avait été pillé et retourné de fond en comble en raison d'une table d'or incrustée de pierres précieuses que le vicomte de Béziers, de Carcassonne et d'Albi, Roger Trencavel, enterré en sépulture dynastique à Cassan, avait donné aux prieurs en 1175. La légende disait qu'elle aurait été cachée dans la colline Sainte-Marthe. Selon Sautel, les prieurs l'avaient vendue depuis belle lurette afin de réunir l'argent nécessaire au fonctionnement des hospices qui venaient en aide aux indigents.

— Je pense que l'église prieurale doit pouvoir nous livrer des secrets, reprit Gioia. Elle aussi recèle un double carré. La partie avant le jubé[1], murs compris, est un double carré de 30 m sur 15. La partie sacrée du chœur, où se tenaient les moines et où les prêtres officiaient, dessine avec ses murs un cercle inscrit dans un carré de 15 m de côté. La conjugaison carré et cercle est structurée comme la toile de Titien, *L'Assomption de Marie*, qui est à Venise.

— Je vais encore vous décevoir. Si vous pensez à une crypte, il n'y en a pas. Au XIXe siècle, des viticulteurs ont profané toute l'église pour la transformer en chai, évacuant tout le dallage et tout ce qui s'y trouvait, y compris les tombes anthropomorphes bien antérieures à la

1. Le jubé est la séparation construite en bois ou en pierre, entre le chœur d'une église où se retrouvent les clercs pour prier et la partie où se tiennent les paroissiens. Les jubés ont presque tous été détruits après le concile de Trente (1642) qui prévoyait une nouvelle organisation liturgique en réponse au protestantisme.

construction de l'église. D'autre part, en 1986, la DRAC a lancé des fouilles méticuleuses du sol de l'église. Le rapport de fouilles, extrêmement intéressant sur le plan historique et archéologique, ne mentionne rien de très particulier qui pourrait vous intéresser.

Gioia poussa Marco à montrer à Sylvain Sautel les images relevées par le lidar dans la cour, laissant apparaître tout un enchevêtrement de fondations. Sylvain eut l'air sincèrement heureux de visualiser ces relevés. Il commenta les images prises par le drone, en montrant les différentes structures, dont celles de l'organisation des fortifications du Prieuré des XIVe et XVIe siècles. Sylvain était inépuisable et entre deux tirades sur la cruauté des bandes incontrôlées de mercenaires désœuvrés, il lâcha :

— Tiens, vous qui cherchez un double carré, vous en avez un ici !

— Il ne me semble pas que la cour soit un double carré, répondit Gioia.

— Bien sûr que si. Si vous prenez la cour et le jardin du cloître, à vue d'œil, l'ensemble me paraît bien ressembler à un double carré.

Marco se jeta sur les images, les mit à la bonne échelle et les mesura à l'écran. Entre le mur d'enceinte où il y a le grand portail et la façade est du Palais, la longueur était de 80 m. Entre les ailes nord et sud du Palais la largeur mesurait exactement 40 m.

Il était déjà 17 heures et Sylvain devait partir. Marco jubilait : il avait de nouveau de quoi travailler et fantasmer. Il raccompagna Sylvain au seuil de la maison, puis se précipita de nouveau sur son ordinateur. Gioia s'amusait de le voir s'agiter comme un enfant.

— Que vas-tu faire maintenant ?

— Tu m'emmènes à nouveau à Cassan pour 19 heures. J'ai besoin de sentir les choses.

— Comme à Venise !

— Exactement. Je me fais une petite sieste à l'italienne et on y va en fin d'après-midi.

71 › 72

La courte sieste d'une heure fit du bien à Marco, qui se sentait de mieux en mieux. Il passa le reste du temps à visionner les images prises avec le drone. Il avait repris la lettre du pape.

Il s'interrogeait de nouveau sur le sens des lignes « *novum librum ex pulvis venit* » et « *sacra verba dei scripta sunt* ». Fallait-il les prendre à la lettre ou les prendre dans un sens plus allégorique ?

Il évacua sans regret les hypothèses du temple de la colline Sainte-Marthe et de l'église Notre-Dame de Cassan car, si elles intégraient bien le double carré, ni l'une ni l'autre ne lui semblait inclure le nombre 22.

À 18 h 45, Gioia reprit le volant.

Elle était contente que Marco semblât aller mieux. Sans doute le rebondissement inattendu issu de l'échange avec Sylvain Sautel soutenait-il le moral de Marco ; il compensait les déceptions des espérances avortées sur la colline et dans l'église. De nouveau sur le parking de Cassan, il sortit le drone et le lidar de la voiture et tous deux passèrent par la billetterie ; ils saluèrent

Sandrine, toujours aussi aimable et prévenante, qui s'affairait à la fermeture de la boutique. Une fois dans la cour, ils furent cueillis par des bourrasques de vent. La tramontane se levait et risquait de souffler cette nuit. Marco comprit qu'il ne pourrait pas utiliser le drone ce soir-là.

Le vent de plus en plus violent souleva le sable de la cour. Ils durent se tourner et se protéger pour éviter d'en recevoir davantage dans les yeux. Ils étaient là, immobiles, le dos voûté et les yeux plissés, attendant que les rafales se calment.

— Protège ton drone Marco, cette poussière s'infiltre partout, lui cria Gioia.

Marco comprit soudain que « *pulvis* » pouvait être la poussière de la cour qui s'était déposée au fil des siècles. L'évangile sortirait de cette poussière. Alors que ses yeux ne pouvaient plus rien voir, « *novum librum ex pulvis venit* » illuminait d'un seul coup son esprit ! Marco songea qu'il fallait « perdre la vue pour mieux voir », comme ce fut le cas de saint Paul sur le chemin de Damas, qui devint aveugle et put voir la lumière divine qui lui donna la foi. Il était maintenant persuadé que l'évangile était sous leurs pieds, dans cette cour.

Restait à savoir où ! Il ne semblait pas possible de retourner toute la cour à la recherche d'une cache. Les fouilles ne seraient jamais autorisées sur toute la surface ; même si elles l'étaient, il y en aurait pour deux ou trois ans vu la taille du site, il faudrait des financements et toute l'administration serait au courant ainsi que la presse, les visiteurs et surtout ceux qui, en 1978, avaient convoité l'Évangile de Marthe au Vatican.

Il se dit qu'après ce message propitiatoire envoyé par les vents du ciel, il lui fallait plus que jamais « entendre les signes et les nombres » !

Nicole les avait aperçus depuis la fenêtre de son bureau et descendit les rejoindre. Elle avançait en se protégeant le visage avec un parapheur. Après avoir salué Gioia et Marco, elle les invita à venir se mettre à l'abri dans la boutique. Tout échevelée, elle ouvrit le parapheur :

— C'est l'accord que le propriétaire a fait mettre au point par son avocat. Je vous laisse le lire et vous ajouterez à la main votre adresse sous votre comparution. Il y en a trois exemplaires.

Gioia, qui avait l'habitude des documents administratifs, eut vite fait de le lire. Il était simple, clair et conforme à ce qu'ils s'étaient dit la veille. Il tenait sur une page. Elle compléta l'adresse, signa chaque exemplaire puis passa le parapheur à Marco qui les signa aussi.

— Merci pour votre réactivité, Nicole. Je crois que Marco a des idées sur l'emplacement de l'évangile mais il vous en parlera sans doute mieux demain. Je vois que le temps change, qu'en pensez-vous ?

— Ça va souffler fort ce soir et demain matin. A priori ça devrait se calmer dans le courant de l'après-midi.

— Je vous appelle demain. Si tout va bien, nous pourrons intervenir après les visites.

— Très bonne soirée, leur dit Nicole. J'allais oublier, je pense que vous êtes espionnés ou que quelqu'un écoute vos conversations. Je vous en reparlerai ; sachez que quelqu'un d'autre est à la recherche de l'Évangile de Marthe. Je ne peux pas vous en dire plus pour le moment.

— Et ce quelqu'un, vous l'avez autorisé à venir à Cassan ?

— Non, bien au contraire. Peggy, que vous avez eue au téléphone, était de mèche avec lui. C'est la raison pour laquelle je m'en suis séparée le matin même de mon retour.

— Merci de nous avoir avertis. Nous allons être plus vigilants.

72 › 73

Mercredi 9 septembre

Dès 8 heures, Gioia appela le ministère de l'Intérieur à Rome.

— Bonjour Andrea, c'est Gioia. Je t'appelle avec un téléphone rechargeable que je viens d'acheter. J'espère que tu vas bien et ta petite famille aussi.

— Oui, tout va bien et j'espère qu'il en va de même pour toi.

— Des petits soucis, mais rien de bien grave. Figure-toi que je viens de comprendre que mon numéro habituel était écouté. Peux-tu me vérifier cela ?

— Que ne ferais-je pas pour toi, Patronne !

— Ex !

— Oui, mais toujours patronne de cœur quand même ! J'ai besoin d'une petite heure pour mettre en route la « contre ». Appelle d'ici une heure au numéro que je vais t'envoyer par SMS. Tu appelles avec ton mobile habituel et tu restes en ligne ; tu bavardes avec ton interlocutrice comme si elle était ta meilleure copine, et tu fixes avec elle un rendez-vous pour la retrouver à Milan. Son nom de code sera Clara ; pour toi c'est Gigi, ça va de soi. On a besoin de cinq minutes mais mieux vaut prévoir dix minutes. Si nous n'avons pas identifié l'écoute, nous recommencerons, et on mettra au point le jeu de rôles.

— OK Andrea. J'appelle à 9 h 30. Bises !

— Bises, mon boss.

Elle se dit qu'elle allait attendre ce premier résultat avant de déranger le vice-président de la Commission européenne en charge de la sécurité sur le même sujet.

Comme prévu, elle reçut le numéro d'appel par SMS et à 9 h 30 elle eut une conversation très sympathique avec Clara.

Elle reçut un autre SMS sur son nouveau numéro : « Suis en réunion je te rappelle cet après-midi 15 h 00 si tu peux patienter – AA ».

À 10 h 00, Marco, qui avait moyennement bien dormi, ayant réfléchi toute la nuit au sujet de la cour, demanda à Gioia de l'emmener à Pézenas dans une grande surface de bricolage.

Il acheta 200 m de cordelette, deux sacs de plâtre de 15 kg que Gioia dut manipuler vu l'état des côtes de Marco, une petite lunette à visée laser de mesure et de traçage, un couteau multi-usages et des piquets de bois taillés en pointe, prêts pour le piquetage ; cinq grands d'1,20 m et une dizaine de petits piquets de 30 centimètres. Il supposa qu'à Cassan il y aurait des marteaux, des clous, des pelles et pioches. Il passa aussi au rayon des fournitures scolaires d'une grande surface pour y acheter un compas, une règle graduée, des crayons à mine fine, un rapporteur et un bloc de papier blanc.

— Tu retombes en enfance, Marco ?

— Presque. J'ai besoin de faire des dessins pour Cassan.

Ils déjeunèrent tranquillement près de la place Molière et rentrèrent à Gabian vers 15 heures. Bien que fatigué, Marco ne fit pas la sieste, il avait hâte de se mettre au travail avec ses affaires d'écolier et la lettre du pape.

Il explora plusieurs scénarios en cherchant à marier le dessin du pape avec les chiffres qui étaient cachés dans la lettre et avec les images prises par le drone. Il ne cessait d'y penser depuis la veille au soir et s'était convaincu qu'il lui fallait utiliser le chiffre 5. Il avait remarqué dans le petit musée lapidaire de Cassan un socle de marbre rouge portant les armes de Cassan soulignées de trois étoiles à cinq branches. Cette image le travaillait et l'amenait à penser que l'étoile était essentielle. Il était par ailleurs convaincu qu'il devait absolument associer le nombre 108 et il lui parut que l'angle du pentagone étoilé était l'indice qui répondait le mieux à l'énigme posée. Le nombre 22 devrait aussi trouver sa place. Il travailla fiévreusement, souvent insatisfait de ses conjectures. Néanmoins, de toutes les hypothèses explorées, l'une d'entre elles avait sa préférence et lui semblait porteuse des meilleures espérances.

Entretemps, il appela Nicole pour lui demander si elle pourrait mettre quelqu'un à sa disposition afin de l'aider à partir de 19 heures. Elle lui proposa plutôt 18 heures pour ne pas retenir trop tardivement Victor, son homme à tout faire. Il n'y avait d'ailleurs presque plus de visiteurs en cette fin de soirée. Sans doute découragés par le vent, les gens étaient restés chez eux.

À 17 h 30, ils prirent le chemin de Cassan. Le vent était tombé.

73 › 74

Entretemps à Gabian

— Gioia, c'est Andrea. Je te confirme. Tu es bien écoutée. Nous ne savons pas d'où vient l'écoute. C'est plus difficile à pister. Il faudrait recommencer. Es-tu disponible à 16 h 00 ?

— Oui, pas de problème.

— OK, on procède comme tout à l'heure. Je te passe par SMS le numéro à appeler. Propose-moi un sujet plus sensible.

— On va parler de Venise et de la visite que j'ai faite il y a une semaine sur les traces de Titien. Nous sommes intéressés par tous les tableaux du Titien que l'on peut voir à Venise.

— Bon, je te choisis un connaisseur de Venise et de peintures ; le sujet sera : quels sont les autres tableaux du Titien que vous n'auriez pas vus à Venise. Tu parles de tout ce que tu as vu et il te dira s'il y en a encore.

— C'est bon.

— Je te passe aussi son nom par SMS. Reste un quart d'heure au téléphone si tu peux.

Gioia suivit la même procédure. À 17 heures, Andrea la rappela.

— C'est une écoute typique sous procédure chinoise. Je ne peux rien te dire d'autre.

— Merci Andrea. Au moins je suis avertie. Comment y échapper ?

— Pas moyen. Continue à utiliser ton téléphone pour ta vie courante, ce qui ne les intéresse pas. Ils ne sauront pas qu'ils sont identifiés et passe des messages bidons sur le sujet qui les intéresse pour les focaliser. Pour les conversations importantes, utilise ton nouveau numéro. Attention, tes interlocuteurs sont identifiés et peuvent aussi être écoutés à leur tour. Essaye de les voir physiquement, c'est plus sûr. Prends une nouvelle adresse mail et procède de la même manière. Si tu peux acheter un nouvel ordinateur, tu auras une nouvelle adresse IP, c'est encore mieux.

— Est-ce que je suis géolocalisée ?

— Oui, enlève déjà la géolocalisation. Mais coupe ton téléphone lorsque tu ne veux pas qu'on sache où tu vas, car tu peux être repérée par les bornes relais.

— Merci Andrea. Peux-tu me dire si Marco, mon mari, est sur écoute ?

— Il faut que nous suivions la même procédure.

— Je lui dirai. Voilà son numéro. Pour le sujet de l'entretien, il est passionné d'architecture. Quand nous serons de retour à Rome, je te passe un coup de fil pour que tu viennes dîner chez nous avec Sandra.

— Bises.

Andrea confirma le soir même que Marco n'était pas sur écoute.

74 › 75

Marco s'extirpa de la voiture devant le château en faisant attention à ses côtes et commença à déballer son matériel. Il appela Nicole pour s'assurer qu'il n'y avait pas de visiteur. Victor eut tôt fait de le rejoindre. Marco lui demanda d'apporter une bouteille d'eau en plastique vide d'un litre et demi, une masse, un marteau, une pelle et une pioche.

Marco contrôla avec la lunette à visée laser que la distance depuis le mur d'enceinte du portail jusqu'à la porte principale d'entrée du palais était bien de 80 m et que la largeur de façade à façade entre les deux ailes nord et sud du jardin du cloître faisait bien 40 m. Les mesures étaient parfaites ; l'ensemble de la cour d'honneur plus le jardin du cloître s'inscrivait bien dans un double carré de 80 m sur 40.

Après quelques visées, Marco eut vite fait de déterminer le centre exact du grand rectangle. Il demanda à Victor d'y planter solidement un des grands piquets ; ce point correspondait en fait au centre du dessin de la lettre du pape.

Pendant que Victor s'exécutait, Marco coupa une ficelle de plus de 25 m. Il fit une boucle large de 10 centimètres environ qu'il passa autour du piquet du centre de la cour. Il prit la bouteille de plastique et en découpa le fond. Il tendit la cordelette jusqu'à la façade nord de l'aile des dépendances, ce qui lui donnait le rayon de 20 m du plus grand cercle, d'un diamètre de 40 m, qui pouvait s'inscrire à l'intérieur du grand rectangle, comme sur le dessin du pape.

Il retourna la bouteille cul vers le ciel et attacha l'extrémité de la cordelette au goulot de la bouteille. Il venait de fabriquer un compas ; la corde tendue avait un rayon de 20 m ; la « mine » était le goulot de la bouteille.

Marco demanda ensuite à Victor d'apporter un sac de plâtre et de couper un angle du sac afin de verser la poudre de plâtre par le cul de la bouteille retournée. Une fois la bouteille remplie, il montra à Victor comment tracer le cercle en faisant couler la poudre par le goulot qui servait de « mine blanche » à son grand compas. Ses côtes lui faisant mal lorsqu'il était courbé en deux près du sol, il demanda à Victor de continuer à faire tourner la corde du compas, en remplissant la bouteille quand le plâtre était épuisé. Un joli cercle blanc, d'un diamètre de 40 m, fut tracé en une dizaine de minutes dans la cour. La petite partie qui mordait sur le jardin du cloître fut plus difficile à tracer à cause de la végétation et du parapet qui séparait la cour d'honneur du jardin du cloître ; il parvint malgré tout à bien matérialiser le cercle.

Ensuite, Marco fit tracer au plâtre les quatre axes nord, sud, est et ouest, qui divisaient le cercle en quatre. À l'intersection du cercle avec l'axe est, en direction du portail du domaine, il fit planter un piquet qu'il appela « P_1 ».

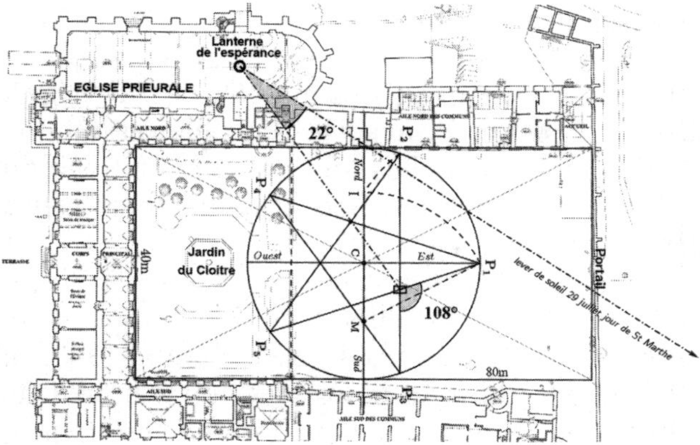

Il marqua le milieu du rayon sud avec un petit piquet qu'il appela « M » comme « Milieu ». Il reprit la cordelette qui avait servi à tracer le cercle et passa la boucle autour du piquet M. Il tendit la corde jusqu'au point P_1. Cela lui donnait une mesure[1] qu'il rabattit sur l'axe nord et il marqua le point d'arrivée avec un peu de plâtre. Marco l'appela « I » comme « Intermédiaire ». Il reprit la boucle de la cordelette et la passa maintenant sur le piquet P_1. Il tendit la corde vers le point I marqué au plâtre ; par construction cela donnait la longueur du côté d'un pentagone régulier ; il reporta cette longueur de point en point sur ce cercle, ce qui lui donna les cinq

1. Le triangle P_1CM est un triangle rectangle issu d'un double carré coupé dans sa diagonale. Ici C_M = 10 m et CP_1 = 20 m. Selon le théorème de Pythagore, l'hypoté_nuse mesure $10 \times \sqrt{-5}$. $Hyp^2 = 10^2 + (10 \times 2)^2 = 10^2 \times (1 + 2^2) = 10^2 \times 5$ = > $Hyp = 10 \times \sqrt{-5}$.

sommets d'un pentagone régulier. Victor piqueta ces points, dont les deux points de l'autre côté du parapet avec de grands piquets afin qu'ils dépassent du muret.

Marco venait de suivre la procédure de construction d'un pentagone régulier. Il joignit les cinq sommets avec les cordelettes et une étoile à cinq branches apparut. Victor traça au sol avec le plâtre les cinq branches puis retira les cordelettes.

Nicole ouvrit la fenêtre de son bureau à ce moment-là et admira le dessin monumental d'un cercle dans la cour avec, en son centre, une étoile à cinq branches pointée vers le portail, dans l'axe du domaine, le tout en traits d'un blanc éclatant. Le dessin meublait la cour avec élégance et lui remémora les géoglyphes du désert de Nazca qu'il faut regarder depuis le ciel pour en percevoir les formes. Elle ne put s'empêcher de penser aussi à la place du Capitole de Toulouse où l'artiste Raymond Moretti a créé sur le parvis, en traits de bronze, une croix occitane géante qu'on ne perçoit bien que depuis les étages du Capitole. Nicole adorait les œuvres monumentales et elle avait déjà organisé des expositions fantastiques dans les jardins du Prieuré.

Il était presque 19 heures lorsqu'elle descendit. Marco et Victor avaient terminé leur travail en moins d'une heure. Marco montrait à Victor comment se servir du laser traçant et lui demanda de monter dans la lanterne avec le laser. Nicole hésita, repensant au pauvre monsieur Chen ; mais elle donna son accord à condition que Victor ait son harnais de sécurité et que la longe restât attachée au pignon, dont la sortie débouchait sur le toit de l'église.

Marco avait passé son temps à regarder cent fois de suite les images du drone. Il avait pu observer que, sur le sol de la lanterne, deux orientations étaient gravées. L'une d'elles, d'après ce qu'il avait calculé, devait être la visée du lever du soleil le 29 juillet, jour de la sainte Marthe ; et l'autre, rabattue, constituait certainement une indication. Il lui tardait de voir ce qu'il allait résulter d'une projection laser dans la cour et des interférences avec le dessin. Il avait sa petite idée mais n'était pas certain qu'elle fût la bonne. Rien ne valait l'expérimentation.

Victor alla chercher son équipement personnel de sécurité et les longes. Connaissant le chemin, il monta dans les combles du Palais conventuel et sortit par l'ouverture du pignon nord. Il accrocha la longe sur un anneau prévu à cet effet et chemina sur le toit de l'église jusqu'à la lanterne, y pénétra et installa le laser.

Il releva les directions et envoya les rayons tour à tour, qui dessinèrent des traits verts et lumineux sur le sol de la cour. Le premier, visant le lever de soleil le 29 juillet, passait par le centre de la tour extérieure qui protégeait le puits maître. Le second, correspondant au rayon rabattu de 22 degrés, interceptait l'étoile en deux des cinq points de jonction des branches, exactement là où l'angle mesurait 108 degrés. L'étoile était inscrite dans le cercle qui donnait le nombre Phi grâce à la diagonale du double carré, selon le dessin du pape Jean-Paul. Marco se dit qu'il ne pouvait pas faire meilleure synthèse de la lettre du pape.

Il fit signe à Victor qu'il pouvait descendre et montra à Nicole le message du pape. Comme il n'était que 19 h 30 et que le soleil se coucherait vers 21 h 15, Marco demanda à Nicole s'il pouvait creuser la cour. Il lui expliqua que si le dessin du pape désignait deux points, le lidar avait détecté une substructure intéressante qui semblait maçonnée ; or son emplacement correspondait au point d'intersection des branches sud et est de l'étoile. Nicole, aussi réservée qu'intriguée, finit par donner son accord et demanda à Victor s'il pouvait rester un peu plus. Captivé lui aussi, il ne se fit pas prier. Nicole l'envoya chercher la pelle mécanique.

Très délicatement, Victor commença à creuser avec la pelle mécanique sur un carré de deux mètres sur deux, centré sur le point de l'étoile désigné par le laser. Au même endroit, le lidar avait signalé ce qui devait être une chambre de 1,8 m sur 1,6 m. Tout semblait concorder. La pelle descendit d'environ 40 centimètres et commença à racler des pierres éparses. Victor retira quelques pierres qui n'avaient rien d'un appareillage mais plutôt d'une couverture en vrac ; et à leur grande stupeur, ils trouvèrent des ossements. Ils poursuivirent encore et se rendirent vite compte qu'il s'agissait d'un charnier. Marco se souvint des histoires des guerres de Religion que Sylvain Sautel leur avait racontées, avec les combats qui avaient fait rage dans la cour, faisant de nombreux morts de part et d'autre. Très déçus, Marco et Gioia regardèrent

Nicole qui commençait à trouver moins drôles ces archéologues amateurs.

Comme le rayon interceptait l'étoile en deux endroits, Marco demanda l'autorisation de faire un autre sondage sur l'autre point, bien que le lidar n'eût rien détecté si ce n'est une sorte de halo non significatif.

Plus dubitative et aussi plus tendue, Nicole autorisa malgré tout la recherche mais demanda qu'on rebouche et compacte d'abord la première excavation. Elle précisa que s'il devait y avoir d'autres sondages, il faudrait qu'ils soient conduits par l'INRAP.

Victor positionna sa pelle sur l'autre point et commença à creuser doucement. Ils ne trouvèrent rien à 40 centimètres et à 60 centimètres non plus si ce n'est des pierres de réemploi, dont le bout d'une frêle colonne cylindrique, vestige des colonnades de l'ancien cloître roman ou débris mis au rebut lors de la construction. Nicole commençait à donner des signes d'impatience.

Marco prit l'initiative d'encourager ostensiblement Victor à continuer à creuser plus bas de peur que Nicole n'arrêtât l'expérience. Une fois descendues à 80 centimètres, les dents du godet détectèrent une surface dure ; Marco prit des photos et Victor continua à la pelle manuelle ; il dégagea 5 dalles de pierre, longues et jointives, orientées vers la lanterne ; elles mesuraient 20 centimètres de large environ, toutes marquées des armes de Cassan. Les cinq sceaux disposés sur les dalles figuraient les sommets d'un pentagone ! Victor parvint à lever la plus grande dalle, celle du milieu. Elle était épaisse de 8 centimètres et pesait sans doute près de 80 kg.

Il enleva les quatre autres, plus courtes. Et apparut une margelle octogonale. C'était la margelle d'un baptistère résultant d'un double carré pivoté l'un sur l'autre. Le double carré pivoté symbolisait la stabilité mais aussi le père et la mère ou les parrains et marraines. Le baptistère mesurait environ un mètre de diamètre intérieur. Profond de près d'1,20 m, il devait permettre une immersion complète. Au fond du baptistère désaffecté, il n'y avait qu'un plancher en châtaignier sur lequel se tenaient les impétrants. Marco, assez désorienté, tourna la tête vers Gioia, elle lui adressa une grimace qui en disait long sur son scepticisme. Ils croisèrent le regard de Nicole.

— Je crois qu'il vaut mieux arrêter là. C'est Sylvain Sautel qui va être content d'avoir retrouvé des vestiges de l'église primitive et la position du charnier.

Et Nicole fit signe à Victor de remblayer.

Marco songea aux mises en garde de Clément lorsqu'il avait tiré les quatre tarots. Il prédisait des difficultés mais annonçait que Guiraud l'attendait et l'aiderait. Sans doute les balivernes d'un habile camelot, vendeur de rêves, se dit-il déçu et contrarié de s'être laissé prendre.

Victor était perturbé, lui aussi. Au lieu de refermer le baptistère avec les dalles, il remonta machinalement dans son engin et le redémarra. Il actionna le bras articulé du godet et commença à pousser la terre d'excavation vers le trou. Le bout de colonne cylindrique, en équilibre sur la crête du petit talus dévala la pente et dans son élan tomba dans le baptistère, faisant sonner le plancher comme une peau de tambour. Malgré le bruit du moteur du tractopelle, Gioia avait l'oreille fine et comprit qu'il y avait sans doute un autre fond sous ce plancher pour qu'il sonnât si creux. Nicole arrêta Victor qui redescendit de son engin et commença à dégager la périphérie du plancher. Une fois les bords désencastrés des poussières accumulées, il put soulever le plancher à la façon d'un couvercle.

En dessous, précisément protégée par ce disque de bois, reposait une urne de terre cuite marquée d'un chrisme qui en signalait la « pureté ». Elle eût été brisée par des chutes de pierres intempestives si le plancher n'avait pas été là pour la protéger. Victor remonta la poterie avec précaution ; elle devait bien peser 20 kg. Marco jubilait.

La prédiction de Clément reprenait grâce à ses yeux. Il ne s'était pas trompé. Guiraud avait baptisé là avant d'édifier la grande église prieurale ; et c'est là que ses successeurs avaient choisi de cacher l'urne ; Guiraud venait de contribuer fort opportunément à la découverte tant espérée avec un bout de colonne de son cloître ! "La chute bénéfique" dont parlait Clément était sans doute celle de ce bout de colonne.

L'urne était scellée avec un mélange de produits bitumineux et de fibre de chanvre, ce qui avait dû en garantir l'étanchéité. Gioia et Marco ne purent résister à la curiosité et descellèrent le couvercle. Lorsqu'il fut ouvert, ils découvrirent trois codex.

Pour une fois la Covid s'avéra très utile, Nicole avait avec elle une dizaine de gants de confinement ; ils purent tout de suite prendre les ouvrages en main pour en admirer la beauté. Marco remarqua immédiatement qu'il y avait un manuscrit écrit en araméen, sans aucune numérotation d'exemplaire ; c'était l'original, à n'en pas douter. Les deux autres, l'un en hébreu et l'autre en latin, tous deux de facture semblable, n'étaient pas de la même matière ni de la même époque que le codex araméen. Ils remirent délicatement ces précieux documents dans leur urne.

Ils avaient pris des photos de toutes les opérations. D'un commun accord, ils décidèrent d'emporter l'urne dans leur chambre, à Gabian, lieu plus sûr que Cassan pour le moment, compte tenu du contexte ; ils aviseraient le lendemain. Victor remit le plancher de bois en place, puis les cinq dalles de couverture, prenant soin de respecter le motif pentagonal, et reboucha le trou du baptistère à la pelle mécanique. Tous les quatre jurèrent de n'en parler à personne pour le moment.

Il était presque 21 heures lorsqu'ils se séparèrent, émerveillés et comblés par cette très belle découverte. Marco, Gioia et Nicole convinrent de tenir une réunion de concertation à Cassan le lendemain à 11 heures.

Nicole repassa par son bureau et regarda ses mails. Il y avait deux courriels de Jean-Luc Balas, dont un avec des pièces jointes. Il s'agissait de très vieux plans du Prieuré de Cassan du XIIe siècle. Balas avait effectivement joué le jeu et récupéré ces précieux documents auprès de l'archiviste du Vatican. Sur les plans de l'ancien

Prieuré figurait aussi le dessin de l'église primitive qui avait été démolie après la construction de la nouvelle église. Le baptistère de l'église primitive y était indiqué et correspondait exactement à l'emplacement et aux dimensions de celui qu'ils avaient découvert.

L'autre courriel de Monseigneur Balas rendait compte à Nicole de ce qu'il avait trouvé dans les murs de l'église et dans la cave du Palais et parlait de l'intérêt que représentaient ces découvertes pour l'histoire du lieu et l'histoire en général. Il les avait laissées en place mais pensait qu'il convenait de les récupérer au plus tôt afin d'éviter que tout cela ne disparût et de les faire expertiser, surtout en ce qui concernait les livres. Il conseillait la Société archéologique scientifique et littéraire de Béziers.

Nicole pensa que Cassan avait un nouvel ami repenti.

75 › 76

Gioia avait tenu la promesse faite à son oncle Giacomo et elle le retrouva cette nuit-là. Elle lui montra l'Évangile de Marthe. Il était ému de voir l'original, celui que Marthe avait écrit de sa main et dont il n'avait jamais vu qu'une copie. Ils échangèrent longuement avant de se séparer affectueusement. Son oncle, l'âme légère, s'éloigna dans un halo de lumière.

Marco dormait profondément du sommeil du juste, bienheureux d'avoir pu percer le secret de la lettre du pape Jean-Paul. L'archange Gabriel vint à lui et l'éveilla doucement. Marco lui demanda s'il avait dicté la lettre au pape ou bien si le pape avait eu une « sacrée prémonition ». L'archange lui sourit et lui dit qu'il aurait la réponse lorsqu'il viendrait voir saint Pierre, car il y avait peut-être une autre hypothèse… Marco fut rassuré et referma les yeux. Le lendemain matin, Marco et Gioia prirent du temps pour se lever et choisirent de petit-déjeuner dans leur chambre.

— Marco, je ne t'ai pas dit, mais j'ai fait vérifier. Je suis sur écoute téléphonique et, comme j'en déduis qu'ici nous allons être confrontés à une volonté de nuire ou de récupérer par la force ce que nous avons trouvé, je pense que le mieux serait que nous rentrions à Rome sans tarder. Je me sentirai plus en sécurité sur nos bases qu'ici. Vois ce qui nous est arrivé vendredi !

— Je suis d'accord ; et nous devons aussi faire authentifier l'évangile original et le faire traduire. À Rome ce sera plus facile.

— Nous pourrions en faire une version française pour le propriétaire de Cassan, une en italien pour nous et une en anglais.

— Ça me semble bien. Nous allons proposer cela à Nicole tout à l'heure.

— Je regarde les vols pour Rome dès maintenant.

Il y avait un vol depuis Montpellier le lendemain soir, vendredi, pour Rome. Et depuis Marseille, un vol ce jour, à 17 heures. Elle le choisit. Ils seraient chez eux à 20 heures au plus tard. Elle prit les billets et ils firent leurs valises. Gioia, qui jonglait avec ses deux téléphones, prévint la centrale de location de la remise du véhicule à Marignane cet après-midi vers 15 heures ; mais elle ne téléphona pas à Montpellier car elle pensait qu'il y avait des informateurs mal intentionnés en veille. Elle descendit régler madame Gicquel.

Sans même avoir lambiné, il était déjà l'heure de partir voir Nicole et ils se retrouvèrent très ponctuellement à son bureau.

Ils convinrent de laisser l'urne à Cassan pour s'alléger dans l'avion. Ils prirent moult photos complémentaires de l'urne, puis proposèrent à Nicole de photographier intégralement l'évangile original. Eux-mêmes partiraient avec les trois exemplaires et lui feraient parvenir une traduction en français. Par chance, Nicole était passionnée de photo et très bien équipée.

Ils remirent des gants et s'installèrent confortablement pour la séance photo. Nicole déploya son pied, sur lequel elle installa son appareil reflex Nikon, bien cadré au-dessus de l'évangile posé sur une couverture à même le sol du bureau. Elle chargea l'appareil avec une carte mémoire vierge, puis, double page après double page, elle photographia les 108 pages de l'évangile araméen de Marthe, soit 55 photos doubles pages, plus deux autres pour les couvertures. Elle sauvegarda immédiatement la carte sur son ordinateur. Marco lui communiqua son mail pour qu'elle lui adresse un lien de téléchargement et lui demanda ensuite de détruire le mail de sa boîte mail, par mesure de prudence.

Ils ajoutèrent sur le contrat qu'il y avait ce qui semblait être l'original de l'Évangile de Marthe et ce qui paraissait être deux traductions, l'une en hébreu et l'autre en latin. Ils précisèrent que Marco et Gioia pourraient prélever tout échantillon nécessaire à la datation au carbone 14, comme à toute autre analyse. Ils ratifièrent les modifications. Gioia préféra partir sans attendre. Ils déjeuneraient à l'aéroport.

Gioia enveloppa les trois évangiles sous un film de protection alimentaire que Nicole avait chez elle, puis dans une serviette de bain pour bien les protéger des chocs, et les mit dans son sac de voyage qu'elle garderait en cabine.

Avant de se quitter, malgré la Covid, Gioia embrassa chaleureusement Nicole ; Marco lui fit une accolade. Ils promirent tous deux de la tenir au courant et de revenir la voir. Gioia coupa son téléphone. Elle ne donna pas son nouveau numéro à Nicole pour ne pas être tracée. Ils repassèrent par la boutique et saluèrent Sandrine. Gioia prit le volant et mit le cap sur Marseille-Marignane.

Gioia passa sans encombre la sécurité lorsqu'elle présenta sa carte d'accès à bord entre les pages de son passeport diplomatique. Elle avait bien conscience qu'elle sortait une antiquité du territoire français...

Ils atterrirent à 18 heures, récupérèrent leurs bagages et prirent un taxi. À 19 heures, ils étaient chez eux.

Pendant ce temps, à Cassan, He Meng Fu visitait le prieuré. Enthousiasmé par le site, il demanda à rencontrer le propriétaire vendeur. Comme il était lui aussi chrétien, l'idée d'acheter un ancien Prieuré lui plaisait beaucoup. La rencontre put se faire à Paris et un accord fut trouvé pour céder le domaine au prix demandé. He Meng Fu choisit pour conseil une importante étude parisienne. Le notaire du propriétaire prit attache avec son confrère et une promesse de vente sans condition suspensive autre que celles de droit fut mise au point avec signature prévisionnelle pour le 30 septembre, moyennant le versement d'une indemnité d'immobilisation de 10 %. La vente se ferait ensuite dans les deux mois après la levée des conditions et droits de préemption, ce qui permettait à He Meng Fu d'être dans les lieux en décembre. Déjà, sans attendre, il pouvait avancer sur le scénario, ce qu'il ne manqua pas de faire avec l'énergie et la créativité qui le caractérisaient.

Il ne savait rien de la recherche de l'évangile, Thomas Lim ne lui ayant rien dit.

76 › 77

Le lendemain à son réveil, Marco ouvrit sa boîte mail et y trouva le message de Nicole donnant le lien pour charger la série de photos de l'Évangile de Marthe, accompagné d'un petit mot : « J'efface après envoi ! ». Il cliqua sur le lien pour lancer le téléchargement puis effaça lui aussi le message de Nicole. Il sauvegarda ensuite les photos sur une clef USB et sur son PC dans un dossier « Évangile de Marthe » synchronisé avec sa sauvegarde déportée.

Depuis son séjour à l'université, Marco avait gardé le contact avec la bibliothèque de Princeton et son département des langues anciennes. En début d'après-midi, il joignit la directrice du département, Mrs Helen Robinson, et lui exposa son désir d'obtenir une traduction certifiée mais, pour le moment, sous le sceau de la plus stricte confidentialité. Elle ne put évidemment pas lui répondre en raison du secret demandé et elle dut s'assurer que le conseil du président en serait d'accord.

Il fit la même démarche avec l'Institut national des langues orientales de Paris et celui de Venise.

Il exposa le format du codex, le nombre de pages et adressa par mail la photo d'une page prise au hasard, à titre d'exemple. Il ne donna aucune information sur la provenance des textes pour cette première phase, s'engageant à le faire par la suite afin que chaque établissement puisse ensuite référencer les traductions dans la certification.

Chacune des trois institutions lui fit parvenir son contrat avec les clauses expresses de confidentialité ainsi que demandées, et chacune avec des articles bien à elle concernant les coûts et la vente des droits de diffusion des traductions. La semaine suivante, une fois le tout mis au point et ratifié, Marco adressa le lien pour charger le fichier photo de la totalité du manuscrit.

Les contrats précisaient un délai de deux mois maximum pour remettre les traductions, ce qui menait à fin octobre, début novembre.

Marco, comme beaucoup d'Italiens, avait suivi la datation au carbone 14[1] organisée pour dater le linceul de Turin en 1988. Trois laboratoires avaient été sélectionnés à Tucson-Arizona, à Oxford et à Zurich. Des échantillons avaient été prélevés sur le bord extérieur droit en pied du drap. Ils avaient été adressés aux

1. A minima, un échantillon doit faire environ 0,5 mg. Le laboratoire spécialisé le nettoie par macération, puis il est brûlé et les gaz sont mis dans une ampoule scellée qui est ensuite soumise à un accélérateur de particules pour séparer le carbone 14, lequel est alors compté. Le décompte dépend du niveau de désintégration du carbone radioactif, ce qui donne l'âge de l'échantillon. L'échantillon est détruit dans l'opération.

trois laboratoires, qui avaient tous les trois conclu que la datation du tissu ressortait entre 1260 et 1390 avec une certitude de 95 %. Ce fut un coup de tonnerre ; il s'en était suivi une polémique sur les conditions de prélèvement et sur les statistiques ayant conduit au calcul des dates. La critique la plus fondée fut celle de la modification du taux isotopique du carbone 14 radioactif provoquée par la chaleur de l'incendie de décembre 1532 qui ravagea la chapelle de Chambéry dans laquelle le linceul était déposé et dont il fut sauvé. La chaleur fut extrême car l'argent qui bordait la châsse de bois fondit. Seul un échauffement important en présence de vapeur d'eau pouvait avoir altéré les isotopes ^{14}C et donc la datation.

Cela étant, les trois laboratoires, qui ne pouvaient dire que ce qu'ils constataient sur l'échantillon altéré ou pas, chiffrèrent tous les trois des dates similaires. La datation au carbone 14 est scientifiquement très au point et guère contestable.

Marco, qui savait qu'il y aurait polémique, décida de recourir aux mêmes laboratoires en raison de leur notoriété. Il prit donc attache avec eux séparément pour négocier un contrat de datation sur la base d'un bout de parchemin qu'il allait leur adresser. Il n'annonça pas d'où le parchemin provenait, ni l'âge qu'il présumait pour ne pas orienter l'analyse, ni l'objectif, ni le fait qu'il saisissait trois laboratoires. Après réception des résultats des datations, il adresserait les éléments du constat d'huissier de prélèvement. Les laboratoires acceptèrent les conditions.

Marco alla ensuite dans le laboratoire d'analyses sanguines à 200 m de chez lui, et acheta cinq tubes stériles et cinq paires de gants fins de protection. Il revint chez lui et Gioia prit rendez-vous chez l'huissier qu'elle faisait travailler lorsqu'elle était patron de la préfecture de Rome. Ce dernier lui proposa un rendez-vous pour le lundi 14 septembre au matin. Marco sortit avec précaution le manuscrit original, laissant les traductions hébraïques et latines dans la boîte.

77 › 78

Bien que bénéficiant, en tant qu'ancienne présidente de la Commission européenne, d'une voiture de fonction avec chauffeur, Gioia préférait souvent prendre sa propre voiture.

C'est ce qu'elle fit ce lundi. Marco la rejoignit avec à la main son cartable et un sac à provisions qui contenait une petite couverture, des boîtes d'expédition postale, des bouts de mousse à caler, du ruban adhésif large et une paire de ciseaux.

Arrivés chez l'huissier, ils se signalèrent à l'hôtesse d'accueil ; l'huissier les reçut :

— Bonjour Luigi, ça fait bien longtemps que nous ne nous sommes vus !

— Oui, Gioia, la dernière fois c'était pour vos déclarations de patrimoine, lorsque vous avez été nommée ministre...

— Je me souviens bien. Aujourd'hui je viens vous voir car nous avons besoin que vous dressiez un acte de procédure de prélèvement d'échantillons de parchemin, puis que vous les adressiez à trois laboratoires dont Marco vous a préparé les coordonnées.

— Ça ne me semble pas très compliqué.

— Allons-y et notez tout ce qui va se passer, si vous le voulez bien, dit Marco.

Luigi sortit son téléphone pour filmer et enregistrer en même temps.

Marco enfila ses gants, déplia une petite couverture sur le bureau, ouvrit sa sacoche pour en extraire le manuscrit sous film. Il enleva le film protecteur. Le manuscrit apparut dans toute sa splendeur. Il demanda à l'huissier d'enfiler les gants qu'il avait préparés et Gioia prit le mobile de l'huissier.

— Je vous remercie de feuilleter le manuscrit. Pouvez-vous compter les feuilles et vérifier qu'elles sont bien reliées toutes entre elles ? demanda Marco.

— Un, deux, trois… Cinquante-quatre feuilles.

— C'est exact, ce qui fait 108 pages, plus les couvertures recto et verso, plus épaisses. Vous allez vous-même choisir une page, celle que vous voulez, et nous allons prélever un échantillon.

— Ce codex est très beau ! Pourquoi le mutiler ? Peut-on faire autrement ?

— Non, c'est indispensable pour le dater. Nous allons découper proprement une petite bande d'un centimètre de large tout le long sur la marge verticale. C'est effectivement dommage. Choisissez la page.

— Voilà, j'ouvre à peu près au milieu, répondit Luigi.

— Quelle feuille choisissez-vous : à droite ou à gauche ?

— Celle de droite.

— Très bien, comptez les feuilles depuis la fin.

— Une, deux, trois… onze.

— Vous êtes donc sur la onzième feuille en comptant depuis la fin. C'est donc la vingt-deuxième page en partant de la fin pour nous, mais en partant du début pour ce codex araméen, lequel est écrit de droite à gauche et commence à se lire « par la fin » pour nos habitudes occidentales. J'ai apporté une paire de ciseaux. Vous sentez-vous de couper une bande la plus droite possible, d'un centimètre de large, tout le long du bord de la page ?

— Oui. Ça ne sera pas parfait mais je vais m'appliquer.

Effectivement l'huissier avait des talents de couturier et coupa une bande assez régulière sur toute la hauteur de 30 centimètres.

— Vous allez maintenant couper la bande en deux en son milieu, puis vous choisirez la moitié que vous voudrez et vous la couperez en trois parties à peu près égales. Cela nous fera trois petits morceaux d'environ 5 cm sur 1 cm.

— Voilà.

— Maintenant voici quatre tubes stérilisés sur lesquels j'ai collé des étiquettes marquées au feutre : Oxford, Tucson, Zurich, Témoin. Vous allez ouvrir le tube « Témoin », y mettre la bande de 15 cm et le refermer. Puis de même, vous allez mettre un des petits morceaux dans chacun des trois autres tubes.

— C'est fait.

— Je résume. Vous avez choisi librement une feuille du codex. La feuille 11 en partant de la fin pour nous et du début pour les Araméens. Vous avez coupé une bande d'un centimètre environ le long de la marge opposée à la reliure. Vous l'avez coupée en deux, puis vous avez coupé une des parties en trois petits morceaux. Vous avez choisi les morceaux que vous avez répartis dans les tubes que vous avez refermés.

— C'est bien cela.

— J'ai apporté des petites boîtes standard d'expédition en carton, avec les adresses toutes collées dessus ; du rembourrage en mousse pour que les éprouvettes ne se cassent pas et de l'adhésif large pour fermer soigneusement les cartons. Vous pouvez tout inspecter. J'ai aussi trois lettres d'accompagnement que voici pour chaque destinataire. Vous pouvez les vérifier. Je suppose que vous avez des enveloppes.

— Oui, bien sûr ; en voici.

— Bien, mettez la lettre pour Oxford dans une enveloppe puis mettez l'éprouvette Oxford bien calée dans la mousse de la boîte « Oxford » avec la lettre par-dessus, et fermez la boîte. Faites de même pour Tucson et Zurich. Enfin, mettez le tube Témoin dans le carton Témoin que vous allez garder à titre de référence.

— Voilà, c'est terminé.

— Non, il vous faut encore cacheter les boîtes avec l'adhésif.

— Vous me faites travailler !

— Oui, c'est pour qu'il n'y ait aucun doute sur le prélèvement des échantillons et sur les expéditions, tout étant fait par vous en tant qu'officier assermenté.

Pendant qu'il s'exécutait, Marco lui dit :

— Il vous reviendra la responsabilité de l'expédition des trois boîtes. Nous n'aurons donc touché à rien depuis que vous avez commencé votre office. Tout est enregistré et filmé. Nous vous demandons de lever un acte complet retraçant les faits depuis que votre mobile enregistre, avec la retranscription de nos échanges verbaux, le tout jusqu'à l'expédition en recommandé avec traçage de chaque colis.

— Vous, au moins, vous savez ce que vous voulez.

— Oui, très précisément. C'est très important. Et vous nous préparerez la facture.

— Pour Gioia, n'en parlons pas… rétorqua Luigi.

— Si, nous en avons besoin pour justifier de cette procédure impartiale, sans équivoque et sans arrangement aucun.

— Parfait, nous allons faire cela jusqu'au bout. À quels noms dois-je la mettre et qui sont les demandeurs ?

— « Association Marthe en cours de formation », à l'attention de Gioia et Marco Cezio à notre adresse, voici ma carte.

Marco replia ses affaires et le manuscrit et ils repartirent après avoir salué chaleureusement Luigi.

En poussant la porte de chez eux, ils sentirent immédiatement un courant d'air.

— Gioia, tu avais laissé la porte-fenêtre ouverte en partant ?

— Je ne pense pas, mais ferme-la car je n'ai pas si chaud que ça.

Marco se dirigea vers la porte-fenêtre dont les voilages étaient gonflés par le vent et, au moment de la fermer, il se rendit compte que derrière le voilage, la vitre était fracturée à hauteur de la poignée.

— Gioia, j'ai l'impression que nous avons eu de la visite !

— Allons donc !

Ils firent le tour de la maison : rien ne semblait avoir disparu ni avoir été fouillé ou saccagé. Marco fila dans son bureau. Le bureau était un champ de bataille, son siège était renversé, ses affaires sur le bureau éparpillées, comme s'il y avait eu une lutte. La boîte « Évangile de Marthe » qu'il avait préparée n'y était plus ! Envolés les codex des traductions hébraïques et latines ainsi que sa clé USB !

— C'est incroyable, nous étions observés dès notre retour à Rome !

— Les auteurs n'ont pas perdu de temps et n'ont pas froid aux yeux. Je préviens tout de suite Andrea pour qu'il nous mette une équipe sur le coup.

— Bon, dépose-moi tout de suite à la banque, il est encore l'heure et j'ouvre un coffre pour y mettre l'évangile original en sécurité. Finalement, grâce à notre visite chez Luigi, nous avons toujours l'original, c'est déjà ça.

— Ces malfrats ont beaucoup de choses néanmoins.

— Maintenant la donne n'est plus du tout la même ; il va nous falloir réfléchir à ce que nous allons faire.

Compte tenu de son statut, Gioia put immédiatement ouvrir un coffre à la banque et mettre l'évangile en sécurité.

Andrea dépêcha une équipe, qui arriva deux heures plus tard sur les lieux. Elle commença le travail des relevés d'indices et des empreintes. L'effraction avait dû être faite par des professionnels car l'équipe enquêtrice ne trouva rien de très probant dans la maison même. Les voleurs n'étaient pas des petites frappes et savaient très bien ce qu'ils étaient venus chercher ; l'ayant trouvé dans le bureau de Marco, ils n'avaient pas dû rester très longtemps dans la maison. La police judiciaire fit un très bon travail car elle parvint à prélever des cheveux dans le bureau de Marco ; elle identifia aussi des épaufrures sur le chambranle de la porte-fenêtre et un peu de sang sur la terrasse. Comparés au microscope, certains cheveux étaient ceux de Gioia et de Marco ; mais d'autres cheveux étaient très différents et ce n'étaient pas ceux de la dame de ménage, qui était blonde. Ils décidèrent d'en faire l'analyse ADN, ainsi que celle des traces de sang.

Deux jours plus tard, le second téléphone de Gioia sonna.

— Bonjour Gioia, c'est Andrea.

— Alors, que disent tes analyses ADN des cheveux récupérés chez nous ?

— Les analyses sont formelles. Il y a deux origines. L'une est asiatique et l'autre sémite. Les deux peuvent provenir de zones géographiques assez larges.

— Nous n'avons jamais reçu chez nous ni les uns ni les autres ; et lorsque nous avons acheté la maison, tout a été refait à neuf. Aucun des ouvriers n'appartenait à ces populations et au demeurant, tout a été ensuite soigneusement nettoyé. Donc, forcément, ce sont les cheveux de ceux qui se sont introduits chez nous. Étonnant tout de même que cette équipe soit originaire de deux régions du monde.

— Gioia, il faut que tu considères que ça peut effectivement être une équipe composite mais pourquoi n'y aurait-il pas eu deux intrusions ? Une équipe puis une autre ? Cela expliquerait le bureau en chambardement et les traces de sang sur la terrasse. On pourrait penser qu'une équipe a surpris l'autre et qu'elles se seraient battues toutes deux pour ce qu'elles étaient venues chercher.

— Effectivement, au point où nous en sommes, pourquoi pas. Ça ne nous simplifie pas la vie.

Marco reprit :

— Bien qu'ayant fait signer des accords de confidentialité, cela ne garantit pas les fuites car nous avons fait appel à un grand nombre de personnes et tout le monde n'est pas intègre. Six équipes en tout. Trois pour les datations, trois pour les traductions. Ça a dû agiter beaucoup de cerveaux et susciter bien des curiosités et des intérêts.

— C'est notre point faible. Qu'en penses-tu, Andrea ?

— Je partage ce point de vue ; nous le savons tous, plus il y a d'interlocuteurs et plus il y a probabilité de fuites. Je ne connais pas toute votre histoire, mais pour que tu sois sur écoute je suppose qu'il y a des enjeux sérieux…

— C'est bien le mot, Andrea. Le sujet est sérieux !

— Ce qui nous poserait un vrai problème, reprit Marco, c'est qu'il y ait des connivences ou des contacts entre les sources que nous avons fait travailler. Les équipes de datation ont avancé à l'aveugle, c'est peu probable de leur côté.

— Il y a aussi Luigi, l'huissier qui connaît les labos où il a adressé les échantillons et l'original de l'évangile pour l'avoir vu et manipulé lors du prélèvement de l'échantillon. Il y a aussi Nicole Audemar et le propriétaire de Cassan, qui ont les photos mais pas encore l'authentification ni les rapports de datation.

— Ça fait beaucoup de monde… soupira Andrea. Pour ce qui est du sang et du cheveu d'origine sémite, nous avons comparé les résultats avec la banque de données de nos fichiers ADN. Il s'agit d'une petite frappe d'origine libanaise, déjà fichée. Nous savons qui c'est. Il a déjà fait de la prison pour trafic de drogue. C'est le champion du couteau. Il a peut-être trouvé plus fort que lui en se battant au couteau chez vous. Pour le cheveu asiatique, nous n'avons rien. Bon, je vous laisse tous les deux car j'ai une visio sur *Teams* dans deux minutes. N'hésite pas à me rappeler, Gioia. Bises !

— Ciao Andrea. À bientôt, je te tiendrai au courant quoi qu'il arrive.

Gioia se décida à faire poser une alarme avec caméras et renvois sur mobile et centrale de surveillance.

Elle obtint aussi un vigile armé devant chez elle pour monter la garde, ce qu'elle avait jusqu'à présent refusé bien que son statut l'y autorisât.

Gioia déposa le lendemain une plainte à la police et fit une déclaration de sinistre à son assureur. Ce dernier prit un rendez-vous d'expertise pour la semaine suivante. Elle constitua un dossier avec les photos prises à Cassan ainsi que la copie du contrat avec le propriétaire, qui attestait qu'ils avaient la garde du manuscrit et de ses deux traductions. Néanmoins la valeur des traductions anciennes semblait difficile à estimer. Ces documents très spéciaux, apparentés à des œuvres de collection qui n'avaient pas été déclarées, ne pourraient jamais être indemnisés. Il ne restait que les dégâts matériels qui étaient peu onéreux, ce qui fit que la franchise ne serait pas dépassée et que l'intervention du vitrier resterait à la charge de Gioia.

Le préjudice était ailleurs. Ils n'étaient plus les seuls dépositaires de l'information.

Gioia et Marco se dirent que ces documents étaient peu négociables et que le mieux était d'attendre pour voir ce qu'il se passerait. Il fallait se donner un peu de temps pour récupérer les traductions et les certificats de datation.

79 › 80

Le lundi suivant, le 21 septembre, ils recevaient le procès-verbal détaillé rédigé par l'huissier relatif au prélèvement. Marco en demanda trois copies certifiées qui lui parvinrent la semaine d'après.

Le 20 octobre, ils eurent la surprise de recevoir le premier des trois comptes-rendus des analyses de datation ainsi que la traduction de Princeton. Les deux autres analyses arrivèrent ensemble, dix jours plus tard. Elles étaient très documentées sur les protocoles suivis ; les statistiques des mesures étaient rassemblées en fin de rapport avec les conclusions. Les trois laboratoires indiquaient que les échantillons de parchemin étaient de très bonne qualité et avaient permis un travail efficace et sans aléa de traitement.

Oxford donnait une date entre 57 et 69 ap. J.-C., Tucson entre 58 et 72, et Zurich entre 59 et 73, tous avec un taux d'erreur de plus ou moins cinq ans, ce qui était très précis. La précision était due au fait que les parchemins étaient des peaux et que leur état de conservation était remarquable.

Conformément aux contrats, Marco adressa alors à chacun des laboratoires le compte-rendu de prélèvement rédigé par l'huissier. Il transmit aussi un texte relatant la découverte du manuscrit, agrémenté des photos prises pendant l'excavation, puis l'ouverture de l'urne. Il demanda que ces éléments soient annexés aux rapports de datation.

Le 28 octobre, jour de la saint Simon, la traduction italienne en provenance de Venise lui parvint, puis le 14 novembre, jour de la saint Sidoine, il reçut de France celle des langues orientales.

Avec la traduction de Princeton, Mrs Helen Robinson avait mis un mot personnel :

Cher Marco,

Quel incroyable document ! Si vous le voulez bien, j'attends impatiemment l'histoire de sa découverte, son authentification et surtout la datation du manuscrit.

Bien cordialement,

Helen.

En lisant le mot d'Helen, Marco se rendit compte qu'il lui manquait une authentification. En effet, l'évangile aurait pu être écrit par un habile faussaire sur des parchemins vierges d'époque, qui auraient été récupérés par on ne sait quel truchement, ou sur des parchemins regrattés comme cela se faisait d'ailleurs anciennement pour recycler les feuilles, tant le prix d'un bon parchemin était élevé. Il était certain que l'analyse de l'encre pourrait aider, mais sans doute, l'avis d'un expert en documents anciens suffirait.

À Padoue, le professeur Realdo Siverino, sommité pour ce type de sujet, devait pouvoir établir une authentification de l'Évangile de Marthe qui ferait autorité. Gioia l'appela et, usant de sa propre célébrité, elle l'invita à Rome. Entretemps, elle lui communiqua la série de photos du codex et le certificat de datation déjà reçu d'Oxford, après avoir supprimé les en-têtes de documents et toute référence au laboratoire.

Gioia l'accueillit avec beaucoup d'égards le samedi 31 octobre ; ils allèrent le jour même à la banque pour qu'il puisse consulter sur place le document dans la salle des coffres. Le professeur fut émerveillé par cette pièce si bien conservée et de si haute qualité. Il observa toutes les pages une à une, la façon de la reliure, la ficelle employée, comme la couverture et l'attache des feuillets. Il s'intéressa longuement à l'écriture, à l'homogénéité calligraphique qu'il compara d'une page à l'autre, au style et aux expressions car il lisait l'hébreu et l'araméen. Il conclut que ce document devait être authentique et pouvait très difficilement être l'œuvre d'un faussaire. Il confirma qu'il avait été écrit par une seule et même personne, probablement sur très peu de temps. Un an peut-être. Il prit beaucoup de notes, de multiples photos de détails.

De retour à Padoue, le professeur Realdo Siverino rédigea un rapport très documenté dans lequel il concluait qu'après examen de l'ouvrage, qu'il avait eu en main et manipulé librement, le codex ne pouvait à ses yeux qu'être authentique.

Marco adressa alors aux traducteurs les certifications de datation et l'authentification avec le petit rapport de découverte. Tous en furent ravis et remercièrent chaleureusement Marco pour son attention.

Noël approchait. Ni Gioia, ni Marco n'avaient relevé d'articles ou d'informations relatifs à l'Évangile de Marthe. Si les voleurs avaient cherché à négocier leur butin, ils avaient dû vite tomber sur l'écueil de la provenance et sur celui de l'authentification des documents. Évidemment ils n'avaient pas pu résoudre cette difficulté puisque les exemplaires qu'ils avaient en main dataient de la fin du XVIe siècle ; et les photos de l'original ne pouvaient rien prouver, d'autant qu'ils ne pouvaient rien référencer sur les origines. Sans doute attendaient-ils que Gioia et Marco bougent les premiers.

80 › 81

Rome, le 20 octobre 2020

Bien sûr, lorsqu'ils reçurent la traduction de Princeton, Gioia et Marco se précipitèrent pour la lire. Ils auraient préféré attendre un peu et disposer de la version italienne, mais ils étaient impatients de découvrir ce qui avait pu bouleverser le pape Jean-Paul Ier à ce point.

Le style et la rédaction n'avaient rien à voir avec les évangiles synoptiques de Marc, Matthieu et de Luc, ni avec celui de Jean qui était déjà différent des trois autres.

Cet évangile était une biographie de Jésus, émaillée d'anecdotes et de récits. Marthe racontait dans un style pragmatique sa connaissance de Jésus et ses échanges avec lui. Elle datait sa rédaction de l'an 65.

Elle avait connu Jésus lorsque tous deux étaient petits, puis la vie les avait séparés. Marthe et Jésus étaient nés le même mois, vers la fin de septembre, un peu avant qu'Hérode ne décédât (plus tard appelé l'an 4 av. J.-C.) Ils s'étaient retrouvés quand Jésus commença à prêcher ; ils avaient alors 33 ans tous les deux. Les échanges de Marthe avec Jésus étaient souvent terre à terre, car Jésus n'avait pas la moindre notion des contraintes matérielles et Marthe devait pourvoir à tous ses besoins ; elle le rappelait sans cesse aux réalités ; il lui répondait le plus souvent par un sourire. Elle prenait aussi grand soin de ses disciples. Marthe finançait Jésus et ses apôtres de très bon gré.

— On dirait aujourd'hui qu'elle était son « sponsor », pointa Gioia.

— Je te trouve très pragmatique dans ton interprétation mais tu as raison, c'est bien ce que nous dit Marthe, en quelque sorte. Marthe devait avoir l'œil à tout et je comprends maintenant qu'elle réprimandait sa sœur qui ne l'aidait pas tant que cela.

Lorsque Jésus rassemblait de grandes foules, c'est Marthe qui prévoyait l'intendance pour le pique-nique. Elle installait une charrette chargée de nourriture à l'ombre des feuillages, un peu en retrait de l'assemblée, puis de jeunes aides passaient avec un panier et distribuaient pains et poissons cuits. Ils ne cessaient de faire des allers-retours, courant entre la charrette et les disciples, tant et si bien que les petits paniers semblaient inépuisables.

— En fait, la multiplication des pains et des poissons, c'était Marthe… Elle avait inventé le *food truck* avant l'heure.

— C'est ce qu'il semble. On continue la lecture ?

Chez Marthe, à Béthanie, Jésus aimait se reposer et se détendre de la fatigue qu'il accumulait pendant ses prêches. Il sortait souvent épuisé des séances de guérison. Sa réputation était telle qu'on lui amenait toujours plus de malades, venant souvent de loin. Il avait formé ses apôtres afin qu'ils le relaient ; souvent, il fallait qu'ils le protègent et repoussent parfois la pression des demandes tant il était exténué. À Béthanie, loin de Jérusalem, il pouvait se reposer. C'est là qu'il avait rencontré Marie-Madeleine, la sœur de Marthe ; elle avait à peine quinze ans. Marie-Madeleine, habituée à ce que Marthe organisât et gérât tout, se laissait vivre avec indolence. Elle adorait questionner Jésus et n'avait d'yeux que pour lui.

Tout comme Jésus, le père de Marthe avait reçu son éducation à Qumrân. Il connaissait bien le père de Jésus qui était architecte ; tous deux avaient voyagé en Bretagne[1] pour visiter les exploitants des mines de plomb et d'étain qui leur vendaient leurs productions, lesquelles servaient à faire les étanchéités des toitures des palais et des riches maisons.

Joseph avait épousé Marie en secondes noces. Avec elle, il avait eu Jésus puis d'autres enfants, frères et sœurs de Jésus.

— Je croyais que Joseph était charpentier ?

— Charpentier est un mot équivoque en araméen. Il veut aussi dire « architecte ». Joseph n'était pas un petit personnage. C'était un homme cultivé, important et aisé.

— Marie est aussi présentée comme Vierge dans les évangiles canoniques, or ce n'est pas le cas dans cet Évangile de Marthe.

---

1. Il s'agit de la Grande-Bretagne, et plus particulièrement du Devon et des Cornouailles.

— Dans nombre de légendes de l'Antiquité, les héros sont nés de vierges, fécondées par un dieu ou par des interventions surnaturelles. Les écritures ont été arrangées pour donner un statut à part à Jésus et à Marie. Ni Jésus, ni Marie n'ont jamais rien revendiqué de tout cela. Cela ne change rien aux qualités de Jésus, qui fut un homme exceptionnel, ni à celles de Marie qui l'a élevé. Selon la légende, Bouddha lui-même aurait été conçu en songe par une vierge fécondée par un éléphant blanc à six défenses ! Tu vois, je suis certain que ce n'est pas un hasard si le pape Jean-Paul Ier avait choisi de faire reproduire *Danaé et la pluie d'or*, qui est la représentation d'une vierge recevant la fécondation divine de Zeus, sous forme de pluie d'or !

81 › 82

Le père de Marthe avait veillé à ce qu'elle sût lire et écrire ; elle avait eu un précepteur à domicile. Elle avait aussi appris à tenir les comptes. Lorsque son père mourut, elle dut gérer les nombreuses propriétés qu'il lui laissait à Béthanie, à Magdala et à Jérusalem, et diriger les affaires.

Marie-Madeleine était fascinée par les voyages que Jésus avait faits en Orient, particulièrement en Inde, au Ladakh et en Asie centrale. À treize ans, il avait suivi les caravanes des marchands et vécu d'incroyables aventures. Marie-Madeleine l'écoutait lui raconter les coutumes de ces peuples différents, les langues qu'il avait apprises, mais surtout les philosophies et les médecines de ces contrées lointaines dont il était revenu imprégné.

Jésus avait parlé de Bouddha, de la sagesse hindoue, des Jaïns et de leurs enseignements spirituels. La non-violence, la considération des femmes et des enfants, la compassion, le respect de la nature et de la vie, la renonciation aux biens matériels, la recherche de la lumière en soi, le concept de la vie éternelle... furent puisés dans les valeurs de l'Inde. Il initia Marie-Madeleine et Marthe au yoga.

Marthe voyait bien que sa sœur était de plus en plus proche de Jésus et elle ne fit pas obstacle à ce qu'ils vécussent ensemble sous son toit, à Béthanie comme à Jérusalem.

Jésus était revenu à l'âge de 33 ans dans son pays. Jean-le-Baptiste l'avait baptisé, le reconnaissant pour Messie. Jésus commença à prêcher. Très vite, il attira de plus en plus de monde et s'entoura d'une garde rapprochée de douze apôtres, dont Marie-Madeleine faisait partie.

Marthe prit souvent Jésus à part pour l'interroger. Où allait-il finalement ? Ses disciples attendaient maintenant autre chose de lui. Ils voulaient tout simplement qu'il prît le pouvoir et chassât les Romains de la Palestine. Marthe ne pressentait rien de bon ; elle était inquiète. Jésus se laissait aller au fil des événements avec beaucoup de candeur. Il était idéaliste, loin des contingences matérielles.

Pilate, le gouverneur romain, envoyait des informateurs pour écouter ses prêches. Il faisait observer étroitement ce phénomène qui prenait de l'ampleur ; il infiltrait les disciples. Pour l'instant, Jésus ne prêchait pas contre le pouvoir, mais Pilate pensait qu'à tout moment il pourrait faire ce qu'il voudrait de ceux qui lui accordaient maintenant une confiance totale et nourrie d'espérances. L'assemblée des grands-prêtres juifs, le Sanhédrin, était partagée selon deux courants d'opinions. Ceux, très minoritaires, qui ne supportaient pas que Jésus leur fît en quelque sorte concurrence et captât les attentes du peuple alors qu'eux-mêmes voyaient leur temple se vider, et ceux, largement majoritaires, qui trouvaient que cet homme exceptionnel était celui qu'ils attendaient. Ils l'avaient vu se comporter en chef intransigeant, capable de colère lorsqu'il avait chassé les marchands du temple. Ils connaissaient son discours non violent empli d'attention et de bonté. Il leur semblait qu'il ferait un roi juste, capable de rétablir la maison de David. Ils admiraient l'habileté de Jésus à clamer qu'il ne visait pas le royaume terrestre mais le royaume des cieux... Ils y voyaient la marque d'un fin politique préparant le chemin sous les yeux même de l'occupant.

L'équilibre ne pouvait plus durer, d'autant que de vrais agitateurs excitaient les disciples et provoquaient les Romains. Pilate décida de faire arrêter Jésus pour l'entendre. Il ne trouva dans ses paroles et ses actes aucune agression contre Rome. Cela étant, Jésus était entré dans Jérusalem sur un âne, selon la tradition du couronnement des rois, au milieu d'une foule enthousiaste. Pilate était convaincu que Jésus pouvait maintenant provoquer un soulèvement.

Et il y avait la très petite faction des prêtres jaloux très remontée qui poussait Pilate à sanctionner. Malgré les suppliques de son épouse Claudia Procula, qui suivait les prêches de Jésus, Pilate décida de jouer la paix romaine et d'éliminer Jésus pour l'exemple, tout en montrant aux prêtres qu'il comprenait leurs inquiétudes. Contre le peuple qui manifestait pour obtenir la libération de Jésus, il condamna Jésus à subir le fouet et à être crucifié. Les prêtres juifs qui soutenaient Jésus s'en lavèrent les mains[1] devant la foule pour bien marquer que c'étaient les Romains qui portaient la responsabilité de cette décision : « Fais donc ce qu'il te plaira », dirent-ils à Pilate, la mort dans l'âme pour la majorité d'entre eux.

Pris de remords, le Sanhédrin se réunit en urgence et désigna Joseph d'Arimathie, l'un des leurs des plus puissants et des plus sages, pour aller voir Pilate et tenter de le convaincre de revenir sur sa décision. Joseph, accompagné du prêtre Nicodème, argumenta longtemps. Pilate calcula le risque de relâcher Jésus qui pouvait cette fois devenir un leader actif ; il préféra ne pas se déjuger.

Le supplice commença le vendredi, vers 11 heures. Jésus fut cruellement flagellé. Les soldats l'insultèrent et se moquèrent de lui. Il fut affublé d'une couronne d'épines. Tout au long de la Via Dolorosa[2], il dut porter le *patibulum*[3] sur lequel il serait cloué. Très affaibli par la

1. Ce sont bien les prêtres juifs qui se lavaient les mains, selon une coutume religieuse juive, et non pas les Romains. Les Romains, qui étaient les maîtres, n'avaient pas besoin de se justifier. Les catholiques ont gardé ce rite à l'offertoire avec le « lavabo » ; purification des mains recevant l'eau des burettes, en récitant le psaume 25.

2. « La voie de la douleur » actuelle n'est pas la voie sur laquelle Jésus chemina pour aller du palais de Pilate au Golgotha. La voie authentique est située 7 m en-dessous. Des fouilles sont actuellement en cours ; un énorme tunnel est en train d'être percé.

3. C'est la barre horizontale de la « croix ». Elle était encastrable sur le poteau planté en terre : le « *stipes* ». La croix n'en était pas une ; c'était un T. La partie au-dessus de la

flagellation, ses forces le quittèrent et il dut être soulagé de son fardeau à plusieurs reprises. Il fut crucifié vers 15 heures. De part et d'autre de Jésus, Pilate avait aussi fait crucifier deux bandits qu'il avait pourtant prévu de relâcher selon la tradition de la Pâque juive, laquelle commençait le soir même à la tombée de la nuit. Il y avait renoncé car le peuple se serait soulevé en voyant deux dangereux voyous relâchés alors que l'on crucifiait un sage.

— Mais c'est l'inverse de ce que disent les évangiles ! s'exclama Gioia.

— Tu as raison. Marthe nous dit tout l'inverse, mais à bien y réfléchir, cela semble avoir beaucoup plus de sens. Marthe était un témoin authentique et contemporain. Elle n'avait aucun intérêt à travestir la réalité. Les évangiles canoniques ne furent écrits que bien plus tard, par des gens qui n'avaient pas vécu les événements et qui racontèrent ce qu'ils voulaient bien raconter en fonction des besoins du moment. Ils furent souvent remaniés. Le simple exemple du choix de la naissance de Jésus un 25 décembre, décidé tardivement par le pape Libère en 354, en dit long sur les arrangements avec la réalité ! Le sujet était double : se calquer sur la tradition du dieu Mithra pour mieux convertir les mithraïstes d'une part, et récupérer aussi la fête romaine du solstice d'hiver « *Sol Invictus* », le Soleil invaincu, afin de capter et de convertir les Romains. Ce simple exemple donne une idée des adaptations et autres arrangements opportunistes.

---

tête était en fait la pancarte qui indiquait qui était crucifié et le motif du châtiment : le « *titulus* ».

82 › 83

Dans les faits, la rencontre entre Pilate et Joseph d'Arimathie fut très importante. Claudia Procula, son épouse, était présente.

— Gouverneur, dit Joseph d'Arimathie, nous avons sollicité ton audience à la demande du Sanhédrin qui vient de se réunir à l'instant et nous mandate pour te parler en son nom.

— Je vous écoute, Prêtres.

— Noble Gouverneur, sans vouloir t'offenser, le Sanhédrin pense que la décision prise ce matin concernant Jésus mérite d'être révisée. Elle va indisposer le peuple qui voulait que Jésus soit libéré. Ce soir commencent les Pâques. Chaque famille qui appréciait Jésus sera en grande tristesse cette nuit et toute la journée de demain, alors que ces moments doivent être ceux de la fête et de l'allégresse. Nous pensons que les risques de soulèvement seront importants dans les jours qui suivront Pessah.

— Vous dites vrai, mais Jésus est maintenant le chef incontesté de votre peuple en Judée. Chaque jour qui passe, il sera plus puissant et ses disciples le pousseront inéluctablement à prendre la tête d'une révolte, qu'elle soit violente ou non. Surtout maintenant qu'il a reçu le fouet.

— Gouverneur, tu as bien vu que cet homme non violent n'a pas dit un seul mot contre Rome. Tes informateurs te l'ont déjà rapporté. S'il a reçu une offense sur la joue gauche, il tend la joue droite ; tu n'as rien à craindre d'une quelconque rancune.

— C'est exact, vous l'avez dit, je n'ai rien à lui reprocher pour le moment et lui-même est pacifique bien que l'on m'ait rapporté sa fureur lorsqu'il chassa les marchands du temple. Il n'en va pas de même de sa garde rapprochée. Lorsque je l'ai fait arrêter, son second a dégainé son glaive et blessé mes soldats. Or je suis là pour assurer la paix d'aujourd'hui et garantir celle de demain. Le risque qu'il représente est considérable.

— Gouverneur, tu aurais pu bannir Jésus de Palestine et tu en aurais été débarrassé. Il n'a rien à voir avec les criminels que tu fais justement crucifier à côté de lui en ce moment sur le Golgotha[1] ; il ne mérite pas ce châtiment infamant.

Claudia demanda la parole et Pilate la lui accorda.

— Pilate, mon Seigneur et Maître, je ne t'ai jamais caché que je suivais les enseignements de Jésus. Sa parole est celle d'un juste et tes espions te l'ont confirmé. À tel point que certains d'entre eux, à force de l'entendre, ont fini par le

1. Petite butte extérieure aux remparts, à deux pas des fortifications de Jérusalem, « lieu du crâne » où les suppliciés étaient mis à mort.

suivre. Il est miséricordieux et attentionné avec les enfants comme avec les femmes. Il soigne tous ceux qui lui demandent son aide sans distinction, pauvres ou riches, esclaves comme patriciens. Des familles de tes propres officiers le sollicitent et il ne refuse jamais son aide pour soulager quiconque est en souffrance. Tu dois revenir sur ta décision afin d'éviter la mort sur la croix d'un homme juste et honnête. Tu en seras grandi.

— Je te l'accorde, Claudia, mais je ne peux plus me déjuger sans déjuger Rome. Le peuple doit craindre Rome. Si je changeais maintenant d'avis, Rome perdrait la face et son autorité, ce qui ajouterait encore plus aux risques de revendication et d'émeute.

— Noble Gouverneur reprit Joseph, j'ai une proposition à te faire qui t'éviterait de te déjuger.

— Parle, Joseph.

— Comme tu le sais, il n'est pas possible de laisser mourir sur la croix les condamnés pendant Pessah, sinon tu indisposeras encore plus notre peuple qui y verrait une attitude blasphématoire de ta part. Nous supposons que tu feras donc briser les jambes des suppliciés pour qu'ils meurent au plus vite à la tombée du jour.

— Oui, c'est ce qui est prévu. Tu vois, Joseph : je respecte vos usages. Les consignes sont déjà données.

— Gouverneur, je te propose d'interdire à tes bourreaux comme à tes hommes de toucher à Jésus et de leur donner pour instruction de nous laisser prendre soin de lui à la tombée du jour. Nous le décrocherons de la croix.

— Mais ce n'est pas possible, car si Jésus ne meurt pas, nous serons toujours exposés à ce qu'il prenne la tête de ses disciples.

— Non, noble Gouverneur, nous t'apportons des garanties. D'une part, il sera dit que Jésus a succombé sur la croix comme les autres bandits et qu'il a donc quitté notre monde. Nous le mettrons au tombeau aux yeux de tous. Nous le soignerons discrètement. Nous nous engageons à organiser son départ de la Judée et de la Palestine. Tu en seras débarrassé. Mes confrères du Sanhédrin qui sont contre Jésus verront cela d'un très bon œil, car ils retrouveront de l'autorité pour conduire notre peuple. Nous nous engageons enfin devant toi à tout faire pour calmer la colère des populations. C'est le marché que nous te proposons et qui servira les intérêts de Rome.

Claudia redemanda la parole ; Pilate la lui accorda.

— Pilate, voilà une sage proposition. Elle sauve un homme juste et préserve ton autorité, ainsi que celle de Rome. Je te supplie de la considérer. Jésus, à l'heure qu'il est, est déjà supplicié sur la croix. Tu as fait exécuter ta sentence et tout le monde le sait. L'autorité de Rome n'est pas affaiblie. S'il réchappe de ce supplice, Jésus ne pourra que fuir loin d'ici, faute de quoi, étant condamné à mort par toi, il serait exécuté une fois repris. Tu n'entendras donc plus jamais parler de lui. Le Sanhédrin, quant à lui, sera de ton côté.

— Noble Gouverneur, voilà de bonnes paroles. Que décides-tu ? demanda Joseph.

Pilate se tut. Puis il se tourna vers Joseph d'Arimathie et Nicodème.

— Soit ! J'accepte cet arrangement sur lequel le Sanhédrin s'engage par votre voix. Il vous appartient de faire en sorte que rien ne filtre. Dans quel tombeau allez-vous l'installer ?

— Dans le mien. Ce sera le plus sûr et le plus discret, répondit Joseph d'Arimathie.

— Je ferai poster deux gardes devant le tombeau avec ordre de ne laisser entrer personne d'autre que vous et sa proche famille.

Alors que Pilate allait donner ses instructions, un soldat arriva pour l'informer que Jésus venait de succomber, ce qui ne manqua pas de l'étonner. Pilate donna immédiatement ses instructions.

— Que les jambes de Jésus ne soient pas brisées et que Jésus soit maintenant pris en charge par Joseph d'Arimathie.

Le jour commençait à décliner, Joseph d'Arimathie partit tout de suite au Golgotha. Il envoya Nicodème chercher des herbes, des onguents, des couvertures, un linceul, de l'eau et des tissus pour la toilette.

Au pied de la croix se tenaient Jean, Marie la mère de Jésus et Marie-Madeleine. Jésus ne bougeait plus ; sa tête était affaissée sur sa poitrine. Une plaie était à son côté droit. Avant d'envoyer prévenir Pilate, un soldat avait cru bon de le piquer d'un coup de lance afin de voir s'il réagissait. Jésus n'avait émis aucun signe de vie.

Un quart d'heure plus tard, alors que la nuit tombait, tous entendirent les masses taper sur les jambes des deux voyous. Leurs cris de bête déchirèrent le lourd silence. Leurs corps que les jambes ne pouvaient plus soutenir s'affaissèrent, déchirant un peu plus les plaies de leurs poignets. Ce fut une longue suite de gémissements ; puis, avec la compression de la cage thoracique, vint l'étouffement ; ils perdirent connaissance.

Les échelles qui avaient été utilisées pour lever les *patibula* où les suppliciés étaient cloués depuis le sol étaient restées sur place ainsi que des cordes et les tenailles qui servaient à arracher les clous après le décès des malheureux.

Nicodème revint, tirant une charrette dans laquelle il y avait un très gros baluchon, un seau rempli d'eau et quelques pots en terre cuite. Jésus était mort ou avait perdu connaissance, ce qui était le plus probable car aucun supplicié ne mourait en si peu de temps sur la croix. Il fallait en général deux à cinq jours. Le supplice était infamant et il convenait qu'il servît d'exemple et durât le plus longtemps possible pour calmer les voyous comme les émeutiers.

Jean était au pied de la croix, qui n'était pas très haute. Les pieds de Jésus étaient à peine à la hauteur d'une table. Jean soutenait les jambes de Jésus pour limiter les effets du poids de son corps inconscient sur ses poignets. Joseph et Nicodème installèrent les échelles à l'arrière du *patibulum* et commencèrent à y attacher les bras de Jésus avec les cordes afin de soutenir le poids du corps lorsqu'ils enlèveraient les clous. Ils en profitèrent pour lui enlever la couronne d'épines.

Jésus ne bougeait pas et ne donnait aucun signe de vie. Nicodème, avec une grosse tenaille, arracha d'abord le clou des pieds pendant que Jean continuait de soutenir le corps de Jésus, serrant fortement ses jambes dans ses bras et le poussant vers le haut. Cela permettait de limiter le déchirement des chairs et des tendons des poignets, déjà très abîmés par les clous. Puis ce fut l'arrachage du clou du poignet gauche et enfin celui du droit. Ils relâchèrent alors les cordes et soutinrent son corps pendant qu'il descendait.

Le corps inerte de Jésus, d'abord déposé et maintenu assis, fit l'objet d'un premier nettoyage avant d'être étendu dans la charrette. Ils l'installèrent sur le ventre, à même une couverture, pour ménager son dos lacéré. Ils prirent immédiatement la direction du tombeau de Joseph qui n'était pas très loin. Joseph avait vu que la blessure au côté n'était pas très profonde et qu'elle saignait encore, ce qui était signe de vie car un corps mort ne saigne pas. Le soldat avait simplement testé, pour voir si Jésus réagissait, sans transpercer la cage thoracique.

Arrivés au tombeau, ils préparèrent un lit avec des couvertures disposées sur la table de pierre et déroulèrent quatre coudées du linceul pardessus, laissant le solde roulé en tête. Le linceul mesurait environ huit coudées de long et près de deux de large. Ils lavèrent alors soigneusement son corps et l'enduisirent abondamment d'onguents à base d'aloès et d'herbes désinfectantes et cicatrisantes enduites de myrrhe, particulièrement sur son torse, son dos et ses reins puis sur les plaies des pieds, des poignets et sur son côté.

Même s'il ne percevait ni pouls ni signe apparent de respiration, Joseph était confiant. Le corps de Jésus avait conservé sa chaleur ; ses membres étaient flasques et surtout les articulations avaient conservé toute leur souplesse et il continuait à saigner très légèrement. Tout cela était bon signe. Joseph installa Jésus sur le ventre ; il ne mit pas de *sudarium* sur la tête de Jésus ; il déroula le reste du linceul depuis sa tête jusqu'à ses pieds pour le protéger des insectes et conserver sa chaleur au mieux. Deux gardes de Pilate les avaient suivis. Joseph leur demanda de ne laisser entrer personne à part ceux qui étaient présents et leur donna dix sesterces.

Il faisait nuit lorsqu'ils quittèrent au soir le tombeau. Joseph réconforta Marie et lui dit qu'il reviendrait le lendemain matin malgré le Sabbat.

Le lendemain matin, Joseph était sur place. Les gardiens n'étaient plus là. Il roula la pierre et pénétra dans le tombeau. Il avait apporté de l'eau, des linges et des onguents. Il souleva doucement le drap. Grâce aux herbes abondantes, le drap n'adhérait pas aux blessures. Le corps de Jésus était toujours chaud et ses bras étaient souples. En mettant une cuillère d'argent sous son nez, il se forma une très légère buée. Jésus respirait donc faiblement, bien que sa cage thoracique ne bougeât pas. Son pouls était toujours impossible à détecter.

Joseph nettoya les plaies des pieds et des poignets ainsi que celle du côté ; elles avaient suppuré et le sang avait coagulé. Il y remit des onguents en abondance et des herbes aseptisantes. Il retourna doucement Jésus. Avec la petite cuillère, il inséra un peu d'eau dans sa bouche pour humidifier ses muqueuses. Jésus n'avait pas bu depuis vingt-quatre heures. Joseph vit que l'eau lui faisait du bien car un souffle sortit de ses narines, comme une expiration. Il rafraîchit son visage. Comme la barbe le gênait, il décida de le raser pour mieux l'humidifier ; il avait anticipé et s'était muni de ciseaux, d'un peigne et d'un rasoir. Très délicatement, il commença à couper la barbe puis, mouillant ce qu'il en restait, il le rasa. Lorsqu'il eut fini, il contempla son visage. Le visage sans barbe, émacié, les traits tirés par les souffrances, les yeux enfoncés dans leurs orbites et son nez pincé le rendaient méconnaissable. Il rafraîchit encore son visage avec un linge trempé et fut surpris de voir son souffle revenir.

Il remit le linceul sur Jésus. Il laissa les herbes et les onguents sur place, ainsi que les linges de soin qui n'avaient pas servi. Il se promit de revenir le jour même. Il roula de nouveau la pierre pour fermer le tombeau.

En fin d'après-midi, il était de retour. Les gardes n'étaient toujours pas là. Ils avaient dû se volatiliser, trop contents d'avoir reçu l'argent de Joseph. Il avait apporté du linge propre pour Jésus, une petite pièce de lin munie d'un trou pour passer la tête afin de couvrir son dos et ses reins et une pièce de lin d'un seul tenant, sans couture ni taille, pour son drapé ; pour le cas où, s'étant réveillé, il aurait souhaité s'habiller. Il avait aussi apporté une cruche d'eau, des dattes et un peu de poisson fumé.

Il souleva le linceul du dessus et le replia au-delà de sa tête ; Jésus, toujours inconscient, respirait maintenant régulièrement. Il tourna Jésus sur son côté gauche afin d'avoir accès à son dos et au flanc droit. Doucement, il enleva les herbes une à une. Elles se détachaient facilement grâce aux onguents et parce qu'elles avaient absorbé beaucoup des suppurations. Il laissa celles qui avaient fusionné avec le sang séché. Il nettoya les plaies en tamponnant avec un linge mouillé.

Le dos, noir de sang coagulé, n'était que chair à vif. Il y étala force pommades. Il étendit un drap propre sur le linceul du dessous et réinstalla son corps sur le dos après l'avoir tapissé d'un lit d'herbes. Puis il le bascula sur le côté droit pour avoir accès aux parties restant à soigner. Il remit ce corps martyrisé sur le dos et lui rafraîchit encore abondement le visage, ce qui détendit un peu ses traits toujours contractés. Il refit des soins sur les plaies des pieds et des poignets.

Il lui fit de nouveau absorber un tout petit peu d'eau. Il le vit déglutir. Au pied du reposoir, il laissa la cruche et la nourriture ainsi que les herbes, les onguents et les linges propres.

Il se dit qu'il reviendrait le dimanche de très bonne heure.

Le dimanche à l'aube, il ouvrit de nouveau le caveau. Jésus dormait toujours dans la position où il l'avait laissé la veille au soir. Il souleva le linceul et examina les plaies ; elles ne suppuraient plus. Il commença à le rafraîchir. Jésus ouvrit les yeux. Joseph d'Arimathie lui fit signe de rester paisible. Il continua ses soins. Lorsqu'il eut fini, Jésus tendit son bras droit comme pour lui prendre la main ; mais il ne put bouger ni la main ni les doigts.

« À boire », murmura Jésus à Joseph.

Joseph prit une coupelle et y versa de l'eau, puis lui souleva la tête pour qu'il bût un peu. Jésus en redemanda ; il but cinq coupelles de suite. Cela semblait le revigorer, comme une plante en manque d'eau qui se redresse une fois arrosée.

« Je veux m'asseoir. Aide-moi. »

Très doucement Joseph le fit basculer pour qu'il pût s'asseoir. Jésus regarda ses mains paralysées. Ses doigts gonflés étaient pétrifiés. Il regarda ses pieds qui pendaient du reposoir. Et il leva les yeux sur Joseph.

— N'es-tu pas Joseph d'Arimathie ?

— Oui, c'est moi.

— Que fais-tu près de moi ?

— Tu as été supplicié, mais tu n'es pas mort grâce aux accords que nous avons passés avec Pilate.

— Et ma mère et Marie-Madeleine ?

— Elles ont eu beaucoup de douleur, te croyant mort ; elles m'ont aidé à te soigner et à te mettre ici à l'abri. Je les ai convaincues que tu vivrais. Tu reviens de loin.

— Je suis fatigué, Joseph.

— Voilà du poisson, essaye de le manger.

Jésus mangea à peine un demi-filet et but de nouveau.

— Il faut te reposer encore. Tu es très faible. Je vais m'occuper de tes plaies maintenant.

De nouveau Joseph nettoya et pansa les plaies.

— Je vais dormir.

— C'est ce que tu as de mieux à faire. Tu as tout ce qu'il faut ici si tu as faim. Je reviendrai te voir en début d'après-midi. Je referme la pierre mais je la laisse légèrement décalée pour que tu puisses mieux respirer. Je ne te conseille pas de sortir. Lorsque tu pourras marcher, je t'amènerai chez moi après le coucher du soleil, de telle sorte que personne ne te voie. Cette pièce de tissu te couvrira le dos pour ne pas que des suppurations tachent ton drapé ; nous pourrons la changer facilement.

Jésus se rendormit aussitôt.

85 › 86

Jésus se réveilla le dimanche en fin de matinée. Il se sentait mieux. Il s'assit, but cette fois un bol d'eau entier. Joseph avait rempli trois bols d'avance. Il eut du mal à tenir le bol entre ses deux mains. Ses doigts bougeaient un peu mais ses mains restaient rigides ; tout mouvement lui était douloureux. Il mangea avec appétit du poisson et des dattes. Il vit les semelles de cuir à côté du reposoir avec la boucle pour l'orteil. Il les enfila avec difficulté et tenta de se mettre debout. Une violente douleur le fit se rasseoir. Il se mit en position du lotus, se concentra et fit des exercices de respiration, canalisant ses énergies mentales vers l'auto-guérison.

Après une heure, Jésus put se mettre debout avec bien moins de douleurs et avancer doucement, à tout petits pas mal assurés. Par la fente laissée entre les murs du tombeau et la pierre d'obturation entrouverte, il vit qu'il faisait beau dehors. Il y avait des outils de jardinier dans la tombe. Sans doute Joseph s'en servait-il pour faire désherber les abords de son tombeau. Il prit le manche d'une bêche dans le creux de ses deux bras, passa le manche dans la fente de la pierre, tendit les muscles de ses bras et appuya en faisant levier avec le poids de son corps, en évitant de porter tout effort sur sa cage thoracique. La pierre bascula. Une douleur au côté lui rappela sa plaie. Il enfila difficilement le tissu de protection de son dos puis se drapa comme il put dans la belle étoffe que Joseph lui avait préparée. Il sortit sur le seuil du tombeau ; le grand air le vivifia.

Après avoir déposé la bêche contre la roche extérieure du tombeau, il fit dix petits pas, traînant les pieds, puis s'arrêta, immobile, humant l'air sous le soleil de midi. Des femmes cheminaient au loin. Il reconnut la silhouette et la démarche de Marie-Madeleine. Elles se rapprochèrent ; il les laissa passer devant lui sans dire un mot. Aucune ne l'avait reconnu, le prenant pour un jardinier. Son visage glabre avait complètement changé et la bêche donnait à penser qu'il s'occupait de l'entretien...

Elles trouvèrent le tombeau vide. Avant même qu'elles aient eu le temps de s'interroger, Marie-Madeleine entendit la voix de Jésus :

— Marie !

— *Rabbouni* ! cria-t-elle en courant vers lui.

— Ne me touche pas !

Marie-Madeleine se jeta à ses pieds et les caressa doucement, très légèrement. Elle pleurait.

Il se tenait debout, comme en équilibre. Il reprit :

— Femme, tu me vois, je suis vivant. Demain, tu iras dire à mes apôtres que je suis en vie et qu'ils restent très discrets. Je te ferai savoir quand je viendrai les visiter. Je te ferai savoir aussi où je suis. Ne reviens pas ce jour car je ne serai plus là.

Jésus, fatigué par cette première sortie, se recoucha, laissant le tombeau grand ouvert ; il dormit de nouveau. Alors que le soleil commençait à décliner, Joseph vint avec Nicodème ; il trouva la pierre ouverte et Jésus debout dans le tombeau.

Nicodème était venu avec la charrette ; Jésus se sentit la force de quitter le tombeau et d'aller chez Joseph en carriole ; mieux valait ne pas rester ici. Ils ramassèrent toutes les affaires et partirent tous les trois.

86 › 87

Au bout d'une semaine, ses pieds restaient douloureux mais Jésus pouvait marcher sans trop de peine. Le contrôle de ses mains revenait doucement. Sans avoir beaucoup de force, il pouvait tenir un objet léger entre ses doigts. Joseph lui expliqua le contrat qu'il avait passé avec Pilate. Jésus comprenait. Il communiqua avec Marie-Madeleine par l'intermédiaire de Joseph et lui proposa de rassembler ses apôtres d'ici une semaine à Jérusalem, dans une maison qui appartenait à Joseph.

Les apôtres devaient être là à la nuit tombée. Jésus arriva bien avant et se tint dans l'ombre, près d'une porte, derrière le paravent d'un rideau, au cas où un intrus pénétrerait dans la maison. Marie-Madeleine avait allumé les chandelles et les flammes vacillantes projetaient des ombres difformes et changeantes sur les murs.

Lorsqu'ils furent tous arrivés, Marie-Madeleine verrouilla les portes. Jésus sortit de l'ombre comme s'il apparaissait. Il s'adressa à ses disciples qui furent stupéfiés de le voir, même s'ils le savaient vivant. Le bruit courait en ville qu'il était ressuscité. Jésus demanda à ses disciples de garder secrète leur rencontre et de ne pas dire qu'ils l'avaient vu vivant.

Il leur dit qu'il continuerait son ministère, qu'il irait ainsi vers le Père chaque jour un peu plus. Il leur demanda de continuer son œuvre et de répandre la bonne parole. Les apôtres étaient interloqués, ne sachant comment s'y prendre. Jésus leur dit que le temps allait venir où tout serait limpide pour eux et qu'ils seraient naturellement éclairés pour mener leur mission.

Ils dînèrent tous ensemble. Ils partagèrent le pain et le vin. Tous virent que Jésus mangeait de bon appétit. Lorsque vint l'heure de se séparer, Jésus leur annonça qu'ils se reverraient deux semaines plus tard ; il leur demanda de sortir par petits groupes de deux ou de trois afin de ne pas attirer l'attention. Jésus resta seul avec Marie-Madeleine ; elle lui apprit qu'elle attendait un enfant. Elle qui le désirait tant depuis plus d'un an. Ils restèrent à parler tous les deux, puis rentrèrent chez Joseph.

Joseph ne dormait pas et les attendait. Il leur expliqua que Pilate s'agaçait des soulèvements qui avaient suivi la condamnation de Jésus et qu'il demandait des comptes au Sanhédrin. Il était dangereux que Jésus reste chez lui. Ils partirent la nuit même pour Béthanie. Nicodème avait attelé un âne à sa charrette. Bien leur en prit car Pilate, furieux et pensant qu'il avait été berné, faisait chercher Jésus. Le Sanhédrin montra beaucoup de signes de bonne volonté à Pilate pour apaiser les troubles ; Joseph invita ses soldats à inspecter sa maison et certifia à

Pilate qu'il avait tenu parole et que Jésus ne reparaîtrait jamais.

Ils arrivèrent à Béthanie deux jours plus tard. Jésus, Marthe et Marie-Madeleine parlèrent longtemps ce jour-là. Il était évident que la situation irait en se dégradant et qu'il deviendrait dangereux, pour ceux qui avaient été proches de Jésus, de rester en Palestine.

Puisque Jésus était condamné à mort, les Romains le tueraient immédiatement s'ils le retrouvaient. Tôt ou tard, ils persécuteraient sa famille, ses proches et ses apôtres pour savoir où il se tenait.

Il fallait aussi préserver l'enfant à naître.

Aussi, la mort dans l'âme, après avoir évalué diverses possibilités, Marie-Madeleine et Jésus résolurent-ils de se séparer. Marie-Madeleine partirait en Gaule, où Joseph d'Arimathie avait des relations déjà solides avec des marchands de confiance qui tenaient des comptoirs près d'Agde. Il avait souvent commercé avec eux.

Quant à Jésus, sans même savoir qui il était, ses plaies aux pieds et aux poignets parlaient pour lui. Elles le désignaient tout de suite comme un condamné à mort mystérieusement échappé d'un supplice dont personne ne sortait vivant. Ses plaies le dénonceraient dans tout l'Empire chaque fois qu'il croiserait un Romain ou un sujet asservi. Il lui fallait quitter l'Empire. Il partirait donc en Orient, où il avait passé de si belles années.

Marie-Madeleine l'avait supplié de l'emmener avec lui. Mais le très long et fatigant voyage qu'il allait entreprendre, l'insécurité sur les routes avec les attaques de brigands, sans compter les risques d'être repéré tant qu'il n'aurait pas quitté l'Empire romain, le fait que Marie-Madeleine ne parlait pas un mot des langues lointaines et serait bien seule, et surtout sa décision de continuer son ministère, tout cela lui interdisait d'assumer la responsabilité d'une jeune épouse et d'un enfant à naître.

Au contraire, la savoir entourée de sa sœur, de ses amis, cousins et cousines, de Joseph, de Lazare, de Sidoine et de Maximin le rassurait. Elle pourrait accoucher dans de bonnes conditions et s'occuper du nourrisson.

Marthe rendit visite à Joseph, qui avait aussi décidé de partir, le temps que les choses se calment en Judée. Il vendrait quelques biens et aurait de quoi armer un bateau. Marthe, quant à elle, avait décidé de liquider tout ce qui lui appartenait. Elle se mit d'accord avec Joseph pour planifier la date de leur embarquement. Elle vendit tous ses biens en moins d'un mois.

La veille de son départ, Jésus avait réuni en toute discrétion ses apôtres à Jérusalem dans une grande demeure que Marthe venait de vendre et qui n'était pas encore occupée par le nouveau propriétaire. Il leur confirma qu'il partait rejoindre son Père, ce qui pour lui était une image pour signifier qu'il continuerait son ministère. Ce soir-là, Thomas était présent. Il n'avait pas été là lors de la précédente réunion, et comme il ne croyait pas qu'il s'agissait de Jésus, Thomas put voir et toucher ses plaies. Il crut.

Jésus donna ses consignes pour que les apôtres continuent les prêches. Ils tirèrent au sort les régions que chacun irait visiter. L'Asie revint à Thomas qui n'en voulait pas. Jésus le rassura car ils partiraient tous les deux. Ils dînèrent tous ensemble et tous dormirent dans la maison. Jésus passa une dernière nuit avec Marie-Madeleine ; elle pleurait. Il toucha son ventre et sentit le petit bouger. Il fit ses adieux à l'enfant à naître et le bénit.

Avant l'aube, très discrètement, sans réveiller Marie-Madeleine, il prit la route avec Thomas. Au matin, les apôtres s'aperçurent qu'il n'était plus là ; ne l'ayant jamais revu, plus tard, ils laissèrent courir le bruit d'une ascension vers le ciel, ce qui réglait le mystère de sa disparition et ne pouvait qu'apaiser Pilate.

C'est ainsi que, quarante jours après son supplice, Jésus se mit en chemin pour sortir de l'Empire romain.

L'Évangile de Marthe racontait ensuite leur départ de Palestine, leur voyage, leur arrivée difficile en Gaule après la tempête, la naissance de la petite Sarah, fille de Jésus et de Marie-Madeleine, son départ avec Joseph qui s'installa en Bretagne, les évangélisations de Marseille, d'Aix-en-Provence et de Tricastin, son installation à Tarascon, et pour finir, son voyage à Cassan qu'elle ajouta lorsqu'elle séjourna chez Cassius.

87 › 88

Rome, vendredi 23 octobre 2020

« Au-delà des écrits, une révélation bien plus importante vous attend », avaient annoncé les tarots de Clément.

Après la remise en cause de la virginité de Marie, de la Trinité, du célibat de Jésus, voici que venaient la remise en cause de sa mort sur la croix et celle de la résurrection, qui constituent deux des dogmes fondateurs les plus importants de la chrétienté.

La résurrection n'a jamais été celle de la chair mais celle de l'esprit, qui intervient bien avant d'être mort. C'est l'Éveil, celui qui permet de devenir un « Bouddha » dans la tradition bouddhiste et d'atteindre le « Nirvana ».

Jamais Jésus ne prétendit être Dieu. Il n'a pas plus prétendu être né d'une vierge. Ce n'est pas Jésus qui a bâti le christianisme, ce sont ses apôtres qui l'ont construit après lui. Jésus ne s'est pas référé aux prophéties de l'Ancien Testament ; ce sont les auteurs des évangiles qui ont voulu le rattacher à la tradition juive afin de convertir plus facilement les Juifs au christianisme qui ne s'y trouveraient ainsi pas dépaysés.

Les évangiles canoniques ont été écrits dans le but d'édifier une religion forte et structurée et non à seule fin de rendre compte fidèlement de l'enseignement de Jésus et de son histoire. L'Évangile de Thomas, le plus authentique, restitue le prêche de Jésus dans sa proximité avec les pensées orientales.

Sans doute le pape Jean-Paul, visionnaire, était-il prêt à accepter ce nouveau paradigme, lequel permettait de faire évoluer la religion et ne changeait rien en profondeur. Jésus parlait toujours d'un Dieu unique et miséricordieux. Par sa souffrance, Jésus avait bien racheté les péchés de l'humanité. Les hommes étaient toujours invités à aller vers plus de fraternité et d'amour. Ce nouveau regard s'appuyait sur un évangile incontestable, car écrit directement de la main de Marthe, qui lui était intimement proche et qui était sa contemporaine ! Ce qui n'était pas le cas des évangélistes.

C'était évidemment aller contre les inconditionnels des dogmes établis, avec tout ce que cela supposait de résistance au changement.

— Marco, on retourne tout de suite à la banque. Je ne suis pas tranquille avec le rapport de datation à la maison.

88 › 89

Andrea avait vu juste. Deux bandes étaient bien intervenues lors du cambriolage de la maison de Gioia. La première était activée directement par l'Organisation, qui avait recouru à ses propres réseaux, présents à Rome de longue date.

Lesdits réseaux, composés de braves gens, dévoués corps et âme au service de leur foi, étaient chargés d'accueillir les prêtres officiant en Chine lorsqu'ils étaient en visite au Saint-Siège. Bien sûr, ils avaient été manipulés. On leur avait dit qu'il existait un évangile secret qui renforcerait la foi chrétienne et qu'il fallait le récupérer pour en prendre copie. L'évangile serait ensuite restitué. Donc, à part l'acte de subtilisation momentané, il n'y avait pas de véritable malveillance. Le « chargé de mission », Benito Pace, bien incapable de faire quelque fric-frac, s'était attaché la collaboration de deux monte-en-l'air, moins bien intentionnés, qu'il avait recrutés dans le milieu asiatique romain. Ces derniers étaient plus apparentés aux triades qu'aux enfants de chœur. Ce sont eux qui avaient cassé la vitre et ouvert la voie dans la maison.

Alors qu'ils mettaient la main sur ce qu'ils cherchaient dans le bureau de Marco, ils avaient été surpris par une seconde bande. Ce n'était pas prévu et ça ne s'était évidemment pas bien passé du tout. Le ton était monté immédiatement et ils en étaient venus aux mains. Benito, terrorisé, les avait convaincus de s'expliquer dehors plutôt que dans la maison. Là, ce fut beaucoup plus chaud : les crans d'arrêt s'étaient invités dans la discussion. Benito Pace était désespéré. Il fit tout pour stopper la rixe et proposa enfin de partager ce qu'ils avaient « emprunté ». Cela calma le jeu et la bande libanaise partit avec la clé USB et la traduction hébraïque. La bande des triades conserva l'exemplaire latin.

Les deux interlocuteurs de la bande des triades, ayant compris qu'il y avait un réel enjeu, firent alors chanter Benito pour lui soutirer de l'argent bien au-delà de ce dont ils avaient convenu pour l'opération. Benito fut contraint de céder afin de récupérer la traduction.

Une fois qu'il eut la traduction latine entre les mains, il était tellement inquiet et perturbé qu'il ne se voyait pas la restituer ni même en prendre copie, craignant qu'il ne lui tombât de pires foudres sur la tête. Le jour même, il confia l'ouvrage à un prêtre qui allait rentrer à Shenyang, dans un paquet soigneusement fermé à l'attention de l'Organisation, avec un mot explicatif indiquant qu'il en restait là et qu'il ne faudrait rien lui demander d'autre.

Tout cela fit que trois jours plus tard, le 17 septembre, l'Organisation avait enfin en main ce qu'elle avait tant convoité. Sans bien se coordonner dans le choix de son traducteur et dans la hâte de savoir ce que contenait le manuscrit, l'Organisation demanda au « père Gianni », qui avait une réputation de fin lettré, en latin comme en mandarin, de bien vouloir traduire « un document ancien »... Il se trouva que le père Gianni partait pour l'Italie le surlendemain et demanda l'autorisation d'emporter le document qu'il n'avait pas ouvert et dont il ne connaissait alors rien du contenu ni de l'origine. L'Organisation lui accorda cette autorisation, mais fit photographier le document pour en conserver la copie. Finalement, au dernier moment, le père Gianni, déjà trop chargé, préféra voyager avec les photos numérisées plutôt qu'avec un codex. Il reçut donc une clé USB.

Il s'en fallut de très peu que la copie latine qu'avait fait faire Giordano Bruno de l'Évangile de Marthe, après avoir été volée le 14 septembre chez Gioia, y revienne cinq jours plus tard en passant par Shenyang !

89 › 90

Beyrouth, mardi 15 septembre 2020

C'étaient bien des fuites qui avaient mis la bande libanaise sur la piste, mais pas celles auxquelles Gioia et Marco auraient pu penser. Lorsque Benito avait cherché des hommes de main, il avait trop parlé, à droite, à gauche, et lâché beaucoup trop d'informations sur le lieu et l'objet de l'intervention. Des interlocuteurs qui avaient décliné avaient compris que le document était très ancien et avait donc a priori une valeur importante. Plutôt que de travailler pour compte, ils avaient décidé de le doubler et d'agir dans leur propre intérêt. C'est ainsi que l'équipe difficilement constituée par Benito Pace s'était retrouvée sans le savoir en concurrence avec la bande libanaise de Jad Chamou, le même jour et au même moment.

Jad Chamou s'en était plutôt bien tiré. Bien que légèrement blessé au bras, il avait maintenant un petit trésor avec le manuscrit de l'Évangile de Marthe en hébreu, plus la clé USB dont le fichier était libellé « Évangile de Marthe original – Araméen » ! Très malin, il partit le lendemain matin pour Beyrouth, se faisant intégrer aux équipes sanitaires d'un avion qui acheminait des médicaments et du matériel de soins hospitaliers. Sa rapidité lui permit d'échapper aux signalements diligentés aux contrôles des frontières à la sortie de l'Italie, les analyses ADN n'ayant pas encore parlé et les avis relatifs au manuscrit n'ayant pas encore été diffusés en raison de l'inertie administrative, malgré la réactivité de Gioia et d'Andrea.

À Beyrouth, laissé dans un état apocalyptique par l'explosion des 2 700 tonnes de nitrate d'ammonium le 4 août, Jad Chamou contacta ce qui restait de la communauté juive locale, avec laquelle sa famille avait de bonnes relations. Le rabbin Selim Farhi le reçut l'après-midi même. Il examina le document et vit tout de suite qu'il avait été écrit par un érudit séfarade. Jad en voulait 100 000 €. Selim commença à négocier à 50 000 €. Il connaissait bien les habitudes de négociation et ce n'était pas à un vieux singe qu'on allait apprendre à faire la grimace. Jad, convaincu que Selim était un petit joueur, était certain d'en tirer bien plus à Tel Aviv ; il préféra rompre la discussion et rentra chez ses parents, qui avaient une petite maison à 15 km du centre-ville en direction de Jounieh.

Le lendemain mercredi, avec un cousin, il partit à l'aube, en voiture, pour Tel Aviv ; le voyage par la route n'était pas si simple. Ils mirent sept heures pour y parvenir.

Ils se rendirent chez des cousins de son cousin qui tenaient un restaurant et qui les mirent en contact avec le grand-rabbin de Tel Aviv. Ce dernier les reçut en fin d'après-midi, le jour même.

Jad expliqua que des amis proches lui avaient confié ce codex qu'ils avaient retrouvé dans le grenier d'une de leurs propriétés. Il l'avait fait expertiser et on lui en avait proposé 150 000 us$, qu'il avait refusés pensant qu'il valait plus de 200 000 us$. Le grand-rabbin examina attentivement le codex et lui en offrit 160 000 us$. Après moult discussions, ils se mirent d'accord sur 170 000 us$ intégralement payés en liquide, avec des espèces certifiées par un officier bancaire. Le rendez-vous fut pris à la banque pour le jeudi à 11 heures.

Une fois payé, Jad Chamou avait montré au grand-rabbin, sur l'écran de son ordinateur portable, le document qu'il avait sur sa clé USB. Le rabbin qui lisait l'araméen s'était extasié : « Mais c'est ce que je viens de vous acheter, en araméen cette fois ! Il a l'air bien plus ancien. C'est peut-être l'original de Marthe. » Il avait proposé au grand-rabbin de lui vendre la clé, mais ce dernier avait refusé, disant que ce qu'il venait d'acheter lui suffisait.

Jad déjeuna au restaurant du cousin, à qui il expliqua qu'il souhaitait rencontrer des Juifs russes émigrés, cultivés, restés proches du pouvoir du Kremlin, afin de leur montrer un document d'exception. Le cousin, véritable mine d'informations, avait ça dans sa clientèle. Il passa deux coups de fil et un dîner fut organisé le soir même avec Samuel Mendel, beau-frère du président de la communauté juive de Saint-Pétersbourg, évidemment très lié au grand-rabbin de la Grande Synagogue chorale de Saint-Pétersbourg.

Jad était en liesse ce jeudi soir car il venait de toucher le matin son pactole en liquide ! Lors du dîner, il expliqua à Samuel Mendel qu'il avait pu mettre la main sur un document d'exception qui était la copie électronique intégrale de l'évangile original de Marthe, en araméen. Il le lui montra à l'écran. Jad pensait que cela intéresserait tant le pouvoir russe que les communautés juive et orthodoxe. Il lui indiqua que le grand-rabbin de Tel Aviv venait de lui acheter le codex, traduction de cet original en hébreu. Il confirma qu'il était prêt à vendre la copie électronique de l'exemplaire araméen. Même s'il ne s'agissait pas d'un document tangible, il valait sans doute au moins 50 000 us$, qui seraient remboursés facilement en revendant des copies aux orthodoxes et en faisant des articles dans des journaux scientifiques et religieux.

Samuel Mendel lui demanda combien il en voulait et ils se mirent d'accord sur 40 000 us$ cash. Le lendemain vendredi, Samuel Mendel retrouva Jad à 10 heures au restaurant du cousin. Jad avait fait une copie de sa clé et Samuel apporté 40 000 us$ ainsi que son propre ordinateur. Il vérifia la clé et fit signer à Jad un document de vente et d'exclusivité de cette copie, par lequel Jad s'interdisait de faire quelque autre revente de copie de sa clé en lui expliquant qu'au cas où il faillirait, il se retrouverait probablement avec le FSB et le SVR sur le dos et que ça ne rigolerait pas pour lui. Une fois la convention signée, Samuel paya. Jad laissa une commission de 2 000 us$ au cousin restaurateur et 2 000 us$ au cousin libanais qui l'avait accompagné.

Samuel rentra chez lui ; dès 14 heures le vendredi 18 septembre, il avait transmis la copie du contenu de la clé avec une procédure de téléchargement au président de la communauté juive de Saint-Pétersbourg, qui était en lien avec le patriarche de l'Église orthodoxe de Russie à Moscou, lui-même très proche du cabinet du président russe.

Ce que Samuel ne savait pas, c'est que la CIA espionnait les liaisons internet entre Israël et la Russie et qu'elle avait détecté et intercepté son mail, qui n'était pas crypté. Elle avait donc elle aussi téléchargé la copie de l'Évangile de Marthe. Le service traduction de la CIA avait tout de suite vu qu'il s'agissait d'un document en araméen ; il n'y avait plus les compétences internes à leur siège de Virginie pour traduire cette source. Ils prirent contact avec le département des langues orientales de Princeton et tombèrent sur Helen Robinson. Elle fut étonnée qu'on lui parlât de nouveau d'un document en araméen. Ce n'était pas tous les jours que des demandes de ce type arrivaient. Elle reçut une épaisse documentation administrative à signer pour assurer la confidentialité puis, une fois le tout ratifié, la CIA lui fit parvenir le document à traduire. Quelle ne fut pas sa stupeur de voir que c'était le même document que celui dont elle était en train de conduire la traduction pour Marco. Ayant signé un accord de confidentialité avec Marco, elle déclina la demande de la CIA en raison du conflit d'intérêts, ce qui aiguisa encore plus l'attention de la CIA, qui s'orienta vers le département similaire à l'université de

Yale. La CIA mit la pression sur Yale pour avoir un retour rapide.

Helen attendit d'avoir terminé la traduction pour téléphoner à Marco le 21 octobre.

— Hello Marco. Ce document est fantastique. Dès qu'il sera daté et authentifié et que l'on connaîtra l'historique de sa découverte, ce sera une véritable bombe ! N'oublie surtout pas de m'adresser les justifications.

— Merci Helen. Ma femme et moi avons eu bien des soucis, mais nous sommes récompensés en raison de sa très haute qualité et de son caractère incontestable, car nous avons reçu hier la première datation ; il n'y a pas de doute, l'évangile est bien du premier siècle et plus précisément autour de l'an 66.

— J'ai une petite chose à te dire, Marco. C'est très confidentiel et ça concerne cet évangile.

— Dis-moi, Helen. Je te promets d'être une tombe.

— Tu m'as saisie le 11 septembre pour sa traduction. Le temps de mettre au point notre contrat, nous avons signé nos accords de collaboration le 18 septembre. Dix jours plus tard, le 28 septembre, j'ai reçu une autre demande de traduction du même document.

— Et qui donc te l'a adressé ?

— Je ne peux pas te le dire.

— Allons, c'est impossible. C'est un exemplaire unique et nous avons l'original. Tu vas recevoir la datation et je te joindrai l'historique de la découverte… Dis-moi de qui il s'agit, je t'en prie, c'est très important pour nous. Sache que nous avons été victimes d'un accident provoqué, d'écoutes et d'un cambriolage chez nous, rien qu'à cause de ce manuscrit !

— Je vais t'aider, Marco. Le demandeur est une haute administration de mon pays.

— Bon sang ! Oui, lors du cambriolage, une clé avec l'intégralité des photos de l'original nous a été volée. Ce doit être cette copie qui a circulé. Ça n'a pas perdu de temps !

— Bon, je ne t'ai rien dit, mais te voilà sur tes gardes. Je t'assure de ma fidélité ; je ne lâcherai les justifications annexes à personne. Il en va de la réputation de notre université et de la mienne, Marco.

— Merci Helen, je te tiendrai au courant des évolutions de notre affaire. À bientôt.

— Bon courage Marco, et à ta disposition si tu as besoin de nous ; j'insiste : n'oublie pas les justifications pour que je rédige la certification de la traduction. Bye bye.

Le 14 octobre 2020, jour de la saint Juste, les services de l'université de Yale adressèrent la traduction à la CIA, cinq jours avant que ceux de Princeton n'aient adressé la sienne à Marco. La CIA mesura les effets d'une pareille information sur le plan géopolitique et préféra en référer à la Maison-Blanche. Le Président ne put s'empêcher de tweeter le lendemain 15 octobre : *Great news to be unveiled soon, thanks to our fantastic administration !* La CIA appela tout de suite le Président à plus de prudence car c'était un document intercepté et il n'était pas bon de le dévoiler maintenant, à chaud, pour ne pas trahir les sources qui seraient immédiatement identifiées. Mieux valait attendre un peu pour observer ce qui allait se passer. Et le Président tweeta : *The great news is so great that our people need time to receive it – we work hard for that – God bless America – I will be back soon.*

Après avoir évalué l'incidence sur les élections du 3 novembre, et compte tenu des sondages, son administration se dit que la transparence aurait un effet bénéfique pour sa réélection ; elle fit transmettre dès le vendredi 16 octobre, et après négociation d'accords de confidentialité électroniques, les copies de la traduction aux organes dirigeants des congrégations chrétiennes du pays, protestantes, évangélistes et catholiques, dont l'Opus Dei. Le Président espérait bénéficier d'un a priori favorable de ces institutions, lesquelles, au contraire, auraient pu très mal prendre de ne pas avoir été informées en cas de révélation par un autre biais. La bombe était gardée sous le coude.

L'Opus Dei retransmit immédiatement sa copie au Vatican.

Jad venait sans le savoir d'atteindre, en quelques jours, près de 2,5 milliards de chrétiens qui seraient potentiellement informés, sans compter les 15 millions de Juifs.

8 › 91

À la mort du pape Jean-Paul Ier, l'Évangile de Marthe avait été exfiltré du Vatican. Le mafioso de la « drogue connexion », chargé du transport de l'évangile, l'avait récupéré la nuit même de la mort du pape. Il avait pris le temps de faire un saut chez lui avant de partir à l'aéroport de Milan. Là, il avait abandonné le coffret pour ne garder que le codex et la chemise de traduction, ce qui réduisait le volume à transporter. Il appliqua les mêmes procédures que pour le transport de drogue. Il emballa l'évangile dans une enveloppe en plastique à bulles de protection antichoc, puis dans une seconde enveloppe de plastique transparent plus épais, mise sous aspiration d'air pour compresser le contenu, thermorétractée et soudée à chaud, de telle sorte que l'étanchéité à l'air et à l'eau soit assurée. Il avait pris quelques photos de l'opération au cas où il aurait à s'expliquer en douane sur le contenu. De cette façon, le précieux codex était bien protégé. Ce petit détour par chez lui avait pris un peu de temps, ce qui fait qu'il n'était pas arrivé à Milan aussi tôt qu'il l'aurait espéré.

Il avait préféré décoller de Milan car il entretenait quelques habitudes et connaissances au contrôle de cet aéroport ; et Milan était un *hub* bien plus business que Rome, donc plus passe-partout. Lorsqu'il franchit le contrôle, on lui demanda d'ouvrir sa sacoche ainsi que le paquet. Il expliqua qu'il était traducteur et qu'il rapatriait à son propriétaire des documents anciens qu'il venait de traduire ; ces documents étaient fragiles ; il les avait donc soigneusement protégés. Il donna la série de photos polaroïd qu'il avait prises lors de la mise sous emballage. Parmi les photos, il avait glissé 200 000 lires italiennes en coupures de 20 000 lires, soit l'équivalent de 100 euros ; à cette époque, c'était un très bon pourboire, sans être démesuré ! L'officier du contrôle fut satisfait des réponses et n'éprouva pas le besoin de faire ouvrir le paquet, d'autant que les chiens formés à la recherche de drogues n'avaient rien détecté.

Sous le souffle de l'explosion, la sacoche s'ouvrit ; puis, avec le choc au contact des flots, le paquet fut éjecté en mer, intact. Il avait à peu près la même densité que l'eau et le Gulf Stream l'emporta vers l'Arctique. Il y parvint en décembre et fut pris dans les glaces. Il y resta trente-cinq ans, bougeant chaque année de près de 2 km dans l'emprise de la banquise, jusqu'à l'année caniculaire 2015 qui vit sévèrement fondre les glaces. Le paquet se rapprocha du bord de mer mais resta encore prisonnier pendant cinq ans avant d'être libéré. Avec les courants froids, il plongea dans les abysses de l'océan Atlantique et partit pour un très long périple sous-marin de deux ans. Il longea les côtes nord puis sud des Amériques et prit le chemin du pôle. Arrivé à proximité de la péninsule Antarctique, le courant de l'océan Austral bifurqua vers l'est ; il caressa la terre de la Reine-Maud puis s'éloigna, entraînant le paquet en direction de l'océan Indien. En se réchauffant, le courant profond remonta vers la surface et le paquet avec. Il émergea. Exposé au soleil, le plastique transparent provoqua un micro-effet de serre ; le peu d'air contenu dans les bulles de plastique se réchauffa et se dilata, faisant mieux flotter le paquet à la surface de l'eau. En remontant vers le nord, il suivit de loin la côte ouest de l'Australie puis celle de l'Indonésie et tangenta le sud de l'Inde avant de revenir vers l'Afrique.

Mi-2020, le hasard voulut que le yacht du prince héritier d'Arabie Saoudite en route pour Durban testât ses hors-bords de traction de ski nautique. L'équipe de maintenance, affairée sur le ponton d'accostage à l'arrière du bateau, vit un étrange objet flotter. Elle le repêcha et découpa à la cisaille le plastique, manifestement vieilli et rigidifié par les UV et le sel de mer ; à sa grande surprise, elle découvrit qu'il s'agissait de documents.

Le capitaine du yacht était un Indien de Delhi qui avait fait ses classes dans la marine anglaise. C'était un homme cultivé qui parlait très bien anglais. Le paquet à moitié déballé lui fut remis et il acheva d'extirper ce qui au final était un codex incompréhensible et une traduction italienne. Il se douta de l'intérêt que représentaient ces anciens documents pour des érudits. Un de ses marins étant italien et parlant anglais, il se fit expliquer la traduction, ce qui le conforta dans la certitude que ces pièces avaient une réelle importance, si elles étaient authentiques. Il prit soin de photographier l'intégralité du codex et numérisa la traduction italienne sur la photocopieuse de bord.

Lorsqu'il fut de retour à Djeddah, le capitaine remit le codex et sa traduction à son employeur, le prince de la péninsule arabique, qui le transféra aux plus hautes autorités religieuses sunnites de l'université Al-Azhar du Caire. Le capitaine du yacht s'empressa d'adresser les copies qu'il avait prises à son ami, amiral de la flotte indienne, qui était par ailleurs un membre de la famille du président indien.

Comme Moïse, ou plutôt comme Sargon d'Akkad ou, bien mieux en la circonstance, comme Krishna, la copie araméenne de l'Évangile de Marthe était sauvée des eaux ! Le codex venait d'être potentiellement porté à la connaissance de 3 milliards d'hommes, musulmans pour une bonne moitié et hindous pour l'autre.

Ce que personne ne savait, c'est que le pape Jean-Paul Ier, ce pape au sourire, ne badinait pas du tout avec la logique. Lors de sa première lecture, il avait remarqué que l'évangile araméen, dont il avait lu la traduction italienne, était annoté en latin « *De Libro Martha – Roianum – LXVI – I exemplum numerus* ». Il en déduisit que s'il s'agissait de la copie n° 1, il y avait forcément un original et une copie n° 2, sinon il n'y aurait pas eu de numérotation ; et peut-être même d'autres copies encore. Il se dit qu'il lui fallait absolument savoir s'il y avait des traces de ces codex et de leur histoire ou si, hélas, toute référence avait disparu. En effet, si leur contenu était révélé par d'autres sources, ce serait un tremblement de terre et mieux valait que ce fût le Vatican qui en organisât la divulgation ou qui maîtrisât l'information plutôt que d'autres intervenants incontrôlables.

Il se rendit compte qu'il avait bien peu d'indices, et que son seul fil conducteur se résumait à l'étude de la vie de Marthe. Le lendemain de sa lecture, il descendit à la bibliothèque et se fit commenter tout ce dont le Vatican disposait sur Marthe. Il découvrit qu'elle avait fini sa vie à Tarascon et y avait reçu sépulture dans l'oratoire qu'elle-même avait fait édifier. Au IVe siècle, un nouveau tombeau, plus noble, lui fut offert jusqu'à ce que l'envahisseur sarrasin conduisît les gens pieux à cacher son corps sous terre dans l'église basse, de crainte qu'il fût profané. Plus tard, la paix revenue, les reliques de Marthe attirèrent tellement de pèlerins qu'il fallut construire une collégiale ; et à cette occasion, son sarcophage fut placé dans la crypte. En 1364, le bras de sainte Marthe fut offert aux moines de Cassan chez qui il arriva au tout début du XVe siècle, le temps de lui fabriquer un reliquaire en vermeil. Lorsque le Prieuré fut vendu à la Révolution comme bien national, la relique fut sauvée de la destruction par un homme dévoué et pieux, puis replacée plus tard dans l'église de Roujan lors de la Restauration de la monarchie ; elle y demeure encore de nos jours et les fidèles peuvent la voir dans l'abside dédiée à la sainte, abritée dans un tabernacle protégé par une grille. En 1458, le roi de France

Louis XI et le roi René d'Aix-en-Provence décidèrent d'offrir à la collégiale de Tarascon une châsse reliquaire pour installer la tête de sainte Marthe, qui fut alors dissociée du reste de son corps. Hélas, la cupidité des révolutionnaires fit main basse sur la précieuse châsse, ce qui causa la perte de la tête de la sainte. Il ne restait de Marthe que des reliques à Tarascon et sa main avec le bras gauche à Roujan.

Dès le lendemain de sa lecture, le pape Jean-Paul missionna d'anciens séminaristes qu'il avait accueillis à Venise et qui lui étaient totalement dévoués, afin d'inventorier les restes de Marthe à Roujan comme à Tarascon et de recueillir, discrètement mais par tout moyen, des informations sur les copies et sur l'original de son évangile.

Il exerça de fortes pressions et resta en contact téléphonique avec eux pendant leur mission. Ils devaient l'appeler tous les soirs à 20 heures. L'un d'eux, en charge de Roujan, se fit enfermer dans l'église Saint-Laurent afin de passer une nuit en prière, avait-il dit au curé. Dans les faits, c'était un spécialiste de serrurerie et, pendant la nuit, il crocheta la serrure de la grille derrière laquelle était exposé le reliquaire ; l'original en vermeil avait été mis en crypte et remplacé par un simple présentoir en bois, comme un castelet, pour ne pas attiser la convoitise des voleurs. Le présentoir avait deux faces vitrées ; l'une à l'avant, où l'on pouvait voir la main gauche de Marthe détachée de son avant-bras, et l'autre à l'arrière où étaient exposés le bras et l'avant-bras repliés. Il parvint à ouvrir le reliquaire et examina son intérieur. Le support qui séparait la main de son bras était en fait une cloison. Il la démonta et se rendit compte que le velours violet qui la couvrait était amovible ; une fois retiré, il laissait apparaître une cloison composée de deux minces feuilles de bois entre lesquelles une feuille de papier pliée en deux avait été insérée. Il la retira et l'ouvrit. Elle présentait un texte de cinq lignes rédigées en latin avec un dessin en bas de page. Méticuleusement, il recopia le tout sur un calepin, puis remit l'ensemble en place. Il rentra à Rome le 27 septembre en fin de journée pour confier au pape le fruit de ses recherches. Il n'avait rien obtenu d'autre. L'autre séminariste missionné pour investiguer à Tarascon n'avait rien appris de nouveau que le pape ne connût déjà.

Le pape ne fut guère avancé et resta préoccupé par ce message qu'il ne comprenait pas et qu'il prit soin de mettre au propre sur une feuille de papier vierge.

Dès le lendemain matin, le pape Jean-Paul, qui ne savait pas qu'il vivait ses dernières heures, éprouva le besoin de vérifier plusieurs points précis de l'Évangile de Marthe. En particulier, il espérait trouver des concordances qui lui permettraient de percer l'énigme du message. Ce fut la raison qui le poussa vers les archives secrètes afin d'y récupérer le manuscrit.

Le pape ne pouvait pas imaginer que les moines de Cassan, désespérant qu'un descendant de la famille de Marthe réclame enfin les manuscrits de leur ancêtre, avaient rédigé ce mot et l'avaient dissimulé dans la relique afin de laisser une trace permettant à celui qui déchiffrerait l'énigme de retrouver l'endroit où ils avaient caché le codex et ses deux traductions tardives ; cela pour le cas où eux-mêmes disparaîtraient brutalement sans pouvoir transmettre leur secret.

Le 28 septembre en soirée, le pape eut un mauvais pressentiment ; sans doute inspiré par l'archange Gabriel, il plaça la lettre dans une enveloppe qu'il mit derrière le tableau de *Danaé et la pluie d'or* et laissa sur son dictaphone un message pour que son secrétaire fît venir l'archiviste.

45 › 92

Aéroport de Rome,
samedi 19 septembre 2020, 14 h

Gioia et Marco attendaient à l'aéroport de Rome pour accueillir Gianni, en provenance de Milan.

— Bonjour mon chéri, quelle joie de te retrouver ! N'es-tu pas trop fatigué par ce long voyage ?

— Si, un peu. Ce ne fut pas simple avec le nouveau confinement de Beijing, j'ai dû changer les vols et passer par Shanghai puis Milan et Rome. C'était assez pénible.

— Ta *mamma* va s'occuper de toi mon chéri, comme quand tu étais petit ! Dis-moi, tu restes un bout de temps ?

— Pas tant que cela ; je dois être de retour à Shenyang le 30 septembre. Tu vois, dans douze jours ; c'est court !

— Ça nous donnera le temps de nous voir tout de même. On a plein de choses à se raconter.

— En plus des réunions avec la curie au sujet de la mise en place des accords dont tu as dû entendre parler pour la nomination des évêques, au dernier moment, la veille de mon départ, l'Organisation m'a donné un gros boulot de traduction latin-mandarin. Je n'ai pas encore eu le temps de regarder ce dont il s'agit.

— On rentre à la maison et je te chouchoute.

— Maman, tu ne m'as même pas donné le temps d'embrasser papa ! Que t'est-il arrivé avec ce plâtre ?

— Je te raconterai, c'est une longue histoire !

— En tous cas, vous avez bonne mine tous les deux et ça fait plaisir de voir que la retraite de maman vous réussit autant !

À peine entré, Gianni, voyant le contreplaqué sur le vantail de la porte-fenêtre du salon, s'étonna :

— Vous avez cassé un carreau ?

— Non, nous avons été cambriolés lundi dernier et le vitrier passe après-demain. C'est ton père qui a bricolé en attendant.

— On vous a volé beaucoup de choses ?

— Pas vraiment, mais des documents importants. Mets-toi à l'aise, repose-toi si tu veux et on bavardera après. Ta chambre est prête, va te détendre et prends une douche. On se retrouve au salon et on dînera très tôt, vers 18 heures, sauf si le décalage horaire te fatigue trop et que tu veux dîner encore plus tôt et te coucher sans tarder.

Vers 16 heures, Gianni revint en robe de chambre, très cool comme quand il était gamin.

— Alors, dis-nous ce qui se passe en Chine.

— Ce n'est pas l'euphorie. Le bras de fer avec les USA, qui ont mis des taxes à l'importation sur de nombreux produits *made in China*, a affaibli l'économie qui exporte moins ; évidemment la croissance est plus basse et le pays doit s'adapter. Le chômage, qui était peu connu antérieurement, devient un sujet réel que le gouvernement considère attentivement et qu'il s'emploie à traiter comme en Europe. Le virus a fait aussi du mal à l'économie et le sujet de Hong Kong est compliqué. Je pense que la Chine n'admettra pas de résistance. Il est trop tôt pour savoir comment tout cela va évoluer.

— Et sur le plan de l'acceptation de la religion ?

— Officiellement la religion en général est peu présente en Chine ; selon les statistiques de l'État, seulement 10 % de la population adhère à une des cinq religions autorisées. Nous autres chrétiens, serions 10 millions ; et parmi nous, les catholiques compteraient pour 1,5 million. En réalité nous pensons que les chiffres seraient environ deux à trois fois supérieurs, ce qui reste toujours très faible par rapport à la population totale de la Chine.

— Et vos libertés, qu'en est-il ?

— Dès l'instant où nous respectons les règles édictées par le gouvernement, nous n'avons aucun problème et nous sommes plutôt tranquilles et libres de prêcher et de baptiser. Néanmoins, le gouvernement ne veut pas entendre parler d'une autorité supranationale qui donnerait des ordres à des ressortissants chinois. C'est un point de vue assez compréhensible pour un État. Par le passé, le Vatican n'a pas été très adroit lors de ses crises de pouvoir, en se conduisant plus comme un État que comme une religion. C'est cela qui, à mon avis, a détérioré les relations. Une autre approche, plus humble et plus sinisée de notre part, aurait à mon sens produit de bons effets, gagnants-gagnants. Mais on ne peut pas refaire le passé ! On peut en revanche construire l'avenir et c'est ce qui m'intéresse ! Pour ma part j'ai beaucoup de chance. Je suis très bien entouré et je m'occupe d'une paroisse qui m'apporte beaucoup de satisfactions. Je vous ai dit l'essentiel, on aura le temps de parler des détails. Et vous, dites-moi ce que vous faisiez à Venise ?

— Ta mère ne t'en a jamais parlé mais elle avait fait une promesse à son oncle Giacomo un peu après le décès du pape Jean-Paul Ier…

Marco expliqua longuement toute l'histoire à Gianni, qui se montra très attentif et captivé.

— C'est fantastique, cette histoire ! Incroyable ! Je pense que cela peut faire évoluer bien des positions sur le plan géopolitique. Pour ma part, je ne suis pas choqué. Cela ne change rien au message de Jésus et c'est ce qui compte. Aujourd'hui nous sommes dans une autre époque ; le fait de voyager et de se confronter à d'autres systèmes et à d'autres modes de pensée permet de relativiser. Je vois bien que cette nouvelle donne pourrait favoriser des rapprochements entre les religions et assouplir le dialogue entre la Chine et le Vatican… si le Vatican va jusqu'à modifier ses dogmes, ce qui n'est pas gagné.

— Je suis ravi, mon fils, de te voir si ouvert !

— Que veux-tu, papa, lorsqu'on ne sort pas de chez soi, on ne peut guère évoluer. Le fait d'être en contact avec une grande civilisation comme celle de la Chine m'ouvre l'esprit sans que je renonce à ma foi chrétienne. Je fais la part des choses ; je distingue bien ce qui est important de ce qui ne l'est pas. L'Église catholique romaine, au fil des siècles, a raconté une histoire qui s'est éloignée de l'enseignement du Christ, lequel est bien plus proche des sources du bouddhisme que l'on retrouve en Chine, et même de l'hindouisme. Je pense que les évangiles ont été manipulés pour fabriquer une religion qui convenait à l'Empire romain. Cela ne me dérange pas que Jésus ne soit pas Dieu. Ça nous rapprochera des musulmans qui reconnaissent Jésus comme prophète alors que nous-mêmes ne reconnaissons pas Mahomet comme tel. Il serait peut-être temps de le faire, d'autant que les musulmans sont presque aussi nombreux dans le monde que les chrétiens.

— Tu nous as dit que tu avais un lourd travail de traduction à faire, latin/mandarin. Peut-être pourrais-je t'aider avec les moyens informatiques à notre disposition ?

— Je ne sais pas. Il faut déjà que je regarde ce dont il s'agit. Je vais chercher le fichier.

Gianni fila dans sa chambre et revint avec son ordinateur. Il l'ouvrit et consulta la clé USB. Marco regarda avec lui et quelle ne fut pas sa stupeur de voir apparaître la traduction latine de l'Évangile de Marthe qui lui avait été dérobée cinq jours plus tôt.

— Gianni, c'est l'Évangile de Marthe dont je viens de te parler, qui nous a été volé lundi dernier ! Gioia, viens voir !

— C'est incroyable. J'ai choisi de partir avec ces photos pour ne pas trop me charger, mais j'aurais pu venir avec l'original !

— Comment l'as-tu obtenu ? demanda Gioia.

— C'est l'Organisation qui me l'a donné, je ne sais pas du tout comment ils l'ont récupéré.

— Bon, vu l'importance du travail que tu vas devoir faire, je pense que tu peux demander à ton Organisation d'attendre deux mois pour la traduction de ces 108 pages ; et je pense que nous allons pouvoir t'aider, sourit Gioia en regardant Marco.

— Comment cela ?

— C'est simple, l'original de Marthe est en araméen. Il est en cours de traduction en anglais aux USA et en italien à Venise. Une fois les traductions reçues, elles seront sous Word, il suffira de les mettre en traduction automatique sous un logiciel spécialisé anglais /mandarin et italien / mandarin pour que tout soit fait instantanément et tu n'auras plus qu'à relire et à corriger les erreurs de traduction... Ton gain de temps sera énorme !

— Oui, pas mal vu, maman. J'en réfère à l'Organisation pour lui dire que vu la tâche et vu mon agenda ici, j'aurai besoin de deux mois au moins pour en venir à bout.

— Te voilà libéré de ce lourd labeur et tu pourras profiter pleinement de ton séjour à Rome, lui lança Marco, si heureux d'avoir son fils près de lui ; nous aurons plus de temps à passer ensemble et ta mère va être contente ; nous t'emmènerons voir l'original de l'évangile si ça te chante. Je te donnerai des photos pour toi seul dans un premier temps.

Ils dînèrent tôt et Gianni se coucha avant 20 heures.

92 › 93

Gioia et Marco parlèrent longtemps ce soir-là. L'Évangile de Marthe, dans sa version traduite en latin, était déjà entre les mains de l'Organisation chinoise et en cours de traduction par leur propre fils. Dans deux mois, vers mi-décembre, le Pouvoir chinois serait parfaitement au courant du contenu de l'Évangile de Marthe. Que se passerait-il alors ?

Après avoir longtemps étudié les diverses éventualités, ils se dirent de nouveau qu'eux seuls possédaient l'évangile original de Marthe, ainsi que l'authentification, les datations et l'historique de la découverte. Comme ils l'avaient toujours pensé, le mieux était maintenant de se préparer à publier exhaustivement la documentation, de telle sorte qu'il n'y eût pas de zone d'ombre et que les éléments historiques fussent clairs et disponibles pour tous.

En 2021, la fête de Pâques tomberait le 4 avril chez les catholiques. Gioia et Marco se donnèrent comme objectif de publier début février, avant le 17 février, jour du « mercredi des Cendres » qui marque l'entrée en Carême de quarante jours avant Pâques. Par ailleurs, le nouvel an chinois 2021 tombant le 12 février, ce serait aussi une bonne concomitance. 2021 marquait aussi les cent ans de la première année passée en France par Deng Xiaoping et Zhou Enlaï, ce qui semblait important aux yeux de Gioia.

Comme l'Évangile de Marthe remettait en cause la mort et la résurrection de Jésus, il n'y avait pas meilleur moment que le Carême, moment d'humilité et de réflexion, pour que la communauté chrétienne s'interroge sur ses dogmes, ses croyances et se prépare éventuellement à remettre en cause quelques certitudes.

Gioia et Marco sélectionnèrent un designer de site web et une agence de communication spécialisée dans le buzz sur les réseaux sociaux. Ils signèrent des contrats avec clause de confidentialité jusqu'au jour dit.

La communication serait en anglais principalement, mais aussi en mandarin, en russe, en italien, en français, en espagnol, en portugais, en arabe et en hindi afin que le plus grand nombre pût en profiter.

L'évangile serait traduit dans toutes ces langues, ainsi que les annexes. Il n'y avait pas trop de cinq mois pour préparer tout cela. Les cabinets des présidents et Premiers ministres de tous les États seraient prévenus quarante-huit heures avant la communication. Les agences de presse seraient saisies la veille. Les réseaux sociaux tous activés. Une conférence de presse serait organisée ; ils en fixeraient le lieu un mois avant. Plusieurs endroits étaient pressentis, dont l'église de Cassan où le manuscrit avait été découvert, le siège de l'Unesco ou ailleurs encore. Une exposition d'une année pourrait suivre dans un lieu à déterminer. Peut-être à Venise.

Un contact serait établi avec le pape au moins quinze jours avant le lancement, afin de l'informer ; des rencontres d'information seraient aussi prévues avec toutes les religions du Livre et les autres grands courants spirituels tels que le bouddhisme et l'hindouisme, qui avaient tant influencé Jésus.

93 › 94

Le lendemain, alors que Gianni n'était pas encore rentré de ses activités au Vatican, Gioia fit à Marco cette curieuse proposition :

— Fin août, tu m'avais proposé de partir à Venise pour que nous nous mettions dans la peau du pape ; je dois reconnaître que ce fut utile puisque nous avons abouti au déchiffrage de sa lettre. Je voulais te proposer de partir sur les routes de la soie, suivre les traces des caravanes que Jésus a accompagnées depuis la Palestine jusqu'en Extrême-Orient. Je ne pense pas que nous arrivions à nous mettre dans sa peau, mais nous nous rapprocherons de lui, ne serait-ce qu'en voyant les paysages qu'il a parcourus et dont il s'est imprégné. Les sensations que nous éprouverons, voisines des siennes, nous y aideront ; je parie que nous récolterons des informations aussi précieuses qu'inédites pour compléter notre découverte. Qu'en penses-tu, mon chéri ?

— C'est une belle idée et un beau voyage. Ce que j'en pense, c'est que depuis 2 000 ans, les choses ont bien changé. Nous ne pourrons pas retrouver les mêmes perceptions. Les conflits armés sont présents sur presque tout le parcours. N'est-ce pas courir un risque inutile que d'entreprendre pareil projet ?

— Plus qu'au risque, je préfère penser à ce que ce voyage représente dans l'histoire que nous vivons. Nous savons ce qu'est devenue la famille de Jésus, partie vers l'ouest pour la Gaule ; mais nous ne connaissons rien de ce qu'il est advenu de Jésus lui-même, parti à l'opposé, vers l'est ; j'ai l'impression d'être infirme avec cet évangile entre les mains.

— Ça a du sens. Si nous parvenons à trouver des informations en suivant les traces de Jésus, notre présentation de l'évangile s'en trouvera renforcée.

— Vu le planning que nous nous sommes fixé pour la communication, il faudrait que nous partions rapidement, en même temps que Gianni rentrera en Chine. Nous pourrions viser un départ fin septembre et voyager les trois semaines qui suivent avec un retour au plus tard aux alentours du dimanche 25 octobre, avant que l'hiver s'abatte sur les montagnes de l'Iran et de l'Afghanistan.

— C'est en partie la route qu'Alexandre a suivie pour conquérir les peuples jusqu'à l'Indus. Comment comptes-tu t'y prendre pour que nous soyons protégés a minima ? Je ne nous vois pas organiser cela tout seuls !

— Je vais demander à Bruxelles de m'organiser une mission culturelle associée à un audit des risques pour les touristes et de nous consentir un accord de protection avec l'ONU qui est déjà présente sur l'itinéraire.

— Pour les visas, si tu veux partir dans dix jours, tu n'as plus qu'à solliciter des autorisations diplomatiques.

— C'est bien ce que je comptais faire, sinon ça va coincer pour le timing.

Sans s'en rendre compte Gioia venait de réaliser la prophétie que Clément avait faite à Béziers : ils feraient un grand voyage[1].

1. *Le lecteur pourra suivre l'itinéraire du voyage de Gioia et Marco sur la carte placée en fin d'ouvrage.*

Jour 1
mercredi 30 septembre 2020, 10 h 30 – Jaffa, Israël

Gioia et Marco atterrirent en milieu de matinée à Tel Aviv et rejoignirent Jérusalem. Ils voulaient rattraper la route d'Emmaüs où, selon les écritures, deux disciples de Jésus l'avaient vu pour la dernière fois cheminant depuis Jérusalem et se dirigeant vers Jaffa.

Marco s'était renseigné sur les itinéraires possibles en l'an 33. Compte tenu des tensions entre Hérode Antipas et Arétas IV, le roi de Damas, Jésus n'avait pas pu emprunter le chemin le plus court qui remontait vers la Syrie, directement de Capharnaüm jusqu'à Damas. Il se serait fait prendre par les Romains aux postes de contrôle des frontières, sans compter que Saül[1] le recherchait activement. À Jaffa, Jésus avait donc très certainement pris un bateau et était allé jusqu'à Tyr pour contourner l'obstacle. Gioia et Marco,

1. Après avoir persécuté les chrétiens, son choc sur le chemin de Damas amènera Saül à se convertir. Il deviendra saint Paul.

qui se voulaient les plus fidèles possibles dans leur pèlerinage, embarquèrent sur une des liaisons côtières régulières qui faisaient la navette et longeaient les côtes du Liban jusqu'à Antioche. Hormis l'urbanisation galopante qui rongeait les coteaux, les côtes et les pans des montagnes n'avaient sans doute pas changé depuis que Jésus les avait vus défiler pour la dernière fois.

La nuit tombait lorsqu'ils arrivèrent au port de Tyr. Malgré l'heure tardive, ils franchirent les contrôles d'entrée au Liban sans soucis particuliers. La désorganisation de l'administration depuis l'explosion dramatique de Beyrouth se ressentait aussi à Tyr. Ils étaient attendus par deux véhicules blindés de l'ONU qui les prirent en charge et les emmenèrent à l'hôtel que la délégation avait réservé. Le chef de l'escorte était le colonel Atash Sharifi. Il était canadien d'origine iranienne ; l'ONU avait pensé que ce serait le meilleur interlocuteur pour l'expédition, en particulier en Irak, en Iran et en Afghanistan où ce nom de famille était partout respecté. Deux lieutenants conduisaient chacun un véhicule et cinq soldats en armes complétaient la troupe.

Jour 2
jeudi 1er octobre 2020, 9 h – Tyr, Liban

L'escorte au complet quitta Tyr en direction de Beyrouth par la route du littoral. Bien avant Beyrouth, ils bifurquèrent vers Damas ; ils s'engagèrent sur les routes de montagne plus tortueuses et deux heures plus tard, ils s'immobilisaient au poste de contrôle à la frontière syrienne. Là, des militaires lourdement armés les retinrent plus d'une heure pour les formalités avant de les laisser continuer. Ils arrivèrent à Damas vers midi. Ils s'accordèrent un peu de temps pour circuler à pied dans les échoppes. Ils se sustentèrent dans un estaminet d'un peu de poulet grillé accompagné de légumes agrémentés de coriandre.

À part la densité des petits commerces hétéroclites et l'agitation de la foule qui s'y promenait, les échoppes n'avaient sans doute pas grand-chose à voir avec celles que Jésus avait pu côtoyer lors de son étape à Damas. Jésus avait été accueilli généreusement pas le roi Arétas, qui connaissait son histoire et qui était ravi de recevoir celui qui avait échappé à Hérode Antipas et aux Romains. Arétas disposait d'une complète autonomie pour gérer son royaume et Jésus n'avait pas à craindre pour sa sécurité tant qu'il était en ville. Gioia se souvint des paroles des évangiles parlant du chemin de Damas par lequel Saül, assoiffé de persécutions, avait fait incursion dans le territoire d'Arétas. Entendant la voix de Jésus, il était tombé de son cheval et devenu aveugle. C'est à Damas que Jésus l'avait alors fait soigner par son disciple Ananias, qui lui avait rendu la vue.

À la seule pensée de la cécité de Saül, Gioia sentit une émotion irrépressible l'envahir. Elle lui rappelait l'aveuglement des hommes qui conduisaient ces guerres ; elles n'en finissaient pas et jetaient les familles terrorisées sur les routes, dans le plus grand dénuement et sans aucun espoir.

C'était à Damas que Jésus avait certainement dû négocier avec une caravane en partance pour l'Orient. Sa bonne connaissance des langues des pays à traverser, des territoires, des chameaux, qu'il avait acquise lors de son premier voyage, avaient dû l'aider à convaincre ses interlocuteurs qu'il ne serait pas une charge mais, au contraire, qu'il leur serait utile.

Gioia prit des notes sur l'état de la ville, la présence armée et le peu de touristes.

En début d'après-midi, ils repartirent en direction de Palmyre. C'était le chemin que suivaient les marchands pour aller vers l'est. À coup sûr, Jésus avait dû se faire très discret à Palmyre, territoire de nouveau administré par les Romains, lesquels venaient d'achever la construction du temple de Bêl, un an plus tôt. De ses propres yeux, Jésus avait vu ce temple voici 2 000 ans !

La vision du sanctuaire de Bêl, maintenant dans un état catastrophique, atterra Gioia. Ce temple magnifique, lui aussi édifié sur le rapport de 1 sur 2, qui nous était parvenu bien conservé, avait été sauvagement détruit à l'explosif en 2015 par l'État islamique.

Ils passèrent la nuit à Palmyre dans une maison toute simple qui avait été épargnée par les combats et que ses habitants, trop contents d'avoir des visiteurs, louaient pour se faire un peu d'argent et survivre comme ils le pouvaient.

Jour 3
vendredi 2 octobre 2020, vers 7 h – Palmyre, Syrie

Ils prirent la route de Raqqa et visaient Mossoul comme prochaine étape. La route cheminait momentanément vers le nord. À 9 heures, ils étaient à Resafa, qui s'appelait Sergiopolis lorsque Jésus traversa la ville avec les caravaniers. Ils atteignirent l'Euphrate vers 9 h 30.

Atash, leur accompagnateur, inspecta le pont de bois et estima qu'il n'était plus dans un état de solidité suffisant pour supporter leurs véhicules blindés ; il préféra prendre le bac, 300 mètres en aval. Une colonne de cinq camions qui les suivait s'avança vers le pont ; les camions commencèrent à passer prudemment un à un. Le troisième cala au milieu du pont et ne parvint plus à redémarrer ; une roue avant traversa le platelage de bois et l'immobilisa davantage. Le premier camion à être passé était équipé d'un treuil et son câble fut arrimé au camion immobilisé. Il commença à le tracter doucement ; soudain, une énorme explosion retentit et souleva le camion ; puis une seconde explosion disloqua le véhicule. La colonne transportait manifestement des armes et des explosifs ; le pont avait été miné avec une mise à feu commandée à distance. Gioia ne put s'empêcher de penser que, peut-être, les véhicules de l'ONU, si repérables, auraient pu être une cible facile sur ce pont et que la sage décision d'Atash leur avait épargné une fin épouvantable. Une fois sur le bac, elle médita sur la fragilité de la vie pendant la traversée.

La ville de Raqqa était presque entièrement détruite. Le spectacle de désolation était effrayant. Gioia fut prise de nausées en pensant à tous ces hommes, ces femmes et ces enfants martyrisés par le déluge de bombes aveugles que les Américains et leurs alliés avaient fait pleuvoir sur Raqqa. Elle prit des photos et quelques notes. À Raqqa, il n'était plus envisageable d'évoquer l'idée même de tourisme. Lorsque Jésus cheminait sur cette route, la cité s'appelait Nicephorium et jouissait d'une jolie prospérité.

Gioia se demanda soudain ce qu'elle faisait là et si son voyage avait un sens : confrontée à ce spectacle d'épouvante, elle ne parvenait plus à imaginer ni à ressentir les caravanes du passé.

Ils traversèrent Raqqa dans des rues souvent à peine dégagées des décombres et des éboulis. La prochaine étape était l'ancienne Ninive, en Irak, qu'ils atteignirent au soleil couchant, après avoir franchi très facilement le poste-frontière irakien. Depuis Raqqa, ils avaient voyagé sept heures. Ils étaient harassés. Un des soldats avait de la fièvre et se plaignait de maux de tête.

À Ninive, bien qu'arrivés à la nuit tombée, ils constatèrent que le spectacle n'était que désolation avec la destruction des églises, des mosquées et de la vieille ville perpétrée par Daesh, puis par les combats de la reconquête de 2017. Ils purent se restaurer et, comme à Palmyre, Atash avait loué une maison à Mossoul pour les accueillir, ainsi qu'une autre pour la garde. Ils décidèrent de rester sur place le lendemain toute la journée afin de visiter le site.

Le soir venu, Atash leur rappela que Ninive, aujourd'hui absorbée par la banlieue de Mossoul, était une des plus anciennes villes de l'humanité, fondée six millénaires avant notre ère. Trait d'union entre les riches plateaux d'Iran et la Méditerranée, elle avait connu l'opulence et la prospérité. Les caravanes qui avaient emmené

Jésus vers l'Orient avaient séjourné à Ninive et y avaient sans doute commercé.

Jour 4
samedi 3 octobre 2020 au matin – Mossoul, Irak

Le soldat malade avait passé une mauvaise nuit et n'allait pas bien du tout ; sa température ne baissait pas ; il avait du mal à respirer. Atash décida de partir avec lui et une partie de l'escorte pour le faire ausculter à l'hôpital de Mossoul. Gioia et Marco en profiteraient pour visiter les sites archéologiques.

Marco fut particulièrement comblé d'arpenter les sites de fouilles et d'observer les témoignages de ce lointain passé. Revenus à Mossoul, ils purent visiter ce qu'il restait des musées qui avaient été saccagés.

Vers 14 heures, Atash revint de l'hôpital et rejoignit Gioia en ville. L'état du soldat s'était encore aggravé ; il avait été isolé, placé en réanimation et intubé deux heures après son admission. Son test Covid était positif et il développait la maladie. Malgré son jeune âge, l'hôpital n'était pas très optimiste compte tenu de la rapidité avec laquelle son état empirait. Il semblait pâtir d'un fort déficit immunitaire. Toute l'équipe devait être testée.

Jour 5
dimanche 4 octobre 2020, 7 h – Mossoul, Irak

Atash était à l'hôpital. Les nouvelles étaient dramatiques : dans la nuit, le jeune homme avait succombé à une attaque pulmonaire foudroyante.

Les résultats des tests étaient arrivés : seuls les résultats de deux soldats étaient positifs. Ils ne pouvaient pas continuer le voyage et resteraient tous les deux à l'hôpital en isolement pendant une semaine. Atash s'interrogeait sur la suite de la mission. Il espérait que la période d'incubation était terminée et qu'aucun d'entre eux n'allait devenir positif.

Il était surtout inquiet pour Gioia et Marco, qui étaient les plus âgés du groupe. Il leur demanda ce qu'ils en pensaient. Gioia répondit que s'ils développaient la maladie, ils le sauraient rapidement ; et que sur leur route il y avait les grandes villes de Bagdad ce soir et de Téhéran mercredi soir, ce qui permettrait de se faire tester voire hospitaliser si nécessaire ; les équipements sanitaires de ces grandes villes étant équivalents à ceux de Mossoul. Ils décidèrent de continuer leur route.

Atash retourna à l'hôpital et s'occupa des formalités relatives au soldat, s'assurant que son corps fût mis en chambre froide et qu'il fût habillé avec son uniforme ; il fit le plein de masques, de gels hydroalcooliques et de médicaments de confort, puis il se rendit au consulat des États-Unis pour le rapatriement du corps du garçon, qui était canadien lui aussi. Il remit le passeport, les papiers militaires, le certificat de décès et une attestation de mort en mission. Il prévint évidemment ses supérieurs de la situation, lesquels se chargeraient d'informer la famille du défunt.

Il était 10 heures lorsqu'ils repartirent pour Ctesiphon. L'atmosphère était tendue et la route se fit en silence jusqu'à l'arrivée.

Collée au sud-est de Bagdad, Ctesiphon était une des plus importantes étapes des routes des marchands au premier siècle ; capitale d'hiver des Parthes et, plus tard, capitale de la Perse sous l'Empire Sassanide, la ville avait connu un passé glorieux. Il n'en restait plus que la monumentale arche de brique construite en 540. Jésus avait bivouaqué ici lorsqu'il était passé dans cette prestigieuse et riche cité.

Arrivés à Ctesiphon en milieu d'après-midi, ils repartirent à Bagdad et, grâce à ses relations, Gioia put visiter avec Marco et Atash ce qu'il restait de l'extraordinaire musée national d'Irak. La gorge serrée, le conservateur, qui les accompagnait, parlait avec émotion des pertes immenses et irrémédiables du musée, pillé lors de la seconde guerre civile, en 2003.

Ils passèrent une nuit apaisante au Babylon Rotana Hotel de Bagdad, qui surplombait les eaux calmes du Tigre.

Jour 6
lundi 5 octobre, vers 8 h – Bagdad, Irak

Au matin, tout le monde semblait aller bien. Ils repartirent en se dirigeant vers Téhéran. Après deux heures de route, ils longèrent Jalula, qui fut le théâtre de combats sévères entre les Kurdes et l'État Islamique, puis traversèrent Khânâqin, 12 km avant le poste-frontière avec l'Iran. Gioia remarqua qu'Atash était métamorphosé ; jusqu'à présent réservé et impassible, une forme d'allégresse éclairait soudain son visage, malgré les maux de tête qui ne le lâchaient pas ; il prit spontanément la parole :

— Khânâqin était rattaché à la Perse et son nom vient de notre langue « Du Khanaa » qui veut dire « deux maisons ». Selon le zoroastrisme qui est ma religion, lorsqu'on meurt, l'âme quitte le corps au troisième jour et passe sur le pont de « Chinvat » qui départage ceux qui ont mérité par leur droiture d'aller dans la Maison des Chants, l'équivalent de votre royaume des cieux, et ceux qui sont condamnés à tomber du pont pour séjourner dans la Maison des Druj, « la maison des mensonges », qui est à la fois votre enfer et votre purgatoire.

Des raffineries pétrochimiques se profilaient au loin, bien avant le poste-frontière. Ils supposaient que les formalités d'entrée en Iran allaient être compliquées, mais les contrôles furent rapides et sans histoire. Atash Sharifi venait d'entrer dans le pays que sa famille avait fui fin 1978, juste avant la chute du shah. Au fond de lui c'était toujours sa patrie ! Il était né à Toronto mais il connaissait parfaitement les détails de l'histoire et de la géographie de son illustre pays.

Les voitures pénétrèrent immédiatement dans le village frontalier.

— C'est Qasr e Chirin, ce qui veut dire « Château de la Belle » ! expliqua Atash. Ce nom n'est-il pas sympathique pour nous accueillir ? Ici, il y a un très beau et très important caravansérail, dont les ruines sont classées au patrimoine mondial. Il ne date que d'environ 500 ans mais il est construit sur un site très ancien. Les fouilles archéologiques montrent une occupation continue depuis plus de 3 000 ans avant notre ère. Cette étape, à l'instar de beaucoup d'autres, était incontournable sur les routes de la soie.

— Arrêtons-nous deux minutes, dit Gioia. J'ai besoin de le photographier et de sentir cet endroit où dut s'arrêter Jésus.

Elle ferma les yeux et laissa vagabonder son imagination ; il lui semblait entendre l'agitation des rassemblements au milieu des blatèrements des chameaux, et même en percevoir les odeurs. Elle pensa à Jésus qui avait quitté les siens. En sortant de son rêve, elle prit des notes. Les véhicules repartirent.

« Nous passons maintenant à Sarpol e Zahab, annonça Atash. Cette ville a été martyrisée pendant la guerre Iran-Irak, puis très cruellement touchée par le tremblement de terre de 2017. Elle abrite des bas-reliefs qui remontent à 2 300 ans avant notre ère. »

Trois heures plus tard ils traversaient Kermanshah où ils s'arrêtèrent pour déjeuner. Ils choisirent une petite échoppe en bordure de route et partagèrent une chèvre grillée qu'on venait de retirer de la broche. Une heure plus tard, ils traversaient Kangavar, étape importante et haut-lieu de l'Empire parthe.

— Le temple d'Anahita est monumental comme celui de Persépolis, dit Atash. Il est construit sur une plateforme surélevée et le site s'étend sur cinq hectares.

— C'était sans doute un point de convergence et de recueillement pour les marchands, dit Marco. Jésus n'a pas pu faire autrement que de fouler les dalles de cet endroit et d'en caresser les colonnes.

— Je voudrais prendre quelques photos, demanda Gioia.

Atash se perdit dans le tableau historique de ce temple avec force détails ; Marco, toujours attentif lorsqu'on parlait de monuments, ne manqua pas un mot de ses explications. Ils continuèrent leur route et une heure et demie plus tard ils arrivaient à Hamadan. Atash avait prévu les réservations d'hôtel et un dîner léger.

« Hamadan était la résidence d'été des Parthes. Le savant et médecin Avicenne[1] est mort ici et les touristes viennent nombreux visiter son tombeau. La ville abrite aussi le tombeau d'Ester[2] qui épousa le roi de Perse Assuréus, aussi appelé Xerxes. Les Juifs viennent régulièrement en pèlerinage sur le tombeau d'Ester. La cité s'appelait Ecbatane à l'époque qui vous intéresse. Inéluctablement, Jésus s'y est rendu et il s'est certainement incliné sur la tombe d'Ester. »

Atash parlait comme un guide, heureux de raconter et de retrouver son pays. Gioia l'enregistrait, ce qui faciliterait la rédaction de ses rapports. Avant de s'endormir, Marco se replongea dans les guides de voyages et Gioia reprit ses notes. La journée avait été riche, ils avaient parcouru 570 km en dix heures.

---

1. Avicenne, savant et médecin perse, né en 980 et mort en 1037. Il a laissé de nombreux traités scientifiques rédigés en arabe.
2. Ester, personnage biblique originaire de Judée, célébrée dans la tradition juive et fêtée lors de « *Pourim* ». Son nom veut dire myrte. Elle empêcha la destruction du peuple juif.

Jour 7
mardi 6 octobre, 8 h – Hamadan, Iran

Au matin, un des lieutenants fut pris de maux de tête et de douleurs au ventre, il n'était pas en état de conduire et un soldat prit sa place. Marco et Atash avaient les mêmes symptômes.

Il prirent la route en direction de Téhéran et il était 10 h 30 lorsqu'ils arrivèrent à Saveh.

« C'est un des nœuds routiers majeurs du pays, dit Atash. Ici furent édifiés les plus grands caravansérails de l'Empire des Parthes. Tous les voyageurs passaient par là. Ce fut le cas de Marco Polo qui suivit notre route. Bien avant lui, Jésus y séjourna, la ville s'appelait alors Saavakineh. Les sages partis adorer Jésus lors de sa naissance, qui plus tard seraient appelés « rois mages », venaient d'ici ; ils y ont leur sépulture. Trois tombeaux les honorent et Marco Polo, qui les visita, rapporte dans son récit qu'on pouvait voir leurs corps bien conservés, avec cheveux et barbes. »

Ils arrivèrent enfin à Rey, qui était devenue un faubourg de Téhéran.

« Zoroastre serait né ici, plutôt vers le XIe ou le XIIe siècle avant notre ère, si l'on en croit les nouvelles découvertes, reprit Atash. La ville a été connue sous de multiples noms : Ragès dans la Bible, Europos sous l'Empire séleucide puis Arsacia chez les Grecs. »

Atash parla longuement de Rey et de Téhéran, de l'histoire ancienne comme de son histoire récente, dont la conférence de 1943 qui préfigurait le partage du monde signé plus tard à la conférence de Yalta.

Ils trouvèrent un dispensaire où ils purent se faire de nouveau tester. Les résultats des tests arrivèrent le soir même, ils étaient tous les sept négatifs.

Au dîner, à l'Espinas Palace de Téhéran, s'engagea une longue conversation relative à l'influence de Zoroastre sur la pensée et le prêche de Jésus. Marco et l'officier semblaient aller mieux, ce qui redonna le moral à toute l'équipe pour reprendre la route le lendemain.

Jour 8
mercredi 7 octobre, 9 h – de Téhéran,
Iran en direction de l'Afghanistan

Atash éprouvait des douleurs persistantes et avait la tête dans un étau. Il était maintenant fiévreux mais semblait avoir conservé son énergie.

Il leur fallut presque trois heures pour arriver à Semnan, capitale de la province du même nom, au pied des montagnes Elbourz, à l'est de Téhéran. La ville, située à 1 140 mètres d'altitude, devait sa prospérité à son marché régional agricole et à la fabrication des tapis. Elle était aussi un point de halte important sur la route des marchands. Atash proposa à Gioia et Marco d'y faire une pause.

L'air vivifiant soufflant des montagnes réveilla leur appétit ; Gioia choisit de profiter des légumes à profusion et se régala d'un repas végétarien. Atash, visiblement mal en point, ne mangea rien et dormit dans le véhicule pendant le temps du déjeuner.

Ils repartirent pour Dāmghān, à une heure et demie de route. Atash ne leur fit plus la conversation. Tout juste indiqua-t-il :

— Ici est bâti le temple de Tarikhaneh. Il était dédié à Zoroastre et le feu sacré y était entretenu sans discontinuer.

Ils décidèrent de dormir à Sabzewār.

Atash n'avait plus prononcé un mot. Marco, lui, avait repris des couleurs et en profita pour faire des recherches sur Zoroastre en espérant pouvoir en parler le lendemain avec leur guide.

Jour 9
jeudi 8 octobre au matin – Sabzewār, Iran

La fièvre n'était pas tombée et Atash semblait maintenant plus faible. Gioia proposa que la troupe reste une journée sur place. Elle suggéra même de revenir à Téhéran, mais drapé dans sa fierté militaire, Atash refusa tout net. Ils repartirent vers 8 heures en direction de Mechhed, qui attirait chaque année vingt millions de musulmans chiites venus se recueillir sur la tombe du huitième imam, Ali ar Rida, assassiné en 818. Le nom Mechhed signifie « ville du Martyr ». Au premier siècle, la ville s'appelait Sanabad et c'est sous ce nom que Jésus et les caravaniers ont connu cette étape. À l'époque, une importante colonie juive était installée dans la ville sacrée. En suivant les routes de la soie, Jésus rencontrait à chaque étape des communautés juives parlant araméen. C'étaient des comptoirs marchands implantés de longue date qui avaient prospéré et s'étaient développés. Plus tard, en 1839, les colonies durent se convertir de force à l'islam mais continuèrent à pratiquer leurs traditions en secret. Comme la veille, Atash ne mangea pas et profita de la pause du déjeuner pour dormir dans le véhicule.

Ils repartirent vers 14 heures et arrivèrent à Taybad, dernière ville iranienne contre le poste-frontière afghan ; il était 17 heures. Gioia enfila une *abaya* et se couvrit la tête. Ils passèrent la frontière sans difficulté particulière et décidèrent de pousser jusqu'à Hérat, première grande ville d'Afghanistan où ils arrivèrent vers 19 heures. Atash avait réservé des chambres à l'hôtel Arg.

Lors de leur enregistrement au comptoir de l'hôtel, Gioia croisa un voyageur italien qui reconnut son ancienne Première ministre. Il s'appelait Giancarlo Ponti et venait de passer six mois au Ladakh. Ils bavardèrent et leur compatriote leur apprit qu'à Hérat il existait une petite communauté qui se revendiquait comme « disciples d'Isa de Nazara, fils de Maryam » : les Cachemiris. Leur tradition assurait que Jésus, appelé « Isa », réchappé de la crucifixion, était parti vers l'Inde, où il avait vécu dans sa jeunesse. Ils le reconnaissaient pour maître et son enseignement était couché dans leur livre du *Mashi*, ce qui veut dire « l'Oint du Seigneur ». Ils considéraient ce livre comme leur propre

« évangile ». Gioia remercia son compatriote pour ses précieuses informations et lui demanda s'il était possible de les rencontrer. Ils échangèrent leurs numéros de mobiles et Giancarlo promit de l'appeler d'ici une demi-heure.

Ils dînèrent rapidement. Marco ne put que reporter à plus tard la discussion autour de Zoroastre, Atash étant parti se coucher sans dîner juste après avoir annoncé que le départ du lendemain se ferait vers 6 h 30 pour une longue étape de plus de huit heures de route qui les conduirait à Balkh.

Le téléphone de Gioia sonna et Giancarlo l'informa que le patriarche de la communauté acceptait de la recevoir. Marco trouvait tout à fait téméraire que Gioia parte à la rencontre d'une communauté de disciples de Jésus en pleine nuit, avec un Italien qu'elle ne connaissait pas, sans même savoir où elle allait, dans un pays tel que l'Afghanistan. Il décida de l'accompagner.

Un véhicule vint les chercher à l'hôtel et les emmena à près de 20 km dans la montagne. Là, dans un petit village, il s'arrêta près d'une humble maisonnette. La porte s'ouvrit et une femme qui manifestement les guettait leur fit signe d'entrer. À l'intérieur, trois hommes les attendaient en silence. Le plus vieux était le guide de la communauté. Une paix profonde émanait de son visage buriné, émergeant d'une barbe blanche très fournie. L'un des deux autres parlait anglais et fit office d'interprète. Les trois hommes décrivirent en détail l'histoire de leur communauté qui remontait à Jésus lorsqu'il avait séjourné à Hérat avec son apôtre Thomas. La communauté regroupait 200 personnes qui perpétuaient leurs traditions discrètement, pour ne pas contrarier les musulmans, en particulier les extrémistes qui agitaient le pays. Leurs traditions étaient écrites et le patriarche montra leur livre des enseignements de Jésus.

Un autre pan de leurs traditions, orales cette fois, concernait les dons de guérisseur que Jésus leur avait transmis. Le patriarche soignait tous ceux qui avaient besoin de lui, qu'ils fussent chrétiens ou musulmans. Il était connu et respecté.

Pendant leurs échanges, un père et sa fillette vinrent frapper à la porte. L'homme implora le sage de venir au chevet de son épouse qui était au plus mal. Le patriarche posa quelques questions, bénit l'homme et l'enfant et les renvoya : « Lorsque tu rentreras chez toi, ton épouse sera guérie », lui dit-il.

Ils restèrent toute la nuit à échanger. Le patriarche, bien qu'âgé, semblait infatigable et répondit longuement et précisément à toutes les questions de Gioia.

Jour 10
vendredi 9 octobre, petit matin – Hérat, Afghanistan

À la surprise de l'escorte, à 6 heures, Atash était debout comme s'il n'avait jamais été malade.

Au moment de partir, Atash s'inquiéta de ne pas voir Gioia et Marco ; il fit appeler dans leur chambre sans succès. Il monta frapper à leur porte mais tout était silencieux. Il fit ouvrir la chambre et constata que leur lit n'était pas défait. Très inquiet, il s'imagina un enlèvement et se précipita sur son téléphone pour les appeler. Il n'obtint aucune réponse. Il interrogea la réception, qui indiqua qu'ils étaient partis la veille au soir dans une voiture venue les prendre. Son niveau d'inquiétude avait franchi toutes les cotes d'alerte et il allait téléphoner au consulat des États-Unis lorsqu'il vit Gioia et Marco entrer dans le hall de l'hôtel. Sans leur laisser le temps de parler, il se mit à les agonir de reproches, les blâmant de ne pas l'avoir tenu informé de ce qu'ils faisaient et d'avoir pris de telles initiatives alors qu'il était responsable de leur sécurité.

Gioia lui souriait en le regardant s'agiter en si bonne forme. Elle savait que le patriarche avait guéri Atash à distance. Elle laissa une enveloppe avec 500 us$ à Giancarlo, à faire parvenir en offrande à la communauté et se promit de revenir, car l'expérience l'avait touchée au plus profond d'elle-même et le livre du *Mashi* la fascinait.

Ils quittèrent Hérat vers 6 h 45. Le paysage avait changé. Les routes étroites et sinueuses serpentaient dans des vallées vertes, très encaissées. Ils déjeunèrent à Maimana. L'altitude de la ville n'était plus que de 880 mètres. Également très ancienne, la cité remontait au Néolithique.

Ils continuèrent de descendre et passèrent Shirin Tagab qui était à 500 m d'altitude ; elle aussi possédait un important centre de caravansérails. Ils continuèrent leur plongée vers la grande ville de Sheberghān à 250 m d'altitude ; ce furent ensuite Kushka puis Balkh qu'ils atteignirent vers 19 heures.

Marco avait eu le temps d'échanger avec Atash sur l'influence du zoroastrisme dans l'enseignement de Jésus.

« Zoroastre, disait Atash, se définissait comme un prophète et prônait le monothéisme, la droiture et l'attention au prochain. C'est en son cœur que l'homme devait trouver la voie du bien ; son âme étant éternelle, les règles de conduite morale étaient essentielles. Ceux qui s'y conformaient leur vie durant accédaient à la Maison des Chants, en quelque sorte l'entrée au "royaume des cieux" que plus tard Jésus évoqua. Il y avait un parallèle entre le zoroastrisme et l'enseignement de Jésus, qui avait dû y réfléchir souvent lors de son premier voyage. L'adoration d'idoles n'était pas autorisée. Le dualisme du mal et du bien était reconnu mais le dieu unique Ahura Mazda créateur du ciel et de la terre était supérieur à l'esprit du mal. »

La religion était partie de Balkh ; Zoroastre était réputé y être mort et y avoir son tombeau, bien que d'autres prétendissent que ses restes furent inhumés à Mazar e Charif.

Le corps physique, tout comme la matière, était considéré comme de nature dégradée et inférieure alors que l'esprit était pur et supérieur ; en cela, le zoroastrisme donna naissance au catharisme. Lors du décès, le corps était exposé aux vents, tout en haut d'une tour, « la tour du silence » : le corps s'y desséchait et les vautours le décharnaient, évitant la putréfaction et la souillure de la terre. Les Parsis ont conservé cette tradition jusqu'à très récemment. Sans doute était-ce pour cela que la tombe de Zoroastre, à proprement parler, n'était pas localisée. Ses os curés de leurs chairs, avaient probablement été collectés et mis dans un ossuaire dont le lieu s'était perdu.

Balkh était aussi une cité très ancienne. Elle s'appelait Bactres au temps où Jésus y séjourna. Elle était entourée de très nombreux monastères bouddhistes et c'est là qu'entre 15 et 25 ans, Jésus découvrit l'enseignement de Bouddha. Après sa crucifixion, lors de son retour vers l'Inde, Jésus séjourna de nouveau à Balkh, accompagné de l'apôtre Thomas. Des communautés chrétiennes s'étaient alors développées aux côtés des communautés juives avant d'être persécutées lors de l'expansion de l'islam. Comme en Chine, les chrétiens gardaient leur foi pour eux et pratiquaient leur religion dans le secret de leur propre maison.

Gioia demanda à Atash d'organiser une pause d'une journée pour s'accorder le temps de souffler après la longue traversée de l'Iran, et récupérer de la longue nuit blanche qu'elle avait passée à Hérat. Elle voulait aussi profiter de cette ville aux multiples influences et, si possible, rencontrer les populations locales de Balkh, qui semblaient si imprégnées de religiosité. Ils poussèrent jusqu'à Mazar e Sharif toute proche et passèrent la nuit à l'hôtel Mazar.

Jour 11
samedi 10 octobre – Mazar e Sharif, Afghanistan

Ils se levèrent tard ce jour-là, puis ils revinrent à Balkh.

La ville n'avait plus rien à voir avec ce qu'elle avait dû être 2 000 ans plus tôt. Les grandes murailles qui l'avaient entourée n'existaient plus, réduites à quelques monticules de pierres ; les sanctuaires avaient été détruits. Le zoroastrisme, religion des Perses pendant un millénaire, avait été gommé par l'islamisation à partir de l'an 651.

Ils visitèrent la mosquée Abou Nasr Pârsa. Gioia voulut parler avec le mollah, mais il lui fut conseillé de repartir sur Mazar e Sharif pour rencontrer l'ayatollah de la Grande Mosquée. Mazar e Sharif veut dire « Tombeau du Seigneur » ; en son centre-ville est édifiée la très belle mosquée de Rawze i Sharif, réputée élevée sur le tombeau d'Ali, cousin et gendre de Mahomet, fondateur du chiisme. Ils purent rencontrer l'ayatollah, qui accepta bien volontiers de leur parler et d'évoquer Jésus.

— Sous le nom d'Isa, Jésus est reconnu ici en tant que prophète, comme il l'est dans tout l'islam. Son nom est cité dans le Coran.

L'ayatollah confirma que Jésus, après sa crucifixion dont il avait réchappé, avait séjourné à Balkh et y était resté un temps.

— Il a ensuite continué son chemin pour se rendre en Inde, passant par Baghlān, Kaboul et Islamabad. Il a beaucoup voyagé, en particulier au Ladakh, comme en Inde jusqu'à Bénarès. Il est dit qu'il a étudié les Veda ainsi que les textes bouddhiques et qu'il a appris le pāli. Tout cela lui valut d'être appelé « le prophète errant ». Plus tard, il s'installa à Srinagar au Cachemire où il vécut longtemps sous le nom de Yuz Asaf. Il y mourut à un âge avancé. À Srinagar, vous pourrez vous recueillir sur son tombeau[1].

Lorsqu'ils se séparèrent, l'ayatollah leur offrit un Coran et un drapeau noir, rouge et vert avec la chahada[2] soigneusement calligraphiée en lettres blanches.

1. Le tombeau existe vraiment et Yuz Asaf est bien, selon toute vraisemblance, Jésus de Nazareth.
2. « Il n'y a d'autre dieu qu'Allah et Mahomet est son prophète. »

Un tombeau de Jésus existait réellement et il était à Srinagar ! C'était la récompense inattendue des efforts déployés pour déchiffrer l'énigme laissée par le pape, pour découvrir l'Évangile de Marthe, puis pour entreprendre ce long voyage sur les traces de Jésus. Gioia avait maintenant un but clairement identifié : achever son pèlerinage à Srinagar au Cachemire Indien, sur la sépulture de Jésus appelé Yuz Asaf. Elle pensa à son oncle Giacomo. Aurait-il pu imaginer pareille découverte !

Jour 12
dimanche 11 octobre – vers Kaboul, Afghanistan

Sur le chemin de Kaboul, la ville de Baghlān que Jésus avait traversée alors qu'elle s'appelait Begram était une autre étape majeure sur les routes de la soie. Les monts enneigés de l'Hindou Kouch, coiffés de leurs glaciers éternels, dominaient leur parcours. Ils alimentaient de nombreux cours d'eaux et la ville était bâtie en bordure du Kunduz.

Ils s'arrêtèrent vers 11 heures et déjeunèrent à Baghlān avant d'attaquer la montagne devant eux. Les voitures roulaient au pas. Ils montèrent jusqu'à 2000 mètres avant de redescendre progressivement vers Charikan et Kalakan, un peu plus bas, à 1 600 mètres.

Au détour d'un virage, un arbre couché en travers du passage bloquait la chaussée. Atash ne présagea rien de bon. Les deux véhicules étaient immobilisés et des rafales de tir à la mitraillette ricochèrent sur leur blindage. Atash savait que si des talibans avaient voulu les tuer, ils auraient fait sauter les véhicules. Sur ses gardes, il sortit un drapeau blanc par la fenêtre de la voiture et, en réponse, à 50 m de là, le drapeau des talibans émergea de derrière un tas de pierres. Une délégation de deux hommes en armes arriva vers eux. La conversation s'engagea. Les talibans cherchaient de la nourriture et de l'argent. Après avoir aperçu le Coran et le drapeau sur la banquette arrière, ils demandèrent un droit de passage de 10 000 us$. Atash leur répondit qu'ils n'avaient que 2 000 us$ à leur donner ; après de longues négociations, ils prirent l'argent et laissèrent passer les véhicules. Ils tirèrent des salves en l'air pour manifester leur victoire. Atash était soulagé.

Ils passèrent Charikan puis Kalakan et remontèrent vers Kaboul, située à 1 800 mètres d'altitude.

« Au carrefour de la Perse, du Turkménistan et de la route vers l'Inde, Kaboul est un point de passage depuis l'Antiquité, commenta Atash. La cité a subi de multiples invasions dont celles des Perses, d'Alexandre, des Huns, des Arabes et de Gengis Khan. Elle essaie aujourd'hui de basculer dans l'ère moderne malgré un conflit qui n'en finit pas depuis quarante ans et génère une insécurité permanente. »

Atash décida de repartir dès le lendemain matin vers Islamabad. Il choisit l'hôtel Intercontinental pour y passer la nuit. Il était 21 heures lorsqu'ils y débarquèrent.

Jour 13
lundi 12 octobre, 8 h – Vers Islamabad, Pakistan

La route tortueuse descendait la vallée du Laghman vers Jalalabad et presque quatre heures plus tard, ils atteignirent le poste-frontière de Torkham 230 km plus loin. Ils avaient longé la rivière Kaboul sur presque tout l'itinéraire et passé la confluence avec la Kunar.

Le passage au Pakistan fut plus compliqué. Atash avait prévenu qu'il ne fallait pas parler du Cachemire, mais de la visite à Islamabad pour la mission de Gioia, qui concernait une étude sur le potentiel touristique du Pakistan. Les formalités prirent deux heures avant qu'ils puissent repartir. Soulagés, ils poursuivirent leur route vers Peshawar ; les sandwichs qu'ils avaient eu la bonne idée de faire préparer le matin par l'hôtel ne furent pas un luxe.

Ils arrivèrent à Peshawar après une heure et demie de route compliquée.

Jésus y avait séjourné du temps où la cité s'appelait Purushapura et où elle était la capitale de l'État indien du Gandhara. La ville était alors un centre majeur de pèlerinage du bouddhisme. Jésus, influencé par la pensée bouddhique depuis le séjour qu'il y avait fait dans sa jeunesse, avait approfondi ses connaissances et s'y était perfectionné. Le bouddhisme était alors la religion dominante avant que ne déferle l'islam au XIe siècle. L'Empire Kouchan dont Peshawar était la capitale vendait du jade à la Chine.

Il fallut encore deux heures et demie de route pour atteindre Islamabad. Ils arrivèrent vers 18 heures à l'hôtel Marriott.

Jour 14
mardi 13 octobre, 8 h – Islamabad, Pakistan

Dans la salle du petit-déjeuner de l'hôtel, Atash les informa qu'ils devaient d'abord obtenir l'autorisation d'entrer sur la bande du Cachemire, située en territoire pakistanais, laquelle commençait à 50 km d'Islamabad ; elle comptait environ 60 km de profondeur et s'étendait jusqu'à la frontière avec la partie du Cachemire sous autorité indienne. Sachant que les relations entre le Pakistan et l'Inde étaient exécrables et que l'Inde avait mis le Cachemire en état de siège, la partie ne semblait pas gagnée.

Atash avait prévu de se rendre au ministère des Affaires étrangères pour obtenir l'aval des autorités. Il revint vers midi, assez dépité car on l'avait baladé du ministère des Affaires étrangères au ministère de l'Intérieur puis à celui de la Guerre.

Accompagné de Gioia, il retourna au ministère des Affaires étrangères l'après-midi, en vain. Il lui fut demandé de revenir le lendemain à 10 heures. De retour à l'hôtel, Gioia téléphona à Bruxelles pour tenter d'établir un contact avec New Delhi, sans succès.

Marco profita de cette halte forcée pour demander à Atash de l'accompagner dans un hôpital afin de se faire retirer le plâtre qui commençait à lui peser. Six semaines étaient passées et le plâtre posé à Béziers pouvait être retiré, ce que confirma la radio.

Jour 15
mercredi 14 octobre, 10 h – Islamabad, Pakistan

Gioia accompagna Atash au ministère qui les invita à patienter jusqu'à midi. Le soir, ils reçurent un message du ministère de l'Intérieur pakistanais : une autorisation ne pouvait pas leur être délivrée s'ils ne disposaient pas eux-mêmes d'une autorisation spéciale de New Delhi pour entrer au Cachemire.

Jour 16 – jour 17 – jour 18

Ils espérèrent que les nouvelles seraient meilleures le lendemain mais hélas, le jeudi, la journée fut identique à celle de la veille.

Le vendredi arrivait, et c'était jour de culte ; tout serait fermé à Islamabad. Et ils ne pourraient pas espérer de réponse de New Delhi pendant le week-end. Il n'y avait évidemment aucun vol entre Islamabad et New Delhi.

Compte tenu de ces trois jours de vaine attente et des trois autres jours à venir qui allaient être neutralisés, et parce que la situation de blocage pouvait durer des semaines, ils décidèrent, à regret, de rentrer à Rome. Ils pourraient préparer un second voyage, en prenant le temps d'obtenir les visas et les autorisations spéciales nécessaires. Ils planifièrent leur retour pour le samedi 17 octobre, via Dubaï. Le samedi, Atash les emmena à l'aéroport. Ils se firent des adieux touchants.

92 › 97

Beijing, lundi 28 décembre 2020

Gianni acheva la traduction de la copie latine de l'évangile vers la fin du mois de novembre. Il avait eu le temps de la fignoler en croisant les traductions italienne, latine et anglaise et l'avait remise aux autorités de l'Organisation qui l'avait elle-même transmise aux plus hautes instances du Pouvoir central.

Informés par le supérieur de Gianni que les découvreurs étaient les parents même du traducteur et que Gioia était l'ancienne présidente de la Commission européenne, Gioia et Marco furent invités officiellement à Beijing avec leur fils le surlendemain de Noël.

Pris en charge immédiatement au pied de l'avion de ligne, comme s'ils eussent été en voyage d'État, ils furent réceptionnés sur tapis rouge par une délégation du PCC, puis emmenés sans passer par les contrôles, dans un cortège de voitures officielles, au siège du pouvoir central, le Zhongnanhai. Là, une suite leur avait été réservée dans la résidence des hôtes de marque.

Ils retrouvèrent Gianni accompagné de l'archevêque de Beijing. La réunion eut lieu le lendemain matin. Le Pouvoir central avait créé les conditions d'une ambiance détendue. La salle intimiste était organisée en deux espaces. D'un côté une table ronde de travail près de laquelle quatre des plus hauts dignitaires les attendaient, ce qui faisait huit participants en tout, chiffre favorable et bénéfique en Chine. Un traducteur était prévu côté chinois. Dans l'autre espace, un coin détente avec fauteuils, canapés et de nombreux bouquets de fleurs, essentiellement des hibiscus roses de Chine à floraison plus tardive. Le choix de ces fleurs à cinq pétales n'était pas innocent. Après quelques mots informels et les présentations d'usage, tout le monde étant installé, le président prit la parole :

— Madame la présidente Carminati, monsieur Cezio, père Gianni, et cher Monseigneur, nous sommes heureux de vous accueillir ici au cœur de l'histoire de notre grand pays. Nous avions beaucoup entendu parler de l'Évangile de Marthe par nos Grands Anciens, Zhou Enlaï et Deng Xiaoping, raison pour laquelle nous souhaitions pouvoir lire ces textes.

Grâce à vous qui les avez découverts, et grâce au père Gianni, votre fils, qui nous en a fait une si belle traduction, nous avons beaucoup appris sur la vie de Jésus.

Nous souhaitions entendre de votre bouche l'histoire de cette découverte. Je pense que votre fils pourra faire office d'interprète pour nous tous.

Gioia répondit :

— Nous sommes honorés et ravis d'être reçus dans ce haut-lieu de votre pays ; mon cœur de mère est comblé de la présence de mon fils et il est fier que ce soit lui qui nous rapproche par la maîtrise de votre langue et la bonne connaissance de votre culture, comme par sa foi chrétienne.

Puis elle enchaîna la longue histoire de la découverte de l'Évangile de Marthe. Marco put projeter les documentations relatives aux procédures d'analyse et de certification. Les documents furent l'objet de nombreuses questions et de réponses détaillées. Le Prieuré de Cassan et son histoire intéressa beaucoup les dirigeants chinois et ils promirent de venir le visiter, tant et si bien que l'heure avança vite et qu'il était déjà midi.

— Nous vous remercions pour toutes ces explications et nous comprenons toute l'importance du document original. Nous serons ravis de recevoir une copie de ces pièces.

— Nous avons prévu de les diffuser publiquement prochainement, sans doute tout début février ; bien entendu, avant la diffusion, nous vous transmettrons une copie de ces documents.

— C'est une bonne idée que cette diffusion avant les fêtes du Nouvel An chinois pour l'année du Buffle de métal ! Ce sera l'année du labeur et de la persévérance ! Un très bon signe. Bien sûr, vous connaissez les relations parfois délicates que nous avons entretenues avec le Vatican. Nous souhaitons les améliorer et la découverte de ce manuscrit ouvre une nouvelle porte à ce dialogue. Ce que nous percevons, c'est que cet évangile rapproche le monde chrétien des mondes musulman et juif, mais aussi des mondes bouddhiste et hindouiste.

Jésus fut un des précurseurs des routes de la soie et il les a illuminées de sa sagesse. Notre vœu le plus cher est que cette sagesse imprègne les voies que nous voulons réactiver et permette leur pacification. Nous serons heureux que les chrétiens continuent d'évangéliser notre peuple en Chine dans le respect de nos institutions, ainsi que le fait très bien le père Gianni. Nous sommes ouverts à toutes les religions qui pacifient les peuples. Elles ont toutes leur place et peuvent coexister en Chine aux côtés des sagesses de Confucius et de Lao Tseu, dès l'instant où elles ne sont pas source de désordre.

Vous pourrez porter ce message au Vatican. Je crois que votre pape est favorable à l'œcuménisme au sein de la chrétienté ; nous serons ravis de recevoir une délégation et d'ouvrir une large concertation.

— Nous ne manquerons pas de porter cette information au pape, en parallèle des comptes-rendus officiels que fera Monseigneur à qui revient cette mission.

— Nous avons compris que ce serait un producteur de films de notre pays qui achèterait le domaine de Cassan ?

— Vous en savez plus que nous, semble-t-il. Sur ce point, nous ne sommes pas dans la confidence. Si ce cinéaste a un beau projet, tout le monde en sera heureux, surtout si cela sert à rapprocher la Chine de l'Europe. Cassan est un lieu authentique tout à fait exceptionnel.

— Un film sur la belle histoire de Marthe, avec nos premiers ministres Zhou et Deng par exemple, serait aussi un vecteur culturel original et apprécié !

Une table avait été préparée dans un salon connexe et la réunion se termina par un échange chaleureux autour de 14 plats savoureux, de vin et de bière.

97 › 98

Le Vatican, vendredi 8 janvier 2021

En sa qualité d'ex-Première ministre de l'Italie, Gioia avait rencontré le pape Benoit XVI en octobre 2008, au moment où les finances mondiales étaient ébranlées par la chute brutale de la banque Lehman Brothers. Sa charge de présidente de la Commission européenne ne lui avait pas donné l'occasion de rencontrer le nouveau pape élu le 13 mars 2013. Elle sollicita auprès du protocole du Vatican une audience privée.

Ne voulant pas alarmer ni effrayer la curie, Gioia avait partiellement décrit les raisons de cette demande d'audience. Elle avait indiqué qu'elle allait faire des communications au sujet de l'Évangile de Marthe, dont elle était dépositaire de l'original, lequel avait fait l'objet d'une datation et d'une authentification. Ce fut suffisant pour ouvrir l'agenda chargé du pape. Le cabinet proposa, par dérogation aux traditions du mercredi, une audience le vendredi 8 janvier à 9 heures.

Une fois passées les formalités protocolaires, Gioia et Marco furent introduits dans la bibliothèque privée du pape. Marco avait emporté son ordinateur portable avec les fichiers de tous les documents du constat d'huissier de prélèvement, des datations au carbone 14, de l'authentification et du rapport de découverte pour le cas où le pape eût souhaité les voir.

Le Saint-Père entra dans la bibliothèque, seul, et se dirigea vers Gioia qu'il accueillit chaleureusement dans un italien sans accent. Il lui rappela le plaisir qu'il avait eu à connaître son oncle Giacomo Carminati, il y avait bien longtemps, lorsque ce dernier avait fait des voyages sur le continent sud-américain, et fit aussi l'éloge de son fils en poste à Shenyang. Il se tourna ensuite vers Marco et lui rappela tout le bien que ses amis de Princeton pensaient de lui, confidence qu'il avait reçue lors de la réception d'une délégation scientifique à l'académie du Vatican le mercredi précédent.

Contrairement au protocole, le pape les invita à quitter sa bibliothèque privée et les emmena dans le vestibule des archives où il demanda à ne pas être dérangé.

— Si nous n'étions pas en plein hiver, je vous aurais bien proposé de vous emmener dans les jardins, poursuivit-il ; mais il y fait trop froid. L'air vivifiant nous aurait pourtant fait du bien pour aborder notre sujet.

Marco comprit que ce pape, qui ne logeait pas dans les riches appartements papaux mais dans un modeste logement de 50 m^2 de la résidence Sainte-Marthe (il n'y a pas de hasard), ne faisait pas confiance aux murs du Vatican.

Une fois installé, le pape reprit :

— Mi-octobre, l'Opus Dei nous a transmis la copie d'un texte en araméen avec sa traduction anglaise réalisée par les services des langues orientales de l'université de Yale, et censé être l'Évangile de Marthe. L'Opus Dei avait elle-même reçu ce document de l'administration américaine. Si ce codex n'est pas un faux, ce qu'il contient révolutionne les dogmes de notre Église catholique et ceux de la chrétienté en général.

— Nous avons la même opinion, très Saint Père, acquiesça Gioia. Peut-être a-t-on informé Sa Sainteté qu'un exemplaire daté de l'an 66, copié de l'original araméen de Marthe, avait séjourné dans les archives secrètes du Vatican. Jean-Paul Ier l'avait lu et ce précieux document avait été subtilisé dans ses propres appartements la nuit de sa mort.

— Non, je ne connaissais pas cette histoire. Je la ferai vérifier.

— Mon oncle, Monseigneur Giacomo, était à cette époque l'archiviste en titre ; et c'est lui qui m'en avait fait part. Cette copie très ancienne avait été achetée par le Vatican en 1892 au père Bérenger Saunière, qui l'avait lui-même découverte dans son église de Rennes-le-Château en France.

— Ah ! la fameuse légende !

— Ce n'est pas une légende, très Saint-Père. C'est une réalité. Sa Sainteté devrait trouver la trace de cet achat par le Vatican et nous avons découvert l'original de l'Évangile de Marthe au Prieuré de Cassan, en France, près du lieu où les copies du premier siècle ont été faites, sur la commune de Roujan. Avec l'original, il y avait aussi deux exemplaires qui se sont révélés des copies plus tardives, l'une hébraïque et l'autre latine, lesquelles nous ont été volées dans notre appartement de Rome mi-septembre de cette année.

— Et cet original, nous pouvons le voir ?

— Oui, Saint-Père. Il est ici, à Rome, dans un coffre de banque, avec le compte rendu de la procédure de prélèvement d'échantillon, la datation au carbone 14 et l'authentification faite par le professeur Realdo Siverino de Padoue. Les trois laboratoires que nous avons retenus pour la datation sont les trois laboratoires qui ont procédé à la datation du suaire de Turin.

— Effectivement, si ce que vous dites est exact, cela semble donner du crédit à la copie que nous avons reçue par le canal de l'Opus Dei.

— Nous sommes venus dire à Sa Sainteté que nous allons procéder à une diffusion exhaustive des pièces de ce dossier dans les tout premiers jours de février. À la suite du cambriolage, l'information est déjà connue de nombreux cercles et elle peut à tout moment être révélée imparfaitement ou incomplètement, avec des polémiques sur ses origines et sur son authenticité. Pour information de Sa Sainteté, par le plus extrême des hasards, à la demande de l'Église patriotique de Chine, notre fils Gianni a traduit fin novembre une copie latine du XVIe siècle qui était déjà parvenue en Chine après nous avoir été dérobée à Rome. Le Pouvoir central chinois a donc connaissance du contenu de cet évangile et nous avons rencontré les instances dirigeantes à Beijing.

Le monde chrétien est au courant comme vous l'êtes en raison de la diffusion faite par l'administration américaine ; nous supposons que l'exemplaire hébraïque qui nous a aussi été dérobé est maintenant dans le monde judaïque. Quant aux autres parties du monde, nous pouvons supposer qu'elles sont au courant ou le seront très vite. Il nous a semblé qu'il valait mieux être clair et exhaustif, d'où notre intention d'en structurer la diffusion pour éviter les bruits de couloir et les *fake news*.

— Je vous remercie, ma fille, de m'en informer avant votre action.

— Nous souhaitions que Sa Sainteté ait un petit temps d'avance pour préparer la communication du Vatican, car ce que l'évangile contient remet en cause la mort et la résurrection de Jésus, confirme que Marie n'était pas vierge et que Jésus n'a jamais prétendu être Dieu lui-même au sein de la Sainte Trinité.

— Cela ne change rien au message de Jésus sur l'amour, la compassion et la miséricorde.

— Nous en sommes bien conscients. Il nous semble que cela rapproche les religions.

— Ce n'est pas pour me déplaire car les musulmans, comme les juifs et nous autres, avons le même Dieu. Si l'Évangile de Marthe conduit à faire s'effondrer les murs que certains veulent construire entre nos religions, ce sera une bonne chose. Si nous-mêmes acceptions de renoncer à la Sainte Trinité, à ce que Jésus ne soit pas Dieu lui-même, à abandonner la mort et la résurrection de Jésus, comme à supprimer les adorations d'images et de la croix, nous serions alors comme les musulmans et nous nous rapprocherions aussi beaucoup des juifs.

Ce qui compte, voyez-vous mon enfant, c'est le message de Jésus et sa mise en pratique. Sommes-nous capables de vivre avec l'amour du prochain, avec le respect des êtres et du vivant, avec la compassion pour ceux qui souffrent, avec l'établissement de plus de justice sociale ? Voilà ce qui est important ! C'est la vie dans laquelle je me suis engagé et c'est la voie que doit suivre l'Église. Celle que Jésus montrait pendant son ministère.

Mais le chemin sera long, avec beaucoup d'oppositions de la part de ceux qui veulent figer les choses, maintenir les règles, les hiérarchies et les honneurs et privilèges de leurs positions. Je sais de quoi je parle ; ici même la curie aurait l'impression de ne plus exister.

Lorsque je rencontre le grand imam, président de l'université d'Al-Azhar, au retour ce sont des foudres qui m'attendent ici au Vatican. Lorsque le grand imam et moi-même signons un accord commun pour promouvoir la fraternité et la paix, dont notre monde a tant besoin, c'est presque perçu comme un sacrilège par nombre de personnes de la curie et de nos cardinaux. Et que n'ai-je entendu lorsqu'en mai 2013 j'ai co-écrit avec le rabbin argentin Abraham Skorka *À propos du Ciel et de la Terre*.

— S'il advient que l'Évangile de Marthe fasse tomber des murailles, Sa Sainteté ne sera pas directement mise en cause, car ce sera nous-mêmes et non elle qui en aura promu la communication, avança précautionneusement Gioia.

— C'est un bon point de vue. Vous avez rencontré les dirigeants chinois. Que disent-ils ?

— Je pense que Sa Sainteté recevra un rapport de l'archevêque de Beijing, mais ce que je peux dire, c'est que les Chinois s'intéressent à la pacification des routes de la soie et voient d'un très bon œil un rapprochement des religions. Ils restent ouverts à l'évangélisation, pour autant qu'il n'y ait pas d'ingérence dans la gestion de la Chine. Le Pouvoir central de Chine appréciera des échanges constructifs avec le Vatican et nous a priés de nous en faire l'interprète auprès de Sa Sainteté.

Comme Sa Sainteté ne l'ignore pas, le message de Jésus est proche de celui des messages bouddhiques et hindouistes. Jésus était très imprégné de ces philosophies et en avait lui-même suivi les enseignements. Le dénuement, la prière, la compassion et l'amour sont des vertus cardinales communes ; l'atteinte du paradis par l'Éveil au bout des cycles de vie est semblable à l'entrée au royaume des cieux promis aux saintes personnes.

Le pape était immobile, comme plongé dans ces vastes perspectives de rupture.

— Tout ce qui est sagesse va dans le bon sens ; je ne vois rien à opposer à cela ; au contraire, il convient d'encourager ce courant salutaire. « La religion du livre » doit être comprise au sens très large du « livre du cœur ». Ne sommes-nous pas tous frères, avec les mêmes aspirations ?

Gioia reprit la parole :

— Après ses adieux à sa famille, à ses apôtres et à ses proches, Marthe nous dit que Jésus est reparti vers l'Orient. Nous avons refait le voyage que Jésus avait entrepris et retrouvé ses traces. Il aurait prêché et se serait installé au Cachemire, où il serait mort à un âge avancé. La fermeture des frontières et le couvre-feu en vigueur au Cachemire nous ont empêchés de continuer notre pèlerinage ; nous espérons pouvoir repartir là-bas prochainement. Pour ce que nous en avons appris, Jésus serait enterré dans cette terre qui l'a tant influencé dans sa jeunesse.

— Qu'un homme tel que Jésus ait continué de prêcher est bien naturel ; et qu'il soit mort l'est aussi. Il est heureux qu'il ait une sépulture. Nous espérons qu'elle est respectée. Nous ne sommes que poussière et, encore une fois, ce qui importe c'est le message porté par Jésus, sa continuité et sa mise en œuvre.

S'il est prouvé que Jésus repose dans une sépulture au Cachemire et si j'y suis autorisé, j'irai m'y recueillir. Cela nous rapprochera encore plus de nos frères musulmans comme de nos frères bouddhistes et hindouistes.

Gioia et Marco étaient sidérés par l'ouverture d'esprit de ce pape et comprenaient toute la difficulté pour lui d'être accepté par la curie.

— Je dois mettre fin à cette audience car mon temps ne m'appartient pas ce matin… Il me reste à vous remercier d'être venus me prévenir de vos travaux et de vos découvertes. Je prierai pour qu'elles soient bien reçues et pour qu'elles aident au rapprochement des hommes dans le message d'amour et de paix de Jésus.

Le pape les raccompagna à sa bibliothèque privée, il leur donna sa bénédiction et ils furent reconduits par l'huissier.

98 › 99

Abu Dhabi, dimanche 10 janvier 2021

Gioia se souvint qu'avant de quitter ses fonctions de présidente de la Commission européenne, elle avait été interrogée sur la rencontre à Abu Dhabi du pape et de l'imam d'Al-Azhar lors de laquelle ils avaient ratifié, le 4 février 2019, un document sur *La Fraternité humaine pour la Paix dans le monde et la coexistence commune*. Ce texte avait ensuite été diffusé aux dirigeants du monde. Gioia n'était alors plus en poste.

Elle téléphona au secrétariat de l'actuelle présidente de la Commission afin d'en retrouver le fil conducteur et les références et reprit contact avec les organisateurs de la session d'Abu Dhabi. Gioia précisa qu'elle souhaitait rencontrer l'imam sur un sujet touchant au rapprochement des religions chrétienne et musulmane.

Elle reçut par retour une invitation pour une rencontre avec l'imam d'Al-Azhar à Abu Dhabi, le 10 janvier à 10 heures, accompagnée d'un courrier lui indiquant que l'imam avait lui-même un sujet délicat à évoquer et qu'il lui serait agréable de s'entretenir avec elle en sa qualité d'ancienne

Première ministre italienne, de sorte qu'elle pût ouvrir un chemin diplomatique vers le pape pour aborder ce point.

Les autorités d'Abu Dhabi avaient bien fait les choses et Gioia fut reçue avec les égards dus à son ancien statut. Par déférence et respect pour l'imam, elle était vêtue d'une *abaya*.

Lorsqu'elle fut introduite avec Marco dans le salon privé de l'Emirates Palace, elle comprit, à l'agitation sourde qui régnait, qu'ils étaient attendus. Après les présentations d'usage, ils furent conduits dans un coin du salon. Là, posé sur une table de marqueterie fine reprenant des motifs savamment enlacés sur le dessin de fond d'une grande étoile à cinq branches, portant chacune un des cinq piliers[1] de l'islam, il y avait un codex ouvert sur un coussin de soie verte brodé d'or. Sur une autre table, il y avait deux chemises jaunies, l'une ouverte et l'autre fermée. Sur celle qui était ouverte, on percevait de loin le dessin d'un poisson stylisé avec un texte qu'elle ne pouvait pas lire ; et sur la chemise fermée, il y avait aussi un texte.

Elle fut invitée à s'avancer vers le coussin et admira la qualité et la calligraphie du codex. Il était semblable à l'évangile original de Marthe. L'équipe d'Al-Azhar était souriante et épiait les réactions de Gioia et de Marco.

---

1. Les *cinq* piliers de l'islam sont : la profession de foi, l'aumône, le pèlerinage à La Mecque, le jeûne, les *cinq* prières chaque jour. La représentation, sur les *cinq* branches d'une étoile, supprime toute notion de priorité, chacun des piliers devenant essentiel.

— C'est une copie originale datée de l'an 66, lui soufflèrent délicatement ses interlocuteurs.

Ils l'amenèrent à l'autre table. Elle lut et n'en crut pas ses yeux : sur la chemise ouverte, jaunie par le temps, était marqué en page intérieure, en italien : « *Évangile de Marthe, source Saunière / Carini* » et sur celle qui était fermée, posée juste à côté, était écrit « *TRADUCTION 1892 – Isidoro Carini* ». Tout s'éclaira dans son esprit. C'était l'évangile que le Vatican avait acheté à l'abbé Saunière. Celui que son oncle avait lu et que le pape Jean-Paul avait lu. Celui qui avait été volé la nuit de la mort du souverain pontife. Celui qui avait pris le Falcon 20 de 6 h 40 à Milan le 29 septembre 1978. Celui pour lequel elle avait promis à son oncle d'élucider le message du pape, lorsqu'elle avait 20 ans. Une avalanche de souvenirs déferlait dans sa tête et la fit vaciller. Marco s'en rendit compte et lui prit le bras ; elle demanda à s'asseoir.

— Cheikha Gioia, vous n'avez pas l'air bien ? lui demanda l'imam, attentionné.

— Non. Trop de souvenirs me submergent, dit-elle en essuyant des larmes.

L'imam fit signe de lui apporter de quoi boire et quelques friandises sucrées. Gioia était au bord des larmes, incapable de parler. Doucement, sa sérénité revint et elle s'excusa auprès de ses hôtes de ce moment de faiblesse.

Elle expliqua alors la raison de son émotion et tous écoutèrent en silence. Lorsqu'elle eut terminé de parler, l'imam expliqua à son tour comment le manuscrit leur était parvenu et lui dit très gentiment :

— Nous avons fait expertiser et dater cet évangile. Cette pièce est authentique. Nous en avons fait faire des traductions en arabe et en anglais que nous vous remettrons.

J'ai déjà pu rencontrer votre pape et je l'apprécie. Mais ce document est d'une extrême importance. Il donne un nouveau regard sur Jésus et il relègue les évangiles canoniques. Il rapproche l'enseignement de Jésus de celui de l'islam. Mahomet a toujours reconnu Jésus comme prophète ; Jésus est cité dans douze sourates du Coran. Cet évangile montre que Jésus n'a jamais revendiqué d'être Dieu et que Jésus n'est pas mort sur la croix.

Il est très délicat de s'adresser directement au Saint-Père sur un tel sujet. Nous ne voudrions pas le froisser, ni froisser les chrétiens ; nous aimerions que vous soyez notre ambassadrice.

— Vénérable imam, nous avons rencontré le Saint-Père au Vatican avant-hier. Nous l'avons informé de l'existence de cet évangile, car nous possédons l'original écrit de la main même de Marthe. Le Saint-Père avait déjà une copie électronique de cet évangile depuis mi-octobre, mais sans aucune preuve de son existence réelle et de son authenticité. Il est très ouvert sur son contenu et sur la nécessaire évolution des dogmes de l'Église catholique qui en résulterait. Seul compte pour lui l'enseignement de Jésus et sa mise en œuvre par tous les hommes de bonne volonté.

Le Saint-Père sait que nous allons communiquer sur l'existence de ce document au tout début février. Il n'y voit pas d'inconvénient majeur pour la chrétienté. Il craint simplement les réactions des intégristes catholiques et celles de la curie romaine, qui ne sont pas préparés à recevoir ce message. Il compte les rencontrer d'ici là. Ce ne sera pas chose facile pour lui et il a peu de temps pour le faire.

— Tout ce que vous dites nous réjouit, dit l'imam. Il y a tant à faire sur notre terre pour apaiser les souffrances des plus démunis ! Nous sommes convaincus qu'il est grand temps de nous donner la main plus fermement que jamais et d'unir nos forces afin d'œuvrer à fabriquer un monde meilleur.

Cet évangile ayant été dérobé au Vatican, nous serons honorés et fiers de le restituer au Saint-Père s'il le souhaite.

99 › 100

De retour dans sa chambre, Gioia prit le temps de téléphoner à Bruxelles et informa la nouvelle présidente de la Commission de ses entretiens avec le pape et avec l'imam.

À la demande de Gioia, le cabinet lui donna les coordonnées du Premier ministre indien, du dalaï-lama, du patriarche de Moscou, de l'archevêque de Canterbury, et du grand-rabbin de Tel Aviv.

Gioia prit immédiatement attache avec le secrétariat du grand-rabbin qui accepta de la recevoir sur son chemin de retour vers Rome, le dimanche soir même, où elle pouvait arriver à l'aéroport Ben-Gourion vers 17 heures.

Ils se rencontrèrent à 20 heures à l'hôtel Jaffa. Le grand-rabbin avait apporté avec lui le codex qu'il avait acheté trois mois plus tôt. Après quelques mots de bienvenue, il ouvrit sa sacoche et en retira le précieux document.

Gioia vit tout de suite que c'était celui qui avait été dérobé chez elle, ce dont elle informa le grand-rabbin qui se sentit gêné et confus d'avoir acheté un ouvrage volé et d'en être involontairement le receleur. Il proposa de le restituer après avoir conservé une copie, ce que Gioia accepta sur le principe, indiquant que rien ne pressait pour le moment.

Ils parlèrent ensuite du contenu et le grand-rabbin précisa que cet évangile, s'il était authentifié, permettrait de meilleures relations avec la chrétienté puisqu'il disculpait les Juifs de la condamnation à mort de Jésus ; il rétablissait en effet la responsabilité pleine et entière du gouverneur romain, Ponce Pilate.

Gioia confirma, bien entendu, la réalité et l'authentification de l'évangile. Elle lui conta sa découverte et les procédures suivies pour la datation. Elle confirma qu'elle solliciterait la bienveillance du propriétaire du manuscrit afin qu'il soit fait donation ou dépôt de cet exemplaire hébraïque au « sanctuaire du livre » de Givat Ram, lequel abritait déjà les manuscrits de la mer Morte. Le grand-rabbin n'aurait ainsi ni à rendre le codex, ni à craindre quelque complication que ce soit. Il lança une invitation aux grands-rabbins de plusieurs pays pour se réunir à Jérusalem en février.

100 › 101

Le monde chrétien étant très vaste avec les multiples Églises réformées, les Églises orthodoxes et l'Église anglicane. Gioia, qui avait l'habitude de gérer la mosaïque des 28 pays de l'Union européenne, considérait qu'il était indispensable d'engager une concertation avec la majorité d'entre elles ou, a minima, d'avoir des échanges avant la publication de sorte qu'elles ne se sentissent ni indisposées d'être prises au dépourvu, ni vexées d'être mises à l'écart.

Gioia put joindre facilement le patriarche de Moscou, qu'elle connaissait déjà pour l'avoir reçu à Bruxelles. Il se souvenait bien de leur rencontre et il était au courant de l'existence supposée de l'Évangile de Marthe, car une copie électronique en araméen avait été portée à sa connaissance, mais il ne savait pas s'il s'agissait d'un faux. Il fut satisfait de pouvoir obtenir des informations complémentaires et vit d'un très bon œil la possibilité de rencontrer Gioia. Le hasard des calendriers faisait qu'il était invité par le patriarche de Constantinople et par le métropolite de France à visiter le monastère orthodoxe de Saint-Nicolas à La Dalmerie, à

70 km de Cassan. Il proposa donc à Gioia de l'y retrouver le vendredi 22 janvier.

Gioia ne connaissait pas l'existence d'un monastère orthodoxe si proche de Cassan et elle accepta volontiers l'invitation. Avant de terminer la conversation, elle demanda si d'autres patriarches pourraient se joindre à eux et si elle pouvait envisager de proposer à l'archevêque de Canterbury d'y venir, et d'envoyer la même invitation aux Églises protestantes. Le patriarche trouva cette idée de réunion œcuménique intéressante et accepta de l'organiser conjointement avec ses autorités de tutelle françaises et de Constantinople, qui seraient de toutes les façons présentes. Il s'engagea à faire inviter ses seize confrères des patriarcats autocéphales canoniques et adressa le jour même à Gioia un projet d'invitation pour une réunion assortie d'un ordre du jour, lequel prévoyait une arrivée le vendredi 22 janvier avec dîner convivial pour faire connaissance, une journée de travail le 23 et une messe concélébrée le matin du dimanche 24 avant de se séparer. Gioia pourrait intervenir le vendredi 22 au soir lors du dîner de bienvenue.

Gioia put joindre le secrétariat de l'archevêque de Canterbury qui avait aussi reçu la version électronique de l'évangile araméen par le canal des évêchés nord-américains. Il trouva le projet de rencontre intéressant et proposa de s'occuper d'y associer les Églises protestantes. Il se rapprocha parallèlement du patriarche de Moscou afin de coordonner la rencontre et de gérer l'organisation matérielle.

Gioia sentait qu'un processus de cristallisation était maintenant à l'œuvre dans la communauté chrétienne non catholique. Elle repensa à la pluie d'or qui fertilise.

Elle prit attache avec le secrétariat du dalaï-lama, qui avait lui aussi reçu une copie électronique de l'Évangile de Marthe en araméen avec une traduction italienne que lui avait acheminée le cabinet du Premier ministre indien.

Une rencontre le dimanche après-midi 24 janvier fut convenue. Elle aurait lieu au temple bouddhique de Lérab Ling à l'Engayresque, sur la commune de Roqueredonde, à 60 km de Cassan, à seulement 14 km de La Dalmerie. Le dalaï-lama avait déjà visité le monastère par deux fois ; une fois lors de la bénédiction du terrain choisi pour l'édification du temple et une deuxième fois lors de son inauguration en 2008. Le dalaï-lama avait prévu d'y revenir afin d'achever la reprise en main du site après la démission du fondateur, Sogyal Rinpoché.

Il proposa de venir accompagné d'un membre du gouvernement indien, sans doute le ministre des Affaires étrangères, qu'il inviterait pour la circonstance, tant il lui semblait que l'histoire de Jésus et celle de l'Inde étaient intimement liées. Il se réjouissait de revoir une troisième fois le monastère.

101 › 102

La Dalmerie, en France,
vendredi 22 janvier 2021

L'archimandrite du monastère Saint-Nicolas avait bien organisé la rencontre. Les participants étaient tous logés à proximité du monastère, dans un petit hôtel de campagne. Un car était prévu pour les emmener au monastère pour la journée de travail du samedi et la concélébration dominicale du lendemain, puis le car les ramènerait à Béziers et à Montpellier pour reprendre leurs TGV ou leurs avions.

Le patriarche de Moscou avait pu obtenir la participation de huit des seize patriarches des Églises autocéphales, ce qui était une prouesse vu les délais. Ceux qui n'avaient pu se déplacer avaient donné mandat à leurs collègues et ils attendaient impatiemment les comptes rendus de la rencontre. L'Église anglicane avait délégué trois de ses évêques et avait su convaincre les congrégations protestantes de participer à ces journées ; six d'entre elles étaient représentées. Au total, ils étaient 22 participants à ce colloque.

Gioia et Marco étaient arrivés la veille. Ils n'avaient pas manqué de passer à Cassan saluer Nicole Audemar qu'ils avaient tenue au courant de leurs démarches. À cette occasion, Nicole leur fit savoir que le propriétaire de Cassan était favorable à ce que les trois manuscrits découverts à Cassan soient confiés aux musées ou aux bibliothèques des institutions religieuses.

Gioia et Marco avaient ensuite rendu visite à l'archimandrite Raphaël. Ils découvrirent le monastère Saint-Nicolas, fondé en 1965 par son prédécesseur, composé d'un ensemble de maisons jointives, acquises au sein du village au fil du temps. La rue principale séparait le monastère de son église accrochée à flanc de montagne, légèrement en contrebas compte tenu de la déclivité. L'église était bâtie sur la base d'un plan octogonal issu du double carré basculé, comme l'était le baptistère de Cassan. L'architecture était sobre et élégante. Les dômes et les toitures étaient couverts de tuiles canal orangées et les murs revêtus d'un enduit écrasé très régulier dans les teintes rosées. Toutes les arcatures étaient soulignées de linteaux blancs en demi-cercle. Un grand escalier menait au porche d'entrée protégé par un péristyle à trois portiques.

Le dîner du vendredi fut chaleureux. Gioia et Marco eurent tout le temps nécessaire pour présenter leur découverte devant cet auditoire érudit et attentif. Ils répondirent aux multiples questions techniques et s'abstinrent de se prononcer sur les questions relatives aux dogmes dont les participants débattraient sans doute ensemble le lendemain. Mais, sans donner de détails, ils rendirent compte des approches positives et ouvertes du Saint-Père, du grand imam d'Al-Azhar et du grand-rabbin de Tel Aviv, comme de celle de la Chine.

Les conversations se terminèrent tard dans la nuit. Marthe avait réussi à promouvoir les échanges entre toutes ces communautés chrétiennes. Demain ne serait plus comme avant.

Gioia et Marco choisirent de ne pas participer à la journée du samedi, qui se déroula dans l'église orthodoxe, afin de ne pas gêner les échanges théologiques. Ils en profitèrent pour se détendre et visiter cette si belle région française aux confins des départements de l'Hérault et de l'Aveyron. Le dimanche à 10 heures, ils assistèrent à la concélébration de la messe, dont l'organisation avait été spécialement arrangée la veille pour la circonstance, afin de s'accommoder de chacun des rites des diverses confessions chrétiennes en présence. Gioia admira les efforts de tolérance et de respect mutuel que chacun avait consenti afin d'aboutir à cette cérémonie. Pour avoir souvent recherché des consensus respectant les subsidiarités lors de ses fonctions à la tête de l'Europe, Gioia savait comme il était difficile d'obtenir les concessions de chacun pour aboutir en si peu de temps à une entente commune en vue d'agir de concert de façon harmonieuse.

Ce fut un moment émouvant et intense, empli de ferveur religieuse et d'espérance, augurant d'une orientation vers un monde plus uni, plus généreux et plus attentif aux démunis. Une belle fraternité.

Ils quittèrent l'assemblée vers midi et prirent le chemin du monastère bouddhique.

102 › 103

L'Engayresque en France,
dimanche 24 janvier 2021

Vers 12 h 30, Gioia et Marco atteignirent sans difficulté le temple bouddhique Lérab Ling, dont le nom signifie : « Sanctuaire de l'activité éveillée ».

Le temple avait été bâti sur le domaine de la ferme de l'Engayresque, dans la commune de Roqueredonde, dans l'Hérault, et inauguré en août 2008. Il trônait majestueusement au creux d'un écrin de verdure et de plans d'eaux, imposant et paisible. Ce fut un moment d'émerveillement pour Marco, qui ne connaissait rien de l'architecture tibétaine. Il put admirer la sérénité qui se dégageait du temple avec ses emboîtements de volumes issus d'arrangements géométriques à la manière d'un mandala, coiffés de jeux de toitures complexes, incurvées avec grâce, couvertes de cuivre, rutilantes sous le soleil, ponctuées de sculptures et d'épis dorés.

C'était comme entreprendre un parcours initiatique. Une fois passé sous le portique qui marque l'entrée dans le monde spirituel, le chemin serpentait, bordé de part et d'autre de drapeaux tibétains aux couleurs répétitives bleu, blanc, rouge, vert et jaune, entièrement imprimés de prières pour que le vent les emportât et les dispersât afin de purifier le monde. Le bleu symbolise la méditation, le blanc la foi sereine, le rouge l'énergie spirituelle, le vert l'intelligence et le jaune la pensée juste. Le chemin représente le « Magga » qui est la voie qui conduit à la sagesse.

Ils longèrent le petit plan d'eau au milieu duquel trône la statue dorée de Padmasambhava, né d'une fleur de lotus, qui introduisit le bouddhisme au Tibet. Puis, ils passèrent les deux stūpas de marbre blanc renfermant des reliques de Bouddha et de saints.

À l'entrée de la grande salle de prière du temple, qui peut contenir mille personnes, Gioia et Marco étaient attendus par la directrice spirituelle du site. Elle les accueillit chaleureusement et, après qu'ils aient ôté leurs chaussures, elle les amena directement à l'étage, dans le petit temple intimiste où étaient déjà en discussion le dalaï-lama accompagné de deux maîtres, tous les trois habillés du *kesa* rouge-orangé. Trois autres personnages indiens, très détendus et souriants, portant le *sherwani*, conversaient avec eux.

Le dalaï-lama avait tenu sa promesse et invité le ministre des Affaires étrangères et ses collaborateurs en charge de la foi hindouiste. L'hindouisme est plus un concept philosophique, issu d'une tradition, qu'une religion à proprement parler. Le cadre de la foi hindouiste a été défini par la cour suprême de l'Inde, ce qui montre l'importance de la symbiose établie entre les institutions de gouvernement du pays et les racines de ses croyances. L'hindouisme compte 1,1 milliard de croyants et le bouddhisme, 600 millions. En ce lieu reculé et improbable de la campagne française profonde, Gioia et Marco rencontraient les représentants spirituels de près de 1,7 milliard d'hommes et de femmes.

Tous connaissaient très bien la vie de Jésus. Ils savaient combien Jésus avait été influencé par le bouddhisme et l'hindouisme lors de sa présence en Inde durant sa jeunesse. Ils en étaient fiers. Ils savaient que son prêche non violent, son détachement matériel, la maîtrise de son corps et de son esprit, ses capacités à soigner témoignaient de cette influence. Ils avaient fait traduire les copies qu'ils avaient reçues et se félicitaient que l'Évangile de Marthe attestât de ce qu'ils savaient déjà de la vie de Jésus en Inde et des influences spirituelles qui l'avaient construit.

Ainsi qu'ils l'avaient fait lors dans leurs précédentes rencontres, Gioia et Marco racontèrent l'histoire de la découverte de cet évangile et répondirent aux multiples questions. Ils poursuivirent leur entretien par un déjeuner frugal composé de fruits, de légumes, de lait de chèvre et d'eau claire. Le dalaï-lama raconta que Sogyal Rinpoché, qui avait construit Lérab Ling, connaissait bien Cassan où le manuscrit de sainte Marthe avait été découvert. En 1991 il avait organisé au Prieuré une rencontre internationale des bouddhistes qui avait réuni 400 personnes pendant quinze jours. C'est lors de ce rassemblement à Cassan que la communauté avait décidé de construire Lérab Ling.

Les confidences étant de mise, Gioia en profita pour demander au ministre indien s'il pourrait lui accorder une autorisation exceptionnelle et une protection pour voyager au Cachemire jusqu'à Srinagar[1], où elle n'avait pas pu pénétrer en raison des mesures d'isolement et de couvre-feu. Le ministre l'invita à venir à New Delhi dès le mercredi 27 janvier : ils partiraient ensemble en délégation sous escorte pour Srinagar. Ce n'était pas la meilleure saison, mais mieux valait faire vite, l'événement pourrait peut-être modifier l'état d'insurrection qui prévalait actuellement au Cachemire.

Le dalaï-lama estimait que cet évangile pouvait devenir un catalyseur à même de rapprocher les hommes de foi et les nations dans leurs diversités. Il pensait évidemment aux différends entre le Tibet et la Chine. À cet égard, les contacts privilégiés de Gioia avec le Pouvoir central se révéleraient vraisemblablement très utiles en vue d'engager une sorte de médiation visant à réduire les tensions ; il demanda à Gioia de l'aider en ce sens et d'accepter une mission à cet effet.

Le ministre indien pensait quant à lui à la difficile cohabitation entre les musulmans et les hindous. Le berceau de la pensée de Jésus se trouvant aux confins de l'Inde et des pays islamiques, il y voyait une opportunité de renouer avec la tolérance et la reconnaissance d'une

1. Srinagar, capitale du Cachemire. « *Nagar* » signifie « ville » et « *Sri* » veut dire « sainte ». C'est là que se trouve le tombeau de Jésus connu sous le nom de Yuz Asaf, au lieudit Roza Bal.

plateforme commune de valeurs altruistes et non violentes. Elle forgerait peut-être l'approche d'un nouveau pacte social et religieux. Il pensait aussi que l'intermédiation de Gioia serait bénéfique pour la recherche de solutions au conflit frontalier avec la Chine.

Gioia se rendait compte que, bien que retirée de la scène géopolitique, elle y était ramenée par Marthe. La séparation des États et des religions ne tombait pas sous le sens ; de façon générale, la géopolitique ne pouvait pas faire abstraction de ces imbrications.

103 › 104

Srinagar au Cachemire,
mercredi 27 janvier 2021

Gioia et Marco furent accueillis à l'aéroport de Delhi avec les honneurs réservés aux officiels de haut rang. Le lendemain matin, ils étaient conduits à un aéroport militaire accompagnés du ministre des Affaires étrangères et d'un général délégué à leur sécurité. Une heure plus tard, ils atterrissaient sur une base militaire établie près de Srinagar. Il s'agissait du poste de commandement de l'armée indienne assurant le maintien de l'ordre au Cachemire, avec une force d'intervention de 80 000 hommes.

De là, ils partirent avec une escorte pour Srinagar. Le cortège se dirigea vers le quartier de Khanyar. Il longea le lac Dal et enfila Ladakh Road avant de bifurquer sur Rozabal-Khanyar Road au cœur de la vieille ville. Là, devant leurs yeux, comme une humble demeure, se profilait une petite construction de plain-pied qui ne payait pas de mine, coiffée d'un lanterneau. Une cour, fermée par un muret surmonté d'une grille toute simple, protégeait l'entrée.

Sainte Marthe venait de conduire Gioia et Marco au bout de leur voyage, à Roza Bal, qui signifie « sanctuaire du saint » !

L'arrivée de l'escorte avait créé beaucoup d'émoi autour du site et les badauds commençaient à affluer. Le ministre invita Gioia à descendre et présenta Roza Bal.

— Dans les registres fonciers de la ville, il est mentionné qu'une crypte a été installée en l'an 89 et qu'elle a été ensuite protégée par une construction devenue au fil du temps ce petit bâtiment que nous voyons. Il a été peint aux couleurs de l'islam assez récemment ; la tourelle avec ses petites ampoules a été ajoutée en 2005.

— C'est étrange que cette tourelle ait été ajoutée, dit Marco. Cela me rappelle le *ciborium* du Saint-Sépulcre de Jérusalem et la lanterne de l'espérance de Cassan où nous avons découvert le manuscrit de Marthe. C'est un peu comme si cet ajout était venu répondre à un appel…

— Le site est fermé à la visite. J'ai fait venir le gardien afin qu'il nous l'ouvre. Le gardien est issu d'une famille qui a gardé le tombeau de père en fils aîné, depuis vingt siècles. La famille dit qu'elle descend directement de Yuz Asaf[1], le saint prophète enterré ici.

Ils entrèrent dans le sanctuaire. Une chambre funéraire construite en bois occupait le centre de la pièce. À l'intérieur de la chambre ajourée, on pouvait apercevoir deux tombes.

1. « *Yuz* » signifie « Jésus » et « *Asaf* » signifie « Rassembleur » [NDLA : le tombeau, son histoire et ses descriptions sont réels].

— La plus grande est la tombe de Yuz Asaf et l'autre celle du saint islamique Syed Nasr ud Din Rizvi, descendant de l'imam Moosa Ali Raza, qui avait demandé à être enterré près de Yuz Asaf au XVe siècle. Comme vous le constatez, les cénotaphes sont orientés nord-sud, selon la tradition islamique. Dans la crypte, la tombe de Yuz Asaf est en revanche orientée est-ouest, selon la coutume juive.

Il était possible de descendre dans la crypte mais les accès extérieurs ont été murés, ce qui est sans doute une sage précaution afin de préserver les tombes de toute profanation.

— Excellence, pourquoi le site a-t-il été fermé et ne se visite plus ?

— Comme vous le savez, les relations entre hindous et musulmans sont compliquées. Les musulmans sunnites qui administrent le site ont considéré pour le moment qu'il ne convenait pas de vénérer sur cette terre du Cachemire d'autres saints que ceux de l'islam. La présence de Yuz Asaf, antérieure de 600 ans à l'islam, leur posait des problèmes de communication auprès des populations. Ils ont préféré distancier le sujet et « islamiser » le site, d'où la fermeture de la crypte et du site ainsi que les peintures vertes. Peut-être que grâce à l'Évangile de sainte Marthe, qui remet Jésus dans la lignée des prophètes, et parce que Mahomet reconnaît Jésus dans le Coran, il sera possible, avec beaucoup de pédagogie, de réouvrir le site à la visite. Qui sait si plus tard, un mausolée plus conséquent, digne de cette illustre sépulture, avec une mise en valeur et un circuit de visite approprié pour accueillir les pèlerins, ne pourra pas être édifié ? Pour le moment, les relations tendues gèlent toute évolution. Il faut attendre des jours meilleurs. Ils viendront, j'en suis sûr.

— Lorsque la paix sera de retour, dit Gioia, je suis certaine que le sujet pourra être évoqué avec l'appui du grand imam d'Al-Azhar, de la communauté sunnite, et de la communauté chiite.

— Une très belle découverte a été faite dans la crypte. Par tradition, les pèlerins formaient des vœux sur la tombe de Yuz Asaf et allumaient des bougies ; l'épaisse couche de cire accumulée au fil des siècles a été enlevée en 1975. La surprise fut grande de découvrir une pierre sculptée représentant deux pieds avec les traces des clous d'une crucifixion.

La présence de pieds n'a rien d'anachronique, c'est une très vieille pratique hindoue que le culte des pieds d'un saint. La sainteté et l'énergie sont réputées concentrées dans les pieds qui portent le saint. Elles se retrouvent dans la représentation sculptée des pieds qui est appelée *Paduka*. Il existe de nombreux sanctuaires en Inde avec des *Padukas*, qui sont vénérées.

Le supplice de la crucifixion n'existait pas en Inde, ce qui fait qu'il est difficile de penser que ces pieds seraient ceux d'un autre homme que Jésus.

— Excellence, vous m'avez parlé du gardien qui serait un descendant de Jésus.

— Oui. Jésus s'est marié ici et a eu une descendance. La longue succession des fils aînés qui sont devenus les gardiens du site est répertoriée par écrit. Ils sont très bien identifiés.

— Est-il possible que je parle avec le gardien ?

— Bien entendu.

Ils ressortirent du petit temple et le ministre remercia chaleureusement le gardien d'avoir eu la gentillesse de leur ouvrir le site. Il lui précisa que Gioia, qui avait présidé l'Europe, souhaitait lui poser quelques questions.

— *Namaste*, lui dit Gioia en joignant ses deux mains sur sa poitrine. Son Excellence me dit que de père en fils, vous gardez ce tombeau.

— Oui, c'est exact, et nous tenons la liste de tous nos ancêtres qui furent appelés à cet immense honneur.

— Vous seriez aussi un descendant de Jésus ?

— Oui, c'est ce que m'ont dit mes aïeux qui le tenaient eux-mêmes de leurs aïeux. Notre ancêtre, sur qui je veille, est Yuz Asaf.

— Je suis émerveillée par cette lignée que vous représentez. Accepteriez-vous de me donner une mèche de vos cheveux, en souvenir de mon passage à Roza Bal ?

Il accepta de bonne grâce, ce qui n'était pas gagné d'avance, compte tenu de l'influence sikh[1] très proche. Joignant le geste à la parole et sans attendre, il s'arracha fièrement quelques petites mèches d'une dizaine de cheveux chacune ! Gioia, comblée, eut à peine le temps de sortir de son sac un petit paquet de mouchoirs en papier sous cellophane tout neuf qu'elle vida en faisant bien attention de ne pas toucher l'intérieur de l'emballage. Elle tendit la pochette à son interlocuteur toujours aussi souriant ; il la prit

1. Religion monothéiste née dans le nord de l'Inde au XVe siècle. Une des obligations est de ne pas se couper les cheveux, raison pour laquelle les hommes portent un turban sous lequel ils enroulent leurs cheveux.

et y déposa lui-même ses cheveux sous le regard amusé du ministre, qui avait bien compris où Gioia voulait en venir.

— Je vous remercie infiniment, lui dit-elle en refermant précieusement le petit sachet. Permettez-moi de vous faire cette offrande pour vous remercier.

Gioia sortit 200 euros de son sac et les lui donna. Elle promit de travailler avec le ministre et le comité de direction qui gérait le site afin d'examiner s'ils accepteraient une subvention venant de l'Europe pour la préservation et l'entretien du site.

Il faisait véritablement froid à cette altitude de plus de 1 700 m et ils furent tous contents de regagner la chaleur de leurs véhicules.

Marco n'avait pas perdu son temps. Il avait compté ses pas sur la longueur et la largeur de ce modeste mausolée ; la base de la construction et sa cour formaient un double carré. La tourelle était octogonale, comme le baptistère de Cassan résultant du double carré pivoté sur lui-même d'un huitième de tour.

— Je tenais à vous préciser, ajouta le ministre, que la famille des gardiens héréditaires a été confirmée dans sa mission sous le sceau de la justice islamique en l'an 1184 de l'hégire, soit en l'an 1770. Le jugement fait état de l'historique du site qui remonte au Rajah Gopadatta, connu sous le nom de Gopananda, qui a gouverné le Cachemire de 53 à 113.

Ce roi a aussi restauré le site dit du « trône de Salomon », qui est une tour sur une colline toute proche à l'est de Roza Bal. À cette occasion, il avait offert cinquante femmes à Yuz Asaf pour le remercier de sa sainteté. Yuz Asaf n'en avait accepté qu'une seule, ce qu'il estimait bien suffisant pour l'aider dans son ministère. Ensemble ils eurent une descendance. Plusieurs sites dans l'environnement portent des noms de localités palestiniennes.

Une fois revenue sur la base, Gioia demanda au ministre d'avoir la gentillesse d'établir un acte indiquant les conditions de prélèvement des cheveux et certifiant qu'ils n'avaient pas été échangés pendant leur retour à New Delhi. Elle lui demanda aussi de bien vouloir sceller le sachet à la cire en y imprimant le sceau de sa bague. Le ministre, peu coutumier de ces procédures mais en comprenant l'importance, accepta de s'y prêter de bonne grâce. Gioia avait pris des photos du gardien devant Roza Bal en train de s'arracher des cheveux, puis en train de l'introduire lui-même dans le sachet. Elle avait aussi pris la photo du ministre en train de marquer la cire du sceau de sa bague. Marco avait filmé toutes les scènes avec son téléphone portable, sans aucune interruption d'image.

104 › 105

Rome, vendredi 29 janvier 2021

La veille, avant de quitter New Delhi, Gioia avait pris rendez-vous à Rome pour le lendemain à 9 h, chez son ami huissier Luigi, puis à 10 h 30 avec le meilleur laboratoire à la pointe du séquençage ADN.

Luigi fut content de revoir Gioia ; il leva un acte incluant les photos prises par Marco et Gioia ainsi que l'attestation du ministre. Il accepta de l'accompagner au laboratoire afin de constater l'ouverture du sachet cacheté et la répartition de son contenu pour 10 % environ affecté au laboratoire, le solde lui étant remis, après répartition dans trois tubes aseptisés, deux tubes pour deux autres laboratoires à venir et le reste à titre d'échantillon témoin. Le tout cacheté à la cire.

À 10 h 30, ils étaient au laboratoire et définissaient la mission consistant à déterminer l'origine des mitochondries et les autres caractéristiques relatives aux origines biogéographiques de la personne par comparaison aux banques de données disponibles. L'huissier nota qu'à aucun moment le laboratoire ne fut informé de l'origine de l'échantillon ni de la procédure de sélection des cheveux.

Gioia demanda à Luigi d'adresser les deux échantillons destinés à deux autres laboratoires de séquençage aux adresses qu'elle lui communiquerait dans la journée.

105 › 106

Paris, Unesco, vendredi 5 février 2021

Les résultats du laboratoire de Rome tombèrent le mardi 2 février au matin et le soir même arrivèrent ceux des deux autres laboratoires. Les analyses étaient claires et signalaient des appartenances au bassin de l'Indus mais aussi à la Palestine avec une probabilité d'erreur inférieure au dix-millième.

Gioia resta pensive avec les résultats du laboratoire entre les mains. Il lui paraissait à la fois extraordinaire et merveilleux qu'une même famille ait gardé un site de père en fils pendant presque 2 000 ans et que la filiation remontât à un homme venant du berceau sémitique de Judée. Les faisceaux d'indices convergeaient tous et il lui semblait que le tombeau de Srinagar ne pouvait être que celui de Jésus de Nazareth.

Gioia donna le feu vert pour le lancement de la campagne de communication le jeudi 4 février. La conférence de presse au siège de l'Unesco fut fixée le vendredi 5 à 11 heures.

Ce dernier voyage à Paris, après leur très long périple sur les traces de Jésus, serait le cinquième qu'ils allaient entreprendre après ceux de Beijing, Abu Dhabi, La Dalmerie-Lérab Ling et Srinagar. Le tireur de cartes ne s'était pas trompé.

Ainsi que Gioia l'avait promis par courtoisie, Marco adressa, le 3 février au matin, tous les documents et certifications à tous les interlocuteurs qu'ils avaient rencontrés, pour qu'ils fussent en leur possession avant le vendredi 5 février. Marco reçut beaucoup de messages de remerciement.

Dès le jeudi 4 au matin, le buzz se déchaîna sur les réseaux et fit le tour de la Terre. Les journaux télévisés du soir en Europe, puis dans les Amériques, ne parlaient que de « LA » nouvelle. Les émissions de nuit relayèrent l'information en Asie.

La presse du lendemain titrait partout à la une des titres enthousiastes, certains sarcastiques, d'autres dubitatifs, mais tous faisaient dans le sensationnel !

La conférence de presse fut déplacée dans le grand amphithéâtre de l'Unesco, compte tenu des fortes demandes d'accréditation. Nicole Audemar était venue et avait apporté l'urne en terre cuite qu'on posa sur la table de conférence, à gauche de Gioia. Nicole était accompagnée du propriétaire, qui avait souhaité rester incognito mais qui fut ravi de rencontrer Gioia et Marco. Gioia apprit que la vente de Cassan à He Meng Fu n'avait pas pu avoir lieu, la *clearance* des fonds n'ayant pas pu être obtenue. Le domaine restait à la vente.

Avant qu'ils montent sur l'estrade de l'amphithéâtre, un homme élégant vint à leur rencontre ; ils eurent du mal à reconnaître Atash Sharifi. Qu'il soit venu les soutenir les emplit d'assurance. L'homme qu'ils avaient connu en treillis militaire était méconnaissable en costume-cravate. Gioia pensa à Jésus, que Marie-Madeleine n'avait pas reconnu au sortir du tombeau.

Gioia et Marco firent une conférence brillante devant un auditoire captivé par leur récit et attentif aux preuves apportées. Un déluge de questions s'ensuivit ; la séance dut être interrompue à 13 h 30. Le cocktail ne fut qu'un brouhaha indescriptible de personnes passionnées voire exaltées, plus convaincues les unes que les autres ou réfutant tout par pur dogmatisme ; personne n'était insensible.

Gioia et Marco se gardèrent de rejoindre le cocktail. Ils s'éclipsèrent et reprirent le premier avion pour Rome, sans oublier de mettre lunettes sombres et masques sanitaires sur le visage pour ne pas être accostés. Tous les écrans des salons de départ des satellites de l'aéroport diffusaient les chaînes d'informations en continu, lesquelles passaient en boucle « LA » révélation avec les images de la conférence.

Avant de monter dans l'avion, Gioia envoya un petit SMS à Atash pour le remercier de sa présence surprise et lui souhaiter le meilleur pour lui, sa famille et son pays qu'il aimait tant.

106 › 107

Rome, dimanche 7 février 2021

Assis dans leur salon, avec sous les yeux Danaé que la pluie d'or allait féconder, ils se demandaient si la pluie d'informations traitant de l'Évangile de Marthe qui s'abattait en ce moment dans les médias féconderait la Sagesse pour enfanter la Paix sur Terre !

Méditatif dans son vieux fauteuil, Marco regardait le tableau comme jamais il ne l'avait regardé. Il remarqua que le copiste sollicité par Monseigneur Luciani avait pris des libertés avec l'original. La version que le pape avait choisie n'était pas celle de la première toile de Titien avec Cupidon, mais un mélange de celles qu'il peignit un peu plus tard et qui étaient l'une au musée du Prado à Madrid et l'autre au musée de l'Ermitage de Saint-Pétersbourg. Aux pieds de Danaé, une vieille servante, assise sur le lit, tendait son tablier pour récupérer sa part d'or céleste, peut-être en espérant y glaner quelque jouvence. La servante était de noir vêtue. Sa forme sombre contrastait avec le corps nu et pâle de Danaé. L'une avait la jeunesse et l'autre la vieillesse. L'une était le maître et l'autre la servante. Il lui semblait percevoir, dans la composition du tableau, les échos de l'éternelle dualité et plus particulièrement celle du Yin et du Yang, si présente et familière à l'Asie.

Marco, incorrigible, ne put s'empêcher de compter les pièces d'or ! Le copiste avait peint exactement 22 pièces déjà tombées, parsemant le drap entre les jambes de Danaé ; cinq autres à la façon d'une étoile d'or avaient chu sur son corps ; en y ajoutant les pièces pleuvant sous le regard de Zeus, il y avait en tout 108 pièces d'or dans le tableau ! Sur la manche de la vieille servante, une fleur à 5 pétales, sans doute celle d'un hibiscus blanc, était brodée en fils d'argent. Sur un coussin, à portée de main de Danaé, était posé un chapelet Mâlâ de 108 perles.

Le copiste avait retiré le bracelet du poignet droit de Danaé. En revanche, il avait pris soin de lui mettre une bague de pied au second orteil droit et des chaînettes d'argent sur chacune de ses chevilles, exactement comme le font les femmes et les jeunes filles indiennes.

Le tableau mesurait 0,81 m de haut sur 1,31 de long, soit le rapport de Phi, 1,618… et pour ce qui est de Pi, il se cachait sans doute dans les rondeurs de Danaé et dans le cercle central de la composition.

Ce qui frappa le plus Marco, ce furent les pieds de Danaé qui occupaient le premier plan du tableau et que la servante venait sans doute de masser. Il lui sembla maintenant que ces pieds nus crevaient « l'écran de toile ». Il ne voyait plus qu'eux.

Ils lui rappelaient la *Paduka* du tombeau de Srinagar. La tradition bouddhiste vénérait les empreintes des pieds de Bouddha sur lesquelles étaient soigneusement dessinés non seulement la roue de la loi, mais surtout 108 signes, rangés soigneusement en bon ordre, dans des petites cases carrées.

En Inde, un geste de salut et de respect consiste à toucher les pieds d'une personne et à les embrasser. Tous les matins les petits enfants touchent les pieds de leurs parents et de leurs grands-parents. Marco se souvint de la femme des évangiles de Luc qui se jeta aux pieds de Jésus, les baisa, les lava de ses larmes et les essuya de ses cheveux avant de les parfumer. La tradition indienne était aussi de laver les pieds de ses visiteurs ; le Jeudi Saint, la veille de sa crucifixion, Jésus avait lavé les pieds de ses apôtres...

On se déchausse en Inde pour entrer dans les temples et on se déchausse pour entrer dans la mosquée. Devant le buisson-ardent, Moïse n'avait-il pas reçu l'ordre de Dieu d'ôter ses sandales ?

Marco se souvint aussi qu'à La Mecque, juste à côté de la Ka'ba, il y a la « station de l'ange Gabriel », le messager divin, mais aussi la « station d'Abraham » que les fidèles honorent : la pierre sur laquelle Abraham était monté lorsqu'il construisit l'édifice avec son fils Ismaël. La pierre avait gardé l'empreinte de ses pieds, comme les *Padukas* celles de Bouddha 1 200 ans plus tôt.

Jaïrus, le chef de la synagogue de Jérusalem, s'était jeté aux pieds de Jésus pour l'implorer de venir soigner sa fille. Au matin de sa sortie du tombeau, les femmes s'étaient prosternées et avaient touché les pieds de Jésus. Et, c'est assise à ses pieds que Marie-Madeleine aimait écouter Jésus. La réflexologie de la plante des pieds est née en Inde. Le corps et l'âme se soignent par la porte d'entrée des pieds.

Marco se souvint encore que Josemaría Escrivá de Balaguer, le fondateur de l'Opus Dei, avait eu la révélation de sa mission en regardant des traces de pieds nus sur la neige. Il se souvint aussi du pont des carmélites aux pieds nus à Venise, des cathares qui allaient pieds nus, prêchant par deux. L'expression même de la « plante » des pieds, en dit long sur notre connexion à la Terre et à la Vie.

Depuis la nuit des temps, le plus beau métier du monde est sans doute celui du potier, dont l'esprit et les mains créent ensemble au même instant. Sans ses pieds pour faire « tourner la roue », le potier ne jouirait pas de son bonheur et ne produirait aucun des vases dont les tessons sont les précieux fils d'Ariane de l'archéologie.

Gioia n'avait rien à envier aux divinités hindoues car 108 noms différents lui avaient été donnés tout au long de leur périple ! Marco les avait tous notés dans le calepin électronique de son smartphone. Il fit à sa femme un copier-coller de sa fiche « Gioia ma déesse ». La quête qu'ils avaient conduite ensemble les avait rapprochés. Ils étaient devenus fusionnels.

107 › 108

Le pape, qui avait œuvré dans les bidonvilles, qui avait lavé les pieds des indigents, présenta à la curie les voies radicales de grandes réformes[1] afin de mettre l'église catholique en harmonie avec l'enseignement de Jésus. Il démissionna de sa fonction papale pour retourner poursuivre son sacerdoce aux côtés des plus démunis et fut le dernier pape sous le dogme de l'Église catholique romaine.

La Chine mena son projet des routes de la soie et s'efforça d'introduire plus de spiritualité dans la conduite du Pouvoir central. Elle renoua en profondeur avec Confucius et Lao Tseu. Elle

---

1. Honorer Marie, mère de Jésus, sans invoquer la virginité ; abandonner le concept de la Trinité ; reconnaître Jésus en tant que prophète ; ne plus baser la foi sur la mort et la résurrection de Jésus mais sur la résurrection spirituelle, source de vie éternelle ; croire en un Dieu unique et omniprésent dans l'univers, inspirateur de toutes les religions ; pratiquer l'Amour et la Compassion ; abandonner les fastes de l'Église ; transformer le Vatican en musée ; dépouiller le plus possible les églises ; ajouter au Nouveau Testament l'Évangile de Marthe ainsi que celui de Thomas et de ses actes.

s'intéressa au bonheur de son peuple dont elle respecta davantage les diverses croyances.

L'évangile original de Marthe fut légué au Vatican ; la grande bibliothèque d'Al-Azhar au Caire garda le codex araméen, copie de l'an 66 ; le musée de Givat Ram près de Jérusalem garda le codex hébraïque, copié en 1579 et l'Église patriotique de Shenyang conserva le codex latin de la même époque.

Post-scriptum

Marco ne put s'empêcher de remarquer que selon les oulémas, la dénomination de Dieu dans le Coran et les Hadith se fait au moyen de 99 noms. 108 peut s'écrire 99 + 9. Le « 9 » suivant « 99 » étant le chiffre de l'accomplissement.

En gématrie, dans l'ordre de notre alphabet latin, « YUZ ASAF » a pour valeur 99 !

YUZ = 25 + 21 + 26 = 72 et ASAF = 1 + 19 + 1 + 6 = 27.

72 + 27 est un palindrome, tout comme le nombre 99 !

Quant à 72, c'est le nombre des anges de la Kabbale, le nombre des noms de Dieu dans la tradition juive, le nombre des houris du paradis, le nombre des disciples envoyés par Jésus pour évangéliser la Terre. C'est aussi le nombre de degrés qui divisent le cercle en 5 parties égales (360° ÷ 5). En conséquence, 72° mesure l'angle entre les axes des branches de l'étoile à 5 branches.

99 est un multiple de 33, le nombre qui marqua le pape Jean-Paul Ier.

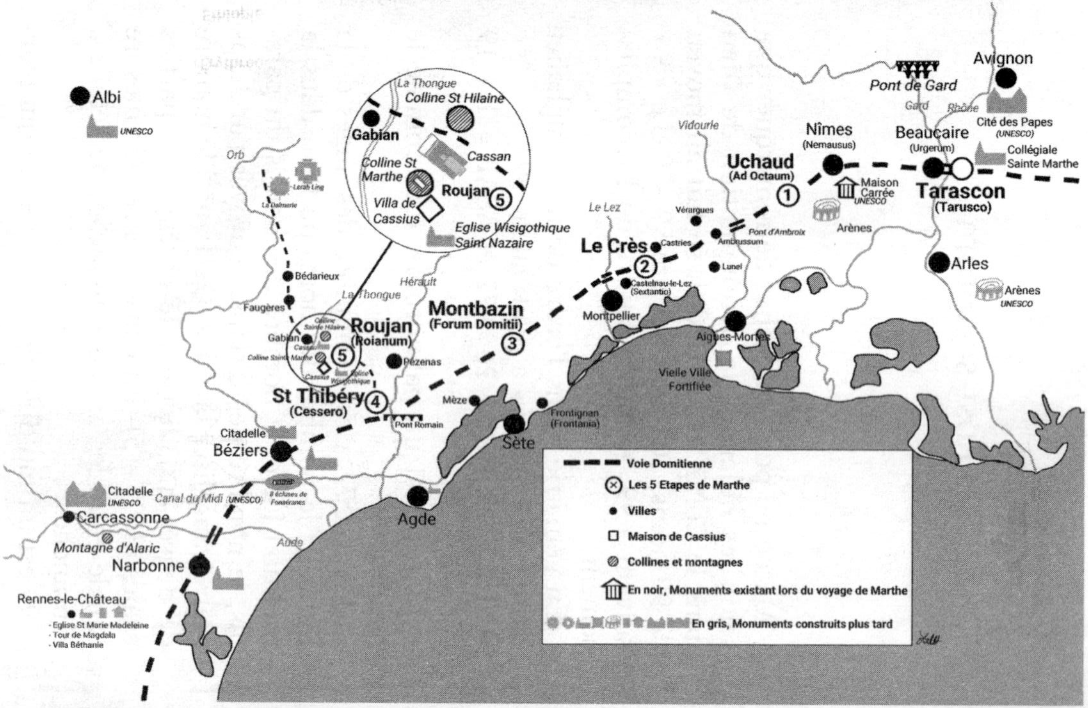
Albi
UNESCO
Avignon
Pont de Gard
Gard
Rhône
Cité des Papes
(UNESCO)
Collégiale
Sainte Marthe
Nîmes
(Nemausus)
Beaucaire
(Urgerum)
Tarascon
(Tarusco)
Uchaud
(Ad Octaum)
Maison
Carrée
UNESCO
Arènes
Arles
Arènes
UNESCO
Vidourle
Le Lez
Vérargues
Pont d'Ambroix
Ambrussum
Castries
Lunel
Le Crès
Castelnau-le-Lez
(Sextantio)
Montpellier
Aigues-Mortes
Vieille Ville
Fortifiée
La Thongue
Colline St Hilaine
Gabian
Cassan
Colline St
Marthe
Roujan
Villa de
Cassius
Eglise Wisigothique
Saint Nazaire
Orb
Lerab Ling
La Dalmerie
Bédarieux
Faugères
Hérault
La Thongue
Montbazin
(Forum Domitii)
Roujan
(Roianum)
Gabian
Colline Sainte Marthe
Pezenas
St Thibéry
(Cessero)
Mèze
Frontignan
(Frontania)
Sète
Pont Romain
Citadelle
Béziers
8 écluses de
Fonséranes
Citadelle
UNESCO
Canal du Midi (UNESCO)
Carcassonne
Agde
Aude
Montagne d'Alaric
Narbonne
Rennes-le-Château
- Eglise St Marie Madeleine
- Tour de Magdala
- Villa Béthanie
Voie Domitienne
Les 5 Etapes de Marthe
Villes
Maison de Cassius
Collines et montagnes
En noir, Monuments existant lors du voyage de Marthe
En gris, Monuments construits plus tard

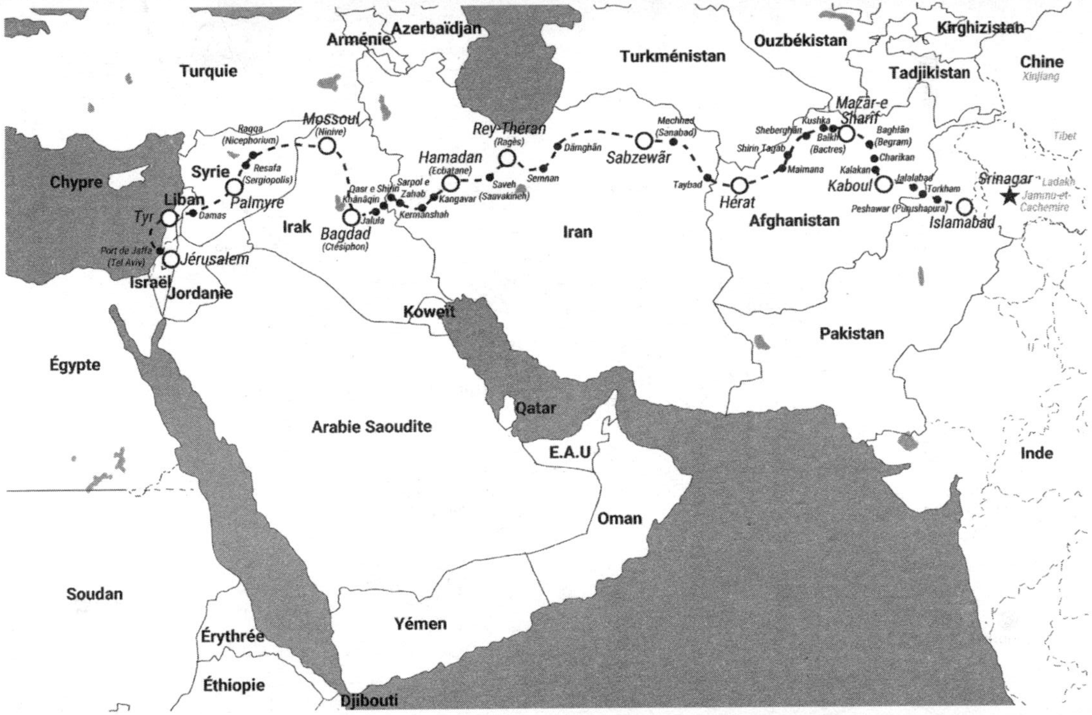

Turquie
Arménie
Azerbaïdjan
Turkménistan
Ouzbékistan
Kirghizistan
Tadjikistan
Chine
Xinjiang
Tibet
Chypre
Syrie
Liban
Tyr
Damas
Palmyre
Resafa
(Sergiopolis)
Raqqa
(Nicephorium)
Mossoul
(Ninive)
Port de Jaffa
(Tel Aviv)
Jérusalem
Israël
Jordanie
Irak
Bagdad
(Ctésiphon)
Jalula
Khânâqin
Qasr e Shirin
Sarpol e
Zahab
Kermânshah
Kangavar
Hamadan
(Ecbatane)
Saveh
(Saavakineh)
Rey-Théran
(Ragès)
Semnan
Dâmghân
Sabzewâr
Mechhed
(Sanabad)
Taybad
Iran
Hérat
Afghanistan
Shirin Tagab
Maimana
Sheberghân
Kushka
Balkh
(Bactres)
Mazâr-e
Sharîf
Baghlân
(Begram)
Charikan
Kalakan
Kaboul
Jalalabad
Torkham
Peshawar (Purushapura)
Islamabad
Srinagar
Ladakh
Jammu-et-
Cachemire
Pakistan
Inde
Koweït
Qatar
E.A.U
Oman
Arabie Saoudite
Yémen
Égypte
Soudan
Érythrée
Éthiopie
Djibouti

Remerciements

Ma famille, pour son aide, ses commentaires, critiques et impressions pendant la gestation de l'ouvrage.

Rémy B., Raymond M., Sara C., Mauro Z., Guido L., Samuel P., Michel C., Suzy L., Serge S. et Didier C. pour leurs contributions. Pascal B. pour son éclairage sur la Chine.

Les personnes de nos comités de lecture qui m'ont fait part de leurs avis et qui se reconnaîtront :

Pierre G., Jean R., Nathalie A., Mariam El G., Nihal El J., Michel Ba., Jackie M., Maxime L., Nelly C., Monika P., Marie-Paule de F., Laurence G., Frédéric V., Bernard P., Frédéric C., Fabrice A., Stéphanie S., Xavier M., Julia, Faustine et Michel Bo., Pauline D., Anne T., Martin C., Jean S., Pathy B., Martine M., Claire C., Antoine T., Jean-Michel H., Stéphanie G.

Et tout particulièrement Christian d'A. qui voici trente ans, alors que nous voyagions au Liban, m'avait dit qu'il existait un tombeau de Jésus quelque part au Cachemire…

14436

Composition
NORD COMPO

Achevé d'imprimer en Espagne
par BLACKPRINT
le 11 mai 2025

Dépôt légal juin 2025
EAN 9782290377031
OTP L21EPLN003334-540912

ÉDITIONS J'AI LU
82, rue Saint-Lazare, 75009 Paris

Diffusion France et étranger : Flammarion